爱情去哪儿了

WHERE IS THE LOVE

吕琛昊 著

百花洲文艺出版社
BAIHUAZHOU LITERATURE AND ART PRESS

图书在版编目（CIP）数据
爱情去哪儿了 / 吕琛昊著. -- 南昌 : 百花洲文艺出版社,
2015.9
ISBN 978-7-5500-1489-3
Ⅰ. ①爱… Ⅱ. ①吕… Ⅲ. ①长篇小说－中国－当代
Ⅳ. ①I247.5
中国版本图书馆CIP数据核字（2015）第203209号

爱情去哪儿了

吕琛昊 著

出版人	姚雪雪	出品人	柯利明 林苑中
特约监制	丁元元	责任编辑	游灵通 程 玥
特约策划	陈 琅	特约编辑	高 冉
营销统筹	蕊 蕊	营销推广	陈 晨 陈柏霖
责任印制	张军伟	装帧设计	仙 境

出 版 者 百花洲文艺出版社
社 址 南昌市红谷滩世贸路898号博能中心9楼 邮编：330038
电 话 0791-86895108（发行热线） 0791-86894790（编辑热线）
网 址 http:www.bhzwy.com
经 销 全国新华书店
印 刷 三河兴达印务有限公司
开 本 1/16 710mm × 980mm
印 张 21 字 数 250千字
版 次 2016年1月第1版 印 次 2016年1月第1次印刷
定 价 36.00元
ISBN 978-7-5500-1489-3

赣版权登字：05-2015-343

01

天空阴云低沉，暴雨不停，这是台风来临的征兆。

中芯医院门诊大楼的台阶上，外科医生樊志刚焦急地张望着。他三十多岁，儒雅俊朗，线条分明的脸庞宛如雕塑。此刻，他受女友顾宁之托，在等她的闺蜜杜心月。

一辆计程车穿透雨帘，缓缓停下。挺着大肚子的杜心月从车上下来，小心地站到台阶上。樊志刚匆匆走过来，替她关好车门。

“杜心月，你可来了，就快到你了。”

“对不起啊樊志刚，公司临时有事要我回去……你帮我挂号已经够麻烦了，还要在这儿接我……实在不好意思。”杜心月感激地说。

“客气什么呀！我们是朋友，你又是顾宁的闺蜜，帮个小忙还不应该吗？”

两人寒暄着走进门诊大楼。

“坐那儿吧，离周大夫的诊室最近。”

杜心月点点头，在樊志刚的示意下坐到了所剩寥寥的一个座位上。

一个年轻护士热情地和樊志刚打招呼。他向杜心月介绍着：“这是我邻居小杨，一会儿你检查完，她送你上车。”

杜心月：“不用了，我自己能行。实在太麻烦你了！”

樊志刚：“这可是顾宁特别交代的，你都八个多月的身孕了，还一个人来产检，万一有什么闪失我怎么向顾宁交代呀！”

杜心月内心涌动着一股暖流，但此刻也只能说出最简单的语言：“谢谢！”

“那我去工作了！”樊志刚特别向小杨嘱咐：“拜托了，小杨！”

小杨看着他的背影感慨着:“樊大夫这人没说的,今天有两个手术,还亲自去接你。这么好的男人这年头……”她痴痴地看着走廊尽头樊志刚消失的身影。

杜心月突然感到肚子被踢了一下，忍不住叫出来：“哎……宝宝又踢我了。”

小杨回过神来：“能不踢嘛！你都快生了，还一个人来产检，你丈夫也真是的。”

在外人面前，杜心月本能地维护着自己的丈夫，辩解着："他忙。他要不忙谁赚钱买奶粉呀？是吧宝宝？哎……"她掏出电话，插上耳机，把耳筒轻放在肚子上，"宝宝安静些，听听音乐，乖乖的。"

听筒里传来莫扎特的音乐。

小杨笑了笑说："那你等着吧，我先去做事了，回头我送你。"

杜心月对她点点头，从背包里取出一本杂志看起来。

这时，一位年轻的孕妇挺着微显的肚子在一俊男的搀扶下慢慢向杜心月这边的诊室走来。看着乌泱泱的一堆人，她发脾气了："这儿没地儿坐！真烦！"

俊男忙安抚她："别烦别烦，那边有地方，还有两个空位呢！我们过去坐！"

年轻孕妇不干了："你二不二呀！那边远，我要坐这边。"说着，她向四周扫了一遍，突然眼睛放光，好像看到了希望，用手指着杜心月大声叫起来："你去叫她让开！"

俊男一看是杜心月，不由愣住了。

此刻杜心月也看到了他们，颇感意外，那男人正是她的前夫刘俊！她怎么也想不到，离婚后会在这样的场合和他重遇。

年轻孕妇耍赖般地叫嚷着："去，让她起来！"

周围的人都朝他们这边看。

年轻孕妇更加得意了："快去！去呀！"

刘俊看看杜心月，硬着头皮走上前："心月……这么巧呀。"

杜心月定定地看着他，眼神冰冷。

刘俊壮着胆子说："……能不能把这个座位让给我媳妇儿？"

杜心月内心一阵痛，但她克制住自己，平静地答道："凡事总有个先来后到。你的字典里就没有'无耻'这个词吗？"

刘俊看起来有些心虚，但他不罢休，低三下四地求着："她……你又不是不认识，我们所长的千金。让给她吧，她的脾气我太了解了，不达目的不罢休的。"

杜心月嘲讽地笑着说："哟！攀上高枝儿没做龙头，反倒变打手了？恭喜啊！"说罢，目光炯炯地盯着刘俊，好像要看穿他的内心。

刘俊低下了头，但仍坚持着："让给她吧，她这人说一不二的……"

正说着，他媳妇儿不耐烦地走了过来，明明不太显怀，却夸张地双手撑着后腰，似乎不堪负重。

"'先来后到'、'无耻'，你说得倒挺动听呀！告诉你，我的字典里从来就没这些词儿！你凭什么这么说我们家俊俊？你不会想说你是他的前任吧？打住！你已经 out 了，现在我才是刘俊的媳妇儿！看你那头尖额窄、双眼无神的贱样儿就知道，跟着你，刘俊肯定永无出头之日！"

杜心月依旧平静，悄然打开手机的摄像功能，斜向着他们冷冷地回敬："你说的这些跟座位无关，和做人有关。"

他媳妇毫不示弱："哼！知道刘俊现在什么职位吗？副科级！离开你才多久呀，他就平步青云了。告诉你，这全是我爸的功劳。有我爸和我罩着他，没什么不能的！"

杜心月看着刘俊，满脸鄙夷："小瞧你了，原来又做龙头又做打手，难为难为！再次恭喜！"说完，杜心月悠然地接着看杂志。

他媳妇竟然一把抢过杜心月手中的杂志，扔在地上叫嚣着："起来！听见没有？我腰酸着呢！"

杜心月岿然不动："凭什么？"

他媳妇傲慢地说："凭我爸！"

杜心月看看刘俊，替他感到可怜，不屑一笑。

他媳妇又急又气地说："你……真是气死我了！有什么好笑的！"

"笑你'坑爹'！今日座上宾，明日阶下囚，在如今已不是什么稀罕事了！"杜心月扬了扬手中的电话，其实是让镜头对准他们。"想不想看看你刚才的尊容？全在我的视频里。若是再有一段配文'所长千金称霸抢座位，乘龙快婿龙头变打手'，我相信一定能红爆网络！"杜心月轻蔑地笑了，"怎么样？看看网友的反应？"

周围的人低声议论着。

刚才还飞扬跋扈的他媳妇一下蔫儿了，用手捅了捅刘俊。

刘俊急迫地说："别！别！心月别这样！对大家都不好！"

杜心月："对我没什么不好的，我从来都是靠自己，不靠爹！我拥有的一切都是靠努力、靠实干得来的。"看着眼前的这对男女说道，"上传了！"

他媳妇急得叫起来："俊俊，你快让她住手！最近上面领导来所里考核，绝不能把我爸扯进来！"

刘俊央求着："心月，你大人不计小人过，放我们一马吧。"

"也罢，给我做件事。"杜心月目光扫向地上的杂志，"把它捡起来！"

刘俊刚要去捡。

"不是你捡，是她捡！"杜心月命令道。

他媳妇急了："你……你！我肚子都这么大了，弯不下腰！"

杜心月更加冰冷地扬了扬手机："把'坑爹'进行到底？"

他媳妇沉默了一下，弯下腰，捡起那本杂志，扔到一旁的刘俊身上，哭骂着："都怪你这个没用的废物！"她气得跑开了。

窗外，迷蒙一片，天色更加暗沉了。

赵雷提着公文包，拿着一把还滴水的折叠伞来到妇科等候区。他显然是第一次来这儿，感觉很陌生。他正要到护士站询问，突然看到了什么，立刻停了步。他看到了杜心月——他的妻子，正和一个俊男聊天，并认出这俊男正是她的前夫！

由于角度问题，杜心月和刘俊看似距离很近，态度亲昵。

赵雷满脸怒气，来到一堵墙跟前，不解恨地一拳打在墙上，把经过的病人吓了一跳。

刘俊鼓起勇气说："心月，从我决定和你离婚那天起，我就注定是一个无耻又卑鄙的小人。我豁出去了，我认了，但请你记住一点，我一直深爱着你……"

杜心月厉声打断他："刘俊，你知道什么叫尊严？尊严就是不伤害别人，也不让别人伤害。你放心吧，你这个人早已经从我心里删掉了！"

刘俊垂头丧气地向不远处的媳妇走去。

一切检查都如预想的顺利。杜心月一坐上出租车便迫不及待地打电话给顾宁。

顾宁此时正坐在办公室的大班椅上，用三千多块的发夹盘了个发髻。她出身医生世家，在医药行业有广泛的社会背景，大学一毕业就经营了一间小型医疗器械公司。

"哦，心月。检查完了？"

"刚查完，樊志刚的同事送我上的车。谢谢你们。"

"别客气。孩子怎么样？"

"大夫说孩子一切都很好，胎位也正，再过俩礼拜随时都会出生！"

"太好了！等我应付完志刚的大姐就去看你！"

"听起来你有点怕见这个大姐，不会吧？顾宁，你上次见樊志刚父母，我也没看你紧张过。"

"唉，你不知道，志刚他大姐一直在海外经商，是个巨有钱又挑剔的老女人，我感觉不太好对付。"

"结婚是你们两个人的事。再说，樊志刚的爸妈不是都同意了吗？"

"他们家大事都是他大姐做主。虽然她人不常在国内，但实施的是远程遥控。"

"没事的，你一定能通过。"

"这几天下雨路滑，你自己也小心点儿。别怪我又多嘴，你们家那赵雷是男人吗？他以为还是封建社会呢，生孩子只是女人的事？这么大的雨也不陪你去医院！"

"不是说了嘛，他要陪个大客户，都一两个月了，也没签下订单，挺不容易的……"

"行，你就做年度最佳'护夫品'吧！希望他能良心发现，对你好一些。换了我早就……"

办公室外的走廊上传来一些嘈杂声。

"心月，我得出去看看，好像有点儿不太平。挂了啊。"

就在这时，秘书敲门急匆匆地走进来："顾总，不好了，江经理和财务打起来了！"

顾宁一点儿也不惊讶："哦，原来是他们呀，知道了。他们还没互相习惯，习惯就好了！"

"顾总，方达公司已经是第三次催货了，发不发他们？"秘书紧张地问。

"先不发货，加5%。"

"可是顾总……"秘书显得很困惑。

“你不懂，照办吧。”顾宁胸有成竹地吩咐着。

“好的。”秘书说着朝门外走去。

这时，业务经理江涛揪着戴眼镜的女财务大步走进来。他是顾宁的得力助手，此刻，他显得很愤怒：“顾总，我强烈投诉财务，早该换人了！再让她这么搞，业务根本没法做！”

顾宁并不惊慌，温和地看着江涛和女财务说：“发生什么事了？江涛，我一向觉得你很有定力……”

江涛一拳砸在桌子上：“再有定力的人也对付不了这帮财务！”

顾宁：“是为货款的事？”

女财务急着回答：“是的，顾总。我……”

江涛立刻打断她的话：“已经催了很多次，到货一个月了，钱还没给人家打过去。她们整天坐办公室，不知道我们在前线的辛苦。顾总，我今天就替你发招聘信息，早点儿换人！”

顾宁微然一笑：“这事不全怪财务。是我让她这么做的。”

“顾总你？”江涛简直不敢相信自己的耳朵。

顾宁站起身，看着大玻璃窗外：“对，是我。我给她们的原则是：催进款，拖付款，天天催，日日拖。”

江涛不解地问：“为什么？”

顾宁有些不耐烦：“为什么？因为你不懂做生意。都出去吧，别闹了。”

女财务得意地出去了。江涛迟疑了一下，也跟着走出去，沮丧中带着无奈和困惑。

顾宁拿起桌上的电话：“喂，刘经理吗？给我安排个豪华包间。”

离家越来越近了，杜心月的内心却隐隐作痛。这个在外强大，从不在人前示弱的女人其实也渴望丈夫的爱和呵护，特别是在暴雨滂沱的今日！她不知道自己是怎么回到家的。在打开房门，暖意扑面的瞬间，她整个人都累透了，甩掉鞋子，一下瘫坐在沙发里。

突然，地板上两道直通卧室的湿漉漉的水迹引起了她的注意。循着水迹，她推开了卧室门，赫然发现赵雷躺在床上，眼睛瞪着天花板。

“赵雷？你怎么在家呀？你不是去陪客户了吗？”

赵雷一下从床上坐起来，挥动着清淤的手臂，冷冷地说：“怎么？你盼着我不在家好带人回来吧？”

杜心月被说得一头雾水：“我……带谁呀？”

“你自己知道。”赵雷的语气中带着不可原谅的恨。

“你不用陪大客户吗？”

“下暴雨取消了。”

杜心月感到十分委屈："那你就一直躺在这儿？"

"是呀，少说多睡，心宽体胖。"

"今天我产检你知道吗？今天下暴雨你知道吗？宝宝八个半月了，就快出生了，这些你都知道吗？"

"我知道。我都知道。我还知道全程都有人陪着你、呵护着你，哪还用我去陪你？不怕当场扣顶小绿帽给我？"

"你是说……噢！樊志刚？这怎么可能！他是顾宁的未婚夫，这几个月来都是他帮我挂号。不信，你去问顾宁。"

"算了吧，别拿樊志刚那傻帽儿当挡箭牌，是谁你心里最清楚！"

"我就是不清楚，你把话说明白！"

"真要我说明白？"

杜心月点点头。

"其实我自己都不明白！"赵雷的语气变得伤感又动情，"想当初，你离了婚，没人要，是我毫不嫌弃收留了你。为了能让你顺利跟我结婚，我愣是对家人隐瞒了你的婚史。你知道我最听我妈的话了，为了你我竟然欺骗她……"

杜心月觉得很累，心更累了："又来了，这话你说了不下几百次了，几乎是你每次吵架的开场白。"

"怎么？听腻了？你是听腻了，可我的委屈还没说够呢！"

"好了好了，我在外面已经够累了，回家想好好歇歇……"

"哼哼！你在外面累，我在外面享清福吗？你是部门经理，就看不起我们跑销售的？你记住，你做市场是花钱的，我做销售是赚钱的！谁养谁呀现在？"

"天！别吵了，对宝宝有影响的。"杜心月撑着腰走开，把手机音乐播给腹中的孩子听。

在莫扎特的音乐中，她闭着眼逃避着生活的纷扰。

赵雷追过来。他是那种一根筋的性格，被惹怒了便没完没了。他一下按停了手机音乐。杜心月毫不相让，再次打开音乐。

赵雷更气了："你就是有心计，孩子还没出生就拿他说事了！到今天我才明白，为什么几年来你都不肯把公司的礼品订单给我做。你心里根本就没我，你只是利用我和你成个家，你一直都在欺骗我的感情！"

杜心月几乎央求着："我真的不明白你在说什么？但我可以告诉你，就因为你是我丈夫，我更不能把这些订单交给你，我不能因为钱而被同事说闲话，我不想让我的工作和我的家人牵扯不清！"

赵雷满脸讥讽地看着她："清廉、正直、无私！"轻轻拍掌，随即又不屑一顾地大声斥责："假的！"

"赵雷，语言是最伤人的利器。宝宝就要出生了，我们营造一个温馨的家迎接他好不好？别再吵了！”

“哼！还说不定是谁的孩子呢！”

杜心月愤恨、震惊，一时间感觉天旋地转。

“你这是对我的侮辱！”

“侮辱你又怎样？你心里根本就没我，觉得不好，你可以走，爱哪哪儿去！”

“我不走，这是我和宝宝的家！我不会走的！”

这句话激起了赵雷好胜的本性。

“你不走是吧？”

“不走！”

“我今天倒要看看能不能把你弄走！”

说完，他便拽着她向外走去。

杜心月挣扎着，又不敢太用力。她一边挣扎一边大叫：“……我究竟做错了什么让你这么恨我？”

赵雷气急败坏地说：“出去！滚！谁让你不听话的！”

杜心月坚决地抗拒着：“不不不！我不走！我哪儿也不去！”

他拉开大门，想也不想地把她推了出去。

杜心月想撑住即将关上的门，却不敢使劲儿，眼看着门被重重地关上了。

昏暗的楼道里只剩下孤独无助、满腹委屈的杜心月。她不甘心地对着那扇门无力地敲打着：“开门，让我进去——让我进去——”

地板的冰冷由脚底渗入体内，可怜的杜心月这才发觉自己连鞋都没穿！她又拍门喊着：“赵雷！赵雷你疯了吗？外面狂风暴雨，你让我去哪儿呀？”她不断拍门，希望能唤回赵雷的同情。

门竟然开了条缝。

她以为赵雷回心转意了，哪料是扔来一把雨伞和一双鞋子！

门又被重重地关上了！

杜心月看着紧闭的大门，感到从未有过的寒冷。几秒后，她转身去按电梯。电梯门打开，她却犹豫着没进去，眼看着电梯门快关上了，又按了一下按钮，但还是踟蹰着没进去。电梯门开合了三次，她终于无奈地走了进去。

陈设雅致的高档酒楼包房里，一张偌大的长桌能同时容纳十几人就餐。顾宁坐在餐桌一侧，喝闷茶等人。不一会儿，樊志刚急匆匆地赶来了。

“哎呀，对不起，还好来得及。”他看到沏好的茶不觉松了口气，“没错，大姐就爱喝这普洱菊花茶！”

他正要在顾宁身边的主位坐下，顾宁发话了：“你坐那边吧，让你大姐坐主席位。唉，她不让别人迟到，可你看看，这都几点了，她自己还不是照样迟到？”

“不，她很准时，还有一分钟。”樊志刚看看表说。

包房的门被轻敲两下，随即打开。首先进来的是两位身材魁梧、西装革履、保镖模样的男子，他们做了个请的手势。只见一位四十多岁的女子缓缓走进来。讲究的黑色丝绒长裙，头高高昂起，彰显着她不凡的身份。

樊志刚和顾宁不约而同地站起身。

“大姐！”樊志刚热情地叫着。

大姐脸上没有任何表情，冲两男子挥了挥手，示意退下。两名男子迅速出去，把门带好。

“大姐，这是顾宁，我女朋友。”

顾宁热情主动地说：“大姐，你好！”

大姐冷冷地打量着顾宁，一言不发地坐下，喝了一口斟好的茶，盯着樊志刚。

樊志刚显得有些窘迫：“大姐，你干吗这样看着我？”

大姐没有马上说话，眼神在茶和顾宁的身上跳跃着，几番回合后终于开口了。

“志刚，我对茶的要求，你从来都把握得很好。可为什么你对女人的选择，却离我的要求越来越远呢？”

樊志刚显得有些尴尬。

顾宁暗暗盘算着该如何应对眼前这个老女人。

“大姐，顾宁不是挺好的吗？我们快结婚了！”

大姐转动着手中的杯子，似在赏玩。

“见过爸妈了吗？”

“见过了，他们都挺喜欢的！”

“婚礼定在什么时候？”

“我们过几天就去领证，房子和婚礼都要准备，两个月后结婚。”

大姐若有所思地说：“既然两个月后才结婚，也不用那么早领证，就把领证和婚宴订在同一天吧！”

顾宁高兴地看着大姐，微笑着说：“大姐，这么说，以后我们就是一家人了？”

大姐也微微一笑说：“既然是志刚看好的，就随他吧，能早点儿定下来是爸妈和我最大的心愿。他也老大不小的了，女朋友换得跟走马灯似的，连我都看得眼花了。”

顾宁脸色一沉，狠狠地瞪了樊志刚一眼。

樊志刚有些摸不着头脑了：“嗨，慢着慢着，我的女朋友……走马灯？我哪有啊？我……”

大姐从手袋里拿出一个精致的礼物盒，递给顾宁：“这是礼数。”

顾宁打开一看，惊呆了。礼物盒中，黑色缎面背景下是一对精美的金叶子。

樊志刚也颇为意外。

“大姐，这太贵重了，你们才初次见面。”

顾宁却深深喜欢上了这个特别的礼物。

“谢谢大姐，这个礼物太特别了！我很喜欢。”

“志刚、顾宁，我在海外经商多年，还是最爱三十年代的海派风范，这是那个年代上流社会流行的礼物，我订制了好几对，这对就送给你们吧。”

“大姐，咱一家人不讲这些，吃顿饭就好了。你留着送生意场上的朋友吧。”

大姐冷冷一笑：“志刚，钱财乃身外物，在我心中至亲的人也就那么几个。”

“我懂，所以我们才不能要。顾宁也会是你至亲的人，不用给她这些。”

顾宁不明白樊志刚话中的含义，却急着向大姐奉承：“谢谢大姐！这对金叶子实在太漂亮了，还是大姐见多识广，连礼物都这么别出心裁，难怪大姐在海外商圈功成名至呀！”

大姐一笑说：“喜欢就拿去吧！”

“谢谢！”顾宁急忙把礼物放进手袋里。

“新房准备好了吗？”大姐问。

“还没有，打算先住爸妈那儿。”

“我在碧水湾有套四居的房子，多年不住了，也不知道怎么样了。回头我去看看，行的话就收拾出来给你们当婚房。”

顾宁顿时心花怒放。

“真的？大姐，你对我们太好了！海边的大房子……碧水湾那个地段，现在至少过两千万呢！”

“嗯，你倒是对市场动态很了解嘛！我敢说志刚就不知道这些！”

“他当然不知道了！他就爱做手术，脑子里整天都是手术。”

大姐无奈地说：“我在海外打拼多年，一直想有个靠得住的人来帮我。劝了他多少次，他就是不肯，不肯放弃这个无聊的爱好、无聊的工作。你说是吗？”显然她是在试探顾宁。

顾宁当然不会轻易中计。

“大姐，我觉得志刚这样挺好的，我就喜欢他现在的工作。”还了一招，“志刚，你觉得无聊吗？”

樊志刚感觉夹在她们中间万分尴尬。

大姐又问：“你是从事什么行业的？”

“我自己有一家小型的医疗器械公司，刚起步。”

“哦。你做药，他行医，你们倒是能互惠互利……你算盘打得不小呀！哈哈哈哈……”

顾宁突然意识到什么，想解释：“大姐，我……”

大姐摆摆手：“其他的事你们筹备，领证一定要叫上我。”

“大姐放心。房子的事有劳大姐了！”

“包在我身上！”大姐爽快地答应了顾宁。

户外，雨水飞溅。挺着大肚子的杜心月撑着伞，站在街道一隅。她茫然地看着雨中缓行的车辆，不断地打着电话。

高档俱乐部宽敞明亮的乒乓球训练室里，穿着制服的罗丹正和客户黄总对练。她是杜心月和顾宁的大学室友，二十三四岁。此刻，她放在茶几上的电话不断震动着。内心焦急的她回扣给黄总一个球，瞥了一眼墙上的挂钟，收拍。

罗丹陪个笑：“黄总，今天就到这儿了。”急忙接起电话，“喂？”

“罗丹，是我。”电话里传来杜心月的声音。

“心月？我刚下课，有什么事吗？”

“我……我和赵雷闹矛盾了，你能帮我订个房间吗？”

“又闹矛盾？都什么时候了？”

“房间难订吗？我没带钱包，身份证在里面……”

“天呀！你被他赶出来了！不会吧？我不会放过他的！他现在在家吗？我去跟他算账！”

“罗丹，别说这些了，先给我找个地方吧。”电话里杜心月的声音有些无力。

“没事。就住我们俱乐部的签约酒店吧，不用证件。你在哪儿？”

“我在外面……街上。”

“这大雨一直都没停过啊！唉，我现在走不开，十五分钟后还有一场约球。我把酒店的信息发给你，你直接过去好不好？”

“好，谢了啊。”

罗丹挂电话后，才发现黄总一直在看着她。这个黄总四十多岁，外表憨厚老实，平凡中有些土气。

“黄总，您还没走呢？”

“我在等你，你下一场约球也是我。”

“哦。”罗丹显得有些心不在焉。

“刚才的电话是朋友打来的？”

“嗯，大学的好朋友……遇到点麻烦。”

“你去见朋友吧，我取消下一场约球，钱照算。”

罗丹有点小感动：“这……这不合适，平时您总是关照我。”

“去吧，我今天的运动量够大了，有些累，我跟前台说一声。”

“谢谢黄总！”罗丹拿起背包，飞也似的离开了。

黄总默默地看着她，若有所思地追了出去。

“下雨天不好打车，我送你吧？”

罗丹想了想，同意了。

见完了樊志刚的大姐，顾宁喜滋滋地挽着他去取车。她边走边打开手机。

“为了给你大姐留个好印象，我连电话都没开。”

“要有好印象就不该要她的礼物。”

“她是大姐，送我个见面礼很正常啊。”

“你不知道，大姐爱试探人，特别是第一次见面，她会对你进行各种测试。”

“我刚才很淡定是吧？而且测试应该通过了，她已经接受我了。”

“唉，我搞不懂大姐，以前我的婚事她总是阻挠，对每个人都很挑剔，这次和你倒好像对上了眼。”

顾宁带着些许得意说：“因为我有备而来。”手机不断传来提示音，她翻看着，“十五个未接电话！都是心月的！”她急忙回拨电话，电话很快接通了。

“喂，心月，你在哪儿？我刚才关机了。”

“我也不知道在哪儿，瞎走呗。”杜心月的声音似乎也被淋湿了。她在行人道上走着，雨伞挡不住滂沱的大雨。

“你怎么了？大雨天的你不在家好好待着。”顾宁担忧了。

“我被赵雷赶出来了，现在走去罗丹给我订的酒店。”

顾宁一听急了：“什么！你走路去酒店？你疯了吧？”

杜心月一下哭了出来，泪水和着冰冷的雨水一起滑落。

“我是疯了！我就是疯了！我一分钱也没有！身份证、信用卡什么都没有！顾宁，我到底做错了什么？我错在哪儿了？”

听筒里传来杜心月心碎的哭声。

樊志刚在旁边听到一些，知道杜心月出事了。

顾宁：“心月，别急，我现在就去接你，你看看周围有什么标志性建筑，告诉我，我马上到！”她立刻坐进车里，发动了引擎。

樊志刚坐在副驾位上不解地问：“杜心月怎么会这样？她在外头……工作表现是一流的，多大的难题她都能应付，怎么回到家里就……”

顾宁的车已经冲了出去。

天已经彻底黑下来了。

杜心月的雨伞被大风掀翻了，脱手了。她既狼狈又可怜地去追伞……

大厦的灯光划过、车灯划过、地上倒映的光划过。她将何去何从？

02

天桥后边就是罗丹介绍的酒店。杜心月按着肚子，咬咬牙穿过马路。车辆在她身边疾驰而过，她安慰着自己，也安慰着腹中的孩子："宝宝，没事的没事的……"

突然，她感到肚子痛，难道要早产吗？她站在路中央……不行了，她想打120，可是电话湿了无法拨通！一辆又一辆的汽车经过，溅起阵阵水花……

她孤独地站在水中央，倍感无助。

这时，顾宁的车来到了附近。可她向四周望去怎么也找不到杜心月。

杜心月慢慢地蹲下身，快昏过去了。

坐在汽车副驾位的樊志刚发现了她。"那边！那边！啊！她怎么了？"

顾宁也看到她了，立刻刹停车："心月！"她冲到杜心月的身边，紧紧抱住她。

杜心月看到顾宁，知道安全了，整个人都软了下来。

"顾宁，谢谢你……"

顾宁情绪很激动："谢什么！我和你一辈子都不用谢！来吧，你这笨蛋，什么事都难不倒你，唯独感情就一塌糊涂。起来，你要站起来！站起来啊！"

杜心月看着顾宁这么激动的反应，泛出感激的笑容。

雨中，两个闺蜜在马路上搀扶着。身旁的樊志刚撑着伞默默地为她们遮蔽风雨。

酒店长长的走廊，背景音乐若有若无。

罗丹和黄总先到了，他们敞着门，坐在沙发上聊天。

黄总："罗教练，你这个朋友是你的闺蜜吧？"

罗丹："是一特别好的姐们儿。大学那会儿，我们不同年级，但住在同一个宿舍，她老照顾我……那时我家境不太好。"

黄总："哦，家庭条件并不代表什么。"

罗丹苦笑着："黄总，我不知道你出身如何，我自己是深有体会。我们闺蜜有四个人，和她们在一起，我要常常调整心态，让自己尽可能成为和她们同类的人。她们仨，一个在部队大院长大，一个出身医生世家，一个爸爸是小学校长。唯有我，是靠妈妈做各种零活儿长大的。而且，实不相瞒，当初我成绩不太好，是靠体育特长进的大学，我的一切都是靠自己拼出来的。”

黄总：“拼出来好！女人应该独立。”

罗丹：“可独立是要付出很多代价的。就拿毕业找工作来说，家世好的人没毕业就已经在好单位实习了，而我不知跑了多少家俱乐部、会所才碰到现在的机会。”

黄总听了颇有感触地点点头。

罗丹：“不过，有一点我和她们绝对不一样，那就是我懂得珍惜！”

黄总深深叹了口气，赞许地看着她。

“罗教练，虽然我今天是个老总，但我和你一样，我的一切不是家里给的，也是我自己拼出来的。在闽南地区，有首歌叫《爱拼才会赢》。我相信，‘拼’一定会让你成功。”

罗丹：“成功与否我不知道，但人生就像打球，不是输就是赢。”

黄总点点头，深有同感。

这时，樊志刚和头发凌乱、衣服被雨水湿透的顾宁和杜心月一行三人来到房门外。

罗丹见到他们这副模样，不由愣住了。

顾宁扫了她一眼：“丹丹，别愣着，快弄条毛巾来。这个傻子把自己淋透了。”

罗丹赶紧去弄毛巾。

黄总关切地看着：“我看要马上给她找个大夫。”

“我就是大夫。刚才我已经给她看过了，没什么大碍。她很坚强！”樊志刚边说边倒了一杯热水递给杜心月。杜心月喝了几口，身体渐渐暖起来。

顾宁接过罗丹递来的毛巾，边为杜心月擦拭脸上和头上的水边说：“这里留我和罗丹就行了！志刚，你把车开回去，明早来接我。”

客厅里只剩下三姐妹。

罗丹焦虑地问：“心月，你打算怎么办呢？准备在酒店把孩子生下来吗？”

顾宁强横地说：“不可能！这两天，我就让赵雷接你回家。必须的！”

杜心月又痛苦又纠结。

门铃响了。罗丹走去开门，说：“可能是艾茉莉，她一听说这事就急着要过来！”

果然，门外正是她们的闺蜜艾茉莉。她身材高挑，卷发，穿着连身长裙，有着公主般的讲究和不食人间烟火的美。

她走进来，看到杜心月的样子简直不敢相信。

“心月，为什么会这样的？为什么会这样？啊——”她失声痛哭抱住了杜心月，“You don’t deserve it! You don’t deserve it!”

杜心月疲惫地笑了，拍着她的肩背说：“茉莉，我没事，让你们担心了……”

顾宁："好了，都别说了，让心月休息一下……心月，你洗个热水澡，换身衣服，去床上躺会儿吧。浴袍呢？嗨！你们都站着干吗？"

大家分头去张罗。

雨终于停了，地上湿漉漉的，街上的路灯发出惨白的光。天色渐渐转白。顾宁睁开眼睛，发现隔壁床上杜心月不见了，急忙下床到处找。

套房的客厅里，杜心月在查看手机记录。

顾宁在她身旁坐下："心月，你起来了？天还早呢！"

杜心月已经梳洗干净，重新回到了端庄、干练的形象。

顾宁："通话记录里有赵雷的来电吗？"

杜心月苦笑着摇摇头。

顾宁眼圈立刻红了："混蛋！大风大雨把老婆赶出去也不打个电话问问，冷血！看见你这样，我对结婚真的心寒……心月，能说说你的打算吗？"

杜心月抬起头，神情坚定地说："顾宁，我想好了，那个家我不会回去了，我就在酒店把孩子生下来！"

顾宁轻轻拥着她的双肩："亲，我就知道你会做出最正确的决定！"

两个好友相视一笑。

顾宁："你放心，今天我就会把这里布置成家一样的感觉！"

杜心月感激地点点头。

哈曼特公司市场部，十几名员工静静地工作。杜心月气色不错，好像全然忘记之前发生的一切。她挺着大肚子来到同事Coco的桌子旁，递给她一份文件。

"Coco，快年底了，这是所有客户的名单，安排送礼，缺一不可啊。"

"好的，杜经理。"Coco回答说。

另一同事"冬菇头"阴阳怪气地开口了："哟！杜经理，让Coco去你那儿拿不就行了！你现在可实在不方便呀！"

杜心月："我也需要多走动。Coco，这件事你替我盯紧了。"

Coco："一定！你放心吧，头儿。"

杜心月转向了"冬菇头"："下个月的市场活动预算出来了吗？"

"冬菇头"站起来，夸张地："哟，杜经理，劳您大驾我可不敢当呀！"她故作殷勤地扶着杜心月，"让人看到还以为我欺负孕妇呢！这女人要生孩子就该回家舒舒服服地休养。来，杜经理，我扶你去办公室。"

杜心月不冷不热地说："谢谢，我会照顾好自己的。我在问你，下个月的预算出来了吗？把报表给我。"

"冬菇头"有些得瑟："下个月你就到预产期了，市场活动大都由我负责。我已经联系了很多家媒体……”

杜心月严厉地说：“报表！”

“冬菇头”不敢说话了，乖乖地拿出一份报表递给了杜心月。

杜心月看了看：“比正常多了10%？”

“冬菇头”刚要解释。

杜心月：“来我办公室。”

“冬菇头”假意扶她，被杜心月闪身避开了。

“冬菇头”坐在杜心月办公桌的对面，颇有深意地打量着周遭的一切。

杜心月盯着她：“你做事主动又努力，这一点我欣赏。可是你要按部就班，踏踏实实。预算上多出的部分不会是你故意的吧？”

“冬菇头”辩解道：“怎么会呀杜经理……我就是想多请些媒体，把我们的活动办得高大上一点儿……”

杜心月拿笔在预算表上一划：“按以往的规格和人数请媒体。我们靠媒体宣传，但更靠自身实力。不该花的钱一分也不能花。”

“冬菇头”假装惭愧地沉默着。

杜心月语气凝重：“你知道吗？现在政策变了，政府采购首选是国产的，外资企业尤其是IT业可谓首当其冲。在这个艰难时期，公司面临很大压力。我们是坐在同一条船上的，一损俱损，一荣俱荣。节省开支、注重实效是每个人都要重视的……”

“冬菇头”装作一脸委屈。

桌上的手机震动了。

“好了，你好好反省一下。”

杜心月拿起电话接听。“冬菇头”鞠躬出去。

电话里传来杜爸爸的声音。

“心月呀，有个学生家长送了我一只土鸡。一会儿我去你家，晚上炖鸡汤给你们喝。早点儿回来啊！”

杜心月一惊：“嗯，爸，你……你别去了，要不我回你那儿吧？”

杜爸爸嗔怪道：“你挺着个大肚子跑来跑去的，像什么话！不对，你不会有事瞒着我吧？……又和赵雷吵架了？”

杜心月：“没！没！我们好着呢！你要来就来吧，我馋着你的鸡汤呢！我要工作了，先挂了啊。”

杜爸爸：“那你忙吧，我有你们家的钥匙，一会儿就去。你就等着下班喝鸡汤吧！”

杜心月：“嗯，那晚上见！”放下电话，她做了个深呼吸，暗想：“糟糕了！”她打给顾宁，很快接通了。“顾宁，糟了，我爸下午要去我家，不知待多久呢。”

顾宁沉吟了一下：“干脆让杜伯伯知道，好好教训一下赵雷。”

杜心月急了：“不行！不行！我爸年纪大了，他自己婚姻不顺利，就盼着我能有一个好家庭。我已经失败过一次，不能再让他为我担忧、难过了……”

顾宁犹豫着：“可你就这么回去也太便宜赵雷了！”

杜心月：“为了我爸，顾不得那么多了。就是装也得装给我爸看！”

顾宁：“不行，在送你回家前，我要和赵雷谈一谈，先这样吧。”她挂了电话后自言自语：“哼！赵雷，你可有把柄在我手上呢！”

寂寥的咖啡厅里，顾宁坐在一个角落里，面前摆着一杯咖啡。

赵雷从外面匆匆走进来，一下坐在对面的座位上，漠然地看着她。

“你在电话里威胁我！约我来这儿，是想帮她求情吗？告诉你，这是我们的家事，你最好少管！”

顾宁不紧不慢，喝了一口咖啡：“不忙，我想先和你谈谈找人代替体检的事。”

“有什么好谈的？我们没什么可谈。”

“是吗？那我去和你们公司人事部谈谈。再见！”说着顾宁起身准备向外走。

“等等！”赵雷叫住她，“你想说什么？”

“杜心月是我最好的朋友，当初她和你谈恋爱，我们好姐妹全都反对，可她偏不听。你们结婚后，我没见她开心地笑过一次。这次，你竟然在大雨天把临盆在即的她赶出家门！赵雷，你是男人吗？你也太狠了吧！不管你们之间发生什么事，你都不能做出这种禽兽不如的事！”

赵雷恨恨地看着她：“说完了吗？”

“没有！我告诉你，每年你们公司体检，你都找人代检的证据可一直在我手里。如果你再敢对心月不好，我就把这件事抖出去，除非你认为这份工作对你一点儿都不重要！”

赵雷冷笑着：“你抖吧，谁不知道我们公司是全球出了名不裁员的外资大户，想威胁我？没门儿！”

顾宁：“好吧，那就走着瞧！你的糖尿病史有三年了，血压高、胆固醇……”她从手袋里拿出一个档案袋摔在赵雷面前，“这是三年来你所有找人代检的证据。别忘了，这些人可都是我帮你找的。我想，不管你在哪家公司工作，没有人愿意录用一个不诚信的人！好自为之吧。”

他想去拿那个档案袋，但被顾宁眼疾手快收回了。

赵雷的态度瞬间软化：“唉，谈谈呗。你以为我容易吗？想当初，她离了婚，没人要，是我毫不嫌弃收留了她。为了能让她顺利跟我结婚，我愣是对家人隐瞒了她的婚史。我最听我妈的话了，为了她我竟然欺骗我妈！我……”

顾宁：“赵雷，你不要动不动就把这些话放在嘴边。心月不欠你的，是你死乞白赖追求她要跟她结婚的。好了，我没空和你啰嗦。杜伯伯已经去你家了，目前还不知道你们的事，心月也不想让他知道。下班后，我会送心月回家，该怎么做你看着办吧！”

赵雷有点无耻地笑了：“你这是求我吗？”

顾宁斜睨了他一眼，走出咖啡厅。

赵雷撕开三包糖，倒进桌上喝剩的咖啡里，一饮而尽。

客厅里散发着暖暖的灯光，餐桌上已准备好了丰盛的饭菜。

杜爸爸坐在沙发上安详地看着报纸。

赵雷从外面回来，见到杜爸爸，立刻恭敬地打招呼。

“爸，您来了，提前说一声，我去接您嘛！”

“不用，我自己能来。你们上班都忙，我退了休，除了给几个孩子辅导功课，没别的事。这不，一个学生家长送了我一只土鸡，我带来给你们补补身体。心月就快生了，你工作也辛苦，都补补！”

赵雷恭敬地说：“谢谢爸！”

杜爸爸：“心月怎么没和你一起回来？她挺着那么大个肚子，赶上下班高峰期好打车吗？”

赵雷：“我这些天一直在陪一个大客户，我俩的下班时间对不上。您放心吧，她有一帮姐们儿照顾呢！一会儿就到。”

杜爸爸：“姐们儿再好，也不如和你亲呀，毕竟你们是两口子。还有啊，你们俩都有产假嘛，不如就休假在家。她就快生了，你做丈夫的也该多操操心。”

赵雷奉承道：“爸说得太对了！不愧是校长，我们就需要您这样高屋建瓴的指示。您先坐着，我给心月打个电话，看她到哪儿了。”

他侧侧身，避开了杜爸爸的视线，装模作样打电话。门铃响了，赵雷边去开门边说：“您看，说心月，心月到，这不回来了？”

门外竟站着两个社区警察。

赵雷意外极了：“你们……找谁？”

杜爸爸也同样感到意外。

其中一警官：“请问这是赵雷家吗？”

赵雷：“是，我就是赵雷。”

另一警官：“我们是社区的警察。他是孟警官，我是王警官。”

孟警官：“请你跟我们去趟派出所。”

赵雷：“为什么？我犯了什么事？”

王警官：“有人举报你非法剥夺他人住宅权，侵犯他人人身权利，虐待妊娠期妇女。跟我们回所里做个笔录吧。”

对赵雷而言，这简直就是个晴天霹雳！

对一切本就浑然不知的杜爸爸默默地看着眼前的一切。

赵雷：“不是吧，你们唱得是哪出呀？这是我的家务事。”

孟警官：“目前我们辖区各片儿都在努力构建和谐家园。所里接到群众举报很重视，安排我们和你谈一谈。”

赵雷：“清官难断家务事，这跟你们没关系。”他急了，向杜爸爸求救，“爸，你帮我说句话，这算怎么回事呀！”

杜爸爸不知该如何开口。

王警官：“赵先生，请配合我们的工作，走吧。”

赵雷一脸的懊恼：“我不会坐牢吧？怎么回事？报警了！她丫的报警了！”他悻悻地跟着警察离开了。

客厅里只剩下了杜爸爸，他焦急地等着女儿回来好弄清这一切。

正值下班高峰期，路上有些堵车。

樊志刚开着顾宁的车缓慢行驶。顾宁坐副驾位上，杜心月和艾茉莉坐在后排。

顾宁：“心月，这次回去别怕赵雷！前有杜伯伯，后有我们闺蜜团，就连志刚也是才下手术台就来开车了，多强大的支援！”

杜心月：“怎么都好，就是得稳住我爸，千万不能让他看出来。我爸是个特要强的人，在学校工作了三十多年，是各级各类的优秀教师、特级教师，做校长得到市政府嘉奖的。可唯独在感情上……我妈最终还是跟别人走了！这件事对他打击挺大的，他总觉得自己是个特失败的人。现在他老了，最大的愿望就是我能有一个美满的家庭。我和刘俊离婚后，他嘴上不说，心里可难受了……所以这次，无论如何我都不能让他知道我和赵雷的事，不能让他再难过了！”

艾茉莉：“心月，感情是两个人的事，绝不是一个人能左右的。这次回去，你可要从长计议呀！”

顾宁气愤地说：“议什么议？一个男人在暴雨天把怀孕的太太赶出家门，这就是犯罪！心月，别想那么多，等杜伯伯一走，我就接你回酒店！”

杜心月忧虑地看着自己隆起的腹部，为了宝宝努力让自己平复情绪……

杜爸爸依旧踱着脚步……他打开桌上的汤煲，试了一口鸡汤，盖好盖子，重新在客厅踱步。未几，又打开汤煲的盖子试汤，又重新盖好盖子，继续踱步。突然，他听到钥匙转动的声音，急着先开了门。

杜心月见到爸爸，百感交集。

“爸——”

“心月，你终于回来了，爸爸有好多话要问你！”

顾宁瞥见一桌丰盛的饭菜，却不见赵雷出来，皱了皱眉头：“杜伯伯，赵雷还没回来吗？”

杜爸爸困惑地看着他们：“怎么？不是你们报的警吗？赵雷刚被警察带走了！”

听闻此言，众人皆惊。

杜心月：“顾宁，你只说赵雷有把柄在你手上，可你没说会报警呀！”

顾宁："没错，我没报警啊。"

艾茉莉也赶紧澄清："也不是我报的警！"

杜心月："……"

樊志刚："……知道这事的本来就不多，今天到场的只差一个人！"

没错，差的那个人正是罗丹。此刻，她正和黄总你来我往地练球，扣杀猛烈。十几个回合后，黄总渐渐招架不住，将一球打出界。他扣下球拍，不停喘息。罗丹也扣下球拍，拿来两瓶水，递了一瓶给他。两人边喝边聊。

"黄总，你进步挺快的。拉、抽、弹、拨、挑，样样不差。"

"多亏罗教练训练有方，我是个天生愚笨的人。"

"黄总太谦虚了。"

"罗教练，下礼拜我想跟你学习怎么制造提拉球，我一哥们儿最爱打下旋球，我控制不了他，等我学个狠招跟他死磕。"

"黄总，今天是我最后一场约球，下周我休息。"

"没关系，休息不过几天的事，我等你回来。"

"过些日子是我的订婚仪式，接着就要忙婚礼了。你这一等可能要一个月后……"

黄总一时间有些错愕："你要结婚了？怎么从没听你说过有男朋友呀？"

罗丹："我男朋友是上大学时认识的，感情一直很稳定，结婚也是水到渠成的事。"

黄总的失望掩饰不住，愣愣地看着罗丹。

训练室外有人敲门，随后一个和罗丹年龄相仿的青年推开了门。他的眼神干净清澈，他就是罗丹的男友方大宇。

"丹丹，你下课了吧？看我把什么带来了？"他打开手上的纸袋，从里面拿出一条银色的裙子递给她："比比看！"

"呀！订婚礼服？你买下来了？不是说好一块儿去买嘛！"

"你在电话里说晚上要去杜心月家看看，我不想你跑来跑去的，就先买了。"

罗丹咯咯地笑了："可后来我改变主意了，我不去了。我替心月想到了一个更好的办法。她家赵雷在那儿受教育，肯定比我们一群闺蜜陪着更给力！"

派出所一间普通的办公室里，赵雷毕恭毕敬地接受着两位警官的教育。

杜心月几人在纷乱的脚步声中来到办公室门口。

顾宁一眼瞥见坐在警官面前的赵雷，不禁解气地大笑着："哟！我当是谁呢？原来我们的赵大白领也会进局子呀！"

刚才还毕恭毕敬的赵雷此刻变得非常愤怒，他不自觉地攥紧了拳头："你们敢耍我！"

杜心月："赵雷，你误会了，我们也不知道是怎么回事。"

赵雷噌地一下站起来，恨恨道："杜心月，你不想让你爸知道咱俩的事，派这个女人来求我，我配合了。可你……你够阴的！求和是假，送我进局子才是真！我怎么就没看出你是这样的人呢？我……"他气得握拳顿地。

顾宁急了："谁求你了！你猪八戒倒打一耙！"

樊志刚拉了拉她："顾宁，少说两句。"

孟警官："好了，既然双方当事人都来齐了，我们就调解一下。二位坐！"

赵雷沉默着坐下来。

杜心月坐在离他较远的椅子上。

孟警官刚要开口，顾宁不解恨地先说话了："我怎么早没想到这个办法！赵雷，就你这号人还真得警察来收拾你！"转向孟警官，"警官，他这样欺负妊娠期妇女是不该坐牢呀？"

赵雷恨得眼冒怒火："你……就是你带坏了杜心月！"

孟警官："这是家庭内部矛盾，我们以调解为主。其他人先出去，你们夫妻俩留下来。"

顾宁："不行，我不出去，我怕我朋友再受气！我不走！"

樊志刚："听话顾宁，我们去外面等。"伸手拉她，被她甩开了手。

艾茉莉也去拉顾宁，同样被顾宁甩开了手。

顾宁站到杜心月的椅子旁："警官你不知道，我这个好朋友，在外强势，在家软弱，对付赵雷这种一根筋还得靠我！"

杜心月疲惫地坐在椅子上，双手轻揉着肚子。

尽管樊志刚和艾茉莉一再劝说，但顾宁却更加不依不饶了。

"就不！我今天倒要好好见识一下赵大白领是怎么在警察面前服软的！"

说话间，赵雷突然抓起面前办公桌上的文件架向杜心月和顾宁的方向扔去！

文件架里的文件纷扬落地，令场面平添了几分混乱。

众人惊叫！

说时迟，那时快，樊志刚突然一闪身，冲上前用手挡开了那个文件架。但因事发突然，他整个人没站稳，向门口后退了几步，靠在了门外走廊的墙上。

王警官喝道："赵雷，你住手！住手！"果断地拿出手铐铐住了他。

"你这是严重的家庭暴力，得好好接受教育！"孟警官警告他。

王警官："就是，刚才还毕恭毕敬地说自己错了，转眼又来了。走，去拘留室！"

赵雷像看到了救命稻草一样，立刻扑到杜心月身边。

杜心月本能地向一边躲。

樊志刚忍痛按着受伤的手臂冲上前护着她。

艾茉莉也站到杜心月身旁，安慰她："没事的，心月，我们都在呢！"

赵雷喊着："心月，你救救我吧！我不能被拘留！我们公司正在搞年终测评。要是被公司知道，我就没工作了！”

两个警官上前按住了赵雷：“走！”

顾宁忍不住又说话了：“哼！赵雷，你不是在全球出了名的不裁员外资大公司工作吗？怎么也怕丢饭碗了？心月，别心软，关他一段时间，好好给他个教训！”

樊志刚少有地恼怒了：“顾宁，事情都到了这个地步，你就不能闭上嘴吗？”

赵雷：“心月！心月你帮我说句话吧。我不是故意的，我就是这暴脾气，夫妻一场，我以后会好好待你的。我保证！我保证！我拿人格做保证！”

顾宁：“嗤！你还有人格？心月，别信他！”

樊志刚喝止道：“顾宁，不要再说了！”

杜心月虽然深感为难，但她很快立定了主意。

“两位警官，今天真是对不起，给你们添麻烦了。我代我丈夫道歉。我想带他回家。这毕竟是我们的家事，请给我们一点儿时间处理。”

两个警官互相看了看。

孟警官问樊志刚：“刚才你也受了伤，你同意就这样放赵雷回家吗？”

樊志刚看看杜心月，决定尊重她的决定，“同意，我同意。”

杜心月：“谢谢你，樊志刚。”

顾宁不解恨：“心月，你疯了？你还能信他吗？”

杜心月很坚决：“不能！”

艾茉莉：“那你……”

杜心月：“赵雷，我可以带你回家，因为我们的问题是没法在这儿解决的！你看是签《离婚协议书》呢，还是交给法院判呢？当然，今天所有在场的人都可以成为我们的证人！”

赵雷大惊失色：“啊！不！不！心月！我不离婚！我不能离婚！”

当杜心月疲惫地和赵雷回到家时，杜爸爸赶紧迎上来，他要为心爱的女儿撑腰。

赵雷装得像个好丈夫一样，想扶杜心月坐下，却被她冷冷地推开了。

杜心月：“爸，我回房休息一下。”

赵雷显得很殷勤：“我扶你去！”

杜爸爸却厉声叫住二人：“站住！都给我站住！你们两个都过来！”

杜心月和赵雷顺从地坐到杜爸爸面前。

老人家沉默了一下，严肃地说：“我问过派出所了，发生了这么大的事，你们眼里还有没有我这个当爸的？”他盯着赵雷，“赵雷，你说！谁给你的胆子让你把我女儿在大风大雨天赶出去的！她怀着你的孩子，你不心疼她也不心疼自己的孩子吗？”他恨得拿起茶几上的遥控器向赵雷打去。

赵雷竟然毫不避让，迎上去说：“打吧！您打吧！红杏出墙、偷汉偷情都是我的错！”

杜爸爸：“你说什么？”他握着遥控器的手悬在了半空。

赵雷掏出手机：“你自己看吧！”

杜爸爸拿过手机一看，上面是一对男女的照片，甚是亲密！他们正是在医院相遇的杜心月和刘俊！

赵雷带着哭腔为自己辩白：“你们不分青红皂白地把屎盆子全往我一人头上扣，错的好像都是我！又是报警又要离婚的！我容易吗我？我是个男人，是男人就会妒忌，爱老婆才会在意！你看他们嘴都对上了，还不知道下一步会……”

杜爸爸：“这不过是一张照片，你不能凭它就污蔑心月。我自己的女儿我知道！”

杜心月激动地抗议：“原来你就为了这个？这只是角度问题，当时我们只是在说话，我离他很远的，根本就没碰到！”

赵雷反驳：“别瞎掰了，那不过是你的掩饰！”

杜心月很气愤：“你非但不陪我产检，还这么不相信我！当我一个人受人欺负时，你在哪里？我们……”她看看爸爸，“本来，我不想让爸知道这件事，就尽量瞒着，如今也没必要了。你能赶我出门，又在派出所拿东西砸我……这日子过不下去了！离吧！当着爸的面早离早散！”说罢，她起身走进卧室，关上了门。

杜爸爸痛心地说：“唉！真想不到你们会走到这个地步！赵雷，我真是看错了人。”

赵雷突然跪下求饶：“爸，求你跟心月说句话，是我不好，我错了，我不想离婚。我知道你也不愿我们离婚！”

杜爸爸摇摇头，把脸转向一边。

赵雷赶紧跪到杜爸爸另一侧说：“爸，这个时候，只有你能帮我了。求你了爸！”

杜爸爸叹口气：“其他先不说，我带心月回家！”

赵雷：“那你答应不让心月和我离婚了？”

杜爸爸：“那是你和心月的事，我要尊重她的想法！”

赵雷有些绝望了：“你也赞同我们离婚吗？你就这样……逼良为娼吗？好吧，我成全你们！”他站起身向厨房冲去。

杜爸爸：“什么乱七八糟的！不可理喻！”

杜心月拉着行李箱从卧室走出来：“爸，我们回家！”

杜爸爸伸手扶着女儿：“走，爸带你回家！”

就在这时，赵雷突然出现在他们面前，手里竟然握着一把明晃晃的菜刀！

杜爸爸本能地挡在女儿面前，厉声喝道：“赵雷你干什么？把刀放下，别乱来！”

赵雷悲绝地看着他们父女二人：“答应我，心月，不离婚！”

杜爸爸：“先把刀放下，有话好好说。”

赵雷：“不，你不答应，我就在你面前把血一滴滴地流尽。”

寒光一闪，赵雷的手腕开始滴血。

杜心月惊恐地叫出来：“呀——”她几乎晕倒。突然，她痛苦地按住了肚子，身体向下沉，地上隐约有些液体。是血！

杜爸爸惊叫。

赵雷扔掉菜刀："快送医院！"

杜心月痛苦地说："打给顾宁……"

幽暗的黑夜只有零星的路灯相伴。

急诊室外的红灯一直亮着。外面的座椅上坐着赵雷、杜爸爸、顾宁和樊志刚。四个人并无交流，默默地待着。

急诊室的门开了，妇科周大夫走出来，摘下口罩。

众人立刻站起来。

樊志刚第一个发问："周大夫，病人怎么样了？"

顾宁："大人、孩子都保住了吗？"

杜爸爸："我女儿没事吧？"

赵雷紧张地看着。

周大夫说："病人送来时，出血很严重，还好抢救及时，现在状态稳定了，只是孩子……"

杜爸爸等人都听得心痛难受，不知孩子究竟怎样了。

03

清晨，阳光从窗外照进来。

病床上的杜心月终于醒了。她呢喃地唤着：“宝宝——宝宝——”

坐在一旁的顾宁、罗丹和艾茉莉听到声音立刻围上来。艾茉莉边用毛巾给她擦脸边说：“心月，你终于醒了。”杜心月用手摸摸肚子，感到钻心的疼痛。

顾宁：“怎么？痛吗？可能是刀口的麻药劲儿已经过了……”

杜心月困惑地问：“什么刀口……麻药？”

顾宁：“嗯，你被送到医院的时候情况很糟糕，周大夫给你做了剖腹产手术。”

杜心月更加茫然了。

艾茉莉安慰她：“周大夫医术很好，手术非常成功。这些年，每次我都挂她的号。”

顾宁：“什么话？你也来产检吗？”

艾茉莉：“……唉，妇科嘛！难道你没看过妇科？”

杜心月终于有些清醒了：“我的宝宝呢？宝宝呢？”

罗丹口无遮拦地说：“别说你了，我们也没见到！听说要在那箱子里待一段时间呢！”

杜心月惊愕地看着罗丹。

顾宁对罗丹喝道：“就你多嘴又多事！要不是你报警，哪会惹出这么大的麻烦！”

杜心月无心其他，焦急地喊着：“什么箱子？我要宝宝！我要我的宝宝！宝宝在哪儿？”

透过恒温室的大玻璃窗可以看到里面一排排的早产儿保温箱。其中一个箱体前站着穿了消毒服的樊志刚和一名护士。樊志刚像是在录像。

杜心月隔窗呼喊：“宝宝！那是我的宝宝吗？”

艾茉莉：“瞧！樊志刚在拍他，那个肯定就是！”

从樊志刚旁边的一个透明箱子里，隐约能看到婴儿的小手……

杜心月急了，攀着玻璃："……妈妈要见你！你不能待在那儿！不能！"

顾宁劝阻她："心月，你别这样。孩子早产必须睡在温箱里，等他的身体能适应外界了才可以出来。等你养好了身体，做无菌消毒后才可以去看他。等等吧！"

说话间，樊志刚从里面走了出来，急忙把相机递给她。"杜心月，你看，这是宝宝的视频。我是第一个见到他的！很可爱，还会笑呢！"

杜心月不禁流泪了，痴痴地看着："宝宝，我的宝宝，是妈妈不好，是我害了你，不足月就出生了，还要和妈妈分开！"

罗丹："哪能怪你呀，都是那个死赵雷！要不是他割腕吓唬人，孩子怎么会早产呢？"

杜心月听到赵雷的名字就莫名地激动，不由得发抖。

樊志刚见状，忙说："回病房休息吧，你要好好静养。"

顾宁冲着罗丹没好气地说："你可真是哪壶不开提哪壶！走吧你，不是明天有订婚仪式吗？快回去准备吧！"

罗丹吐吐舌头："那……我走了。"看看表，"我还真得走了，中午约了大宇。"

杜心月急切地问道："樊志刚，孩子要在这儿待多久呀？"

樊志刚："我听周大夫说，宝宝刚出生，什么情况都有可能发生，尤其是早产儿，更是不能掉以轻心，所以需要住院观察一段时间。你现在能为宝宝做的就是养好自己的身体。来日方长，宝宝需要你的日子还多着呢！快回去休息吧！"

杜心月恋恋地望着恒温室里的孩子。

病房里，赵雷把一大束百合花放在杜心月的床头。身后传来一阵脚步声，他回头一看，进来的竟是杜心月的女同事"冬菇头"，她手里还拎着一个水果篮。

赵雷诧异地问："你来这儿干什么？"

"冬菇头"："当然是来看我们杜经理呀！听说她早产了，我代表同事们来慰问她。"不怀好意地笑了，"顺便也来提醒你，最佳时机已经到了！"

赵雷："快出去，别烦我！"

"冬菇头"："烦你？别忘了，当初可是你来求我的！现如今，放着这么好的机会，你不好好把握，更待何时呀？"她甩了甩头发，"我开的条件不亏待你了。等我的 E-mail 吧！"

杜心月在顾宁和艾莱莉的搀扶下出现在房门口，一见到赵雷，满眼都是恨！

"冬菇头"假意问候："头儿！恭喜你添丁了，我代表大家来看你。"她把水果篮放在桌上，见情势不对，便说道："那我回去干活儿了，你好好休息啊。"闪身出去了。

赵雷殷勤地凑上来："心月，你去哪儿了？我带来了你最喜欢的百合花。我……"

杜心月坐在床沿说道："出去！你给我出去！"

赵雷握着她的手向她认错："心月，我错了，这一切都是因为我太紧张你了，太爱你造成的。我们好好谈谈。"

杜心月甩开他的手。

赵雷痛楚地皱了皱眉，故意叫出声："哎——"

众人的视线落在他缠着纱布的手腕上。

杜心月："我累了，想休息了。《离婚协议书》你来写吧，我签字。"

赵雷动情地说："心月，我不会跟你离婚的。我不能这么自私，在你最需要我、在儿子最需要我的时候离开你们。我不能！我绝不能！你看，这百合花就寓意着我们一家人要和和美美地过下去！"

杜心月嘲讽地笑了笑，没有说话。

顾宁激动了："现在知道心疼老婆和儿子了，太迟了吧？大雨天你是怎么把她赶出家门的？连一通慰问的电话都不打？"她脱下高跟鞋打他。艾莱莉拉也拉不住，赵雷护着头躲……

杜心月烦恼地掩着脸。

赵雷流着眼泪："心月，不管怎样，我都不离婚。儿子现在睡在恒温箱，能不能活下去，就看我们怎么努力去爱他、去呵护他，帮他度过这难关。"

杜心月一听害怕了，心软了，眼里就好像看到可怜的儿子一样。

赵雷更进一步说："你也需要人照顾，我绝不能在这个时候跟你离婚。当时我们都在气头上，说的是气话，做的都是错事。可现在，儿子……"他哽咽了，"我们要一起照顾儿子，一起尽父母的责任。你忍心让他一出生就父母分离吗？只有一个健全的家，一对感情稳定的父母，孩子的身心才能健康成长。"

杜心月显然有些动容。

赵雷借机在床边坐下来。

"心月，我不只要和你一起照顾儿子，还要让你们以后都好好享福。心月，辞了工作吧！"

杜心月和顾宁她们都为赵雷这意外的提议感到诧异。

赵雷："你在家里安心养好身体，好好带儿子。虽然我们不能给他一个健康的开始，但我们可以给他一个健康的未来！辞了吧，我是个男人，养活妻儿是我的天职。我有能力照顾好你们！"

赵雷的口才不愧为一个销售出身。

杜心月显然又感动又意外，一时间难以判断眼前的一切。

顾宁看着赵雷，目光中带着明显的不信任。

艾莱莉以纸巾抹泪："心月，给赵雷个机会吧。婚姻本来就是相互迁就的。"

杜心月惘然地摇头："赵雷，你赶我出家门的那一刻，你知道我心里有多痛吗？你想到过我和宝宝吗？当时我一个人在走廊，原来这世界是那么冰凉的。在大雨肆虐的街头，我叫天不应叫地不灵，那时你在哪里？就算是一条狗你也不会这么狠心对它吧？”她终于宣泄了。

赵雷低头无语。

就在这时，杜爸爸走进了病房。

赵雷一见，立刻起身问候：“爸，您来了。坐，坐。对不起，是我吓着您和心月了！我将功赎罪，以后就让心月待在家里，做一个幸福的主妇。我来养活他们娘儿俩！”

杜爸爸坐到女儿对面：“心月，你是怎么想的？”

杜心月摇摇头。

杜爸爸：“昨天晚上我一直没睡，尽想着你们的事。‘人非圣贤，孰能无过？’既然赵雷知道错了，我们就该给他一个改过的机会。刚才我去看我的外孙了，隔着玻璃……唉，什么时候才能让我好好地抱一抱呢？”

杜心月崩溃了。

杜爸爸：“孩子一出生就睡恒温箱，更需要父母的关爱和照顾。哪个家庭没有些磕磕碰碰呢？心月，和赵雷一起去面对吧！”

父亲的话动摇着杜心月。

赵雷意识到胜利在望了：“爸，心月，我听说月子里不能看书、看报、看电脑，太伤眼睛。那心月的辞职信我替她写吧！”

杜爸爸还没弄清楚辞职是怎么一回事。

顾宁：“辞职的事还是搁一搁，太仓促了！”

赵雷堆起笑容说：“也好，不忙。”

顾宁没趣了：“好了，既然你们一家都和好了，我也该去看我的新房了，志刚的大姐还等着呢。心月……”紧紧握了她的手一下，胜过千言万语。

潮水轻轻拍打着海岸，不远处是一个高档别墅区。

宽敞的客厅内摆放着明朝家私，古色古香。

顾宁、樊志刚还有大姐站在客厅的正中央。

大姐：“这房子多年没有住人，有些旧了。如果你们喜欢，我找人装修一下。”

顾宁：“不，大姐，这里很好，搞搞卫生就可以了。”

樊志刚：“大姐，你那么喜欢这房子，为什么每次回来不住这儿反而住酒店呢？”

大姐环顾四周，颇为感慨：“这里是家嘛！我的家从来不见客的。住酒店是为了见客人方便。”

顾宁对这套大宅的喜爱溢于言表，忍不住摸着古典家私上的精美雕花。

大姐瞥了她一眼，也瞥见了雕花上的灰尘。她优雅地坐在罗汉床上，颇有深意地看着顾宁：“你们要是搬进来，光是这雕花上的灰尘就得擦些日子。”随即她又笑了笑，“张爱玲不是说过嘛，男人是风，到处乱跑，造成许多灰尘，女人则是红木上的雕花，专门收集灰尘，使她们一天到晚揩拭个不停……顾宁，就怕这灰尘你永远都擦不净呀！”

顾宁自信地看着大姐：“想不到大姐还是张爱玲的粉丝。没事，我可以请阿姨打扫！”

大姐轻轻摇摇头：“粉丝？我长这么大可没崇拜过谁。顾宁，看来我们真是两个世界的人。”

顾宁擦错了皮鞋，为了找台阶，她挽住樊志刚的手臂说：“没关系，我和志刚在同一个世界。志刚，明天我们去看看家电和床上用品吧。”

樊志刚应声。

大姐:“不急，就是不装修也要重新粉刷一下，毕竟是新房嘛，也该有些新气象！”

顾宁：“还是大姐考虑周到。谢谢大姐！”

赵雷从医院出来，一脸的得瑟，和杜心月的问题终于又被他解决了。他得意于自己就是个解决问题的高手。他正要去取车，赫然发现有人在等他。

是“冬菇头”！

赵雷怕被人看见，忙打开车门，示意她上车再说。

“你怎么又来了？”赵雷显得很不耐烦。

“这叫分秒必争。”说着“冬菇头”把手上的文件袋递给赵雷，“打开看看吧！”

赵雷打开文件袋，取出两份合同。

“这是咱们事成之后要签的合同，条件跟 E-mail 上一样，没问题你就签了吧！”“冬菇头”说。

赵雷看也不看，把合同还给了“冬菇头”：“只有两个季度的礼品采购订单，太少了吧？”

“冬菇头”：“不是之前谈好的吗？先签两季的。”

“要知道，杜心月好歹也是我们家的摇钱树。你现在利用我骗她辞职，鸠占鹊巢，就给这点儿……怕拿不出手吧？准经理？”赵雷冷笑着。

“冬菇头”：“你太狠了吧？咱还是老乡呢！”

赵雷做了个请她下车的手势。

“冬菇头”：“你什么条件？”

赵雷：“签满一年。其他条件不变。”

“冬菇头”：“成交！那就快点儿，不能再拖了。”

赵雷：“等消息吧！”

杜心月一小步一小步走在医院的走廊上。她痛得一头汗，好不容易来到一排休息椅前，慢慢坐下。

不远处，赵雷提着一个暖水袋走近了。他正要推开一间病房的门，忽然看到了坐在休息椅上的杜心月，便匆匆走过来，在她身边坐下，殷勤地把热水袋垫在她腰后。

“心月，敷个热水袋吧，舒筋活血，腰也没那么难受。”

“谢谢。”

“你不在病房好好休息怎么坐这儿了呀？”

“我想去看宝宝，可又走得痛……”

“宝宝要看，你自己也要养呀！再说了，你一个人去多不方便呀！”

杜心月固执地说：“我就是要看宝宝。”

赵雷哄她：“好，一会儿我陪你去。不过，现在呢，我们要先为宝宝做一件事。”

“什么事？”

赵雷从衣兜里取出一张纸，递给她：“这是我替你写的辞职信，你看看。”

杜心月心绪烦乱：“这件事太突然了，我还没想好。”

赵雷语气更温柔了：“没关系，你可以慢慢想。但我们的宝宝他必须有一个规划好的未来！”他梳理着杜心月的头发，“你想呀，他那么小、那么脆弱，就算从恒温箱里出来，能马上适应外面的环境吗？他需要二十四小时的贴心照顾，需要爸爸妈妈无微不至的爱。这份责任只有我们能承担得起！”

杜心月感到困惑：“我想让宝宝得到好的照顾，可我并不想失去工作！”她抗拒辞职，不再给赵雷说话的机会。她撑着椅背，费力地想站起身。

赵雷赶紧扶她，温柔地说：“回去休息吧。”

“不，我要去见我的孩子，他生下来还没见过妈妈呢。”

“那好，我送你在外面看看吧，等下我还要陪一个大客户。”

“不，我要进去，我不要隔着玻璃老远看我的孩子，我连他的样子也感觉模糊，只能靠视频。不行，我一定要见我的孩子，这是一个妈妈的权利，也是孩子的权利！”

赵雷哄她：“好，好，我陪你去跟护士说。”借机把辞职信塞进杜心月的衣兜里，“有时间你再看看这辞职信。心月，为了宝宝，我们不得不面对现实。”

她终于如愿进了恒温室，换了消毒服后，由护士带着来到一个保温箱面前。

护士：“这就是你的孩子，状况良好，不用太担心的。”

杜心月看得眼睛发亮了：“谢谢你，让我跟孩子待一会儿可以吗？”

护士同意了。

杜心月静静地坐下来，眼睛一秒也不离开孩子。

孩子捏着粉粉的小拳头，好像感觉到了妈妈，小手动了一下。

杜心月微笑着，眼泪忍不住了：“宝宝，见到妈妈开心了？”她的手摸在玻璃箱上，想握孩子的手，“你一个人在这里怕不怕……不要怕，妈妈在你身边，你会好好的，会长得白白胖胖……比妈妈都高……你头发很多啊，哈哈……你很漂亮，你在妈妈心中是最漂亮的……”

孩子的小手在动！

杜心月："哈哈，你想让妈妈抱是不是？妈妈也想抱你啊……妈妈一定会带你出去的，你要相信妈妈！你要很坚强，妈妈也会很坚强的，妈妈以后会陪你玩，陪你认字……妈妈不工作了……要补偿你……你要有勇气，多喝奶，才有力气，才能快点儿出来，那妈妈就可以抱宝宝了……"

她身后不远处，是樊志刚，看着她也偷偷抹泪。

杜心月想多跟孩子说些话，却发不出声音了……

樊志刚从旁递给她纸巾，她这才醒觉过来，无言感激。

樊志刚："我扶你回去吧。"他架起一只胳膊，杜心月的手搭在上面。他用这样的姿势，绅士般地让杜心月扶着走。十几步之后，杜心月停下休息。

"赵雷让我辞职在家照顾孩子和我自己，连辞职信都替我写好了。"她从衣兜掏出辞职信，递给樊志刚。

樊志刚接过来看了看，折好："你怎么想的？"

"我不想辞职。这份工作我干得好好的，公司也待我不薄。我从来就没想过要辞职。"

"我明白。现代女性都想家庭、事业两不误。"

"可孩子……孩子他的确需要我！一想到他那么小就和我分开，我这心里……把他交给谁我都不放心，只有我自己才能带好他！"

"杜心月，其实你已经做出选择了，只是你不愿去面对。一边是迫切需要你照顾的孩子，一边是你奋斗多年见到成效的工作，哪一样都割舍不下呀！"

"我……我就是不想失去任何一样！"

樊志刚点点头："可在现实生活里，有些是可以重新拥有的，而有些……却是永远的唯一！"

杜心月看着樊志刚清亮的眼神，似乎有了想法。

装修考究的酒店餐厅包房，墙壁上挂着几幅仿真的名画。

方大宇在打电话。他的父母穿着盛装已在等候。方父、方母五十多岁，保养得很不错，尤以方父更显年轻。

方大宇挂电话后，说："爸、妈，丹丹和罗阿姨很快就到。"

方母："没事，没事，我们是男方，应该等的。"

方父："女人嘛，总是要好好打扮的，何况她家还有两个女人！"

方母责怪道："过会儿你说话别这样没个正形，我们和亲家母可是第一次见面！"

方父："一回生二回熟，大家都是这个年纪的人，不用拘礼。"

方大宇："妈，不就是见面吃顿饭嘛。以后你也可以约罗阿姨逛街，你不是常抱怨家里没人陪你吗？"

方母："我就希望有个女儿，可老天偏不给我。不过，丹丹这孩子，我喜欢，看她的性格、教养，她妈准差不了。”

一个服务员敲开包房的门，她身后正是穿着银色礼服的罗丹和着宝蓝色暗花旗袍的罗母。

方大宇一家的眼球都被深深吸引了。

方大宇迎上去：“丹丹，你今天太漂亮了！真没想到我的丑小鸭竟然也能变成白天鹅。”

罗丹不顾仪态地给他一拳。

罗母嗔怪道：“丹丹！”

方大宇：“罗阿姨，你也很漂亮！来，给你介绍我的父母。”

其实，方大宇父母的眼神一直都没有离开过罗母。

方大宇：“爸，妈，这就是罗阿姨，她独自把丹丹抚养大，吃了很多苦。以后我们就是一家人了，你们也可以多走动走动！”

方父不断打量着罗母，好像似曾相识。

方母发现了丈夫的反常，狠狠地掐了他一下。但他依旧打量着罗母。

方父缓缓地说：“我们好像见过面。你贵姓？”

罗母：“我丈夫姓罗，我姓佟。”

方父：“姓佟？冬天里的一个人？”

罗母愕然，思绪不觉回到了三十年前。当时，她在一间歌舞厅推销进口高档酒，其中一位对她颇有好感的客人问她：“怎么称呼呀？”

罗母就是这样回答的：“我姓佟，冬天里的一个人。”

她端详眼前的方父，果然是故人重逢！还未等她开口，方父的表情一下严肃起来。他退后了几步，环顾众人，最后将视线落在儿子方大宇身上。

“大宇，你不能和罗丹结婚，你们的事到此为止吧！”

众人诧异，唯罗母表情尴尬之余也有些意外。

方大宇以近乎哭腔嚷着：“爸，为什么呀？一切都好好的，究竟为什么呀？”

罗丹毫不示弱：“叔叔，我和大宇认识不是一天两天了，你和阿姨也都喜欢我，你怎么说变卦就变卦呢？”

方父：“不为什么！我说不行就不行！”

方母：“老方，你不能这样不讲道理，不是都说好了吗，孩子的事让他自己决定！再说，你也喜欢丹丹呀！”

方母一把拉过委屈得有些不知所措的罗丹，护着她的肩说：“这个媳妇儿我要定了。”

方父不耐烦地说：“我不想跟这种人家啰嗦！你们想知道原因吗？我可以说，现在就说，说清楚！”他指着罗母说：“这个女人以前和我的客户有业务关系！”

罗母的身体在颤抖，她强撑着自己。

方母似乎明白了什么，一下推开了罗丹。

方大宇："爸，您什么意思？这跟我和丹丹的婚事有什么关系？"

方父："以前我做行政工作，我的客户爱去歌厅唱歌喝酒。她，这个女人，就是一个陪酒女！"

众人哗然。

方母靠近丈夫一些："怪不得，一进来我就感到一股妖气！都这把年纪了，还打扮得花枝招展的，也不害臊！"

方父："我绝不会跟这样的人家结亲！我们不能让人指指点点！大宇，你需要的是一个清白的妻子！"

方大宇不忿地叫出："可这和丹丹无关。无关！"

方母刻薄地说："鸡窝飞不出凤凰来！我们走，看着就反胃！"她去拽儿子，可方大宇抗拒着："我不走！我就要和丹丹在一起！"

方父也过来拉扯儿子，方大宇依旧抗拒着。

"丹丹，不管发生什么，我们都要在一起！一辈子在一起，不分开！"

罗丹茫然地看着眼前的一切。

突然，方母头一歪，倒在方大宇肩上，表情很痛苦。

方大宇："妈！妈你怎么了？妈！"

方父："肯定是给气的！快扶你妈回家！"

方大宇无奈地扶着母亲，回头看看罗丹："丹丹，等着我！"

方家三人出了包房。

偌大的包房内只剩下罗丹和妈妈。罗母眼中含泪。罗丹背对着母亲，不愿回头。

"我的学费、生活费就是你这样赚来的？"

"丹丹，你听我解释，事情绝不是你想象的那么糟！"罗母试图辩解。

"不那么糟？你如果能解释，刚才为什么不解释？"

"我……不想大家互相伤害，这太可怕了！"

服务员敲敲门，走进来问："请问现在上菜吗？"

"上，都上来！酒菜都上！"罗丹嚷着。

服务员退出包房去张罗。

罗母急于向女儿澄清："丹丹，你一定要听我解释。"

几个服务员走进来，很快上齐一桌菜。

罗丹拿起一瓶酒随即倒在精美的菜肴上。

罗母悲痛地说："丹丹，不要糟蹋！"

罗丹冷笑着："反正都是肮脏的！"说着，又拿起一瓶酒从自己的头顶灌下。

罗母阻止她："丹丹，不要！不要啊！"

罗丹扔下空酒瓶跑出了包房。

罗母呆呆地坐在包房的椅子上，一桩板上钉钉的婚事竟因自己当年的一段人生插曲即刻告吹！

清晨初升的太阳，照亮了这座美丽的城市。

病房里传来顾宁的责备声。

“什么？你真的辞了工作？那天我不是打住赵雷的话，让你把这事搁一搁吗？”

杜心月在床边叠着一些婴儿的小衣服，艾茉莉帮忙剪标签。

顾宁：“你以前又进学生会又做义工，出来工作后也是个三年不休假的人，现在竟然要当全职主妇？行吗？”

杜心月：“我不是当全职主妇，是当全职妈妈。你们买的这些，我挺喜欢的，谢了。”

顾宁：“你这是中了赵雷的套了，他就是想控制你。”

杜心月：“人一辈子能活七十岁？八十岁？我不过拿出一两年、两三年时间来全心全意地陪孩子，值啊。”

艾茉莉抢先喊出来：“当然值了！心月，你做得对，我支持你！”她带着万般遗憾憧憬着：“如果伟男肯让我生个孩子，放弃所有我都愿意！哦，那么可爱的小生命！”

顾宁：“瞧瞧！就你们这种人最容易被忽悠！心月，你肯定是被赵雷又忽悠了。这段日子，他照顾得你怎么样？人又哪儿去了？”

杜心月：“他忙。不过，他答应明天出院来接我回家。”

妻子口中忙忙碌碌的丈夫赵雷，这时正和“冬菇头”坐在咖啡厅一个不起眼的角落里。

“冬菇头”将面前的合约推给他：“这是四个季度的礼品采购合同，在上面签字吧。”

赵雷快速地看了一眼，面露喜色：“这的确是个大单。”

“冬菇头”：“当然，这里囊括了总部和五家分公司的采购总量。我没有亏待你吧！”

赵雷在合约上签了字，说：“我也走了一步险棋，心里怵得很。万一你坐不到这个位置，我们家心月可就白白失去了工作。”

“冬菇头”：“你太小瞧我了！我早就算准了，能和我竞争的人，一个一个都必须被除掉。”

赵雷不自觉地擦擦汗：“你真够狠的。”

“冬菇头”：“你不也一样吗？”

赵雷嘿嘿地笑着。

“冬菇头”：“没有你，我就没法扳倒她。她怎么也想不到会栽在自己老公的手上！天底下竟有她这样的傻瓜？每年的采购计划，她从不连用同一家公司，也从不要人的回扣，这么蠢的人占着经理的宝座真是浪费！哈哈……”

赵雷看着她，内心有一股说不出的滋味。

病房里，顾宁还在喋喋不休：“心月，经历了这么多事，以后你可要长着眼睛看人！我总觉得辞职这件事没那么简单！要是被我查出什么……”

“君子坦荡荡，小人长戚戚。”樊志刚边说着边走进病房，摘下手术帽，“君子对自己严格，对别人宽容。顾宁，你就少说几句吧。”

顾宁不服气：“喂！谁小人谁君子？志刚，你站哪边的？”

樊志刚：“少说几句就能少生事端。沉默是金！顾宁，我是来告诉你，大姐约了装修公司的人，叫你一块儿去看看。”

顾宁立刻喜形于色：“大姐可真有效率。走吧！”

樊志刚：“她特别叮嘱只让你一个人去。”

顾宁：“不就是装修吗？神神秘秘的……”

就在这时，罗母神情恍惚地冲到病房，焦急地喊着：“心月，你帮帮我，丹丹丢了，她丢了……”

众人都吃惊地看着低声呜咽的罗母。

杜心月：“罗阿姨，到底发生了什么事？丹丹不是订婚了吗？”

罗母：“丹丹的婚……结不成了！”

杜心月：“不会吧？方大宇的父母不是一直都很喜欢罗丹吗？”

罗母：“都怪我，是我害了她。”

随着罗母的讲述，大家才了解她在丈夫因车祸撒手人寰后独自抚养罗丹的种种艰难。为了多挣钱，挣快钱，她曾去歌厅过陪酒女！这段短暂的经历竟在多年后毁掉了女儿的婚约！

“我陪酒，主要是为了推销那些贵酒。别的我什么都没做！你们一定要相信我！”罗母抓紧杜心月的手为自己辩白，“心月，你相信阿姨吗？”

杜心月点点头，感慨万千。

罗母抓得更紧了：“心月，你们都是丹丹的好朋友。丹丹恨我，不相信我……两天两夜没回来。你们……不会也不相信我吧？”

杜心月抱着罗母：“不，罗阿姨，我相信你。为了罗丹，你是个伟大的母亲！”

罗母：“不，我不是。就因我过去的错，误了丹丹今天的婚事。我不是个好母亲，我对不起她……”

杜心月：“你是！罗阿姨，你根本就没错！”

罗母抬起头：“那……我应不应该报警啊？心月，你最关心丹丹了，你一定要帮我啊。以丹丹的个性，这次……不知她会不会自杀……”她担心地不敢往下想。

杜心月：“罗阿姨别乱想了！我答应你去把丹丹找回来！”

罗母眼神中闪动着亮光：“真的吗？”

杜心月想了想：“她没有别的地方可去……也许就在那儿！”

不错，杜心月想到的正是罗丹上班的俱乐部！

杜心月艰难地沿着俱乐部的走廊查看每一间球室，不断寻找。当樊志刚扶着她来到最后一间球室时，透过玻璃门，他们看到地板上坐着一个人，正是憔悴不堪的罗丹！她还穿着那身污迹斑斑的银色礼服。

“丹丹！”杜心月推开门走进去。

罗丹丝毫不动，没有任何反应。

突然，一个身影闪进球室。是黄总！原来，他一个人在俱乐部练球，无意间发现了在找人的杜心月和樊志刚。他隐隐觉得和罗丹有关，便暗暗跟着。他爱怜地看着她：“罗教练！”

罗丹仍旧纹丝不动。

杜心月艰难地走到她面前：“丹丹，跟我回去见罗阿姨吧，你们之间有误会！”

罗丹把脸别向一边。

黄总：“罗教练，你就是在这儿过的夜？”

罗丹点点头。

他看到桌上有几瓶没开封的水，拿了一瓶打开递给罗丹：“喝点水吧。”

罗丹接过来喝了一口。

他蹲下身：“告诉我，究竟发生了什么事？”

罗丹痛苦地说：“我不能结婚了！”

黄总：“为什么？出了什么事？”

罗丹：“就因为那个女人，她毁了我一生！”

黄总有些困惑：“你男友……有了别人？”

罗丹：“不，是我妈……不，她不配！她是个廉耻的女人！”

杜心月：“不是的，丹丹，罗阿姨是天底下最好的母亲，你跟我回去见她，就会明白一切！”

罗丹：“我不要见她！”

杜心月生气地说：“你不能这样对她！你必须跟我走！”说着就去拉她，却被罗丹推开。她抻到了自己的伤口，痛苦地叫了出来。

“杜心月！你还好吗？”樊志刚对罗丹嚷着：“你不知道她刚生完孩子吗？她听说了你的事，就不管不顾地跑来找你！”

罗丹异常冰冷：“你们走吧，我不会跟你们回去的，我这辈子都不想见到那女人！”

黄总试图打圆场：“罗教练，你一定饿了吧？我带你去吃点儿东西暖暖胃，走吧。”

罗丹竟顺从地站起来，跟在黄总身后。

杜心月拦住她："不行，你必须先跟我回去见罗阿姨，她为你担心的也一直没睡没吃，你能吃得下吗？"

罗丹："这是我自己的事，不要人管！"说完大步走出去。

杜心月在后面想追又追不了，拼命喊："罗丹！罗丹！"

黄总："给她点时间吧，我会送她回去的。"

看着他们渐远的身影，杜心月痛楚地说："我们是最好的朋友……为什么？为什么会这样？"

樊志刚安慰她："起码知道她平安无事。走吧，我们回去，你已经尽力了。"

海边大宅里，大姐坐在罗汉床上悠闲地品着茶。她穿着一套优雅贵气的衣服。

顾宁满腹心事地坐在她对面。

大姐："顾宁，对于装修你有什么想法吗？"

顾宁环顾四周："这里已经很好，其实根本不用再装修了。"

大姐轻蔑地笑了："这就是人和人的不同！你觉得很好，我却觉得还差很远！"

顾宁沉默着。

大姐呷了一口茶："顾宁，你真的觉得你和志刚般配吗？"边问边盯着她的眼睛。

顾宁终止了她的话头："谢谢大姐的茶，我该走了。"

大姐："放心吧，装修就由我做主了！"

顾宁："谢谢！"她走出大宅后，心里却打定了某个主意。她急切地掏出电话打给樊志刚，不一会儿，电话接通了。

"志刚，明天我们去领证吧！"

"这么快？不是说好……"樊志刚在电话里问。

顾宁打断他："你要是对我们的婚事还有诚意，明天就去领证！"

"顾宁，瞧你说的！我怎么会没有诚意呢？只是跟大姐说好了，领证和婚礼一起办嘛！"

"我不想再等了，为了证明你的诚意，你拿出行动来！明天先把证领了。"关键时刻，顾宁要任性一把。

樊志刚想了想："好吧，就依你，只能一早去，上午我还有手术。"

顾宁满意地挂了电话。

装修简约极具现代风格的公寓里，昏黄的灯光散落在各处，整个氛围唯美浪漫。

艾茉莉换上了性感的睡衣坐在梳妆台前化妆。她有些兴奋，两腮红扑扑的，眼皮上也涂了淡粉色的眼影。

师伟男洗完澡，换上了睡衣，边擦头发，边走进来。他高高瘦瘦的，看了看正在化妆的艾茉莉，不禁皱了皱眉。

艾茉莉娇柔地问："伟男，你觉得我这个妆好看吗？"

师伟男的视线却飘向了窗外。

艾茉莉拉上纱帘，把脸凑近他："明天，你就要去香港了……"她把头埋入师伟男的怀中，转而又主动亲他。

师伟男却避开她的脸，轻轻转过了身。

"对了，茉莉，胡森公司的贷款计划批得怎么样了？毕竟是我介绍的，人家等答复呢！"

"什么时间呀还谈工作！"艾茉莉娇用手臂缠着他，"伟男，你喜欢我今天眼影的颜色还是昨天的？今天我选的是牡丹粉搭玫瑰金……"

"我……我今天有些累……你什么时候会不化妆呢？"师伟男的语气中有些许厌倦。

"你不是说过你最喜欢女人化妆的样子吗？化了妆的女人有无可挑剔的美丽。卸了妆的我，你不会喜欢的。"

"不，不，其实我更喜欢真实的美……也许是自然的。"

"哦？你的标准好像又变了。"艾茉莉抗议道。

"不，茉莉，别多想，睡吧，时候不早了。"

艾茉莉似乎被伤害了，不再说话，上床躺下，侧过身看着窗外。

师伟男也躺下来，从后面抱住她，感觉到她的颤抖。

"茉莉，怎么了你？抖得这么厉害！"

"没什么，我今天也有些累，特别累，睡吧。"艾茉莉兴致全无。

师伟男熄了灯，黑暗中的二人都睁着眼睛，各怀心事。

清冷的月色下，是漫漫长夜。

04

清晨，顾宁把车停在民政局门外。她从车上下来，四处张望了一下，不见樊志刚。她正准备打电话，樊志刚从不远处上气不接下气地跑到她面前。

“顾宁……一大早……院里叫我……回去，处理个病人……”他喘得厉害。

“还好，没迟到。走，进去吧！”

“等等，我的户口本不在身上。”

“那你来干什么！”顾宁生气了。

“等等嘛，别生气。”樊志刚开始以理服人，“顾宁，咱们来这儿是为什么？”

“废话！当然是为了登记结婚呀！”顾宁没好气地说。

“登记结婚是件开心的事，对不对？”

“对！”

“那你干吗发脾气？”

顾宁一时语塞。

樊志刚：“你一发脾气，就会忘了这件事美好的初衷，把快乐变成了烦恼……”

顾宁：“好了好了，又跟我讲大道理。你告诉我，没有户口本现在该怎么办？”

樊志刚：“这不是大道理，是我们应该保持的生活态度。你看，来了！”

说着，一辆黑色高级轿车嘎然而至。一个保镖迅速打开后排的车门，大姐优雅地下了车，面带傲慢的笑容，女王般地站在二人面前。

顾宁惊诧不已，瞪了樊志刚一眼，知道是他通知了大姐。她虽然又急又气，但又不能发作，只好强装笑颜面对大姐，和樊志刚一起向大姐打招呼。

大姐点点头。

“顾宁，这么快就要领证呀？”

顾宁硬着头皮说：“嗯，领了证，好些事……办起来比较方便。”

大姐：“还好，志刚没忘了我说的话。你怎么没事先跟我通通气呀？”

顾宁：“嗯。大姐独自掌控那么大的一个集团，我不想让你为这些小事烦忧。”

大姐软中带硬：“大了，是不好管。但如果个个都按秩序去做，倒也不用我操心。只怕有个别人，总是那么不安分！”

樊志刚：“大姐，你也在场了，给我户口本，我和顾宁要去登记了！”

大姐和蔼地说：“志刚，结婚是人生大事。虽然你们是新一代，不讲过去的老礼儿，但我，作为你大姐，这个家的一家之主，还是要择个好日子。”从手袋拿出户口本挥了挥，“它就继续放我这儿，等日子定了，咱再一块儿来！”转身上了豪华轿车。

看着一溜烟开走的轿车，顾宁埋怨道：“为什么叫你大姐来啊？这是咱们俩的事！”

樊志刚：“唉，户口本在她那里，还是顺她的意思吧。古语有云：‘子靠出生时，女靠行嫁年。’”

一肚子火的顾宁竟不理他，独自开车走了。

樊志刚无奈地摇摇头。

在车上的顾宁越想越气，解散了头发，开了车窗任风吹……

赵雷小心地扶着杜心月走进了家门。这是自打杜心月生孩子后第一次回到自己的家。屋里干净整齐，全然看不出入院前的那片混乱和狼藉。

赵雷：“怎么样？屋子还干净吧？我一个人搞了两天卫生，就为了让你和宝宝有个崭新的家！”

杜心月在沙发上坐下来。

赵雷蹲在她身边，好像一条温顺的狗。他仰起头深情地说：“心月，我知道我对不住你和孩子，但你放心，以后我要让你们过上最幸福的日子！”

杜心月点点头。

赵雷：“以后家里的事都不用你操心，你就好好养身体、带孩子。”

杜心月还是点点头。

赵雷：“幸福的日子也需要经济基础。虽然你没有工作了，但你放心，我宁可自己不吃，也绝不能亏了你们娘儿俩！”

杜心月觉得他就会说好听的话，没心搭理他。

“赵雷，我想躺一躺。”

“好，我扶你。”

杜心月一进卧室就看见大床旁边有一张新购置的婴儿床，还有玩具。她激动地说：“赵雷，谢谢你。”还主动抱住了他。

赵雷拍拍她的脸：“孩子会好的，一切都会好的，有我在嘛。”

杜心月提起精神了：“那我们下午去医院吧，看看宝宝。”

赵雷有些尴尬："心月，今天不是刚看过吗？孩子不能天天去看的，到医院还要消毒，多麻烦，而且，你也要在家好好养身子嘛。对了，我要回公司把那个大客户的合同弄一弄，尽快走流程，家里很快就进钱了！嘻嘻……"

她怅然了。

当卧室里只剩下杜心月一人时，她绕着婴儿床，按着肚子慢慢走动着。温暖的阳光照进来，她舒心地闭上了眼睛。她只愿有一个简简单单的家。

门铃响了，她不情愿地睁开了眼睛，缓缓地向客厅走去。门外是顾宁，她披头散发地走进来关上门。

"心月……"

"顾宁，你怎么了？怎么这副样子？出什么事了？"

"没错，我和志刚的婚事眼看着要被他大姐破坏了！"顾宁恨恨地说。

杜心月感到诧异。

顾宁："看来，和她明斗我注定要吃亏的。可恨的是樊志刚又没主见，什么都听他姐的，气得我吐血！"

杜心月："顾宁，你不会就这样结不成婚吧？难道我们都中了诅咒？罗丹已经是这样了，为什么我们闺蜜几个都这样？"

顾宁："我当然不像罗丹。我要做的事，谁也拦不住！只有一件事……就这件，也许能让我彻底赢回来！心月，你陪我去个地方！"

杜心月："去哪儿呀？我才到家……"

顾宁拉着她的手不由分说向外走。她的车开得飞快，终于在一个售楼处门前停了下来。

"就这里！"

"顾宁，这不是你和樊志刚之前看好的那个小区吗？"

"对，那次我和志刚看好了房子，交了订金，一直拖着没交首付款。本来，想退掉的……哼！属于我的，最终也是属于我的！"

杜心月有些明白了。

"你打算自己买房子？"

"对，陪我去交首付。他们催得很紧，我一直让财务帮我拖着。"两人下车，推开了售楼处的大门。

三三两两的客人在社区模型前指指点点。一个高瘦的男人和一个着运动装的女人背对着大门而坐。一名女销售坐在他们对面，耐心介绍着。

那男人和"运动装女人"窃窃私语。

顾宁和杜心月来到女销售跟前，顾宁正要询问，女销售认出了她，热情招呼着："姐，我盼星星盼月亮可把你盼来了。"压低了声音，"你那套房不能再拖了。这不，又有人来看，再不出手，我就得被经理逼跳楼了！"

顾宁：“行，我今天就是来办手续的。”说着，她拿出钱包，从一排银行卡里抽出一张，“刷这张卡吧！”

女销售：“好好好！姐，你来得真巧，律师今天也在。走，我带你过去把正式合同签了！”

就在这时，那一男一女抬起了头，女的急切地叫住女销售。

“我们看好了，就要四楼那套大三居吧。”

女销售笑着说：“这就对了，机不可失呀。你们看，我的客户要去交钱了。请等等，我让其他同事帮你办理。”

在等待的空隙，顾宁和杜心月瞥了一眼那对男女，这一看却把她们吓了一跳。那女的其貌不扬，而男的正是艾茉莉的男友师伟男！而师伟男并没注意到她们。

杜心月忍不住回头看了再看。

顾宁和她低语：“那个男的不是艾茉莉的男朋友师伟男吗？”

“没错，就是他！”

“想不到，他这个‘完美’男人竟然也会家外有家！”

“这事怎么跟艾茉莉说呀？”

“只字不提。”

“为什么？别人能瞒她，我们可不能，我们是她最好的朋友。”

“别傻了，她平时对男友千依百顺的，你无凭无据地告诉她，她会信吗？等等看，找些证据。”

“都是好朋友，我就觉得不该瞒着。不行，我一定要告诉她！”杜心月坚持着。

艾茉莉坐在商会洋老板的对面做着笔记。

洋老板：“Well，这个周末，你给我约一下英国商务参赞 Mr. Edward Connery 见个面，不要太正式，就像……”

艾茉莉提议：“打场高尔夫，然后在 VIP 俱乐部吃个午餐，怎么样？”

洋老板：“嗯，听起来不错。那就给他电话，如果……Emily？”

艾茉莉突然感到一阵恶心，脸色很不好。

洋老板：“Are you alright?”

艾茉莉：“Sorry, sir.”

她捂着嘴冲进洗手间。吐出一摊污物后，她擦干净嘴巴，开心地笑了一下，随即又显得有些难过。她站起来，不自觉地按着肚子。

“难道老天又送给我一个孩子？哦……”

这确实是她一直想要的礼物，可也是男友一直都不想要的礼物！

炉火炽烈，鸡汤的香气四溢。

罗母喜滋滋地在厨房忙进忙出。自从接到黄总的电话说罗丹决定回家了，她便迫不及待地把这个好消息告诉了杜心月和顾宁。此刻她俩和罗母一起为罗丹回家准备着。

罗母端着煲汤锅走出来："小心烫呀，小心！"

杜心月马上拿了松木垫放桌上，罗母把锅放在上面。

顾宁："好香啊。是什么味？"

杜心月："加了当归，给女人滋补的，待会儿多喝两碗吧。"

顾宁："当归？罗阿姨思女心切呀！罗丹今天就要归来了。"

罗母满心欢喜，患得患失地怀着美好的憧憬。

门外有开锁声。

她急忙跑去开门："是丹丹吗？是丹丹吗？"

门开了，罗丹在黄总的陪同下走进客厅。

罗母一见到罗丹激动了："丹丹！啊，这位是？"

黄总自我介绍："伯母，我姓黄，是丹丹的朋友，也是给你打电话的人。"

罗母："哦，黄先生呀，谢谢你送丹丹回来！"

黄总："不客气，伯母。"他见到杜心月和顾宁，也和她们打招呼。

杜心月和顾宁礼貌地点点头。

罗丹二话不说，奔向卧室，很快就拖着一个行李箱走出来。

罗母冲过去拦着："丹丹，你干吗？你只是回来拿衣服吗？丹丹！你不要走！不要走！"

黄总也感到意外："罗教练，我们不是这样说的，你听听你母亲……"

罗丹："够了，我不想和她在一起生活，我受够了！我的婚姻，我的一切，都让她毁了！"

杜心月："丹丹，你不能这样说罗阿姨！"

罗母悲绝地说："我不是……我不是你想的那种人！听妈妈说……"

罗丹："我一直以为我有一个世界上最能干的妈妈，她含辛茹苦独自把我养大，给我和别人一样的生活，供我上大学。可没想到，她的钱竟是肮脏的！我恨我现在的一切！我恨！"她痛苦地将手中的衣物撕扯着。

杜心月和顾宁上前拦阻。

顾宁："罗丹，你太过分了！"

杜心月抓住她的手："没有调查就没有发言权，听听罗阿姨怎么说。"

黄总哄她："是呀，别任性。"

罗丹挣扎着："我不管，我恨她！我就是恨她！我不要听她那些丑事！"

罗母痛苦地垂下头。

啪，一记清脆的耳光把众人惊醒。

杜心月悬在半空中的手定住了。

罗丹捂着生疼的脸，瞪着她："杜心月，你……你干什么？"

杜心月也为自己的举动有些意外，她看了看自己打罗丹的那只手，倒退了一步。

黄总赶紧过来，扶着罗丹。

杜心月："丹丹，听我一句。从大学起，我们就和罗阿姨熟识，我理解她的苦衷，她的钱一点儿都不肮脏。她是个伟大的母亲！她是个有原则的女人！"

罗丹："什么原则？全是肮脏的交易！我恨这个家，我恨我一直生活在这里还被蒙在鼓里。"

杜心月："就冲罗阿姨把你养大供你上大学这一点，她就是个伟大的母亲。如果我是你，我以有这样的母亲为荣。"

罗丹近乎歇斯底里："哼！我就是恨我的一切！我恨！"

黄总关切地扶着她的双肩。

突然，罗母颤抖着在丈夫的遗像前跪下。

"丹丹，我可以对着你爸的照片发誓，妈妈从没有做过任何对不起你和你爸的事。那时，为了能让你顺利进入大学，我多方打听，了解到有特长相对好考一些。你从小就喜欢打乒乓球，所以我决定把你培养成乒乓球特长生。我停掉其他散工，每天放学后，带你去练球，给你煮饭，陪你做功课，睡前给你讲故事，做完这一切，我才去歌厅陪酒。但我陪酒只是为了多卖些酒多赚些钱而已！我所做的一切都问心无愧！"

杜心月和顾宁把罗母从地上拉起来。

罗母："你是长在单亲家庭里，但我尽可能地给你双亲家庭能给予的一切，除了不能让你爸复生！"

众人沉默着。

罗母："我最不能看见的就是你伤害自己！"

罗丹有些触动，但更加困惑："可……为什么方大宇的爸爸会那样说？甚至说我也不清白！"

罗母："嘴巴长在别人身上。我不想辩白是不愿大家互相伤害……"

一时间气氛有些沉闷。

杜心月率先打破僵局："罗阿姨，既然你没做任何低贱的事，为了还自己一个清白，你敢和方大宇的父亲对质吗？"

罗母态度坚决："我敢！因为他就是我的客人。我们做过些什么，我可以当面问他！如果我不是好人，那他也不是！"

杜心月抓住罗母的手："那好，你现在就去找他！让罗丹和你一起去！就现在！"

罗丹及黄总都愣住了。

顾宁："心月！你疯了心月！"

杜心月环视众人，目光锁定在罗丹身上："既然你一定要弄个水落石出，就去对质，不能让罗阿姨一直活在你的误会里！"

自打订婚宴失败后，方大宇就把自己圈在房间里玩电脑游戏，样子憔悴不堪。

方母端着一杯牛奶走进来："大宇，喝点牛奶吧。这些天，你都没好好吃过一顿饭。"

方大宇："等我把这个杀完。"

方母："别整天打打杀杀的，伤眼睛。"

方大宇没有理会，继续玩游戏。

方母："大宇，明天你陪妈去见个人，是个在银行上班的姑娘，父母都是搞金融的，很不错。"

方大宇："妈，除了丹丹，我谁也不要！"

方母："男子汉，要拿得起放得下。这种女人早该扔垃圾桶了。"

方大宇不作声。

方母："也罢，大宇，你真是妈的好儿子，从不跟妈顶嘴。那就……放放再说吧！"

门铃响了，有脚步声传来，是方父去开门了。

罗丹和母亲站在方家大门外。

方父冷冷地问："你们来干什么？"

方母闻声噌地一个箭步冲出来："哼，真是阴魂不散呀！怎么，老的小的一起上阵了！你们找错地方了！"

罗母："老方，我是来和你对质的！我不想我的女儿误会我一辈子。"

方父有些不自然："不是都说清楚了吗？"

方大宇也从卧室冲出来，握住罗丹的手，热切地叫着："丹丹，我不能没有你！"

罗丹甩开了他的手。

罗母："老方，那天……你忘了说最重要的一点：你也是我的客人！不过，我们之间什么也没有。"

方父恨恨地说："你胡说！"

罗母直视着他："你敢说不是吗？"

方母神色难看："你这个老东西，到底和她什么关系？"

方大宇站到母亲旁边，按着她的肩膀安抚她。

方父："好了，事情都过去了，我们从此互不来往！"

方母却不依不饶地质问罗母："你说！统统说出来！"又转向自己的丈夫，"你这个老东西竟敢瞒了我这么久！"

罗母："老方，其实这么多年来，我一直把你当恩人一样感激。没想到我们会在这种情况下重遇。那时，我比其他陪酒女的年纪大，你知道我陪酒是为了养活家庭和孩子，就特别照顾我，常点很贵的酒，和我聊天，成为我最主要的客人。为了让我多些生意，你也会把你的客户介绍给我，但我们之间仅此而已。多年来，我常想起你的好，在我最艰难的日子有你的关照。当初我不是没考虑过你的追求，但我知道，我们之间是不可能的，所以还是决定拒绝你。是不是因为我的拒绝，你就怀恨在心，这样污蔑我？我倒没什么，可你不该当着孩子们的面这样羞辱我，伤他们的心！”

方父沉默不语。

方大宇：“爸，罗阿姨说的是真的吗？爸……”

方父：“不管怎样，他们都不合适。你们走吧！”

罗丹：“方先生，我妈说的是真的吗？请您告诉我！”

方父：“你们走吧！不论真假，你和大宇都不可能了！我们需要门当户对的亲家。”

罗丹高傲地笑了：“我根本不在乎这门婚事。既然你承认了我妈说的是实情，那你要向她道歉！你不能这么轻易地侮辱她之后，又轻描淡写地不了了之。你要向她道歉！”

方父非常尴尬。

方母：“你们简直太过分了！隐瞒过去，还来无理取闹。还好我们方家没把你娶进门。我们大宇可不是你的对手！”

方大宇：“妈，你别乱说了！”

罗丹：“方先生，你一定要道歉！不然我会每天来你家让你道歉，我不怕烦！”

方父恼怒地进了房。

方母：“大宇，关上门，别和他们厮缠，掉价！”

方大宇很痛苦：“妈！别说了！”

方母：“大宇，你还是不是妈的儿子？关门！”她强横地关上大门，再次隔绝了方大宇和罗丹。

罗母欣慰地看着女儿：“丹丹！你原谅妈妈了？真的吗？”

罗丹：“妈，对不起，我恨死自己了！我怎么能那样对您！”她举手要打自己，被母亲抓住了手腕揽在怀里，罗丹也紧紧抱住了母亲。

万家灯火的夜晚。

杜心月换了睡衣正要躺下，赵雷握住她的手放在嘴边亲了一下，神色有些夸张。

“心月，你就是我的大福星，以后可得好好供着你！这个单算是基本拿下了！”

“这也是你的努力。”杜心月为他高兴的同时也有些责备，“赵雷，我看了探访记录，你还没去看过孩子呢。”

赵雷：“啊！对，他躺在恒温箱里我什么也帮不了。你知道，对一个父亲来说这是很痛苦的，所以我在外面拼命努力赚钱，这才是实实在在爱孩子、爱家庭的表现。我不是做表面功夫的人。”

杜心月无话可说。

赵雷转了话题：“心月，该给孩子上户口了，你看起什么名字好？”

杜心月：“我看就叫赵雄雄，雄赳赳气昂昂的。做个顶天立地的男人！”

赵雷：“好呀！好！就叫雄雄！还是我老婆有水平！”

杜心月淡然一笑："赵雷，明天叫我爸来家里吧，等接了雄雄，一起吃个饭。"

赵雷有些为难："明天？明天可以出院了哦？太好了！嗯，不过，心月，明天我要和大客户谈明年的合作方案。哎呀，那个骨头可难啃多了！"

杜心月："你不能去接雄雄了？"

赵雷："我当然想，可我的工作……"

杜心月没有表情了："算了，你忙吧，我自己去接，改天带雄雄回去看我爸。"

赵雷："我就知道老婆大人不会让我有后顾之忧的！唉，公司今年要求我的销售额是三百万，我到现在签单还不够一半。我要拼啊，为了你，为了孩子，牺牲有多大，你得体谅。"搂着她的腰，"老婆恢复得真快，身材……不可思议……"他正想亲她……

"宝宝的衣服是新买的，要洗一洗才能穿。"杜心月一转身有意无意间避开了。

金色的阳光照射在医院门诊大楼外的台阶上。

杜心月和顾宁等在护士站前，显得很紧张。

"顾宁，孩子这么长时间没跟我在一起，会不会生分呀？"

"别想那么多，就当今天是他出生的第一天！"

杜心月点点头。

一个护士抱着孩子和樊志刚一起走过来。

杜心月激动地叫出来："呀！他们来了！"

护士正要把孩子递给她，她竟然犹豫了，因为实在太紧张了。

顾宁鼓励她："干吗心月？你不是一直盼着抱孩子吗？你不要，那我要了，这么可爱的宝宝。"

"你讨厌！"杜心月立刻抱住了孩子，紧贴着他的脸，如获至宝。"我的雄雄，妈妈终于能带你回家了！"

孩子突然开始哼哼了，好像要哭。樊志刚凑近孩子，双手遮住自己的脸，又突然打开，宝宝乐了。樊志刚又合上手遮脸，又"嗨"一声打开，孩子又笑了。

杜心月感激地看着他。

顾宁："志刚，别玩了，你几岁啦！"

樊志刚憨厚地笑着说："小孩子都爱玩这个游戏。"

杜心月："樊志刚，又麻烦你了。"

樊志刚："不麻烦，别总这么客气。"

顾宁催促她回家。

樊志刚冲杜心月摆摆手说："这下，你的生活每天都会充满希望！"

杜心月会意地点头微笑着，和顾宁离开了医院。

欧式风格的客厅里传来艾茉莉兴奋的尖叫声："伟男，你可回来了！没有你，我的日子简直就是黑白片！”她紧紧靠在刚进门还拉着旅行箱的师伟男身上。

师伟男托起她的下巴，深情地吻了一下，很好莱坞的感觉，说：“没有你的日子，我的生活就是黑屏！”

艾莱莉甜蜜地笑了：“伟男，我确实盼着你快点回来……因为我收到了一个礼物。”

师伟男漫不经心地问：“哦？什么礼物？”

艾莱莉开心地说：“我又怀孕了！看来是老天爷注定要给我们一个宝贝！”

师伟男面不改色：“你验过了？”

艾莱莉：“没有，就是有一些症状。你知道的，那些试纸不是百分百准确的。我等你回来陪我去医院。”

师伟男：“好，我待会儿就陪你去医院。”

艾莱莉：“伟男，这是第五次了。如果是真的，我们留下这个孩子吧？”

师伟男：“等去医院再说吧。对了，胡森公司的计划书……”

艾莱莉打断他：“我不管什么计划书，我就要孩子！”

师伟男哄着她：“好啊，都依你。”

杜心月抱着孩子和顾宁回到家。

“雄雄，这就是我们的家，以后我们一家人在这里生活。”她低头一看，心甜甜的，“嗬！宝宝又睡了！”

“心月，但愿你是苦尽甘来！”顾宁不无感慨。

“我已经感觉到了。”杜心月幸福地说。

“时候不早了，我得去安排婚房的装修。”

“顾宁，你真的不打算告诉樊志刚你的计划吗？毕竟你们就要结婚了。”

顾宁摇摇头：“不只我不说，你也不能说。最后一局定胜负，我一定要让他大姐输得很惨！”

杜心月沉默着。

顾宁拉开门走了出去。

杜心月把孩子放在备好的婴儿床里，轻轻地哼着曲子。

突然，门铃响了，她愣了愣，嘟囔着：“这个顾宁，不知又有什么事。”她打开门，门外竟然站着她的女同事“冬菇头”！

“冬菇头”一步迈进来，洋洋得意地说：“杜经理，没想到是我吧？”

杜心月不置可否地看着她。

“冬菇头”更得意了：“杜经理，你想不到的事还在后头呢！”

两人在客厅的沙发坐下来。“冬菇头”从手袋里取出一份文件递给她。

“杜经理，这是给你家赵雷的，你一定很有兴趣！”

杜心月接过来仔细翻看着，看着看着她脸色大变。

“什么？你……”

“没错！现在我是市场部经理。这份合约是我签给赵雷的，一下签了四个季度，还包括我们的五家分公司。怎么样，我待他不薄吧？”

“你们只是老乡，凭什么这么帮他？”

“冬菇头”放声大笑，笑了有好几秒。

“凭什么？凭我们各取所需呀！我凭他，让你乖乖地辞了职；他凭我，拿到盯了几年在你手上签不到的单！而你呢，凭我们两个人，在家当起了悠闲的全职太太。咱们可是三赢呀！”她狠狠地盯着杜心月，“不过，我不会让你好过的！”

“我们虽然关系一般，但从无嫌隙，你为什么要这样对我？”杜心月不解。

“冬菇头”冷笑一声：“因为我恨你！你什么都不如我，可你却什么都比我先得到。家庭、孩子和经理的位置！我要让你承受这世间最大的痛苦——亲人的背叛！哈哈哈……告辞！”她拉开大门走出去，还不忘回身继续发泄：“杜心月，享你的清福吧，和那么‘爱’你的丈夫！”

大门砰地关上了。

杜心月心头为之一震。她虚虚浮浮地环视着这个家，走进卧室，看到床头结婚照里的赵雷，觉得无比可怕。

师伟男陪艾茉莉坐在周医生对面。

周医生一如既往，温和中有些严肃。

“师先生，艾茉莉确实怀孕了，差不多有三个月了。我先给她开些叶酸，对孩子发育好。”她低头在处方笺上开药。

师伟男：“等等，周医生。我们没打算要这个孩子。”

周医生有些震惊：“什么？都三个月了，你们不打算要？你们怎么想的？”

师伟男：“这……这确实是个意外。”他责备艾茉莉，“你为什么不早说，非要等到现在才说？”

艾茉莉委屈又无奈：“我……开始，我自己也不确定。你知道的，我已经做了四次人流了，生理期很不准，我是有两个月没来例假了，可以前没怀孕也常有这样的事，直到最近我老吐……”

周医生：“好了，作为一名医生，我必须告诉你们，艾茉莉多次刮宫，子宫壁已经很薄很脆弱，如果这次还不要，她以后可能就无法再生育了！”

艾茉莉吓哭了：“啊，不……呜呜……”

师伟男：“不行，我们不能要这个孩子，我根本没有要孩子的计划。”

周医生：“孩子也是生活的一部分嘛！有些……”

师伟男的态度瞬间变得蛮横：“不用说了，我不会要这个孩子的！”

艾茉莉：“伟男，我求你让我生下这个孩子吧，我会照顾他的一切，绝不拖累你。

我求你了！”

师伟男：“周医生，请帮她约流产手术，现在能做吗？”

周医生：“还可以，但超过四个月，大人会有生命危险。你们再想想，商量一下。”

师伟男：“不用商量了，就约明天吧。”

艾茉莉：“伟男，我不要！不要！我害怕！”

周医生翻看了一下记录本说：“明天？下午我有个剖腹产手术。这样吧，上午九点行不行？”

师伟男：“好，尽快。”

尽管艾茉莉苦苦哀求，可依然被师伟男拖出了妇科诊室。

剧烈的砸门声有些刺耳。方大宇家门外，罗丹重拳出击。

罗母在一旁劝阻着：“丹丹，算了，回去吧。”

罗丹继续砸门。

终于，方大宇开了门，痛苦又热切地看着罗丹：“丹丹，进来吧。”

罗丹带着怒火：“我不进！我来找你爸讨个说法。”

方大宇：“进来吧，邻居们已经在说闲话了。”

罗丹纹丝不动。

方大宇：“我不希望家事被不相干的人议论，你也不希望，对不对？”

罗母推着罗丹走进了方家。

罗丹：“你爸呢？”

方大宇撒谎：“他们……回老家暂住了。”

罗丹：“骗谁呀？”向屋子里吼叫：“出来吧！方先生，你敢做，为什么不敢认？”

屋子里没动静。

罗丹去推卧室的门，方大宇抓住了她。

“丹丹，事情发生的那天，我就不认为是你的错。现在，既然一切都弄清楚了，我们从头再来好不好？”

罗丹像看怪物一样看着他：“方少爷，你太天真了吧？你以为想重来就能重来吗？张张嘴就把一切都解决了？”

方大宇：“丹丹，别这样，我还是大宇，你的大宇。我们完全可以重来！”

罗丹轻蔑地说：“那么高贵清白的方先生和方太太会允许重来吗？”

方大宇：“我去说服他们！结婚是我和你之间的事。”

罗丹：“那我妈呢？她被羞辱被伤害，要重来，就先道歉！”

方大宇：“丹丹，你知道那是不可能的，那是他们长辈间的事，我们不要干涉，更不要受影响！”

罗丹：“哼，订婚那天，你妈诈晕，你不就乖乖跟着走了吗？当时为什么不留下把事情弄清楚？”

方大宇：“丹丹，我妈血压高，不能受刺激。我要照顾她的身体！”

罗丹：“那你听好了，我们重来只会让她更受刺激！这已经是一段无法回头的感情了。”

卧室的门突然打开，方母气愤地走出来，方父死死拦着她，但终被甩开。

方母：“好哇！既然无法回头了，那你滚！你们都滚！”

罗丹：“果然在家！那缩头乌龟呢？我滚可以，但他必须道歉！”

方父垂头不肯出来。

罗丹向方大宇：“好！你爸不道歉，你当儿子的代他道歉！”

方母：“胡扯！”

方大宇：“我……”

方母：“大宇！”

方大宇诚心诚意地鞠了一躬：“我代我爸向你们道歉！丹丹，罗阿姨，对不起……”

“谢谢你。”罗丹流着泪跑了出去。

“丹丹！”方大宇想跟出去。方母一把拉住了儿子。他心痛得再也忍不住了：“妈……”

方母用力地关上了门。

这扇门关上，另外一扇门却打开了。

赵雷喜滋滋地走进家门，兴奋地喊着：“心月，签了！终于签了！我漂亮的单子！”

杜心月沉默地坐在沙发上，身旁是睡在婴儿床里的儿子，面前的茶几上放着“冬菇头”送来的合约。

赵雷觉察到杜心月的情绪不对劲儿：“心月，怎么了？雄雄挺好吧？他今天出院我也没空去接他……”

杜心月突然爆发了：“为什么？你为什么要跟她合起伙来坑我？”说着把那份合约扔到了赵雷脸上。

赵雷翻翻合同，明白了一切。他垂下头，沮丧地看着杜心月。

“心月，我知道你现在的心情。这次，说什么你都不会原谅我了！我只想告诉你一句话：我是个男人，我要签单，我要养家！”

杜心月沉默着，把脸转向一边。

赵雷声情并茂地说：“心月，每次一看到你伤心难过的样子，我就痛在心里。如今儿子出生了，我不能这样自私，我决定以后都不让你受这种痛了！”他疾步向厨房走去。

杜心月无心顾他，专注地看着婴儿床里的孩子。

一声厚重的金属声突然传来，她抬头一看，赵雷把一把菜刀放到了茶几上。

她本能地护住婴儿床：“你干什么？”

赵雷伸出自己的右手：“心月，我求你原谅我，一人做事一人扛。这个单是我的右手签字的，你替我剁下它吧！”把右手放到了菜刀边。

“赵雷，你不要动不动就拿这苦肉计来吓人！我们都受过高等教育，解决问题要有理性！”

赵雷委屈地说：“苦肉计？好，我自己剁！我要让你知道我对你的感情有多深！”说着拿刀就向手腕砍去。他特意晃动了一下受过伤还结痂的左手，“你信不信我真的敢砍？你，你！我砍了，我砍了啊！”

突然，婴儿床里的孩子“哇”地哭了，赵雷竟然吓得菜刀落地，样子搞笑又狼狈。

杜心月忙抱起孩子，埋怨着：“这里是家，不是黑社会武斗！我不想孩子这么小就生活在刀光剑影里。”说着向卧室走去。

赵雷拦住她：“原谅我！心月你一定要原谅我！”

杜心月避开他，转身，发现无处可去，唯有打开大门，离开这里。

门外一个身影突然闪进来，一下坐在沙发上，立刻嚷开了。

“雷呀，快给我倒杯水，渴死我了！”

这人竟是远道而来的赵雷妈。她一手拉着小拖车，另一只手抓着一只被绑的活鸡。她把拖车和活鸡搁在地板上，大口喘着气。赵雷妈的突然出现让杜心月和赵雷都意外极了。

赵雷赶紧端过一杯水递给她：“妈，不是说过些日子才来吗？”

赵雷妈瞥了眼地上的菜刀，夸张地说：“要不是我及时赶到，你们这儿可能已经血流成河了！”她怒视着自己的儿子，“赵雷，你给我跪下！”

赵雷战战兢兢地跪在母亲面前。

赵雷妈：“心月，你坐下吧，生完孩子别总站着，伤腰。”

杜心月坐下了。

赵雷妈：“哎哟，我的大孙子，小乖乖，快让奶奶抱抱你！嘿嘿……”她抱过杜心月怀里的孩子欢喜地亲着。

一对夫妻间的风波似乎被平息了，而另一对恋人的感情却陷入了从未有过的低谷。

偌大的客厅里没有开灯，有些暗沉。艾茉莉和师伟男颓废地坐在沙发上。最终，师伟男先开了口。

“说吧，茉莉，你到底想怎么样？一下午了，一个字不说，这可不像你。我们的浪漫生活呢？在哪儿？在哪儿呀？”

“我要生下这个孩子！”

“茉莉，你疯了？生孩子是件多麻烦的事你不是不知道！会很痛，可能还要开刀，到时留下疤痕……还有，你的腰会变得像水桶，全身都走样……到那时，你还是你吗？别傻了，我们现在还年轻，浪漫生活才刚刚开始，你这样一个追求完美的人，怎么能接受自己的不完美？”

“我要生下这个孩子！”艾茉莉坚持着。

师伟男感觉到艾茉莉这次真的不同以往。他加重了语气：“听我的，早点儿做了，早点儿恢复。”

艾茉莉近乎痴呆般地说：“我要生下这个孩子！我要生下这个孩子！”

“好了，去床上躺一会儿吧。休息少了，就会神志不清，犯糊涂，较真儿。来，乖……”他扶着艾茉莉向卧室走去。

艾茉莉喃喃自语：“我要生下这个孩子！我要孩子……”

咿咿呀呀的婴儿声从卧室里传出来，是杜心月正在哄着怀里的宝宝。

赵雷妈推门走进来，怀中抱着一个黑色的背包。

杜心月：“妈。”

赵雷妈冲着身后叫道：“赵雷，你也来。”

赵雷随着母亲走进卧室。

赵雷妈坐下来，郑重地看着他们，似乎要宣布一件大事。她一下拉开黑色的背包，从里面拿出几捆钱，摆在面前。赵雷和杜心月都惊呆了。

赵雷妈：“心月，妈能替你出气吗？”

杜心月不明所以地看着。

赵雷：“妈，您哪来这么多钱？”

杜心月：“是呀，妈。”

赵雷妈：“我把老家的房卖了，这是四十万。”

杜心月：“妈，您把房子卖了，回去您住哪儿呀？”

赵雷妈：“我这次来了，就不打算走了。我要替你看着我这暴脾气的儿子。你受过的气，我要让他全都受一遍！还有，你们也没有带孩子的经验。让你们带孩子，我是一百个不放心。我的孙子我自己带！”

杜心月沉默着。

赵雷妈动情地拉着杜心月的手：“心月，你放心，妈不会给你们添麻烦的，这四十万，你们拿去还银行的一半贷款。一想到你们欠着银行那么多钱，我就睡不着觉。”

杜心月眼睛有些湿润：“妈，不用，真的不用。当初买这套房就是靠我和赵雷的积蓄付的首付。跟银行借的是多了些，但绝对在我们能力之内。至于提前还贷，那只是锦上添花，可做可不做的。”

赵雷妈：“那就做吧。我算过一笔账，你们每个月的还款中，光是利息就占了三分之二。如果咱提前还一些，不也少给些利息嘛。咱们是一家人，可不能胳膊肘往外拐，让银行得了便宜！心月，妈是心甘情愿帮你们还的。”

杜心月有些哽咽：“妈……”

赵雷妈：“另外，我也替赵雷说个情。看在我的老脸上，你就原谅他吧！”

杜心月看着赵雷说：“把那把菜刀扔掉吧，以后，我不想在家里看到它！”

赵雷诚惶诚恐地应着，内心窃喜。这一次，他又过关了。

入夜，赵雷妈在客房泡脚。赵雷坐在她对面的床边。床上一边是和“冬菇头”签的合约，一边是那把频频出现的菜刀。

赵雷妈：“雷呀，你啥都好，就是沉不住气。这次，要不是我及时赶到，可就真砸了！”

赵雷拿起合约放到嘴边亲了一下，又举起菜刀得意地说：“妈，我心里有数。哎呀，最近我可是春风得意马蹄疾！”说着竟一手握菜刀一手拿合约跳起了舞，样子像只蟑螂。

赵雷妈：“低调！低调！咱那事还没成呢！”

这一夜对艾茉莉来说，可谓是前所未有的不眠之夜。天刚蒙蒙亮，手机里传来闹钟提示音，她果断地按停了，紧张地看看身边，熟睡的师伟男没有被吵醒。她立刻下床，开始了出逃的第一步！

05

蒸奶器热腾腾的，蒸汽在里面翻滚……

杜心月摇动着奶瓶，哄雄雄喝奶。

已经吃过早餐的赵雷跟母亲打个招呼便拿起公文包匆匆出门。

门口竟蹲着一个人，是艾茉莉。但她不同往日那般光彩，憔悴而精神恍惚。

赵雷：“艾茉莉，你怎么来了？哈哈哈，还穿着鸳鸯鞋啊你？”

艾茉莉并不理他：“心月！心月！”

杜心月听到声音立刻走到大门外，看到是艾茉莉，不觉一愣，立刻扶住她：“来，进来。”对赵雷说：“你上班去吧。”

她把艾茉莉扶进客厅。“你怎么了？出什么事儿了？”

艾茉莉没回答，只是想哭。

杜心月：“没吃早饭吧？”

艾茉莉摇摇头。

杜心月推给她一碗粥：“喝点粥吧。”

艾茉莉大口喝起来。

杜心月和赵雷妈默默地看着她。

这时艾茉莉的手机响了，她吓了一跳，一看是“伟男”，神经兮兮地颤抖着手，不知该怎么办。

杜心月明白了什么，替她按停了电话。

“遇到事了？不能光和我一人商量。一方有难，八方支援！这才是我们‘金花四帼’呀！”

她们一起来到了罗丹家。当着两个闺蜜的面，艾茉莉才把事情的原委讲出来。

“他坚持不要这个宝宝，连周医生的话也听不进去。大夫说我不能再做人流了……弄不好以后都不能有孩子……还好我去检查及时，现在已经三个月了，如果到四个月才做会有危险的……可伟男，他坚持，很坚持……本来约好了今早九点就要做掉的，我……”艾茉莉大颗眼泪掉下来了。

罗丹：“他不叫伟男，他叫渣男！”

杜心月：“这事绝不能听他的！身体是你自己的，不管怎样都要为自己想想。”她看看表，“这个顾宁，还不来？”

罗丹：“心月，要不咱们去和渣男谈谈？”

艾茉莉的脸上一阵痛楚，显然她不愿听到别人这样说师伟男。

杜心月以眼神制止罗丹。

艾茉莉摇摇头：“没用的。”

杜心月坚定地说：“茉莉，这个孩子你一定要生下来。”

艾茉莉很无助：“我当然想呀！”

杜心月陷入沉思中。

罗丹愤愤不平又冲动地嚷着：“不能谈就闹，跟师伟男大闹一场！”

艾茉莉郁闷地摇摇头。

杜心月：“茉莉，你刚才说到四个月才做会有危险？”

艾茉莉：“嗯。”

杜心月：“那你就怀够四个月！”

艾茉莉不明就里：“什么？”

罗丹：“你想要她的命呀心月？你让她怀够四个月再去堕胎？”

杜心月十分肯定：“对，就怀够四个月。但不是去堕胎！”她显得有些兴奋，“只要你怀够四个月，谁也不能阻拦你生下这个孩子！师伟男更加不能！”

艾茉莉明白了：“啊！没错儿，我拖够四个月！四个月！”

罗丹松口气：“这的确是个好主意，可你怎么拖呀，师伟男随时都会逼你的。”

杜心月微然一笑：“其实你今天已经开始行动了。”

罗丹：“离家出走？”

杜心月：“对，从今天开始你休一个月的假，不能回家住！”

罗丹：“对，就住我家吧。我家只有我和我妈，比较方便。我妈还可以照顾你，只要你不嫌弃就好。”

艾茉莉有些兴奋了：“太好了，我就住在这儿。”

杜心月的电话响了，是顾宁打来的。“顾宁，你到哪儿了？”

顾宁还在公司：“心月，我实在过不去，有一批器械发错了型号，我得查查。”说话间办公室外响起了两下敲门声。“亲，有人来了，等会儿再说。”顾宁匆忙收了线。

她刚放下电话，就见一个保镖推开了门，大姐像女王一样来到门口，目中无人般走进了顾宁的办公室。她身后跟着一个三十出头的男子，斯文又平实。

顾宁合上面前的文件夹，笑着站起来说：“大姐，你来也不说一声，我好去……”

大姐冲她摆摆手，打断："这就是你的公司？小是小了点儿。不过，麻雀虽小，五脏俱全。"指着身后的男子，"这是我以前的司机李路，人很勤快、实在，跟了我多年。"在沙发上坐下来，"……他有上进心，想换个有挑战的工作。我一下就想到你这儿了。"看着李路，"还不跟顾总打个招呼？"

李路恭敬地说："顾总，你好。"

顾宁应付地点点头。

大姐："好了，以后，李路就在这儿做业务员，工资待遇和其他人一样，帮我多提点提点他。"有点责备李路，"还不快谢谢顾总！"

李路慌忙道谢。

顾宁强压内心的怒火，不软不硬地问道："大姐，我的公司刚刚起步，跟您的大集团、大生意比那简直就是 mini 巫见巨巫。你那就没有挑战性的工作吗？"

大姐爽朗地笑了："哈哈，顾宁，想不到你说话还挺逗，什么巫不巫的，你不会不想要李路吧？"

顾宁："哪能呀！本来我这儿就需要业务员，办公室里也只是多套桌椅，一切都要看业绩，没损失的。"

大姐郑重地说："你放心，李路给你带来的可不止一套桌椅的价值！李路，从今天开始，你就在这儿上班了，好好表现，听从顾总安排，牢记顾总的话，一切都要看业绩。"

李路恭敬地应着。

大姐扬长而去。

办公室里就剩下顾宁和李路两人。

李路："顾总，我该干些什么？"

顾宁："你去业务办公室，那儿有个空座位先坐下。我让江经理安排你的工作。"

李路："谢谢顾总，那我去了。"他离开顾宁的办公室，带上了门。

顾宁懊恼地把桌上的东西拨到了地板上，按了办公电话免提键："江涛，你马上来！"

不一会儿，江涛就坐在了顾宁的对面。

顾宁："那个新来的李路你给安排一下。他是我未来大姑姐的人，绝不能用，不能让他接触到我们的核心客户。"

江涛："明白。我该怎么办？"

顾宁："一个月后，他业绩不达标就走人。"

江涛："好，我这就去安排。"

待江涛离开后，顾宁恨恨地自言自语："大姐，你的手伸得可够长的！"

艾茉莉握着手机呆呆地坐着。一旁的罗丹递给她一把薯片。

艾茉莉摇摇头：“我怀着宝宝，哪能吃这个！”

罗丹二话不说，把薯片塞进嘴里。

艾茉莉突然神经质地叫起来：“电话响！又响了！”

罗丹：“拜托，我已经替你关机了。嘿嘿，那个师伟男根本找不到你！”

艾茉莉有些不信：“哦。是吗？可我就是听到了。”

罗丹同情她：“傻茉莉，你真是着了魔了！”

艾茉莉幽幽地说“……除了出差，我们还没这样分开过。”

罗丹：“行，那你就接电话，别弄得自己烦恼。”

艾茉莉看看罗丹：“真的接？”

罗丹：“我知道你想接。接吧。”她替艾茉莉打开手机。几秒后手机就响了。

艾茉莉迫切地拿起手机接听：“喂……”

师伟男在电话里显得很焦虑：“茉莉，你在哪儿？我找了你一整天，急死我了。除了出差，我们还没这样分开过。你在哪儿？我去接你！”

艾茉莉听着师伟男说出和自己同样的一句话，百感交集地哭出来。

师伟男：“你别哭，哭会影响你的情绪，影响宝宝的性格。听话啊！”

罗丹在旁边也听得清清楚楚。

艾茉莉意外了：“你说什么？你都不要 Ta 了，还有什么性格？”

师伟男：“我没说不要，一切太突然，我是没有心理准备。茉莉，我们在一起几年了，我能不了解你吗？既然你这么爱这个孩子，就一定要生下 Ta！”

艾茉莉：“真的？伟男，你没骗我吧？我没听错吧？”

师伟男：“当然没有，我现在就去接你。不，是接你和孩子回家！把地址发给我！”电话的那端，师伟男已收线，听筒里传来嘟嘟声。

艾茉莉仍握着手机在耳边，痴迷地低声唤着：“伟男，你再说一遍，再说一遍，我还没听够。”

罗丹匆忙进卧室打电话。

“喂，心月，师伟男一会儿就来接艾茉莉回家。你看怎么办呀？”

杜心月：“艾茉莉接电话了？”

罗丹：“唉，她就是心太软，早中了师伟男的魔咒！还有，师伟男同意她生下孩子呢！”

杜心月：“在没有完全确定前，不能让茉莉回去。这样吧，我叫上顾宁马上过去。”

罗丹向客厅瞟了一眼：“快点儿吧，艾茉莉好像在收拾东西呢。”

杜心月：“好。”她收线后才发现赵雷妈就站在自己身后。

赵雷妈不满地说：“啊？你又要出去呀！”

杜心月：“你知道的，我那个闺蜜艾茉莉……”

赵雷妈：“我不管是谁，今天你哪儿都不能去！孩子这么小，是他需要你还是你的闺蜜需要你！”

杜心月：“妈，他们都需要我。”

赵雷妈堵在客厅大门前，蛮横地说：“不能去！就是不能去！”

杜心月无奈地打了一个电话：“喂，顾宁……”

艾茉莉把牙具放进一个塑料袋。

罗母端来一杯牛奶：“喝杯奶吧，还有一个钟头才开饭。今晚吃蒸鱼、豆腐炖白菜，都是清淡又有营养的食物。”

艾茉莉接过牛奶：“谢谢罗阿姨。”

罗母疼爱地看着她：“有没有不舒服呀？”

艾茉莉：“罗阿姨，实在太麻烦你了。我不能在这儿吃晚饭了，一会儿我男朋友就来接我。”

罗母：“这么快呀？他同意你生了？”

艾茉莉甜甜地笑了：“嗯。他来接我和宝宝回家。”

罗丹从房间走出来：“艾茉莉，别天真了！你真的相信师伟男会让你生下孩子吗？”

艾茉莉沉醉地说：“除了出差，我们还没这样分开过。我们都是这样想的，连说的话都一模一样。丹丹，我能不相信他吗？”

罗丹立刻无语了。

门外响起敲门声。

艾茉莉一下站起来冲过去，打开门，是顾宁自己来了。

艾茉莉失望地喃喃：“怎么不是伟男？”

顾宁：“艾茉莉，你怎么不到黄河心不死呀？师伟男会那么轻易答应你吗？”

艾茉莉：“嗯。我就是相信……”

顾宁：“你不是相信，你是轻信！”

艾茉莉正要关上门，师伟男也到了，手上还拿着一大堆东西。他故意没拿好，一袋东西洒落在地。他温柔地看看艾茉莉，弯腰去捡。地上掉的竟然是奶瓶、尿片，还有育婴的书籍和两罐奶粉。

众人愕然。

师伟男：“艾茉莉，我听老人说，今年的属相好，出生的孩子会很多。这奶瓶我一早秒杀了，免得到时抢购！”

艾茉莉眼中孕泪，一下冲过去抱住他：“伟男，对不起，我误会你了！”

师伟男温柔地说：“来。我带你和孩子回家，我为你准备了烛光晚餐，庆祝一下我们小别胜新婚。”

在艾茉莉的泪光里和闺蜜们不信任的注视下，师伟男的演绎可谓达到了极致。他又一次轻易地俘获了艾茉莉易被感动的芳心，带着她走上了自己预定的路！

银色的烛台上点着淡紫色的蜡烛。艾茉莉换了一条紫罗兰色的连衣裙，愉悦地坐在餐桌旁。桌上已经摆好了几盘冷餐，她欣喜地看着一切，不时拨正有些倾斜的蜡烛的烛芯，跳动的烛火映衬着她祥和美丽的脸庞。

厨房的炉具上，一小锅汤沸腾了。师伟男关火，撒盐，又试试味道。突然，他从裤兜里掏出一个小纸包，撕开一个口，将整包白色的粉末倒入汤中。他把心一横，皱皱眉头，用汤勺轻轻搅拌。

艾茉莉正准备打开一瓶红酒，师伟男端着汤锅走过来，忙阻止她。

“别，别！等会儿我来开，你千万别用劲儿。”他把汤锅放在松木垫上，“现在我隆重宣布，我们的烛光晚餐马上开始！首先由我介绍今天的餐前汤，新英格兰巧达蛤蜊汤……”

艾茉莉：“等等。”仔细看着他，“总觉得有些地方不对……”

师伟男穿着一件白衬衫，领口有点歪。

艾茉莉审视了一下，两眼放光：“找到了！伟男，你去换件衬衫，紫色那件，对！要系领带，银色的！配亮灰色的长裤……”

师伟男顿时兴致全无，有些无趣地说：“好吧。”

窗外已是灯光点点。

换了装的师伟男重新回到餐桌边。

“现在可以开餐了吗？”

“嗯，这下舒服多了。紫色衬衫和我的连身裙很配，银色领带和烛台配衬，亮灰色长裤作为大色调把你整个人都衬托出来了……不错！不错！”

“我要不要穿双皮鞋？”

“不用那么正式，这是家嘛！”艾茉莉笑出声。

“这还不正式吗？”师伟男嘟囔着。

艾茉莉：“好了，请继续你的美食介绍。”

师伟男指着桌上的菜一一介绍：“主菜有：鲍鱼刺身、冰镇青口、清酒浸蛏子王。”

艾茉莉：“伟男，除了牛扒，我最爱的就是海鲜，尤其是你弄的海鲜！”

师伟男：“来，先喝碗汤。”他分别为艾茉莉和自己各盛了一碗汤，率先喝了一口，“不错，味道刚好。”

艾茉莉也喝了一口，享受地点点头，像个美食家一般点评着：“这个汤味道鲜美，淡淡的姜香和蛤蜊的鲜香融为一体，最绝的还是马铃薯和洋葱的运用，把略显清寡的味道一下调出来，滋味无穷……可以称得上是 Shi-cuisine，师派美食。”

师伟男：“你看你光顾着点评，来，多喝点汤。”说完，他飞速喝完碗里的汤，又盛了一碗，一饮而尽。

艾茉莉也学他连喝两碗。

师伟男："吃菜，来试试这个毛蚶的火候。"

艾茉莉拿起一只还带着血的毛蚶，蘸了些汁，一口咬住，叫道："啧啧，太美味了，六成熟，鲜嫩爽口。伟男，你还保持着水准。"

师伟男也大吃起来。

两人风卷残云，把面前的海鲜一扫而光。艾茉莉满足地靠在椅子上，很享受地看着师伟男。她做了一个握酒杯的动作，师伟男心领神会，拿起了开酒器。就在这时，两人几乎同时站起来，异口同声："我去厕所。"他们相视一笑，分别冲向两个厕所。当二人重新回到餐桌时，都神情困惑，有些疲惫。

艾茉莉："我怎么有些拉肚子呀？现在还咕噜咕噜的。"

师伟男："我也是。刚才差点来不及呢！"

艾茉莉看看面前的空盘子："不会是食物不干净吧？"

师伟男："不会吧？我在那家五星海鲜店买的，有品质保证。哎呀……"没等他说完话，只听扑哧一声。跟着艾茉莉尖叫起来："好臭呀！"捂上了嘴，"好臭！伟男，你拉在裤子上了？"

师伟男尴尬极了："我……没忍住……我去去。"向厕所跑去。

艾茉莉突然站起来："糟糕，我又来了！"奔向另一个厕所。

不久，厕所里都传来冲水声。

他们疲惫无力地从厕所出来。师伟男用一块浴巾围着自己的下半身，这与他穿的紫色衬衫形成巨大的反差。看到他这副模样，艾茉莉笑了。但只笑了一下，她自己就捂着肚子，第三次冲进了厕所。见状，师伟男露出阴险的笑。但马上，他的肚子又咕噜咕噜叫起来。他赶紧捂住肚子，返回厕所。

夜色渐浓，赵雷和妈妈坐在沙发上。

赵雷妈低声抱怨："你这媳妇儿，是该替她收收心了，一天出去好几趟！"

赵雷："她呀，就缺个遥控器！"手握电视遥控器不断转台。

杜心月抱着孩子从卧室里走出来。

赵雷妈凑上去显得很热情："心月，赵雷跟银行联系过了，明天上午去还贷，你也一块儿去吧！"

杜心月："妈，我就不去了，在家看雄雄。"

赵雷妈："不好不好，你得去，也带上雄雄。"

杜心月："妈，不用了。还贷用的是赵雷的名字，他签字就行了。"

赵雷妈："那可不行，房本上可有你们两个人的名儿呢！你俩都去，一起签。"意味深长地说："再说了，有你在场做个见证也好。"

杜心月不解："什么见证？"

赵雷妈："见证我帮你们还了四十万！"

杜心月怔了怔。

当杜心月一家在银行办完还贷手续时，她接到了艾茉莉从医院打来的电话。

“心月，我的宝宝……不能要了。”

“……为什么？一切不是好好的吗？师伟男不是答应让你生了吗？”

艾茉莉语无伦次了：“不，宝宝吃了细菌和寄生虫，拉了很多次，担心是食物中毒，大夫给我开了抗生素……总之，我不能要了。呜呜……”

“你在哪儿？我马上过去。”

“我在医院，已经挂了周医生的号……”

“不要，艾茉莉，千万别做傻事，等我！”杜心月收线后立刻拨打顾宁的电话，“顾宁，艾茉莉在医院准备人流，我们一定要阻止她！”又拨一个号码，“喂，罗丹……”

艾茉莉和师伟男坐在人流室外的长椅上等待着。一个面无表情的中年护士大声叫名字：“11 号张小艳。”

一个年轻的女孩站起来跟护士走进手术室。

艾茉莉的脸色一下变得煞白，握着号码纸的手不断抖动着：“呀！伟男，下一个就到我了。”

师伟男抱紧了她安慰着：“不怕啊，不怕。”

艾茉莉却显得更加恐惧了。

师伟男：“不怕的，你以前也做过，不怕啊。”

艾茉莉：“可是……”

这时，罗丹从走廊跑过来，看到艾茉莉，直奔她而来。

“艾茉莉，你怎么又变卦了？你不要你的宝宝了？”

“不，我不能要了。”

“为什么？你不想做妈妈了？”

“我不要再提了，不要再解释那么多遍，我已经决定了！”

“不行，在心月和顾宁来之前，你还不能决定！”罗丹焦急地看看表，“她们快到了，到了再决定也不迟！”

其时，顾宁和杜心月已经来到医院大堂。她们直奔电梯，却发现一部电梯在检修，另外一部前排起了长队。两人只好改走楼梯。可她们都穿了高跟鞋，怎么也走不快。

刚才的护士从手术室走出来，大声叫着：“12 号艾茉莉！”

艾茉莉没有马上站起来，而是紧紧抱着师伟男。

护士又叫：“12 号艾茉莉有吗？”

艾茉莉终于站起来，把手中的号码纸给了护士。

罗丹拿着电话冲过来，阻止她：“等等，她们已经到医院了，正在上来！”

艾茉莉坚决地对护士：“走吧。”

手术室的门在罗丹的呼喊声中随即关上了。

楼梯间，顾宁和杜心月跑得满头大汗。突然，杜心月把手袋往顾宁身上一放，迅速脱下脚上的高跟鞋，拎着鞋光脚跑起来，速度果然快了。近了，近了，越来越近了！

手术室里，医生助理在做准备，手中的器械露出寒光。艾茉莉平静地躺在手术床上，周医生站在她面前。

周医生："注意事项你都清楚了？"

艾茉莉："清楚了。"

周医生："决定不要这个孩子了？"

艾茉莉："决定了。"

周医生："那好，我们现在开始。有任何不舒服要马上告诉我。"

艾茉莉："好的。"

胜券在握的师伟男一脸得意地坐在手术室外的椅子上，罗丹怒视着他。杜心月拎着鞋子一路奔来，上气不接下气地跑到手术室门外。

罗丹焦急地说："进去几分钟了。"

杜心月顾不得许多，大声喊着："艾茉莉，你不能杀死你的孩子！你快出来，我有很重要的话要跟你说。艾茉莉！艾茉莉！你出来呀！"

护士从里面走出来，大声制止她："你干什么？这可是医院。里面马上要开始手术了！"

杜心月哽咽着："护士，对不起，麻烦你叫艾茉莉出来，我是她最好的朋友，她不能不要这个孩子。她一定要听我告诉她，这是一个生命，没有人可以随便谋杀一个生命！求你了，帮我叫她出来，帮帮我！"

护士显得有些为难。

杜心月："我知道，你每天都见证了许多无辜的小生命被谋杀，但我相信，你并不冷血！帮我叫她出来，也帮帮这个可怜的小生命！"

护士："你等等。"转身走进手术室。

手术室里，艾茉莉听到了外面的一切。一旁的周医生温和地望着她："艾茉莉，你是我的病人，也是我的朋友。你要不再想想，我们可以改天……"

艾茉莉幸福地笑了："她们不了解情况，但我觉得很幸福。这一次，有这么多爱我的人陪着我。周医生，开始吧！"

周医生向身边的护士点了点头。

午后的阳光斜斜地照进来。大姐闭着眼睛靠在沙发上。一个保镖带着李路谦恭地站在她面前。

"先生，李路到了。"

大姐睁开眼，看看李路，以眼神示意保镖。

保镖立刻拿来一个鼓鼓的大号牛皮信封，递给他。

李路抱着信封感觉到了份量，有些困惑。

大姐：“袋子里有五万块钱和一种用于术后的特效药。明天一早你去中芯医院，挂樊志刚大夫的号，把钱送给他，劝说他多开这种特效药。记住，一定要留下你的公司名片。”

李路：“是的，先生。那我先走了。”

保镖带着李路出去了。

大姐闭上眼睛继续享受午后的慵懒。

杜心月疲惫地回到家，脱下鞋子和外套，瘫坐在沙发上。

赵雷妈手里拿着房本喜滋滋地走过来：“哟！心月回来了？怎么了这是？干啥累的？”

杜心月摇摇头。

赵雷妈：“哎呀，我就等你回来呢！一下午了，我一直揪着心。”

杜心月：“妈，我想去躺一会儿。”

赵雷妈:“还有半个钟头就开饭了,别躺,躺了晚上不好睡。我有个事要和你说说。”

杜心月：“你说吧。”

赵雷妈：“我寻思着，你们欠银行的80万贷款，我这一下就还了40万，算是占着大头了。可现在房本上只有你和赵雷的名儿，不太公平。”

杜心月有气无力地说：“怎么才公平呢？”

赵雷妈：“我让赵雷和管房本那儿约好了，明个儿我们一起去在房本上加个名儿。嗯……就加上我的名儿吧。这也是合情合理的事。心月，你不会有意见的对吧？就这么定了，明早一块儿去。”

杜心月强打着精神坐起来，不敢相信似的看着她：“妈，你当初要替我们还钱，我已经劝过你不用，是你执意要这么做。而且，你从没提过要在房本上加名儿的事。这套房子是我和赵雷用共同积蓄购买的，它只是我们俩的共同财产。妈，我不能答应你！你还的那四十万我们可以像还银行一样每个月还给你。但你的过分要求，我不能答应！”

赵雷妈急了：“这一家人怎么就过分了？我卖了老家的房，实心实意地帮你们，不就加个名儿吗？我还钱是事实呀，你也在场呀……见证了！不然，我去跟街坊四邻说道说道，给评评理我……”

杜心月一言不发向卧室走去，紧紧关上了门。

城市复杂的道路隐没在夜色中。

忙碌的一天又到来了。穿着白大褂的樊志刚在走廊上一路急行，边走边叮嘱身边的护士小杨：“2床的病人，今天可以停掉针剂，其他药量也减半，排尿和大便情况下班前告诉我。4床病人的片子出来了吗？”

小杨：“出来了，一会儿拿给你。”

樊志刚：“就现在吧。”

诊室外的长椅上坐满了等候的病人，李路排在第一个。

樊志刚走进诊室内，在桌前坐下：“叫号吧。”

小杨走到诊室门口：“1号李路。”

李路走进来，坐在听诊桌侧面的圆凳上。

樊志刚：“你哪儿不舒服？”

李路：“我肝痛。”

樊志刚：“哦。你指指看哪儿是肝？你痛的位置在哪儿？”

李路递上那盒术后肝脏特效药：“大夫，麻烦你给我开这种药，多开一些。”

樊志刚看看他：“你不是来看病的，出去吧。外面一堆人等着呢！”

李路：“我不会亏待你的。”说着递上那个大号牛皮信封和自己的公司名片，“谢谢！”他迅即离开，几步快走就消失在走廊拐弯处。

樊志刚没有多想，随手把李路的公司名片连着那盒特效药塞进了牛皮信封里，放到一旁：“叫下一个！”

赵雷穿着睡衣推开客房的门，看见母亲还在酣睡。“妈，妈，都九点多了，你还睡呀！”

赵雷妈睁开眼睛，美美地伸了个懒腰，还没完全清醒。

“昨天一晚上我都梦见那房本上就咱娘俩的名儿，我不停地笑，没停过。多久没这样好好睡一觉了。”

“怪不得都九点还不起来。”

“什么？哎呀，要去加名儿呢！快！早饭去外面吃吧。咦？心月呢？她起来了吗？”

“没见着人，可能在客厅吧。”赵雷走到客厅一看没人，又走到厨房看了看，也没人。他有些紧张了，回到客房。“妈，心月和雄雄都不见了。不是回娘家了吧？”

赵雷妈一下坐起来，气哼哼地说：“哼！哪儿学的？她们这些闺密都是狐朋狗友！她肯定是一大早偷偷走的，想躲着不给我加名儿。也好，是时候去和亲家公会一会了。”

金鱼缸里的鱼欢快地游着。杜心月却闷闷地坐在沙发上剥大蒜。

杜爸爸：“心月，你婆婆要在房产证上加名字，你哪儿不痛快了？你是我女儿，我知道你不是个对钱看重的人。”

杜心月：“爸，我和赵雷能过到今天实在不容易。本以为他妈是好意，帮我们提前还贷，没想到她的真正目的是为了控制我们的房产！我是不看重钱，可我生气他们已经把我当成外人了。加名字就是为将来分房产做准备的！”

杜爸爸舒心地笑了：“心月，你终于长大了！”

杜心月：“爸，你什么意思呀？”

杜爸爸："要是以前你肯定不会这样猜别人，那不是因为你笨，是因为你太善良。现在你能开始分析出真相了。"

杜心月："这都是生活教会我的。"

杜爸爸："平心而论，你在乎这套房产吗？"

杜心月："我在乎！因为那是我一手建立的家，每个角落都有我花费的心思。"

杜爸爸："如果真有那么一天，这套房子要一分为二，甚至一分为三的时候，你的家还存在吗？"

杜心月哑然。

杜爸爸："你最在乎的是房子还是雄雄？"

杜心月没有回答，但目光却停留在儿子身上。

杜爸爸："所以嘛，既然这样，不如从现在起就不要执着，不要太在意。把一切都看开，也放下。"

杜心月放轻松了，点点头。

顾宁在办公室翻看家具资料，不时用笔圈一下看中的家具。

秘书慌张地跑进来："顾总，不好了，中芯医院通知我们，昨天送到的医疗器械全都要退回！"

顾宁很沉稳："怎么回事？那是我们公司的签约单位，合作几年了，一直不错。你去把江涛找来，他这个负责人是怎么当的？"

秘书："顾总，江经理已经去了中芯医院。"

顾宁拿起手机刚想打电话，却又放下："我还是亲自去一趟。"

中芯医院停车场上停着几辆厢式货车。工人们不时把一箱箱未拆封的医疗器械搬上货车。

江涛和李路正和医院的主管张主任谈论着什么。

顾宁风风火火地走过来，脸上堆满了笑容："张主任，咱们可是刚续签了三年的合同呀。你怎么能说变就变呢？"

张主任顺手一指："顾总，我倒是很想按合同办事。不过……唉，你问他吧。你们一起干的好事！"

顾宁看向张主任指着的那个人，不觉一惊，他正是樊志刚大姐介绍来的李路。

"江涛，李路，你们都过来。"

三人来到停车场的角落。

顾宁质问："到底发生了什么事？"

李路显得很惶恐："顾总，对不起。我虽然来了不久，但一直想给公司立个大功。这家医院是业内的知名医院，我就想向他们推销我们的特效药……"

江涛气愤地说："谁让你擅自做主的？"

顾宁盯着他："你都做了些什么？"

李路："我……我给了大夫五万块钱，想让他多开些……咱们的药。"

顾宁愤恨地瞪着李路，恨不得能用眼神杀死他。

李路嘟囔着："他收下了那些钱，我以为他肯帮忙呢！没想到……"

江涛："没想到他把钱和你的公司名片还有药盒都上交医院了。"

顾宁："那个医生叫什么？"

李路："是外科的樊志刚大夫。"

顾宁又惊又气："什么？樊志刚！"

江涛也感惊讶："顾总，那不是你的未婚夫吗？"

顾宁气得脸色大变。她看看还在停车场指挥搬运的张主任，急忙向他走去。

张主任："顾总，退货的车都装好了，十个工作日内请你把购货定金退到医院账户上。"

顾宁："张主任，你听我解释。我这个员工新来的，不懂规矩……"

张主任摇摇头："顾宁，我们之间的业务完全是冲着我和你爸的老交情！你们年轻人为了争取表现，办事怎么能这么没轻没重呢？"

顾宁想继续解释："张主任……"

张主任打断她："好了，不要再说了，明眼人一看就知道，你的业务员给樊大夫塞钱，他上交了，落得个美名，没准还捞个提干。"

顾宁："好吧，看来我说什么你都不会信了。我认错！但归根结底，这只是药品方面的问题,你们医院不进我们公司的药就是了,跟这些器材可没有关系啊！"

张主任："不要啰嗦了。院里中午召开了内部紧急会议，院长严肃批评了这类违规事件，还把你们公司列入了黑名单。别说器材了，以后你们公司连投标的机会都没有了。顾总，鱼肉和熊掌不可兼得，既然你们出了这步棋，早就知道会有这一局。哎呀，我真羡慕樊大夫呀，有你这么个准贤内助！"说罢扬长而去。

顾宁站在原地，又气又恨又委屈。突然，她疯了似的向门诊大楼跑去。江涛和李路见势头不对，也急忙紧跟。

樊志刚坐在办公桌前，看着手中的 X 光片陷入了沉思。

护士走进来。

樊志刚："3 房 2 床的病人今天咳得厉害吗？"

护士："他间歇咳了几次，不是特别厉害。"

樊志刚："X 光片显示他肺叶上的钙化点很多，有恶化的趋势。你给他做个痰液培养吧！"

护士："好的。樊大夫，6 房 4 床的病人醒了，她非嚷着说刀口痛，我轻轻按一按，她又不痛了。"

樊志刚放下手中的 X 光片，笑着说："是那个六十八岁的大妈吧？我知道她，昨天我查房时，她也嚷着这痛那痛的，我跟她解释了一下，她又什么事都没有了。这是心理作用，她想让大夫多去看看她。我现在就过去。”

护士：“如果每个病人都像她这样，那医生还不得累死！”

樊志刚：“不能这样说，如果病人是你的家人，你就不会这么想了。我们做医务工作的常常要站在病人的角度换位思考。走吧，去看看！”

突然，顾宁一个闪身冲进了樊志刚的办公室。还没等他弄明白，她就紧紧抓住了他的衣领，像老鹰抓小鸡一样死死不放。

06

当樊志刚弄明白眼前的人是顾宁时，他感到困惑和不解：“顾宁，你干什么？你松开！这是医院。”

顾宁拳打脚踢地冲着他哭诉，现场一片混乱，引来不少围观的人。碍于顾宁近乎失去理智的疯狂，没人敢上前劝阻。

李路从围观的人群中抽出身来，迅速拨通了一个号码。

“先生，医院闹得不可开交了……嗯，好的，我马上辞职！”

顾宁依旧不依不饶地拽着樊志刚撒泼，一些药瓶滚落到地上，发出碎裂声。

江涛刚要叫上李路去劝和，却瞥见他在打电话，神色得意。他再也沉不住气了，冲上去拉架。

“顾总，松开吧，有话好好说，也许大家有误会！”

顾宁带着哭腔：“误会什么？李路就是他大姐安插的钉子，钱又是他上交的。他们樊家里外里都在谋算我一个人！”

江涛同情樊志刚，说：“顾总，你冷静一下。我看樊大夫不是这样的人。倒是李路在给什么人打电话……很得意！”

顾宁神经质地说：“对，李路，快把他找来对质！”

江涛向人群看了看：“……他不见了。顾总，你松开手，和我回公司，找李路问个明白！看来樊大夫并不知情，千万别冤枉了他！”

顾宁突然意识到什么，手松开了，但眼睛却死死地盯了樊志刚好几秒钟，威胁地说：“要是你真的和他们串通一气，我不会让你好过的！”

樊志刚忧虑地看着江涛：“江经理，带你们顾总回去吧，她太激动了！”他转向顾宁，温和地说：“顾宁，不管发生了什么事，等你冷静了再说。清者自清！”

顾宁愣愣地看着他，竟有些不知所措，傻傻地嚷着：“我的订单……我的订单呀！谁赔我？”

樊志刚忙哄她："好了，跟江经理回公司吧，我一会儿也去看你。我给杜心月打个电话，让她去陪陪你。"

杜心月早就被爸爸的一番话解开了心结．可他们都没想到，一位不速之客紧赶慢赶地上了门。

"哟！是亲家母呀。"杜爸爸客气地问候着。

"亲家公，我今天是无事不登三宝殿，特别来向你问罪的！"赵雷妈来者不善。

"说吧，心月有什么地方做错了？"

"心月有错，你这个当爸的也有错。"

"哦？愿闻其详。"

"你当过校长，大船也有三斤钉，又有退休工资，又有自己的房子，日子过得不赖，可有件事儿我就不明白了。为什么心月和赵雷结婚的时候，你给的嫁妆那么少呢？我大儿子结婚，大媳妇儿娘家给了八万八，她娘家条件还不如你们呢！咱做长辈的能帮到孩子就一定要帮，对吧？在金钱上你们家……"

杜爸爸及时打断她："金钱！金钱！当然，没有钱是万万不能，但钱不是万能的。我们办教育的，该承传给下一代什么样的价值观？所谓'德、智、体、群、美'，以建立全面的、心智健康的人格为首。管理金钱属于生活技能。我女儿心月不只品格高，工作能力强、社交能力强、赚钱能力强，一高三强——这就是我们家的嫁妆，八万八算什么？"

"得得得，我不是来听你讲大道理的！我就是心疼我那傻儿子，一下跟银行借了那么多钱，八十万呀！"

一直沉默的杜心月终于开口了："妈，你是想说在房本加名儿的事吧？"

赵雷妈的眼角向上挑了挑，强硬地："是呀！反正这名儿你加也得加，不加也得加！"

杜心月轻描淡写地说："……如果你觉得加个名儿能让你痛快，那就加吧！"

赵雷妈有些意外，但随即抓住她的话头说："加了！加了！这可是你说的。咱明个儿就去办，不能反悔呀！"

杜心月看着手舞足蹈的婆婆，顿时无语。

"加了！加了！真的加了！"赵雷妈喜形于色地欢叫着。

空荡荡的走廊上，樊志刚不断敲门，顾宁把自己锁在办公室里。杜心月匆匆赶来了。

"对不起，我来晚了！怎么样？"

樊志刚无奈地摇摇头："我们肯定有误会！"

杜心月示意他先走，边敲门边喊着顾宁，不一会儿门开了。顾宁一见到她，正要发泄对樊志刚一家的不满，却被杜心月立刻制止了。

“顾宁，别总是怪责樊志刚。你就没想过今天发生的事有些蹊跷吗？”

“蹊跷什么！李路是他大姐的人，他们合起伙来坑我，人赃俱在，没什么可怀疑的。眼看就要结婚了，他们竟然在这个时候毁掉我的事业！这婚，我不结了！他们樊家没一个好东西！”

“顾宁，如果这个时候你提出不结婚，那你可真是机关算尽太聪明，反中了别人的奸计。”

“我知道中了他大姐的奸计，当初我就不该给她面子收下那个李路！”

“不，他大姐的奸计不在这儿！”

顾宁不明所以。

杜心月：“她是利用这件事破坏你和樊志刚的感情！她的目的没有其他，就是想阻止你们的婚事。你还不明白吗？”

顾宁一下茅塞顿开，懊悔地说：“我……心月你说得对，我真是气糊涂了，怎么就没想到这点呢？”

杜心月：“你们都快结婚了，可你却好像完全不了解樊志刚是个什么样的人！他大姐为什么让李路给他送钱？就是因为她太了解自己的弟弟。唉！”她深深地同情樊志刚，“他是个从不贪图不当利益的人。选他，百分百一切都在掌控中。现在，大姐的目标已经实现了大部分，就等你去推波助澜了！”

顾宁此时彻底明白了一切。

不错，对大姐来说，计划中美满的日子就要到来了。夕阳西下，她坐在客厅的沙发上，亲切中带着威严。樊志刚坐在她对面。

“志刚，我听说今天你那儿不怎么太平。”

“嗯，顾宁跟我有误会……”

“误会？没这么简单吧？就因为一个误会，她就大闹医院外科？要搞得你这个名医声名狼藉？”

“大姐，没那么严重，就是一般的误会。”

“我看，这样的女人简直就是个泼妇，绝不能要！马上散了吧！”

“不行！我听说她和医院的一项几百万的合同被取消了。不管发生什么，我不能在她最艰难最苦恼的时候落井下石，不仁不义。”

“我的傻弟弟，看来你那些孔孟之道没白读，蛮有仁义之心的。可顾宁对你做了些什么？简直就是坏你的名誉！”

“孔子曰‘君子坦荡荡，小人长戚戚’，只要我坦诚对她，我们的误会一定能解开。再说，究竟发生了什么我也要查清楚！”

大姐一时有些尴尬，随即爽朗一笑：“好！不愧是我看着长大的。大姐为你骄傲。好了，忘掉这件事吧，努力工作。”

樊志刚：“那我先走了，婚房的事有劳大姐了。唉，发生了这么多事儿，我和顾宁可都没有精力了，我就想给她一个舒适的新房，一个满意的婚礼。”

大姐点点头：“你就等好吧！对了，告诉顾宁，需要用钱可以跟我说。毕竟快是一家人了。”

樊志刚：“谢谢大姐！”

他刚离开，套房内的一个房门开了，保镖带着李路来到大姐面前。

李路：“先生，辞职信我放到江经理办公桌了。”

大姐：“这段时间你躲一躲，别让他们找到你。”

李路鞠躬：“明白！”

大姐满意地微微一笑，果然，一切尽在掌握！

乒乓球一个个弹到球桌上。黄总步履轻盈地独自练球，技艺如前。罗丹敲敲门走进来。他一见到罗丹，舒畅地笑了，随即高抛一球，劈向罗丹。罗丹快速接起，二人流畅地打起来，很默契。过了一会，黄总示意休息，他们走去喝水。罗丹的瓶装水一时打不开，她用指甲使劲儿抠瓶盖，较上劲儿了。

黄总：“我帮你！”

罗丹摇摇头，继续和瓶盖较劲儿，连牙都用上了，终于打开了水瓶，大口喝着。

黄总在一旁默默地看着，眼中满是欣赏：“罗教练，当之无愧的女汉子呀！我就喜欢你这样的，没有一般女生的娇柔发嗲！”

罗丹爽朗地说：“我没那命，也不想要那样的命！”她的手机传来震动声，原来是杜心月在“金花四帼”聊天室里发了一条消息：

最近顾宁因生意失利，心情极坏。亲们，一起来关心她。

她马上拨通了杜心月的电话：“喂？心月呀……顾宁怎么了？做生意有赚有赔，她又不是头一次。”

“她这次比较麻烦，医院突然取消订单，要赔定金。她公司一时没那么多周转资金。”

“钱我就没办法帮了，精神支持她呗。她行的，一定行的。”

黄总在她背后偷听着。

罗丹接着又说了几句，收线，呆呆地想了片刻……

黄总觉得机会来了：“罗教练，你……是不是手头儿紧，钱方面有难题呢？”

罗丹：“我，没什么。”

黄总：“大家这么熟了，你不用客气，有困难一起商量嘛。”

罗丹：“不是我有困难，是我一个闺蜜。她公司突然被医院退货，资金周转不开。不过，她很有本事的，爸妈也有背景，不怕的。”

黄总若有所思地说：“医院退货……那，她是做药品还是做器材设备的？”

罗丹：“哦，主要是器材设备吧。你好像很在行啊？”

黄总：“我的矿业公司下面有家内部医院，刚落成。”

罗丹：“哦，你是搞矿产的，就是人们常说的……煤老板？”

黄总点点头：“不错。我们医院新落成，需要添置大量医疗设备。不瞒你说，我的采购经理做的预算让我很怀疑。你的闺蜜应该价钱实在吧？”

罗丹：“这你就放心吧！特别是她现在急着出货，没准儿还能给你折扣呢！”

黄总：“那好，麻烦你给牵个线，佣金不会少你的。”

罗丹：“不用，都是朋友不说这些。”

黄总故作感激地点了点头。

罗丹转场和另一客户张先生练球。她怎么也想不到，多日不见的方大宇此刻竟化身“蝴蝶侠”来找她了！

当她疾步来到大堂时，已有不少围观的人在看热闹。客户张先生也尾随她而来，见识了那所谓的“蝴蝶侠”。方大宇见到罗丹，兴奋得像个孩子。

“丹丹，你终于来了。看，我今天带给你一个浪漫的惊喜：我们双双化蝶，穿越到未来，你绝不能离开我！”

“方大宇，你醒醒吧！你可以整天活在游戏世界里，我不行！你闹够了吗？你还想让我出丑吗？”罗丹气急败坏地说。

方大宇温和地抖开手中另外一套蝶衣，说：“来丹丹，穿上你的蝶衣，我们不再分开。”

“好莱坞大片看多了吧？蜘蛛侠、蝙蝠侠，现在你又扮什么蝴蝶侠！你以为可以拯救什么？我们早就完了！”

“不，丹丹，我情愿把游戏带到现实。我不想就这样放弃，我不舍得我们这么多年的感情！”

罗丹尴尬死了：“这是我工作的地方，我们换个地方说。”

方大宇：“不，就在这里。我要让所有人都知道我是你的未婚夫，我们是一对！你答应我，我们和好！”

罗丹扭头想走，刚才的客户张先生却问道：“罗教练，发生了什么事？这是……”

罗丹：“没什么，一个‘普通朋友’！”

方大宇：“普通朋友？我们何止是朋友！丹丹，我们要结婚的，求你忘了我们父母的恩怨吧，那对我们不重要。我们穿越世纪，就是要生生世世在一起，丹丹！”

张先生：“哟！罗教练被追情债呀！嘻嘻……”

周围的人低声议论着。训练后收拾停当的黄总也在人群中，他思量着。

罗丹一把抓住方大宇把他拖出了俱乐部。脾气火爆的她，恨不得此刻就让方大宇消失！这一次，跟着他们出去的是一直在暗中观察的黄总。

海浪冲上沙滩，半露天的咖啡座里顾宁已经在等着了。

艾茉莉急匆匆来到坐下："对不起，我迟到了。"

顾宁呷一口黑咖啡。四人座有两个位子是空的。

艾茉莉："咦？心月向来很守时的，不来了？丹丹呢？"

顾宁："心月要在家照顾孩子，再加上她婆婆来了以后老盯着她，她现在的日子跟坐牢没什么分别！罗丹……别提了，说什么带一个老板来见我，影儿都没有。"

艾茉莉："顾宁，我收到心月发的微信了。你周转有问题？"

顾宁："我把公司的钱都投到房产了，现在有两百万的缺口要急着还给医院。公司其他的欠款也是拖无可拖了。"

艾茉莉轻松地笑了："两百万呀，顾宁，我可以借给你！"

顾宁的眼神中闪动着兴奋的光芒："你？真的可以吗？"

艾茉莉："嗯。我和伟男光是定期存款就不止这个数，再加上股票和期货的投资收益……等着，明天我就带着存折跟你去银行。"

顾宁："哇！我的好茉莉，太棒了！你可是我的大救星呢！"她激动地抱住艾茉莉，又亲又流泪。连日来的烦恼在顷刻间化为乌有。

傍晚时分，艾茉莉回到家，打开床头的保险柜找存折。师伟男听到声响从外面进来，看到这一幕有些意外。

"茉莉，你在找什么？"

"我们的定期存折呢？怎么一本都不见了？"

"我……不久前做了些投资，都投进去了。"

"什么样的投资？那么多钱都投进去了？这不像你一贯的风格！"

"啊，最近行情好，我也想捞一大笔。"

"那可怎么办呀？我答应了顾宁借钱给她周转生意，这下可怎么办呢？"

"顾宁？就你们那个御姐？一看就不是什么善茬儿！怎么？这回她遇上高手了？"

艾茉莉表情有些不悦："伟男，能不能把投资撤出一部分，我要帮顾宁渡过难关。"

"不行！这次的投资人不是我！"

"不是你？那钱都给谁了？"

"哎呀，这次是和别人一起合伙的，人家占大份，我占小份，而且不是我操盘，我不能说撤就撤。茉莉，你也替我想想，跟人合作最重要的是讲信誉。"

"不行！我答应了顾宁，我也要讲信誉！"

"哎呀，要不然，你让顾宁想想别的办法。她做生意的时间也不短了，总有些人脉吧。"

"不，我答应了。在朋友圈里，大家都知道数我们家条件最好，现在拿不出钱，我多没面子！"

"人不是活在面子里的。"

“撤回投资吧，那里面也有我的钱。”

“茉莉，你太让我失望了！你居然跟我分什么你的我的？好了好了，我们不要争吵。争吵会破坏所有浪漫感、幸福感……我知道，你的公主脾气是不会改变了，能改变的只有我。我走。”他竟然拿起外衣借此离开家。

艾茉莉愣了，半天回不过神来，自言自语：“我，公主脾气？破坏浪漫……这都哪儿跟哪儿呀！”

顾宁看来心情不错，她正期待着艾茉莉的到来。

秘书敲敲门，急匆匆地走进来：“顾总，医院那边催款了，张主任语气很强硬。你看怎么办？”

顾宁：“这个老东西，要不是看在我爸和他有交情的份儿上，我就去告他违约。这事儿，你不要管，以后他的电话都转到财务，她们比你有经验。”

秘书：“好的，顾总。”

樊志刚在门口看到这一幕，走进来。

“顾宁！”

“志刚，你怎么来了？”

“都怪那个业务员，当然也是我不好，没仔细看他递给我的名片……不过，你别生气，我看了也没用，我还真不知道你公司的名字……”樊志刚憨憨地说着。

“你呀，就是个书呆子！”

“我刚才听到你们的谈话，你有资金困难？”

顾宁点点头。

“大姐说了，她可以帮你。”

“大姐？”

“大姐说我们就快是一家人了，有困难要用钱就找她。”

“嗯。”

走廊上，艾茉莉慢吞吞地向顾宁的办公室走去。当她不得不出现在顾宁面前时，顾宁的喜悦之情溢于言表。

“茉莉，你来了！走吧，我们现在去银行，财务在等着了。”

艾茉莉尴尬地说：“顾宁，对不起，我……我答应借你的钱拿不到了，都被伟男投资了。”

陷入绝地的顾宁硬着头皮给大姐打电话，樊志刚也从旁鼓励。

“大姐，你好。”

“顾宁啊，遇到困难怎么不跟我说呢？我们都是一家人嘛！别的我不一定有，钱可真是不成问题，需要多少，直说吧！”

“唉，其实只差两百万。我本来不想为这点儿小事麻烦你，但公司实在有困难。”

“两百万而已。唉，给你五百万怎么样？多些钱好周转。你什么时候要？”

顾宁看到希望，心情激动。

“越快越好！我要今天就把这笔钱还上。”

“哦，这个月怕是拿不出那么多钱来。下个月怎么样？对了，你要人民币还是美金？美金的话，我就从外面调……”

顾宁听出大姐是在耍她，内心不悦又失望。

“大姐，先这样吧。我再想想办法，谢了！”

不等大姐反应，顾宁挂了电话。

樊志刚：“怎么了，大姐不帮你？”

顾宁看着他，不知该说什么好。

爱是自私，也是奉献；爱是狭隘，也是宽广；爱是愚痴，也是超越。在方大宇的心中，罗丹是他唯一的爱人，他对她的爱也超越了一切。可对罗丹而言，她只想拒他于千里之外。

神经兮兮的方大宇一身蝴蝶侠装扮，手持一大束黄菊花站在罗丹家门外。他礼貌又坚持地敲着门。

罗母开门见到是他，不禁又烦又恼：“你来干什么？”

方大宇：“阿姨，丹丹呢？我要见丹丹。”

罗丹和黄总正在客厅喝着茶。

方大宇发现了罗丹，眼神中闪动着难以抑制的光芒，大叫着：“丹丹！你为什么要躲我？我知道你心里其实是在意我的！这是我游戏的最后一关——‘化蝶双飞’。我要给游迷留下永不回头的终极一跃！”

罗丹冲过来：“什么终极一跃？你疯了！”

罗母摇摇头：“这日子可怎么过呀？才安稳了没多久，又折腾上了！唉……”

罗丹厉声说：“方大宇，你赶紧走，我们已经完蛋了！完蛋了你知道吗？”

方大宇却幸福地看着她。

“不，丹丹你是我游戏里的女主角，我们要一起完成这终极一关！”

“你醒醒吧，我跟你的游戏一点儿关系都没有，也不是什么女主角。游戏是你开发的，用什么形象，你随便从网上 down 一个就行。你现在最该做的就是立刻消失，永远不要再出现在我的生活里！”

方大宇凄凉地笑着。

“这将是一个没有终极大关的游戏……也好，我今天来就是做了永远消失的准备。丹丹，我听你的话，消失……永远消失在你的生活里。”

他眼神空洞，似乎进入了另外一个世界。

罗母担心出意外，劝罗丹报警。但她内心充满了委屈、难过、痛楚等纠结的情绪。

“方大宇，你走吧，别再来了！”

方大宇灿烂地笑了：“丹丹，我是该走了，但我还有最后一个请求。”

“什么？”

“请你把这束黄菊花放在我的坟头！”

“啊——”

“丹丹，答应我，‘生不离，死不别’！我们永远都和对方在一起！”他深情地看了罗丹一眼，来到窗前，看似要跳楼！

罗母：“哎呀呀！这可怎么办呀？！”

一直没有说话的黄总迅速上前拉住了方大宇。

“别闹了！”

“这不关你的事！”方大宇想推开黄总。

“有我在，你们就必须忘了对方！”黄总强势地说：“你不只要忘了她，还不能和她见面，还要好好地活下去！”

方大宇愤恨地看着黄总，眼神传达了他想说的一切。

“我不管你们之间发生过什么，但我的确在罗教练的俱乐部听到了很多风言风语，有关她母亲和你们的婚事。你瞪大眼睛看看这个家，这是一个随时可以卷铺盖搬走，没什么家当的家。你是真的爱她吗？你一个大男人非要把这对可怜的母女逼走吗？”

罗母背过身擦泪，罗丹抱紧了母亲。

“你只顾着自己想和罗教练重新开始。可你为什么不为她多考虑考虑？你让她们母女这么痛苦、恐惧，活在别人的闲言碎语中……你死了，还要别人在你的坟头献花，还要别人良心不安。你彻头彻尾都是自私的。你这是爱吗？”黄总突然扯去方大宇的蝶衣，撕成几片扔在地上，“你要做回一个正常人，好好看看眼前的一切！”

方大宇有些手足无措。

不知是否黄总的一番话也刺激了罗丹，她把菊花扔在地上，冲进厨房，旋即拿着一个油罐跑出来。她把油倒在那些蝶衣碎片上，燃起了打火机，火苗立刻升腾。

罗母尖叫：“丹丹你疯了！丹丹！”

黄总和方大宇都惊呆了。

罗丹还不解气，把一些衣服拿出来扔在上面。

“这是你送给我的衣服！烧了！我要都烧了！”

火苗上窜，罗丹还在不断倒油。罗母吓坏了，按着胸口呀呀地叫着。黄总急忙取水灭火。看着眼前的一切，方大宇低下了头，深深地鞠了一躬。

“丹丹，对不起……我的确很自私。”他默默地退出了罗丹的家。

罗母被浓烟呛得不住咳嗽。她想阻止女儿的疯狂行为，却被她推开了。黄总在一旁神色镇定，不断用水灭火。

“让她烧吧，人不能老憋屈自己。如果一把火能烧去所有痛苦，那就痛痛快快地烧吧……”

罗丹突然扔掉手里的一切，痛哭流泪：“为什么我想好好地过……就这么难？！”

黄总拥住她，为她擦泪，宛如慈父般安慰着：“不难，一点儿都不难。来，跟我走，我要带你和你妈去一个安全的地方。”

罗丹哽咽着：“不！没有安全的地方，他还会再来的。”

黄总：“不会。有我在，就有最安全的地方。来吧！”

罗丹茫然又顺从地被黄总牵着。

黄总看着罗母：“伯母，一切都交给我吧！”

罗母发出深深的叹息声。

黄总把她们安置到自己几年前购置的一套大三居里，里面的家具一应俱全。

他介绍说：“这套房子是我在几年前买下的，当时为了来这有个落脚的地儿。后来发现太麻烦，每次都要找人搞卫生，就干脆住酒店了。从此就一直空着，也算是投资吧。”看着她们，“罗教练，你和伯母以后就住这儿吧。这个小区保安严密，绝对是个安全的地方。”

罗母感动得不知说什么好：“这怎么好？黄总……”

黄总：“别客气伯母，我是罗教练的客户，也是她的朋友。朋友有难能不帮吗？你们就安心住着吧。罗教练，你看看，缺什么自己添点儿。”

此时，罗丹的心神还没定下来。

窗外斜阳照入，仿佛一切才安静……

罗母接到顾宁的电话，她要过来看她们，却又不熟路。黄总主动在电话中指路。

罗丹：“妈，是谁呀？”

罗母：“是顾宁。刚才方大宇去家里闹，我怕出事，就打给心月。可是她要看孩子，就让顾宁联系我们。”

那边黄总说完电话了，交还给罗母：“她没走错，到楼下了。我去接。”

不一会儿，他把顾宁接了进来。

顾宁一见面，紧张地问：“丹丹，罗阿姨，没事吗？”

罗丹看到顾宁，哭出来了。

顾宁：“都到了自杀的地步了，相信方大宇这一次是彻底死心了。”

罗丹摇摇头：“谁知道呢？他常常在游戏和真实人生中穿越。”

顾宁拍拍她的肩膀安慰着，同时也四下打量着这个新的住处。

黄总主动介绍：“这是我的房子，没怎么住过的。哦，自我介绍，我叫黄能。”递上名片。

罗母介绍：“黄总，这是顾宁，是丹丹的好闺蜜，姐姐一样的。”

黄总：“上次见过面了。你一定不记得了。”

顾宁有点冷淡："我记得，在酒店那次嘛。"她感觉不妥当，"罗阿姨，这样叨扰人家不是很好，不如像上次心月那样，先住酒店吧。"

罗母会意："也是的，无功不受禄。这地方太大了，我不习惯。丹丹？"

罗丹正要开口，黄总抢先转换了话题。

"罗教练，你不是说你的哪位闺蜜有批医疗设备急着出货吗？"

罗丹记起来了："是啊！就是顾宁的公司。我早就想安排你们见面的！"

黄总哈哈一笑："这不就巧了吗？看来，顾总和我有生意缘呀！"

顾宁显然明白了黄总对她意味着什么，态度变得和善起来。

黄总："顾总啊，我们集团属下的医院要进一批设备，采购经理的报价让我很怀疑。我听说顾总出身医药世家，自己也做这一行，请你帮我打打价。合适的话，从你们公司进货也行。罗教练的朋友，我放心。"

顾宁一听，心花怒放，有点儿不相信自己的耳朵："黄总，我公司规模不大，但在业内的口碑还是不错的。"

黄总："我是个生意人，喜欢说实在话。顾总能给个优惠吗？"

顾宁："哈哈，这样吧，黄总先去我的公司参观一下，拿个印象。至于优惠嘛，那是必须的。"

黄总："爽快，我就喜欢和爽快人打交道！"看看罗丹，"罗教练，你们也别客气了，先住两三天再说。"

罗丹看到连顾宁对她微微点头，就不好再推脱什么了。

07

傍晚的火锅店里，人声鼎沸。红白撞色的鸳鸯锅底，冒着热腾腾的水汽。杜心月、顾宁和樊志刚坐在一张方桌前。

顾宁兴奋地举杯："为了我生意的转机和心月明天的面试，干杯！"

樊志刚惊喜地说："顾宁，你公司真的有转机了？"

顾宁："你明天去我公司就明白了。哎，心月，怎么不说话呀？有面试机会还不高兴？"

杜心月："顾宁，我一想到明天的面试就紧张。不行，我得快点回去练练口语，不知老板是不老外……还有，明天七点四十五就得出门，最近大货车特多，堵得厉害！我……"

顾宁打断她："停！停！吃饭，咱好好吃顿饭行不？你在家待了没多久啊，以前那个女强人去哪儿了？整个就缺乏自信！

杜心月有些沮丧："我就是突然觉得没有自信心！"

樊志刚不说话，拿起茶壶给杜心月的茶杯斟茶。很快，茶杯已经满了，可他还在斟。茶已经流出来了，他还不停手。

杜心月惊觉："樊志刚！茶已经满出来了，不要再倒了！"

樊志刚仍未停手。

顾宁也发现了："志刚，你傻了，茶早就满了！"

杯里溢出的茶水流到桌上，又从桌上流到地上。

樊志刚这才停了手，不慌不忙地说："满了吗？"

顾宁、杜心月："满了！"

樊志刚："可我才加了一点儿……"

顾宁："这杯里本来就有茶，你加一点儿还不够啊！"

杜心月好奇地看着樊志刚，揣度他的用意。

樊志刚缓缓道："杜心月，你就像这只杯子一样，心里装了太多的烦恼、顾虑和受挫败后的不自信。如果你不把内心的杯子倒空，怎么能放下包袱轻装上阵呢？"

杜心月若有所思地迎着樊志刚清亮的眼神，似乎明白地点了点头："谢谢你，樊志刚，一语惊醒梦中人。"

顾宁："行了，什么茶杯、包袱的，志刚，扯太远了吧？心月，你别听他说得那么玄，先吃顿好饭，辣个痛快，回去睡个好觉，明天拿出看家的本领。你一定行！"

杜心月端起茶杯默默地看着，然后将茶水倒入桌上的渣盆里，转动着手中滴水不存的空玻璃杯。

入夜，床头灯散发出温暖的灯光。杜心月靠着床头查看电脑。

赵雷有些不耐烦："心月，睡觉，明天我还要上班呢！"

杜心月："你睡吧，我有些资料没查完。"

赵雷的暴躁劲儿又上来了："听你这话，我火就不打一处来。你现在养尊处优，爱上哪儿上哪儿，爱睡到几点都行。你替我想过吗？白天你出去疯跑，晚上你倒来了精神了。这个家现在全靠我养活呢！"他厉声说："收拾睡觉！"

杜心月不软不硬地回敬他："赵雷，我没有像你说得那样养尊处优。照顾孩子、打点家务事本身也是一项工作，一个家庭就像一个小社会，我们只有分工不同，没有高低之分。你的孩子靠你养，我靠自己的双手。"

赵雷气得更激动了："你……你说不靠我？你吃的喝的从哪儿来的？"

杜心月："忘了告诉你，我明天要去面试，请你以后说话放尊重些。"

赵雷蛮横地说："你要出去工作？门儿都没有！"

杜心月不示弱："你堵住一道门，我可以另外开一扇窗！工作可以赚钱，可以分担家里的经济负担，可以不被人'养活'，可以有尊严地活着。有什么不好呢？顺便说一下，我爸出钱请的阿姨明天就到！"

赵雷的态度在瞬间软化："心月，我知道，关于工作的事你记恨我，但错全都在你！"

杜心月轻蔑地笑了："不可理喻！这就是你的逻辑吗？强盗逻辑！"

赵雷的脸上却浮起了笑容："心月，你仔细想想，如果你把市场部每年的礼品订单都签给我，我还会答应我老乡的要求吗？她说什么我都不能胳膊肘向外拐呀？所以，你一开始就错了！还不断在错误的路上越走越远，把我的规劝放到脑后。你这是诱我做了一件我根本不愿做的事！"

杜心月气极了："那天你把我赶出家门也是我诱你做的吗？"

赵雷："嘿嘿，那天根本不是我赶你出去，分明是你自己离家出走嘛。"

杜心月感觉一切荒谬极了，苍凉地摇摇头。

赵雷声情并茂："其实，你离家出走，最痛心的人还是我。你可能体会不到，我在医院看到你和你前夫缠着……唉，你根本就不该去那家医院！”

杜心月直视着赵雷：“以前我只认为你脾气暴躁，没想到你还是个混淆黑白的高手！”

赵雷嘿嘿一笑：“咱扯得太远了！不是说面试吗？如今失业大潮一浪高过一浪，你在这个时候出去找工作，不就想做个弄潮儿嘛！去吧！去吧！我是个心态开放的人。祝你成功！”

杜心月深知，工作机会于此时此境的她而言显得尤为迫切，要想彻底摆脱家庭带给她的一切纷扰，就必须成功地走出去。

翌日，一身优雅套装的杜心月被秘书带进一间会议室。

秘书：“请稍等，杨总一会儿过来。”

杜心月：“谢谢。”

秘书离开了，她在一张椅子上坐下来，从手袋掏出一小瓶水，喝了几口，又做了几下深呼吸。

一位年约四十的高大男人出现在会议室门口，他就是杨总。

“杜小姐吧？”

“我是杜心月。”她刚要起身，却被杨总示意不用。

“你的简历我都看过了。情况也大概了解，资历是很不错的。我只想问你一个问题。”

杜心月：“请讲。”

杨总：“最近我参加了业内的一个聚会，听说你以前公司的一些业务是由你‘当销售’的先生做的。我想知道，你是如何处理公私业务的？”

杜心月很淡定：“杨总，我们未曾谋面，你已经对我有成见了。”

杨总：“OK。我可以重新认识你，但你要给自己这个机会。”

杜心月：“我就是为这个工作机会而来的。”

杨总：“很好。请你告诉我，如何通过市场营销提高我们公司在中国市场的电脑销量？”

杜心月略一沉思：“杨总，我有一个很大胆的想法，不知是否合适？”

杨总：“请说。”

杜心月：“买U盘送电脑！”

杨总的眼神一下亮起来了，困惑又兴奋地催促着：“说下去。”

杜心月：“其实就是买小送大。利用人们普遍爱贪便宜的心理把人流吸引过来。当然我们送出的还有配套的售后服务。”

杨总若有所思地看着她，做出了一个决定：“你敢不敢和我们市场部的员工作一个论证？”

杜心月："你招的是市场部经理，这个论证就算是对我的第一次考核吧！"

杨总："好。什么时间？"

杜心月："明天的这个时候。"

顾宁今天特别穿金戴银的，准备见大客户。她在电脑前查看着。打印机打出一份资料，上面的油墨不太均匀，有些地方字迹模糊。她仔细翻看着，不觉笑出声来。

江涛急匆匆地走进来："顾总！"

顾宁："来得正好。刚打印出你的报价。我瞜了一眼，差距很大嘛！"

江涛："嗯。以前是哪家公司报的？吃水也太深了！竟然有十几二十个点。"

顾宁"别人吃水深就意味着我们的机会真的来了！"

江涛有些茫然。

顾宁："你把新旧报价的差值做出来等会儿用，记着用红色标注！同时，把中芯医院退给我们的那批设备的仓储费算算，一并打到卖价里。是时候出手了。"

江涛有些明白了："顾总，你打算……不赔一分钱就转给这个客户？你真能！"

顾宁："何止不赔，还要赚呢。去吧，一会儿对方的黄总就到了。"

江涛："好，我这就去算。"

顾宁："还有，你找来的那些临时工，待会儿在黄总面前要装得忙一些啊。"

江涛："明白。"他离开顾宁的办公室，走出门口时，遇上了拎着早餐的樊志刚。两人友善地互相点点头。

顾宁把资料塞进抽屉。摆弄着打印机，取出一个空墨盒，放在桌角。

樊志刚刚做完手术，疲惫地走进顾宁办公室。

"顾宁，我给你带早餐来了。"

"志刚，看样子，你没睡好啊？"

"唉，昨晚有突发状况，要马上手术。刚做完，我就过来了。"

"谢谢你，志刚，没有你我整个世界都会塌掉的。"

"有那么严重吗？你叫我一早过来什么事呀？对了，你昨天说的转机是什么？钱解决了？"

"这可全靠你了。"

"我？不！不！我没这个能力，只能带你去找大姐。"

"不用，志刚你知道吗？你就是我的活招牌！"

"我？"

这时，秘书领着黄总来到办公室门外。

秘书："顾总，矿业集团的黄总来了。"

顾宁一见，满面微笑地迎上去。黄总也热情地跟她握手。

顾宁："你好黄总，来得真巧，我介绍我先生给你认识。"对樊志刚说："志刚，这就是我跟你说的黄总，人极好，帮了丹丹很多忙。”

樊志刚有些摸不着头脑：“你好黄总。”

顾宁：“黄总，这是我先生樊志刚。”

樊志刚老实地说：“我们还……”

顾宁伸手在他背后掐了一下，并且抢着说：“我们两家的父母都是医生、医学院的教授。他呀，现在是中芯医院的外科副主任，号贩子最爱倒他的号！”

樊志刚皱皱眉，想开口解释，顾宁又悄悄掐他一下。

黄总：“号贩子？噢！噢！大医院的专家呀！名医呀！久仰久仰，樊主任你好！”热情地握着他的手，“樊主任，有空请你去我们集团的内部医院出出诊。能请到你是我们莫大的荣幸！”

樊志刚有些不知所措：“嗯，我们医院规定不能随便接私活儿……”

顾宁：“啊，黄总，我先生刚下手术台，还累着呢。”向樊志刚说：“你休息一下吧。”“黄总，你要的报价准备好了，请来业务部吧。”

黄总：“好！好！谢谢顾总。”

顾宁：“请！”她把黄总带出办公室。

打着呵欠的樊志刚吃着早餐，顺手拿起了那个空墨盒。

黄总和顾宁边走边聊，他也留意了公司的规模。顾宁特意安排很多员工忙碌地进进出出……

业务部里，七八个员工在埋头工作，江涛也在电脑前专注地查看着。顾宁领黄总来到他办公桌前。

江涛立刻站起身：“顾总！”

顾宁：“这是大中华矿业集团的黄总，昨晚发给你的资料就是他们集团的。我们的价格出来了吗？”

江涛：“出来了，黄总请过目。”递上报价。

黄总接过报价仔细看着：“这红色是什么意思？”

江涛：“以前的报价太高了，我把新老报价的差值都用红色标出来，你可以很直观地看出差距。”

黄总翻了几页，脸色大变：“真不像话！简直太不像话了！每一项都打高价，总价多了……多了近三分之一！够他在当地买十套房子了！”

顾宁恭维他：“黄总，也多亏你有火眼金睛，才及时避免了你们集团的损失。”

黄总不断摇头：“要不是我亲自过问，又找到你们，还真被我的业务经理蒙了。顾总，谢谢你呀！”

顾宁见时机已到，更进一步：“黄总，我这儿刚好有一批设备是厂家搞活动时帮别人预订的，让利很大，它和你需要的一款设备功能完全一样。要不，先给你吧？你是丹丹的朋友，也就是我顾宁的朋友，我当然要给你最优惠的价格！”

黄总："啊？这……谢谢，谢谢顾总，我们今天就签约吧。"

顾宁喜不自胜："黄总爽快！去我办公室，我们谈谈细节。"

电脑城里人头涌动。杜心月佯装购买，在不同品牌的摊位前驻足观察。突然，她的肩膀被人拍了一下，回头一看是樊志刚。

"呀，你怎么在这儿？"

"我来帮顾宁配个墨盒。今天去她公司，看她忙得团团转，我就想为她做点儿什么。咦，你怎么也在这儿呀？没去面试？"

"我就是为面试结果才来这儿的。老板出了个难题给我，我当时一急，马上回应了他，约好明天去和市场部的员工论证。"

"哦，什么样的难题？"

"你是我第一个市场调查的对象。我先问你个问题。如果你看到广告'买U盘送电脑'，会有兴趣吗？"

"……会！我会！我想知道买什么样的U盘，送什么样的电脑。尽管我知道'世上没有免费的午餐'。我还是想去看看！"

"我就要做这样的论证，证明这种营销模式是可行的。"

"虽然我不懂你工作的具体内容，但你这个说法很像书里说的'卖你一盒火柴，送你一盏灯'。得到灯的人一定要买火柴，看起来好像吃了亏，其实是因为'舍'而有'得'。还不止，会得到更多！"

"'送你一盏灯'……太好了！"杜心月的内心充满了莫名的感激，每一次都是这个看似书呆子的男人给了她最大的启发和支持。

海边的大宅一切如旧，墙还是那个墙，家具还是那些家具，客厅里升起袅袅的檀香，CD机里放着古琴曲《流水》，露台的大玻璃窗外隐约可见澎湃起伏的大海。

大姐腿上放着笔记本电脑，戴着蓝牙耳机，讲电话："中东那边的局势最近很乱，趋势不明朗。这样，你把所有在那里的投资都放空，用这笔钱大量买入黄金。"

门开了，保镖带着樊志刚进来。

大姐："先这样，办好了，给我发一份详细报告。"

樊志刚愣愣地看着四周。

"来吧，坐下说。"

他木讷地在罗汉床上坐下。

大姐倒了杯茶给他："陈年普洱茶，试试。"

樊志刚："大姐，原来你一直在骗我！"

大姐悠然地喝了一口茶："看你那着急上火的样儿，我是你姐姐，我能骗你吗？"

樊志刚："这房子你根本就没装修、没换家具、没做任何事！这还不是骗吗？"

"对。那是因为我根本没打算改变这里的一切，包括它的主人。"

“既然你不想借房给我们，当初就别提，我们可以用自己的钱买。”

“我的傻弟弟，不是我不想借房子，是我根本不喜欢顾宁这个人，从一开始我就讨厌她！”

“讨厌她？那你为什么第一次见面就说要借房子给我们结婚？为什么要找十大装修公司来装修？姐，你很忙我知道，可我和顾宁也很忙。你已经拥有了你想要的一切，可我和顾宁却还在事业的奋斗期。姐，你到底想干什么？”

“志刚，第一次和她见面，我就看出来你被她吃定了，所以我要试试她。果然，从金叶子到房子，她的贪婪不出我意外。你刚才说我拥有了想要的一切，没错儿！但我还差一样儿，就是一个令我满意的弟媳妇儿。现在还来得及！”

“来得及什么？”

“分手！立刻和她分手！有我做后盾，什么样的女人你找不到呢！”

“大姐，这是我自己的婚事，我自己能做主。”

“事到如今，我的话你多少都要听。你执意娶她，也可以，但她必须经过我的测试。”

“怎么测试？”

“婚房的事一切照旧，以后由我来和她联系。等她知道真相后气急败坏地要和你分手，那就很能说明问题。”

“大姐，你这是在赌吗？”

“人生何处无赌局？当年我单枪匹马去了美国，赚的第一桶金就是靠赌！”

“啊？你是靠赌博发家的？这我可一直不知道。”

“看看你这医生的脑子！那年我看准了美国的期货市场，当大多数人还在犹豫徘徊的时候，我用在国内积累的全部资金购买了几支很有潜力的期货。买后不久，频频传来利好消息，很快我就住进了曼哈顿的第五街。志刚，你是我亲弟弟，尽管当医生不是我心目中你的理想职业，但也没关系，你喜欢就好，我尊重你的选择。可娶老婆的事，你要听我的。御敌需良将，安家需贤妻。这顾宁根本不是一个为你安家，做你贤妻的人！”

“大姐，你不了解顾宁，她很能干的……”

“我没有家庭，无儿无女，将来的万贯家财都会给你。对你，我非常了解，可你的另一半我也要非常了解。就这么定了，要么马上分手，要么让她接受我的测试！”

“可……这样对顾宁不公平！她如果知道一直期待的婚房根本不存在……我不敢想象。”

“这才是最好的测试呀。你看这世人最爱争的是什么？无非名和利。如果顾宁不贪图眼前的小利，将来我也不会亏待她。”

“大姐，这是两回事。‘得黄金百斤，不如得季布一诺’。你答应过顾宁，就应该遵守诺言。”

“哈哈……书没白读，能活学活用，更要懂得变通。我不是那个非常讲信用的古人季布，所以，我的诺言也不如千金。志刚，我就要知道顾宁是个什么样的女人！”

樊志刚低下头，沉默着。

大姐：“你和我是一辈子的亲情，怎么也分不开的。如果你肯配合，我可以说是我只手遮天，一手操办的；如果你不配合，我也可以把你们彻底搅黄。别忘了，李路向你行贿的事才刚刚过去……”

樊志刚惊觉：“什么？大姐……难道那人……李路真的是你指使的？”

大姐喝了一口茶：“知道我为什么最喜欢《流水》吗？跌宕！志刚，你和顾宁的生活还不够跌宕吧？”

樊志刚：“姐，你……威胁我？”

大姐：“闲话少说，踏踏实实做好你的医生吧！”

赵雷把控着遥控器不断换台。他显然刚回到家，连鞋子也没脱。赵雷妈抱着雄雄坐在沙发上，脸色暗沉。

“这是做媳妇儿的样儿吗？一出去就一整天！”

“她今天去面试了。”

赵雷妈跳起来：“什么？她去面试？你怎么不早告诉我呀？以后她上班了谁来带雄雄？对，她爸是帮着请了个阿姨，可我……我就是不同意她出去工作！”

“妈，你急什么？由她折腾吧！现在各大公司纷纷裁员，看她能折腾出个什么名堂。”

“真的？哎呀，我真是矛盾，既见不得你一人工作受苦，又不想她出去工作不服管……”

赵雷不断调台：“嘿，她常常以为自己了不起，比起我还差一个等级！女人在职场不过靠关系而已，有真材实料吗？这世界都是男人控制的嘛。”

杜心月兴冲冲地回来了。

赵雷：“哟，我们的弄潮儿回来了！怎么样呀？今天的面试……”

杜心月放下手上的一切，直奔赵雷妈怀中的雄雄。她抱起雄雄，和他脸对脸紧紧贴着。

“雄雄，我们的故事讲到哪儿了？晚上妈妈接着给你讲。”

雄雄发出啊啊声。

“呀，真棒！妈妈听懂了，该讲第二十三篇了，对不对？嗯，你和妈妈一起记着。”

赵雷妈：“你看是不神经病？这么小的孩子能记住这些吗？”

杜心月：“你相信他能，他就能！对吧雄雄？”

雄雄又发出呀呀声。

杜心月听到厨房有声响：“妈，厨房里是新来的阿姨吧？”

赵雷妈："是呀，有人替我请阿姨，不用白不用。心月，你今天面试咋样了？"

杜心月："算是成功了一半吧。"

赵雷："不可能吧？现在到处都在裁员，怎么还会有公司招人呢？"

杜心月："你说的没错儿！招人就是为了解决这种恶劣形势下的难题。"

赵雷："什么难题？"

杜心月："老板问我，怎么能提高他们公司在中国电脑市场的销量？"

赵雷爆笑："哈哈哈……问你？你哪懂呀？这是我们销售的事。"

杜心月："这也是市场营销的一部分。"

赵雷："那你想出办法了？"

杜心月："当时……我觉得可以用反向思维。正常情况下，都是买电脑送配件，为什么不可以掉过来，买U盘送电脑呢？其实什么都没改变，就是一句广告语！但人的贪欲、好奇……"

赵雷："哈哈……杜心月，叫我说你什么好呢？只有你这样的榆木脑袋才能想出这个高招。都照你这样，开发商打出广告，买装修送房子，那我肯定买二十个装修……那老板不会跟你一样傻帽儿吧？"

杜心月："还好你不是老板。他约我明天去和员工论证。"

赵雷："嗬，还论证呢！别异想天开了，还是在家带雄雄吧。"

杜心月转向雄雄："雄雄，你支持妈妈对吧？"

雄雄竟然笑了。

杜心月也笑了："为了你，妈妈也要打赢这场仗。"

赵雷母子面面相觑。

瑞德公司会议室的大门洞开，市场部的员工已经在会议桌前坐好，上班的铃声准时响了。杨总在前，杜心月在后一同走进来。

杨总向大家介绍了初来乍到的杜心月。

市场部的员工一齐礼貌地鼓掌。

杨总："在外部市场疲软的大环境下，杜小姐向我提出了一个增加电脑销量的市场营销策略。下面就请她来做论证。"他坐到会议桌的最前面。

杜心月打开电脑，连接幻灯仪，大屏幕上显示出一个巨大的标题'买U盘送电脑'。一时间，会场像炸开了锅一样，员工们七嘴八舌。

男员工丙低声："扯吧！一台电脑最少都好几千呢，一个U盘才几个钱？送得起吗？"

女员工乙低声："买U盘送电脑？是买电脑送U盘吧？"

其他员工也交头接耳。

杜心月神色镇定："各位，你们想过吗？你们的问题也会是潜在消费者想问的、好奇的。这一句广告语也会在他们中炸开锅。结果会怎么样？”环顾四周，成竹于胸。

杨总的眼神紧紧追随着她。

杜心月：“在这里，我想和大家一起分享一个成功的营销案例。”将屏幕切换到第二张图片。

大屏幕上显示出两样物品：一个是柯达胶卷，一个是柯达相机。大家紧盯大屏幕。

杜心月：“这两样东西，相信大家并不陌生。1881 年，柯达的创始人乔治·伊斯曼创立了世界上最先进的胶卷工厂，此后又带领他的团队研制出当时体积最小的便携式相机，引起不小轰动。公司高层本打算利用优势，快速抢占市场。不料，乔治先生却提出把新相机的技术无偿转让，允许其他企业生产。”

会议室里一片哗然。

女员工乙：“为什么呀？”

杜心月点点头：“对，你的问题是所有人都想问的。乔治先生让人在各大报纸登出广告，无偿转让新相机的专利。一时间许多企业纷纷学习，开始生产。随着同类相机大量充斥市场，很快，柯达自己的相机价格一落千丈。正当大家都垂头丧气之际，乔治说我们赚大钱的时机到了……”

大家都望着杜心月，会议室里鸦雀无声。

杜心月：“因为这类相机只能使用柯达自己生产的胶卷。”

会议室沸腾了，每个人都很亢奋。

男员工甲：“我懂了，‘买 U 盘送电脑’有异曲同工之处。很多人爱贪便宜，有排队心理，这样一句广告语肯定能吸引眼球。”

女员工乙：“但是，用我们 U 盘的，不一定非用我们的电脑不可。”

男员工甲：“其实，我们送出的不只是电脑，还有我们优秀的技术支持。我们要打开一个让人了解我们的窗口。”

杜心月：“而且我们是限购的。这次活动就算是打广告，出奇制胜。”

有人：“对！对！”

杜心月：“谢谢大家对我的肯定，我们要群策群力做好每一个细节，一起讨论下吧！”

不少员工围拢到她身边，七嘴八舌地参与着。

这一切都被沉默的杨总尽收眼底。

因为是给黄总的第一批货，顾宁显得很紧张，她亲自安排出货，和江涛核对出货单。这时，大姐打来了电话：“顾宁啊，我是大姐。”

顾宁态度热情：“大姐，你有什么吩咐？”

大姐:“你们的婚事商量得怎么样了？没有房子,什么也做不成,我……内疚呀！”

顾宁：“大姐，我跟志刚说了，我们可以先住爸妈那里，等你腾出地方，我们再搬过去。”

大姐：“顾宁，听大姐一句劝，结婚是人生大事，仓促不得，更何况像我们这样的人家。要不，你和志刚再等等，等我这边资金一到位，就给你们办个风风光光的婚礼。”

顾宁：“大姐，我不怕你笑。志刚和我都想快点有个家。”

大姐：“唉，你们又不是宅男剩女！老话说得好，‘两情若是长久时，又岂在朝朝暮暮’。”

顾宁：“话虽这样说，可我们早都到了适婚年龄。况且世事难料，天灾人祸，以后的日子谁说得清楚呢？”

大姐：“哈哈，说得在理。那我就尽量配合你们，办一个别开生面的婚礼。”

傍晚时分，杜心月兴冲冲地回到家。她本以为一家人都在客厅准备吃晚饭，却发现客厅漆黑一片，只有厨房传来炒菜声。她推开门，发现雄雄被阿姨用背带背在身后，随着阿姨身体的晃动，他的头也跟着晃动。

杜心月一下扑过去，托住雄雄。

“阿姨，他太小，还不能用背带呢！”

阿姨委屈地说：“你家奶奶说了，以后带孩子、做家务、买菜煮饭全是我一个人的活儿，她是一家之主不能做这些。”

杜心月解下背带，把雄雄抱在怀里，轻揉着他的颈。

阿姨靠在灶台边：“这活儿根本没法干！这么小的孩子，光照顾他就得一个人，我现在干的可是两个人的活儿。当初，杜校长可不是这么跟我说的。”

杜心月：“阿姨，你接着干活儿吧，我不会亏待你的。”她抱着雄雄回到客厅，正要开灯，突然，客房的门开了，瞬间的光芒射进黑暗的客厅。接着又一道光芒射进来，卧室的门也开了，赵雷妈和赵雷分别走出来。杜心月突然有一种逼迫感，下意识地抱紧了雄雄，没有后退，镇定地站着。

赵雷妈：“心月，你回来得正好，这孩子我是不能带的。”

杜心月：“妈，雄雄可是你的亲孙子！他刚才在阿姨的背带里被勒得很不舒服，不行的。”

赵雷妈：“哼！你就这样当妈的吗？一天到晚不着家。阿姨不好，就辞了她，反正你爸有的是钱。”

杜心月：“妈，你不是不知道，我今天去面试了。”

赵雷妈：“我不管你去干什么，照顾孩子就是你的责任。再说，你根本就不该出去工作。”

赵雷试图打圆场：“心月，你那高招今天得到响应了？”

杜心月：“我不想把工作的事带回家。”

赵雷："啧！口气不小，俨然一职场御姐、女汉子呀！"

杜心月毫不示弱："要不是托你的'福'，我也不会落到今天的地步！"

赵雷："又来了，净提那些陈芝麻烂谷子。我为家里做了这么大的贡献，你有一点小小的牺牲算什么？"

杜心月："这不是小小的牺牲，是毁了我的前程。"

赵雷："小题大做！"

赵雷妈："心月，你怎么能动不动就把自己的失败赖到雷子身上呢？你现在一分钱不挣，又怨这怨那，这个家庭怎么能和谐呢？"

杜心月内心的委屈在瞬间爆发，她再也掩饰不住了。

"我就是为了让这个家和谐才出去应聘的。我不想一文不入，也不想让你觉得我怨这怨那。我很努力很积极地出去找工作，可你们呢？竟然没人帮我照看雄雄！"

赵雷妈："少拿雄雄说事儿。我是看透了，现在的女人个个都想当领导，发号施令，耀武扬威。那么能耐怎么就带不了个孩子！"

杜心月心一横，抱着雄雄拉开大门，但随即，她来到厨房："阿姨，你是我爸请的，跟我一起走！"

赵雷妈错愕不已："哎，晚饭还没……"

杜心月为了明天工作上的一战必须处理好后顾之忧。

杜爸爸送走了最后一个来补习的学生，他看到杜心月带着雄雄和阿姨站在门外，一下明白了七八分。

"心月，快进来吧。"

杜心月和阿姨走进家门。杜爸爸安排阿姨去准备晚饭，自己抱过雄雄和女儿在沙发上聊起来。当他明白事情的原委后，没有多说话，默默地走去一个抽屉找寻什么。他翻来翻去，终于找到一个小巧的蓝花布包裹，递给了女儿。杜心月抹去眼泪，打开小包裹，里面竟然是一对石头做的筷子，泛着绛青色。

"还记得大学时的那次颁奖典礼吗？"

"记得！我终生难忘。"杜心月激动得一口气说下去，"那一年我考得特别好，每科都在九十分以上，满以为自己会像往年一样成为系里唯一的全优生，所以特别邀请你去观礼。"

杜爸爸眼神悠远，似乎回到了过去的岁月。

"没想到这个奖竟然颁给了顾宁！她有两门功课都远不及我！"

"是呀，那天你从礼堂出来，就跑到操场放声大哭，我怎么劝你都没用。不只你觉得不公平，在颁奖典礼的现场，你的一些同学也觉得不公平。"

"那之后，你不知从哪儿弄到这对石筷子，要我吃饭的时候用。它冰凉彻骨，每吃一口饭菜，从牙尖一直凉到心头。你要我记着：只有自己做得比别人强很多很多，强到没办法追得上，才会有真正的公平。”

杜爸爸也激动了：“对！要做最强大的自己！不怨天，不尤人。”

杜心月：“那次过后不久，我在一次高校内的竞赛中拿了大奖，在学校有了知名度。我再也不担心拿不到属于自己的荣誉了。”

杜爸爸点点头：“心月，这个世界上没有人能真正阻碍你，只要你坚持。一直以来，你做的事都不比男人逊色，爸给你撑腰！娘家你不宜常住，但雄雄可以留在我这儿，你一定要坚持住。”

杜心月看着爸爸，百感交集地把筷子放到嘴里咬了咬。她强忍着不流一滴泪！

百货公司家电部的一个角落，巨大的红色条幅上写着抢眼的广告语：

“买U盘送电脑”

瑞德公司市场部的员工都到齐了，U盘和电脑也分类摆在了展台上。三三两两的顾客走到展台前，好奇地向员工询问着，有的点头，有的摇头，有的拿起U盘看看，就是没人肯掏钱出来购买。

杜心月一身清雅的套装，在展台前环顾。杨总站在不远处，密切注视着展台附近的动静。

女员工乙：“媒体呢？我们的合作媒体怎么一家都没来？”

男员工丙：“人家忙着呢！又不是什么大不了的事，真假还不一定呢！跑腿费也不高，谁折腾自己呀？”

男员工甲：“别说风凉话了，成败是大家的。”

杜心月内心十分焦灼，但极力镇定自己，不时向过往的客人推介。

“来这边看看吧，史无前例的大赠送！买一个小小的U盘，可以获赠一部品牌电脑。”

但经过的人都是只看不买，来了又走。

不远处的杨总默默地看着这一切，面无表情。

杜心月更焦虑了，不由地跟周围的员工说：“真没想到会这样……我们是不是要找个更大的亮点？”

男员工丙：“‘买U盘送电脑’就是最大的亮点，现在不行了、急了，才去找更大的亮点！连媒体都不来，就证明这个亮点根本不够吸引，是不是要检讨一下整个计划？”

女员工乙也动摇了：“现在才检讨？”

杜心月走到杨总身旁，有些歉意：“杨总，对不起，我没想到会是这样的结果……”

杨总一言不发，不置可否。杜心月内心黯然。

08

客厅的餐桌上，早已摆好了饭菜。

赵雷妈："心月，你也不问问我的意见就把雄雄留在娘家，这算怎么回事呀？传出去，人家还以为是我这当奶奶的不要自己的大孙子呢！"

杜心月沉默着。

赵雷妈："哼！我热菜热饭地张罗着，还弄出你的怨气了。哎呦呦，我这一肚子委屈跟谁说去？"

赵雷："妈，吃饭吧，别拿别人的错误惩罚自己！"似有所指地瞥了一眼杜心月。

杜心月显得有些失神，手里拿着杜爸爸送她的石筷子，几次夹菜都夹空了。

赵雷看到皱皱眉。

赵雷妈可忍不住了："心月！"

杜心月没反应。

赵雷妈提高嗓门儿，拉长了音："心月——"

杜心月才回过神儿来："啊？"

赵雷妈："还没正式上班就这么失魂落魄的，你的心给谁勾走了？"

杜心月沉默着。

赵雷妈："你看看你，面试没几天，倒摆起谱来了，还用着私家筷子，是担心我们嫌弃你还是你嫌弃我们呀？"

杜心月摇摇头。

大家都沉默了。

过了一会儿，杜心月实在忍不住，想跟丈夫说说心里话。

"赵雷，嗯……我工作方面的确遇上了瓶颈，我搞的活动有亮点，可就是消息传不开……"

赵雷妈自以为是的："什么消息？找我吧。告诉你，我每天坐公交去买菜，车上的人可爱聊了，大家都爱听小道消息。哪个大导演超生罚了两个亿！金价快要升了要马上甩货！多少明星倒着班儿坐牢，进去拍什么《监狱风云》！哈哈哈……传得越神越邪乎，聊得就越起劲儿！”

杜心月听着哭笑不得。

赵雷妈：“你这工作不会是让你打探消息吧？包打听？那我也能干，而且比你更合适。你还是回家带孩子吧！”

杜心月压力实在太大了，她很想丈夫帮帮自己。

“赵雷，我现在的确出了些情况，你也是IT这一行的，你帮我分析一下……”

赵雷冷冷地回绝：“我不会帮你的！”

杜心月愣了。

赵雷：“你没能力就承认吧。送你句话——没那金钢钻就别揽这瓷器活儿！”他放下空碗，站起来去冰箱拿冰淇淋。

杜心月眼泪飙升，但强忍着，自我解嘲地笑了，还把筷子放进嘴里，忍受着那份冰凉感。

赵雷一边吃着冰淇淋，一边进房间，经过她身边还说了一句气人的话，“以后呀，别在家里谈工作了。你说的。”

杜心月心里流血……

推广活动第二天，展台前依然没有顾客。

杨总鼓励员工：“大家不要泄气，我们的计划可是推广三天呢！”

员工们看不到希望，都不免有些沮丧。

杜心月：“大家不要丧气，媒体不来，我们自己来！”

男职员甲：“自己来？”

杜心月从手袋里拿出摄录机：“对，我们自己来！”

男职员甲看到红色的大条幅，眼前一亮，他把话筒对准了杜心月。另一个男职员则接过了杜心月手里的摄录机，充当起了摄影师。

男职员甲开始‘采访’她：“请问这是贵公司的市场推广活动吗？”

杜心月：“是的。欢迎来到活动现场。”

男职员甲：“你们承诺‘买U盘送电脑’，请问真有这种天上掉馅饼的好事？”

杜心月微笑着：“你可以成为我们第一位接到‘馅饼’的客人！”

男职员甲不敢相信地问：“这U盘多少钱一个？”

杜心月：“一百块！”

男职员甲马上掏出一百块，递给她，将信将疑：“我可以得到一部电脑了？”

有人开始围观。

杜心月点点头，示意工作人员。

女员工乙立刻将一部电脑和保修卡放到男职员甲手中。

杜心月："你获赠的是一部价值 4680 元的基本配置电脑和两年的保修服务。"

男职员甲表情甚是夸张："我的了？一百块的 U 盘送这部电脑？不后悔？"

杜心月："无戏言！"

男职员甲做了一个要快跑溜走的动作。

杜心月和同事们都笑了。

男职员甲随即一转身，对准镜头，语速极快又生动地介绍起来。

"你们相信吗？在中山路天亿商场的一层我刚刚体验了一件天上掉馅饼的好事。你敢相信吗？一个百元 U 盘就可以得到一部品牌电脑……"

展台四周围观的人越来越多。不断有人掏钱购买 U 盘，并且领取了电脑。现场不时有人嚷着："我要一部！我也来一部！"

杜心月宣布："今天限购两百台，请大家踊跃点啊！"她笑容可掬对着镜头，"电脑诚可贵，U 盘价更高。若你及时到，百元即可淘！"

她的话犹如催化剂，在一瞬间又提升人群的购买欲，现场立刻变得热闹非凡。

"快把视频发放到网上、手机微博、微信、一切的媒体……把瑞德的品牌打响才是真正的成功！我们不能总是依靠别人，我们要做自己的媒体！"她催促着男职员丙。

他本来看不起杜心月的，这时振奋了："是！"

排队抢购的队伍更长了……

杨总走过来："杜经理，不错啊。"

杜心月灵机一动："杨总，你也是公司的一员，请支持我们的行动吧。你的微信群可都是大客户哟！"

杨总笑笑，掏出了手机。

接下来的局面是杜心月期待而不可控的。不仅引来了真正的记者，就连她的闺蜜们也纷纷发来了祝福。大家分别从网络、电视等媒体看到了这一活动火爆异常的场面。当一切都在成功的喜悦中结束后，杜心月坐到了杨总办公桌的对面。

杨总："这次活动，我们只用几百台电脑，就收到了很好的效果，给我们带来了不小的知名度，比打广告要划算，连总部都夸我们做得好。这都是你的功劳啊。"

杜心月："谢谢，这是大家的功劳！"

杨总："不过呢，名我们是有了，但利呢？你猜一下，我们到现在为止接到了多少订单？"

杜心月紧张地沉默着。

杨总："零。"

杜心月呆住了。

杨总："现实是很残酷的。虽然你在创意上有出彩的地方，但在试用期内，如果没有让公司信服的表现，恐怕，我都保不住你。"

杜心月："知道了，杨总，我会努力的。"

公司大门那边，看起来有些土豪模样的方总在秘书的陪同下走进来。

秘书："方总，就是这家公司——瑞德。"

前台职员起身迎接："你好，请问有什么需要吗？"

方总："我要买电脑，想看看你们的系统配置。"

前台职员："哦，真对不起，我们的销售人员都出去了。"

方总："是不想给我演示吧？网上搞得那么火，难道是个空壳公司？"

前台职员赔着笑："你稍等，我给总经理打个电话。"

方总不耐烦地四处打量着。

接到电话的杨总和杜心月一起走出来，他掏出名片递给方总："你好你好，我是这里的总经理。真不巧，销售人员都出去了，你看，能不能等一等？我马上叫他们回来。"

方总："我可没时间等。你们吹得那么好，竟没个懂行的人？我看，压根就是忽悠人的！"

杨总："这个系统是给专业人士配的，我们……"

方总要走，杨总拦不住，很无奈，又着急。

杜心月来到方总面前："请等一下，我叫杜心月，这次活动是由我策划的。我可以为您演示一下吗？"

方总眼前一亮："哦，这个策划是你搞的？不错，说实话，'买 U 盘送电脑'这个点子比你们的电脑系统更让我感兴趣。"

杜心月："谢谢，这边请。"

方总愉快地随她去了。杜心月回头看看杨总，杨总微微点了点头。

沉睡的城市从苍茫的夜色中醒来。

赵雷妈拉着她来时的小拖车快步走出家门，没人知道她要去哪儿。她不是个按常理出牌的人，但她又常常觉得自己很有道理。

杨总把一份合同"啪"的一声放在办公桌上，他对面的杜心月不由吓了一跳。他敲了敲合同，露出笑容："恭喜你，第一份订单就是个大单！"

杜心月："谢谢！"

杨总："没想到啊，你还有这能耐，销售部的活儿都能干！"

杜心月："这都是应该了解的。我们做市场的，如果不知道产品的特点，就很难宣传到位。"

杨总："好，现在什么都讲究综合型人才，我看你就是。"说着，又拿出另一份合同，递给杜心月，"你已经转正了。"

杜心月接过合同，内心乐不可支。

杨总:“你不仅可以拿满这个月的工资,就连方总那个大单的提成也少不了你的。”

杜心月惊喜地说：“谢谢杨总给了我这个机会！”

杨总拉开抽屉，取出几份资料，绕过办公桌来到她身边。他的声音充满了温情：“你看看。”

杜心月拿起其中一份，看了看，面色大变。原来，那是一份计划书，标题正是“你买U盘，我送电脑”。

她不解又惊讶，翻动着手中的计划书：“你……你也早研究过柯达公司的营销案例，甚至还有其他的……”

杨总点头：“你的‘买U盘送电脑’的方案与我半年前的想法不谋而合。什么叫心有灵犀？这就是！”他轻按杜心月的肩头。

她侧侧身，杨总收回了手。

杜心月有点愤怒：“杨总，你为什么瞒着我？你明明早就有了这些想法，却一直让我觉得是我的策划案。你是在……耍我吗？”

杨总：“话不能这么说，我之所以不去实施……首先，我不能把自己的想法强加给我的下属。其次，同类案例，别人成功，我们不一定成功。我不能失败，也害怕失败。”他热切地看着杜心月，“你知道吗？当你最初说出我心中的想法时，我就怀疑你是不是上天派给我的幸运使者！”他的表情有些失态，两个人的距离很近很近。

杜心月假装看表：“谢谢杨总。嗯……还有点时间，有些同事我还叫不上名字，我先走了，去和他们熟悉熟悉。再见！”

杨总呆呆地看着她离去的背影。

下午的阳光暖暖的，杜爸爸把雄雄抱在腿上，手中拿着几个不同颜色、形状各异的模块对他进行启蒙教育。

“雄雄，看，这是红色圆形、这是蓝色心形……”

门铃响了，阿姨走去开门，门外竟然是拉着小拖车的赵雷妈。她走进来，向杜爸爸嚷着：“亲家公，还给我大孙子。我要带他回老家！”

杜爸爸见状，忙打给女儿。其时，杜心月也正想把工作上的喜讯告诉爸爸。

“爸，我告诉你，我这个推广活动非常成功，公司已经录用我了！”

电话里却传来杜爸爸焦灼的声音：“心月，你能回来吗？你婆婆要带雄雄回老家呢。”说完就挂了电话。

人生总有不如意的地方，事业得意，家庭失意。这一点，杜心月比任何人都更有体会。

客厅里，赵雷妈生气地坐在沙发上，蛮横地说：“把雄雄抱出来，我要带他走！”

杜爸爸心平气和：“赵雷妈，雄雄是心月的孩子，有什么事等心月回来再说。”

赵雷妈：“没什么可说的！你女儿脾气很犟的，不好说话。真不知你这个当校长的，家教会这么失败！”

杜爸爸生气了：“什么失败！你说什么都好，别批评我女儿！我教学是得过国家优秀教师奖的，在家教方面也可以出书，还轮不到你在这儿说三道四！”

赵雷妈的气焰表面上被压下了。

她趁杜爸爸不备，试图抢走阿姨怀里的雄雄，却被反应迅速的杜爸爸挡住了。二人僵持着。就在这时，杜心月回来了，她绕过赵雷妈紧紧抱住了雄雄。

赵雷妈见状哭闹着：“还我大孙子！还我！”不等杜心月分辨，她唰地冲到门口，一把拉开大门，坐在楼道里歇斯底里地喊起来。

“好哇，你们一起来欺负我老太婆！唉呦呦，我好心变成驴肝肺了，我要被人赶出去了，好好的家就容不下我这个老太婆呀！”

杜心月想阻止她，可她更来劲了。她的喊声惊动了左邻右舍，邻居们一下出来七八个，你一言我一语地问起来。杜爸爸摇摇头，觉得很丢人。

杜心月满怀愧疚：“爸，对不起，是我连累你了。”

杜爸爸不说话，拍拍她的肩膀，表示支持。

赵雷妈抓住时机：“心月，你应该对我说对不起。”

杜心月强硬地说：“妈，我可以告诉你，我找着工作了！我就是要出去工作！你爱怎么样就怎么样吧，要是闹够了，就回家！”

赵雷妈悻悻然地站起来。她不想就这样收场，趁杜心月不备，一把抢过她的手袋，拉开乱翻。

杜心月上前去夺，却被赵雷妈左右闪开。终于，赵雷妈找到了一张工资卡，兴奋地举着：“一卡在手，万事无忧！”

夜晚，车流稀落，整个城市似乎都安静下来。

客房的门关着，洗脚盆内有两双脚。。

赵雷和母亲低语。

“妈，你今天这出戏怎么不事先告诉我呀？”

“告诉你有什么用？我本来也没想那么多，就是想压压她的锐气。哼！说工作就去工作，把我的意见完全当成耳旁风。”

“要是万一你有个闪失那可怎么好？”

“我没事，我身体棒着呢。今天可没白闹，起码拿了她的工资卡！”她得意地笑了，“管着卡就等于管着人！”

赵雷佩服地对母亲点点头。

卧室里，雄雄躺在小床上沉睡着，杜心月用手轻轻梳理他的头发。赵雷推开房门看了看，凑到她身旁："这多好，一家人在一起才像个家嘛！"

杜心月沉默着。

赵雷装作关心她："心月，你真能！在当前的经济环境下还能找到工作……你的新公司在哪儿呀？远不远？"

此时的杜心月已经决定像刺猬那样保护自己的一切。她平静地说："就在地球，你说远吗？"

赵雷："哟，你可真逗，地球上这么多国家，在哪个区呀？"

杜心月："又不是求神问卜，还要看位置。哪个区并不重要，重要的是工作选择了我，我也选择了工作。"

赵雷："哟，还生气呢！你知道妈年纪大了，拿着工资卡心里踏实，都是一家人……"

杜心月毫不示弱："打住！这一家人的话以后就不要再说了，多做些一家人该做的事儿吧！"关上床头灯，和衣躺下。

赵雷被晾在了一旁。

艾茉莉怎么也想不到，会在这样的情况下窥见自己"完美男友"的秘密。她受顾宁之邀去参观她的新房，刚进小区没走几步，就远远看到了师伟男熟悉的身影。他拉着一个天真的孩子和一个运动装女人，俨然一家三口！

她看看四围，发现大门侧面有一台外置的饮水机，高大的箱体刚好藏得下一个人。她匆忙跑过去，躲起来偷看，只见他们一家三口上了师伟男的宝驹。艾茉莉瞬时脸色惨白、不断发抖，内心无比震撼。她的双手不自觉地扒住了饮水机的箱体顺势慢慢滑落，终于坐在了地上。不知过了多久，她终于意识到此行的目的时，深深地吸了口气，理了理头发，拿出消毒液，在手上喷了几下，整个人又恢复了常态。

她来到顾宁家门外，正要敲门，发现门没锁，便轻轻地推开，还故作轻松地说："亲们！我来晚了。"

顾宁气喘吁吁地说："艾茉莉，你来得正好，给你看样东西！"把手机递到她面前，"这是我刚拍到的，就在楼下的花坛边，你现在可明白师伟男是个什么人了吧？一家三口，挺亲密的。"

艾茉莉只是瞟了一眼，表情出乎意料的轻松，竟然还大笑起来。

顾宁："看来好心又被当成驴肝肺了！"

杜心月："茉莉，是真的！我们刚才亲眼看见的，不止这次。上回，我陪顾宁去售楼处办按揭，也看到他和那女的在买房，好像还是一次性付款……"

艾茉莉："这不可能！绝不可能！他早就把钱拿去投资了。"盯着顾宁，像发现了什么秘密似的笑了，"顾宁，我知道，上次为借钱的事，你还生伟男的气吧？但你也不该这样冤枉他呀！"

顾宁："我冤枉他什么了？我就是看见他了，心月也看见了，现在又有照片为证。这和借不借钱不沾边儿！"

艾茉莉又笑了："哈哈……你们俩可真逗。看来，这个误会闹大了。是这样的，伟男这人特有同情心，他一同事离了婚自己带孩子，求他帮忙让孩子感受些父爱，他就答应了……"

顾宁："编！接着编！"

艾茉莉："事实就是这样。你不信，我也没办法。"

杜心月："一个一次次夺取自己孩子生命的男人，会有这样的爱心吗？"

艾茉莉少有地暴躁起来："不管怎样，我就是不许你们诋毁我家伟男，他永远是我心目中最完美的男人！顾宁，你还是好好关心一下你的婚事吧！拖了那么久，到现在也没结果，不会又有变化吧？"说着拉开大门走了出去。

顾宁被刺着了，恨恨地摇摇头。

茶几上是一壶沏好的普洱茶，香气四溢。大姐端起茶杯向樊志刚和顾宁示意。顾宁喝不惯浓普洱，碰也不碰。

大姐："喝不惯？这普洱可是千金难求啊，国内不容易找了，反而是旧金山唐人街的百年茶庄才买得到。"闻一闻，呷一口，"得气！"她顾自沉浸在品茶的过程中。过了一会儿，她悠悠然说："今天叫你们来，想说说酒席的安排。我已经订好了，酒宴三十桌。顾宁，我给你娘家和朋友留了一桌，不算多吧？"

顾宁内心痛恨，但表面却装得满不在乎："足够了。谢谢大姐费心。"

大姐："嗯，你那边的请柬我就不包了，你看着随便写写。"

樊志刚："大姐，一桌少了点儿吧？"

顾宁："不少不少，我的亲戚朋友都不会介意的。"

樊志刚："大姐，我医院的同事也要来，特别是我们梁主任，是他手把手教出我的。"

大姐："急什么？早就帮你定好名单了。"转向顾宁，意味深长，"顾宁，婚姻大事，你父母来了吗？我要和他们见一见！"

顾樊两家长辈间的见面安排在一个茶室的高级包房里。本以为就是结婚前的一个必须环节，谁能想到大姐又出招了！

樊志刚一家先到一步，他的父母喜滋滋地等着顾宁一家的到来。

志刚妈："老樊，一会儿你问问彩礼的事。"

志刚爸："还是你问吧。彩礼、嫁妆，这些都是你们女人的事。"

大姐："爸、妈，别费心，还不一定到那步呢！"

樊志刚："大姐，你什么意思呀？"

大姐冷冷地笑了笑。

就在这时，顾宁挽着一对优雅、年长的夫妇走进来，有说有笑的。他们就是顾宁的父母。樊志刚立刻起身为大家互相介绍，众人礼貌寒暄。唯独大姐还稳稳地坐着，细细品茶。随后她放下手里的茶杯，施施然站起来，环视着众人："既然人都到齐了，就谈谈正经事儿吧！"

顾宁的父母听到大姐这么一说，感觉有些突兀。

顾宁妈："这位是……"

樊志刚："伯母，这是我大姐，她从美国回来。"

顾宁妈："啊，你好。"

大姐并不回礼，而是像个领导一样开始她的安排："各位就座吧。"

顾宁妈皱了皱眉，有些不悦，和大家一起坐下。她首先开腔："志刚妈妈，你在电话里问彩礼的事，我跟老顾是这样考虑的……"

大姐摆摆手，立刻打断了她："我们今天虽是初次见面，却都为着一个共同的目的。婚姻大事，必须打开天窗说亮话。"端起茶杯轻轻呷了一口，"坦白说，直到今天，我都觉得志刚和顾宁并不合适！"

此语一出，在座的人都愣住了。志刚妈不由得伸手拉了拉大姐。

大姐："妈，这个时候，我必须要说！不合适，现在还来得及。"

顾宁狠狠瞪了樊志刚一眼。他窘迫地说："大姐，你……你到底什么意思呀？"

大姐对他一摆手："今天是我们长辈间的谈话，轮不到你。"

樊志刚不敢再说了。

顾宁妈毫不相让，定定地看着大姐："我倒是想听一听，他们怎么不合适？"

大姐："他们性格完全不同。"

顾宁妈："不同才好，可以互补。"

大姐："他们职业关联性太强，志刚容易'被'犯错误。"

顾宁妈轻蔑地笑了："身正不怕影子歪。本身品性好的人，自然会出淤泥而不染。"

大姐："就算是吧。可他们的价值观差距太大！志刚不慕钱财，只知道做手术，单纯没有城府。而顾宁……就恰恰相反！"

顾宁妈："我冒昧问一句，你从事什么职业？"

大姐："我经营着一家海外集团。"

顾宁妈："很好。顾宁也经营一家公司，自然要重视盈利。你大有大做，她小有小做，但谋利是你们都关心的焦点。你和志刚的价值观会一样吗？"

大姐一时语塞。

顾宁妈："我看志刚很听你的话，婚前听大姐的，婚后听顾宁的，这不挺好？家里嘛，总有这样那样的差异，我老伴儿就听了我一辈子！"

顾宁爸："哈哈……说得对。国无二君，家无二主，只能听一个人的。尊重女性嘛！我和顾宁妈妈都是开通的人，什么彩礼、嫁妆的我们不讲究，最重要的是你们两个人好不好。今天，当着大家的面儿，表个态，你们俩，就你们两个人说说，你们合适吗？"

顾宁盯着樊志刚。

樊志刚赶紧表态："合适！合适！伯父、伯母，我一直想和顾宁结婚，跟她就像家人一样。"

顾宁："不合适我早就不会坐在这儿了！那么辛苦到今天，谁会轻易放弃呢？"

顾宁爸："那好。志刚爸爸、志刚妈妈，今天这婚事就定下来了。"

樊志刚父母看看大姐。

大姐："志刚，你考虑清楚了？"

樊志刚："早考虑好了。"

大姐："好吧，我就你这么一个弟弟，当然要问长问短，问个明白。我还有事，先走了。"起身扬长而去。

顾宁妈："志刚妈妈，就这么说定了？"

志刚妈："啊，说定了。其实他大姐呀完全是好意，结婚的一切她都准备好了。"

顾宁妈："那咱就好好办个婚礼！"

09

顾宁和樊志刚的结婚照摆在酒店大堂的显著位置。几个工人忙碌着，还在搬运东西。

花车车队在酒店门外停下，一身黑色礼服的樊志刚先下了车。接着，他扶着穿了白色婚纱的顾宁从车里走出，现场响起一片欢呼声。

大堂里，几个工人把一幅巨大的油画框摆在了婚纱照旁。一袭红色礼服的大姐从内厅走出，来到油画框前，轻轻撕下了画框上的薄膜。原来这是一幅油画质地的照片，上面是樊志刚、大姐和他们的父母。照片中的大姐神采奕奕，高贵优雅。大姐满意地看了一会儿，走去招呼宾客。

樊志刚挽着顾宁来到大堂，赫然发现巨大的全家福把他们的婚纱照衬托得像一个小丑。他的心绷紧了，下意识地看着顾宁："累了吧，不如我们先去化妆间坐坐，看看今天都有哪些衣服换。"

顾宁早已注意到那副巨大的照片。她镇定自若地说："衣服都是提前定好的，已经看了很多遍，倒是这幅全家福我还从没见过。"她径自走过去。

樊志刚赶紧挽住她。

顾宁苍凉地伸手摸了摸自己的婚纱照，什么也不想说。

樊志刚手足无措："顾宁……别……别太介意，这只是门口……很多是大姐的朋友，她突出些……唉，我们去里面吧？"

顾宁哽咽了："她处心积虑地去弄这么大一幅照片，一定很伤神吧？"

樊志刚难过地说："顾宁，你别放在心上。大姐就是有些霸气，她爱控制……"

突然，婚礼大厅内匆匆跑出一个人，正是艾茉莉。她一见到顾宁，情绪立刻激动了："顾宁，今天到底是你的婚礼，还是你大姑姐的秀场？"

顾宁气愤地说："当然是我的婚礼、我的秀场！"

正在招呼宾客的大姐似乎也听到了顾宁的话，不慌不忙地走了过来。

“不错，这的确是你们的婚礼，但也是我们家族的秀场！志刚是家里唯一的儿子，父母养大他不容易。志刚，你的婚礼就是向父母和我感恩的答谢酒会。你不会反对的，是吗？顾宁，你也不会，不是吗？”

樊志刚：“大姐，什么酒会？这就是我和顾宁的婚礼！”

说话间，樊志刚的父母从婚礼大厅走出来。

志刚妈面色紧张地看着大姐：“志敏，怎么那些播出的照片都是咱家人的？亲家母可不高兴呢！”

大姐对身后的保镖：“通知司仪，婚礼马上开始。”

保镖：“是，先生。”

大姐一手一个挽住了父母，动情地说：“爸，妈，今天是志刚大喜的日子，也是你们多年来含辛茹苦培养我们，修成正果的吉日。来吧，我们入席！”

艾莱莉凑近顾宁耳边低语：“亲，挺住！一定要挺住！”

顾宁低声：“怎么没见心月和罗丹？”

艾莱莉：“罗丹说路上堵车，心月在化妆间帮忙准备衣服呢！”

樊志刚：“顾宁，要入场了，开心点！”

顾宁挺直了背，摆出一副端庄大方的样子。

婚礼大厅前方的主席台上，一位男司仪热情介绍着：“各位朋友、各位来宾、女士们、先生们，你们好！想必在座的各位一定参加过大大小小无数的婚礼。今天我们为大家呈献的将是一场别开生面、史无前例的婚礼。好，有请新人入场！”

在庄严的《婚礼进行曲》中，竟然是大姐挽着父母首先入场，让所有宾客都为之一愣。

男司仪：“首先入场的是今天婚礼的总策划和出资人——樊志敏女士和她的父母，请大家掌声欢迎。”

场内立刻爆发出雷鸣般的掌声。

大姐和父母沿着大厅中央的红毯，向主席台走去，不时挥手向宾客致意，宛如好莱坞大明星。

顾宁的父母坐在主家席上。顾宁妈气愤难耐：“怎么还不见小宁呢？这婚礼搞错顺序了吧？”

顾宁爸安慰道：“别着急嘛，小宁是个有主见的孩子，她自己的事明白着呢！再说，最好的都是最后出场！”

顾宁妈：“我可不这样看，那大姐可不是省油的灯！”

顾宁爸：“健康一字诀：松——松——松——”

顾宁妈被哄得放松了。

台上的男司仪继续：“我完全理解各位此时的心情。好奇、不解，当然，更多的是期待。在此，我斗胆代表樊志敏女士宣布今天婚礼的主题就是‘孝’！”

一时间，场内宾客议论纷纷。

男司仪："在我的婚庆生涯中，从没遇到一位像樊志敏女士这样高瞻远瞩，重视孝道的客人，也从没有人将孝道和婚嫁结合起来。我们今天给大家呈献的就是孝婚！"

此时，大姐已经挽着父母站到了主席台上，她高昂着头看着台下的宾客又一次爆发出掌声。

艾茉莉实在看不下去了，她冲到化妆间，拉走了正和造型师安排敬酒服装的杜心月。她们来到化妆间门外的屏风前，呆呆地看着眼前的一切。

男司仪邀请樊志刚和顾宁入场。

男司仪："樊志刚先生在父母及樊志敏女士的关心、爱护和循循善诱下，如今已是一方名医，治病救人，淡泊名利。让我们以最热烈的掌声欢迎他！"

宾客纷纷点头称赞，鼓掌。

一旁的顾宁面带微笑，好像把自己投入到名医夫人的角色中，不时向周围的人含笑点头。

杜心月看到这一幕，不禁为顾宁担忧："这哪儿是结婚呀！分明就是斗婚！都是一家人了，要斗到什么时候呢？"

艾茉莉："就是，顾宁做错了什么，她大姑姐这么针对她！"

罗丹从外面急匆匆地跑进来，见到两个闺蜜，立刻长吁了口气。

"你们都在这儿！发生什么事了？我在外面还看到全家福！"

杜心月示意她小点儿声。三人默默地看着。

樊志刚和顾宁也站在了主席台上。

男司仪："关于孝道，在《论语》中有很多记载：'子游问孝。子曰：今之孝者，是谓能养。至于犬马，皆能有养。不顺，何以别乎？'就是说，孔子的一个弟子子游问什么是孝。孔子说，说到孝顺，大家都认为就是要赡养父母。其实，动物也有这样的本能。如果我们不懂得在赡养之外还要顺从，那和动物有什么分别呢？这就是孝顺，有孝还要有顺！"他看着樊志刚和顾宁，神色严正起来，"二位新人，坐在你们面前的都是你们的长辈，也是值得你们孝顺的人，今后就是一家人了，表个态吧！"

樊志刚的脸一下红了："顾宁，你……你来……唉……不懂说……"他的声音从话筒中传出，好像一个做了错事的孩子，惹来宾客大笑。

宾客们嚷着："说！说！说吧！"

樊志刚："实在要说……我就给刚才司仪的话纠个错！"

全场都安静了。

男司仪也愣了。

樊志刚："刚才的《论语》他背错了。是'至于犬马，皆能有养。不敬，何以别乎？'不是'不顺，何以别乎？'《论语》的原意是要尊敬长辈，不是顺从长辈。"

场内安静了一两秒，有人叫："好！"随即全场鼓掌。

台下的三个闺蜜也鼓掌。

罗丹："这个樊志刚，可真是个书呆子！"

杜心月："有才华、重细节，及得上他的人实在不多！"

台上的大姐也热烈地为弟弟樊志刚鼓掌。

男司仪一脸窘迫："不好意思各位，我才疏学浅，今天是赶鸭子上架，头一回引经据典，还班门弄斧，以后一定恶补。抱歉！"接着，他示意顾宁表态。

顾宁："我很庆幸能有这样一个终生难忘、别开生面、史无前例的婚礼。无论如何，我们结婚了！"瞥了大姐一眼，"以后一切都听爸妈的。尽孝不宜迟！"

台下来宾发出欢呼声和热烈的掌声。

男司仪："说得好，尽孝不宜迟！今天是孝婚的第一天，也是尽孝的良好开端！婚宴马上开始，同时我们一起回放一下樊志敏女士和她的家庭走过的历程。请看大屏幕。"

大屏幕上首先出现的是大姐和樊志刚小时候的照片，接着是他们的父母，照片按年代从旧到新，不断更迭。

大姐和樊志刚扶着父母下了主席台，坐到主家席上。顾宁像个小媳妇儿似的跟在后面。

屏风前，罗丹忍不住爆发了："哼！怎么会这样？是他俩结婚，照片应该是他俩的恋爱史，怎么就变了家族发迹史！哎，顾宁怎么能受得了这气呢？"

艾茉莉担心地说："是呀，婚礼已经被她大姑姐包办控制了，这以后的日子……顾宁该怎么过呢？"

顾宁向她们走来……

杜心月："好了，都别说了，准备给新娘换衣服。"

顾宁来到近前，看着她们勉力微笑："你们都来了？"

杜心月握着她的手："你受委屈了。"艾茉莉和罗丹也握着她的手，几乎哭出来了。

闺蜜四人的感情融在了一起……

樊志刚在化妆室外不停走动，显然有些焦虑。杜心月泪眼婆娑地从里面走出来，随手带上了门。她看了樊志刚一眼，心情复杂："顾宁已经换好了旗袍，造型师在给她梳头。"

樊志刚："没关系，我等着。"

杜心月："樊志刚，今天的事……难道你一点儿都不知道吗？"

樊志刚尴尬地说："我……是我的责任。让顾宁受委屈了。"

杜心月："这不只是委屈，简直是羞辱！"

樊志刚沉默着。

杜心月激动了："你们要搞孝婚没错儿，但不能拿顾宁来开涮！我知道，以前她的确做过一些让你难堪的事，但那都是事出有因。从她和你大姐见面开始，就对你大姐一忍再忍！直到今天，连我都觉得……忍无可忍！樊志刚，你是个男人吗？什么时候你可以像个真男人一样好好地保护顾宁，别再让她受委屈？”

突然，樊志刚也爆发了，像女人一样痛哭着：“你们以为我心里就好受吗？这不只是顾宁的婚礼，也是我的婚礼！我也是不久前才知道……我大姐从一开始就不喜欢顾宁。她所谓的装修房子、换家具，全是谎言！那天，当我去大姐家，看到屋里丝毫未变的样子，我的心就凉了半截儿，当时就想，怎么跟顾宁交代？就在我想把一切坦白时，却受到大姐的威胁！一边是从小对我呵护备至，犹如母亲的大姐；一边是即将和我一起生活建立家庭的顾宁。我该怎么办？一碗水我都不能端平，更何况两碗水！杜心月，你告诉我，告诉我该怎么办？”

杜心月同情他，但也不肯退让：“我理解你的处境，但你只能选择一个，而且只能选择顾宁！她是要和你朝夕相处，共度今生的爱人。你唯一的选择就是她！好好地保护顾宁，给她一个最温暖的家！”

化妆间的门一下打开了，顾宁已经换了中式旗袍和新的发式，在艾茉莉和罗丹的陪伴下走出来。她显然听到了外面的一切对话，感动地来到杜心月面前，紧紧抱住她，杜心月也抱紧她。一切尽在不言中。

顾宁松开杜心月，一改往日的霸气，装得像个淑女一样挽起了樊志刚的手，柔声说道：“志刚，不是有句古话说‘小不忍则乱大谋’吗？我没事，我很好。走吧，该去敬酒了！心月、茉莉、丹丹，你们也入席吧。既然戏已开始，就要演下去。更何况好戏还在后头呢！”

樊志刚有些惊讶：“还有什么好戏呀？顾宁，我快招架不住了！”

顾宁胸有成竹：“别怕，是真正的好戏。从现在开始，无论发生什么都要淡定！淡定！还是淡定！”

婚宴结束后，花车车队按照既定的路线驶向樊志刚父母家，也是顾宁和樊志刚的婚房所在。当他们推开家门时，大姐和父母早已先行到达了。志刚妈立刻递给顾宁一双红拖鞋，歉意又关切地说：“顾宁，把鞋换下来吧，站了一上午，脚受不了的。”

顾宁：“谢谢妈。”

就在她弯下腰准备换鞋之际，一个穿开裆裤的孩子从她面前经过，向新房跑去。

小孩儿冲大姐嚷着：“姑姑，我要吃糖糖。”

大姐：“姑姑带你去，花生、栗子什么都有！”

顾宁站起身，看着大姐和小孩儿的背影：“哪儿来的孩子？”

志刚妈：“啊，是志敏的奶娘带来的。他们刚到，没赶上吃喜酒。”

只见一个乡下婆子从厕所出来，追着孩子走进新房，边走边喊：“铁蛋儿，该拉了！回来拉呀！”

顾宁拉着樊志刚冲进新房，看到小孩儿已经上了新床去拿花生，床单上有一团黑黑的手印。

顾宁大喊一声："下来，兔崽子，你给我下来！"

小孩儿看看顾宁，哇地哭了。

大姐开了口："至于吗？跟个孩子撒气！"

顾宁不让了："那可是我的婚床！脏乎乎的，都什么年代了还穿开裆裤！"

婆子恼了："开裆裤怎么了？你们城里也穿开裆裤……你……你瞧不起人！"

顾宁把所有的怒火都撒在婆子身上。她拖着婆子来到床边："抱他走！立刻从这里消失！"

婆子一脸不屑，抱过孩子，架高他的两条腿，嘴里发出一些声音："哺——哺——臭臭出，臭臭出！拉——哺——呀，出了一根！再哺——"

顾宁捂嘴，尖叫着退后几步。

大姐脸上一副得意之色："顾宁，别见怪，我是个传统的人，当然要用传统的方式闹新房。童子尿听过吧？这比童子尿还值钱！一根就是一金条呀！"

婆子："哺——哺——呀，又一根！"

大姐："又一金条呀！顾宁，新婚大吉，你可要发大财了！"

顾宁此时阴沉着脸，一句话不说。她瞪着樊志刚。

樊志刚也恼了："大姐，这是我们的婚床，你怎么能让他拉在上面呢？"

大姐："我的傻弟弟，这么多年了，家里什么时候住过外人？"

樊志刚："大姐，顾宁她不是外人，她是我媳妇儿！"

大姐："哦？是吗？我可没这么想！"

樊志刚："可那天……那天当着顾宁爸妈和咱爸妈的面，说好了、说定了这门婚事！"

大姐："对，是和咱爸咱妈说的，可我没答应呀！这个家，一直都是我做主！"

樊志刚看看父母："爸、妈，你们说句话呀！大姐实在太过分了！"

樊志刚爸妈尴尬无奈，无言以对。

大姐一脸得意，看看婆子："铁蛋儿，能再来一根吗？给给力！"

婆子："给不上了，富贵不由人呀！"

大姐冷笑一声："也是，生死由命，富贵在天。命里有时终须有，命里无时莫强求！顾宁，我倒真想帮你一把，无奈呀，顶多两条金！"一转身准备离开。

樊志刚握住顾宁的手，不敢看她："顾宁，要不……住酒店吧？"

顾宁甩开他，一把抓住大姐："你说得没错儿，我现在就带你去个地方，看看我有没有这个命！"

顾宁亲热地挽着大姐从电梯走出来，虽是挽着，但感觉大姐像被劫持了。大姐试图挣脱，却被她“挽”得更紧了。樊志刚跟在她们身后，显得很郁闷。

大姐：“这什么地方呀？不会是你的出租屋吧？亏你想得出来！”

顾宁讽刺道：“大姐，别怕，到哪儿你都会是永远的主角儿！”高喊一声：“亲们——来了！”

新房里，杜心月向艾茉莉和罗丹点点头，一下拉开大门。一个布置现代的新房夺人眼球！

被顾宁“挽着”的大姐愣住了，走在后面的樊志刚也愣住了。

顾宁：“大姐，请！”

罗丹和艾茉莉把提篮中的花碎高高抛起，撒在顾宁、大姐和樊志刚身上，大姐烦躁地抖掉花碎。

杜心月调皮地说：“有请新人入洞房！”

到了新房，顾宁仍旧挽着大姐，热情地向她介绍一切。

“大姐，还不错吧？不是租的，是‘买’的。”

大姐脸黑黑的，没有作声。

“你一定很奇怪，我怎么会有这么一套漂亮的婚房吧？我要感谢你。感谢你在我和志刚的婚姻上设置了重重障碍，没有阻碍就没有前进。你教会了我，不能轻易相信任何人，哪怕是大姐你这么亲近的人！婚姻如此，事业更加如此。谢谢你给我上了这么生动的一课。”松开了大姐，走去挽住樊志刚，“如今，我和志刚终于可以幸福地在一起了，在我们自己的家里。”

大姐冷冷地说：“你悟性挺高，倒是块做生意的好料儿！”

顾宁：“大姐过奖，我还要以你为偶像，好好仿效！”

大姐：“哼！我倒要看看你学得来吗？”

顾宁：“来日方长，我们先庆祝眼前吧！”

闺蜜几人拿起餐桌上的香槟，用力摇了摇。罗丹拔掉瓶塞，香槟四射，有些酒滴飞溅到大姐昂贵的礼服上。她满脸不悦，厌恶地皱皱眉。突然，罗丹把香槟瓶对准大姐，香槟直接喷向她！杜心月和艾茉莉也把手中的香槟瓶对准大姐，酒汽四射！顾宁也加入了。霎时间，大姐被四股酒柱喷得无处可躲。

樊志刚手足无措：“哎呀，你们……别！别！”

大姐发出嚎叫，向门口避走。四个闺蜜追赶，痛快大笑。樊志刚赶紧拉开门，把大姐让出去。

大姐全身都湿了，非常狼狈。樊志刚为她按了电梯，内疚地说：“大姐，我……没想到这样……”

大姐气急败坏地说：“疯子！一群疯子！志刚，你娶了个疯子！你没想到的还多着呢！我还是那句话，你们不合适！”电梯来了，她逃进去。

樊志刚：“大姐，我送你！”

大姐：“不用，过你的好日子吧，看看能到哪一天！”

樊志刚：“大姐！”

电梯下行带走了愤怒、狼狈的大姐。

樊志刚傻傻地站着。几秒之后，他推开新房的门。

顾宁和她的闺蜜们手持香槟喝着、跳着，显然有些醉了，见到他回来，大家举起酒瓶：“Cheers！”

沉沉的夜幕早已降临了。

赵雷和母亲坐在沙发上看电视。墙上的挂钟已指向十点。

赵雷妈照例喋喋不休地抱怨着晚归的杜心月。

赵雷眼神中充满了恨意：“妈，你先睡，我等她！”

赵雷妈不服气：“我也等！”

杜心月带着醉意从电梯走出来。她神情亢奋，脸红扑扑的，满嘴酒气。打开门后，她带着醉态看了一眼沙发上的赵雷母子，没理会他们，踢掉高跟鞋，嘴里发出含混不清的喊声：“雄雄——我的雄雄！”

赵雷母子看着眼前的杜心月都有些不敢相信。她原本漂亮的礼服已经湿了大部分，紧贴在身上，头发散乱，满口酒气，好像一个醉妇掉到了河里刚刚爬上岸来！

赵雷妈先发威了，指着墙上的挂钟质问道：“现在知道雄雄了？你看看几点了！有你这么当妈的吗？”

杜心月借着酒力一把摘下那个挂钟，扣到小几上：“你看看几点了？有你这么当妈的吗？”

赵雷母子更惊讶了，这样的杜心月还是第一次见到！

赵雷妈：“你反了你？”

杜心月：“就是反了！今天……把所有的屈辱都要赢回来！已经赢回来了！”

赵雷母子面面相觑，一切都太突然，他们一时间没有应对的方法。

赵雷妈惶惑地说：“你……再说一遍。”

杜心月：“哈哈……没想到吧？开香槟庆祝……灰溜溜地跑了。”

赵雷妈：“我就觉得她不对劲儿……是喝酒了！你看醉得这个样子！”

杜心月：“我没醉！哼！从一开始就不喜欢……什么都是假的、骗局、阴谋……还找个人来狼狈为奸、陷害……”

赵雷妈看看儿子，激动地说：“反了反了！赵雷，她说我来你家是狼狈为奸。管管呀！”

赵雷也不知该如何重新认识眼前的杜心月。

杜心月：“什么都要放最前面……最重要、最好的位置……”

赵雷妈哭丧着脸：“她不是说我在房产证加名儿的事吧？我出了钱，我就想把名儿放最前面！”

杜心月身体有些不稳，退后了两步：“临了还不安生……设个卡……个婆子来搅局！”

赵雷妈：“儿呀，她就是说我呢！说我要她的工资卡……天呀，她竟然叫我什么……婆子！呜呜……”

赵雷：“妈，你别老对号入座，我听着倒……”

赵雷妈：“你听着怎么了？就是在说我们。她记性倒好，一桩桩一件件顺序都没错！”

杜心月突然放声大笑：“哈哈……最后全赶走！一个也不留！……家……真正的家！哈哈……”走进卧室，砰地关上了门。

客厅里，赵雷母子互相看看，没了主意。

杨总紧闭双目坐在大班椅上悠然享受着午后温暖的阳光。

杜心月在敲门。

杨总睁开眼睛让她沙发上坐下来。

他舒畅地做了个深呼吸：“不知多久了……两三个月还是半年，很久没感受到这么温暖的阳光了。”

杜心月显得有些不知所措。

杨总：“没什么，就是想告诉你一个好消息。公司对你的工作非常满意，决定升你为高级经理，恭喜你。”

杜心月意外又惊喜：“……谢谢杨总！我一定不辜负你对我的器重。”

杨总点点头：“还有，你们部门提出的《均衡负载设备的营销战略》也获得了几个部门的肯定，公司决定全力开展相关推广活动。”

杜心月：“呀，太好了！我要马上告诉我的同事们。”

杨总：“哈哈……不急，等他们午饭结束吧。”他定定地看着杜心月，眼神暧昧。

杜心月：“杨……总，没别的事，我也去吃午饭了。”

杨总：“急什么？除了工作，我们就不能谈点儿别的？”

杜心月沉默了。

杨总：“我在这个城市没有亲人，朋友也不多，可这偏偏是个浪漫的城市，令人感觉很自由，很舒心，闲时可以去酒吧喝喝酒，但我总觉得少了些什么。”

杜心月沉默着，揣度杨总的用意。

杨总：“杜经理，直到遇见你！从你面试的急中生智和大胆创意，从你对工作的执着、热情和不断进取，我有一种强烈的感觉，你就是我一直在找的人！我没有看错！”

杜心月果断地站起来：“杨总，谢谢你对我的赏识和栽培，但我是个有家庭的人，对工作负责、对家庭负责是我的原则。我去工作了，这么好的阳光，你慢慢享受吧。”

杨总：“等等，还有件事。”

杜心月停下来。

杨总：“我打算把华南区的市场活动也交给你策划。有信心吗？”

杜心月：“有！我和华南区的媒体、酒店、展馆都比较熟。我会努力做好的。”

杨总：“准备一下，下周二我和你一起出趟差，把你正式介绍给华南分公司的同事们。”

杜心月这次真的意外了。

一直不敢也不愿面对师伟男出轨的艾茉莉，终于忍不住去找顾宁了。她开着顾宁的车和她一起来到一所幼儿园附近。

顾宁：“就是这里。”

正值放学时间，幼儿园外的马路上停满了私家车，就连一处消防通道上也停了一辆七人座越野车。

艾茉莉：“呀！那不是伟男的宝驹吗？”

顾宁：“没错儿。我跟过他几回。”

艾茉莉：“怎么能这样停车！别的车怎么过呀？这个时段本来就混乱！”

顾宁：“现在看到完美背后的邪恶了吧？看看车牌，确定一下。”

艾茉莉把车把打偏一些，看清了车牌：“是伟男的车。”

就在此时，师伟男和运动装女人领着一个小女孩从幼儿园走出来。小女孩蹦蹦跳跳，不时仰起头看着他们，活脱脱的一个幸福小家庭。

艾茉莉受了刺激，握着方向盘的手发抖了，车子斜着冲出去。

顾宁惊觉不妙：“呀——车距！车……车！”她连连打把，可惜太迟，艾茉莉驾车撞烂了师伟男车子的一个倒后镜，刹那间，玻璃爆碎！

师伟男听到声响，立刻跑向自己的车……

此时，艾茉莉已在前面刹停了车。她吓得脸色惨白，瘫坐在座位上，不知该怎么办。

“对不起，顾宁，你的车……对不起！”

顾宁看看侧窗，师伟男已经到了他的车前，前后打量着，嘴里似乎在谩骂着。

“快跑！艾茉莉，开车呀！别给那家伙发现。”

艾茉莉一下回过神来，脚踩油门，车子飞一样地冲出去。

海边的风有点大，咖啡厅的遮阳伞被吹得砰砰作响。

顾宁和艾茉莉坐在桌前大口吃着冰淇淋，艾茉莉的手不停地发抖。

顾宁拍拍她：“好了，刚才就是个意外，放松点。”

艾茉莉还是抖得厉害：“伟男最爱他的宝驹了，平时只要有空，都是他自己清洗的。这下，可怎么办呢？”

顾宁："你呀，真是个名副其实的软妹子、憨萝莉！事情都到了这份儿上，还替他着想呢？依我看，当务之急就是查清师伟男所有财产状况，还有那个非婚子女……"

艾茉莉痛苦地捂住了耳朵："别说了，求你别说了。如果没有了伟男，我要钱有什么用？我不像心月还有个孩子，日子怎么过不下去都还要为孩子想。我为谁想？我无可留恋！"

顾宁："到这份儿上，还在为别人活！"把她的双手从耳朵上拉下来，"茉莉，每个人来地球一趟都不容易，尤其是我们女人，受的苦格外多。就说我们'金花四帼'吧，心月被赵雷害得早产还失去了工作；罗丹好好的婚事竟出了意外；我自己呢，自从跟志刚大姐见面以后，就一直较着劲儿，还差点搭上我的公司！"

艾茉莉默默地听着。

顾宁："不管发生什么，我们还是要面对，要好好地去面对！如今，心月找到了新的工作；罗丹的生活也稳定下来；我更是打败了志刚的大姐！女人的内心要和男人一样强大！事到如今，听我一句，放下他，重新寻找一个能和你把浪漫继续到底的人。"

艾茉莉："顾宁，我……"

顾宁："你可以，一定可以的。"

艾茉莉看着她，内心似乎燃起了希望。

外面的格子间已没人了，杜心月还在电脑前忙碌着。她穿着米色衬衫和浅啡色针织衫，显得清爽优雅，也有点健康的性感。

杨总从她门口经过张望了一下，不一会儿，一手拿着红酒瓶一手拿着两个酒杯走进来。

杨总："不介意吧？"

杜心月立刻恭敬地站起来："杨总，你请坐！"

杨总倒了两杯红酒，递了一杯给她："Cheers！"

杜心月："杨总，我不懂喝。"

杨总自己喝了，说："没什么，就是在紧张的工作后放松下自己。红酒的酒精度很低的。"

杜心月："我爸说，不要在外人面前喝酒，酒能乱性。"

杨总笑了："外人？我是个外人？哈哈……你还是个乖乖女呢！"叹了口气，"平时都是我一个人在办公室加班，累了、闷了，就喝上几杯。自从你来了以后，我好像有伴儿了，今天不过是想……不用再举杯邀明月了……人生难得一知己，成双成对总比孤独一人强。"他端起另一杯酒递到她嘴边，"喝了它！"

杜心月避开了那杯酒："这杯酒能买半罐奶粉吧？"

杨总一愣，有些不知所措。

杜心月：“杨总，我眼中早已没有了明月，只有奶粉。我很珍惜现在的工作。孩子在家等我呢，我该回去了。”

杨总自我解嘲地笑了：“也好，早点儿休息，好好准备明天的旅程。十一点钟，我们一起从公司出发。”

杜心月面色微变。

10

杜心月下班回到家照例去看雄雄，却发现他脸上长了大大小小的湿疹。

“呀！这么多疹子，雄雄是不是喝水少了？”

“怎么？怪人呢？觉得没带好就自己带！把屎把尿的还给你带出罪了呢！”赵雷妈满腹怨气。

“妈，我是看着着急，明天又出差，孩子这样可怎么办啊？”

“出差？出什么差？上班才多久就出差？”赵雷一听妻子要出差就莫名地急了，“不行，我不同意。杜心月，你看看最近我们过得都是些什么样的日子？今天这个有事，明天那个结婚，自从你上班后，周六周日在家待过一个整天吗？”

“就是，不能去！你是个当妈的，得在家看孩子。”赵雷妈也帮腔了。

杜心月坚持着：“妈，把工资卡给我，一会儿取点儿钱路上要用。”

赵雷妈：“发工资了？我昨天查还没钱呢。”

杜心月从手袋拿出一张小纸条，递给赵雷妈：“今天刚到账。”

赵雷妈接过纸条一看，立刻乐得眉飞色舞：“呀！这么多呀！还不到一个月，咋就这么多呢？雷呀，你快看看。”把纸条递给他，“呀，她挣得比你还多呢！这要是在咱们那儿，得半年能挣着吧？都未必！这工作好，挣钱多，还贷款可以提速了！要出差？去！当然得去！千万不能得罪了财神爷呀！心月，你等着，我拿卡去。”她刚要起身，却被赵雷按住了。

赵雷：“心月，还不到一个月怎么这么多呀？”

赵雷妈：“你傻呀？还有嫌钱多的？”

杜心月：“因为策划方案很成功，公司决定给我全月的工资，还有提成，算是奖励吧。”

赵雷：“你老板是男的还是女的？”

杜心月：“这重要吗？决定是公司定的，跟男女没关系。”

赵雷：“当然有关系。如果是男老板，给你这么多钱就是变相诱惑！”

赵雷妈脸也黑了：“对！赵雷说得没错儿，男老板的钱绝不能要，不取‘不义之财’，这是古训。”

杜心月哭笑不得：“钱是公司的，不是某个人的。公司是堂堂正正的外企，能有什么不义之财呢？”

赵雷妈想了想，马上变了风向：“嗯，心月说得很有道理，钱既然是公司的……公家的钱奖励她……她就是先进呀！先进拿钱……该拿呀！以前发奖状，给个牙膏肥皂的，现在换了奖励钱……好呀，实惠，考虑实际需要嘛！”

杜心月无奈地点点头。

赵雷：“哼，我就是觉得有问题！”

杜心月不想再争了，抱起雄雄向卧室走去，头也不回地撂下一句话，“忘了说，出差每天有三百块的补助，会打到卡上。”

赵雷妈：“呀，三百块！她肯定用不了，还是去吧！又挣工资又有赚头！嘻嘻……”

赵雷：“妈，你到底有没有立场？”

赵雷妈：“立场？立场就是提速还贷！”

赵雷：“不行，不能去！”

赵雷妈：“去！”

赵雷：“不能去！”

赵雷妈：“去！”

杜心月推开卧室的门走进去，在关门的那瞬间，她还看见赵雷母子不断争执，两人像斗鸡似的，互不相让。她多想永远关上这扇门！

清晨的阳光射进客厅。阿姨抱着刚刚喝过凉茶，在哭闹中昏睡过去的雄雄低声哼唱着。

杜心月拖着行李箱准备出门了。她握着雄雄的小手说：“雄雄，妈妈去出差了，过两天就回来。乖乖哟！”突然，她觉得有些异常，忙将额头贴到孩子的额头上，慌了神：“阿姨，你不觉得雄雄有些发烧吗？体温计呢？”

阿姨找出体温计，杜心月一测，脸色大变：“四十一度！快！我们去医院！”

艾茉莉坐在梳妆台前，满意地看着刚画好的一道眉毛，准备画第二道。突然，离家多日的师伟男回来了。她百感交集：“伟男，你……怎么回来了？今天不用上班？”

师伟男恼怒地说：“宝驹的倒后镜不知被哪头驴撞烂了！交通队查到了监控录像，让我一会儿去处理。宝驹的资料呢？我要用！”

艾茉莉的手有些抖，不经意地把另一道眉毛画歪了也不察觉。她避开他的目光，拉开抽屉找资料。很快，把一个文件袋递给他：“都在这儿。”

师伟男拿着文件袋准备离开。

“伟男，走个保险不就行了？要这么大动干戈吗？”

“那可太便宜了！交通肇事还逃逸，也不看看是谁的车！我不能就这样饶了那头蠢驴！我一定要让他赔到我满意！”

“伟男，或许是……你自己停错了位置呢？”

“哼！不管怎样，我一定要把他揪出来！”

艾茉莉深吸了一口气。

等师伟男一走，她立刻给顾宁打电话。

瑞德公司，杨总拿着公文包来到杜心月的办公室门口，里面空无一人。他看看腕表，时间已经指向十一点钟。

司机来到他身后，杨总脸黑了，“走吧，不等了。”

顾宁开车载着艾茉莉来到交通队大楼前。

“茉莉，你要坚强啊。”她突然发现了艾茉莉那道画歪的眉毛，“呀，你这么注重仪表的人，竟然把眉毛画歪了。来，我给你修修。”刚要擦去那道眉线，艾茉莉好像看见了什么，立刻缩起来。

“艾茉莉，你干吗？”顾宁看到师伟男走进交通队大楼。“唉，你真没用，看来师伟男是吃定你了！”

“怕什么？坐起来！”顾宁硬要扶起她，但艾茉莉还是软下去。

“不行，不行，我怕面对他我……”

顾宁二话不说，生拖死拽把她弄下车。艾茉莉躲在车身后，生怕被人发现。

顾宁拿出一个大信封，从里面抽出几张照片：“茉莉，别再自欺欺人了！你看！”

原来，那是一张张师伟男与那对母女的合照。“看到这些真相，你还想逃避吗？”

艾茉莉拿过照片一撕两半。

顾宁又递给她一张照片，她依旧撕烂了。

又一张师伟男与那对母女的照片递到了她面前。

艾茉莉痛苦地说：“你为什么要逼我！就让我活在谎言里不好吗？我愿意！我愿意活在谎言里，我幸福就好了！”

顾宁：“世上的事不是你愿意就可以的。你骗得了自己，你骗不了残酷的现实！亲，你撕烂了，还在！还在！真相就是真相！真相是无法毁灭的！”她把一沓照片放在艾茉莉的面前，“你可以把这些都撕了，但我相信，这些场景就在你的脑子里，比这些照片更清晰、更生动！你能把你脑子里的也撕掉吗？”

艾茉莉大吼着把那叠照片全撕烂甩了出去。碎片在空中纷纷坠落。

她绝望地哭着。

顾宁："哭吧，男人哭完了，是硬汉；女人哭完了，就是女汉子！我们四姐妹，都是击不垮的'金花四帼'！"

当她们终于走进交通队时，一名警察正在和师伟男交谈。

警察："师先生，事发当天，肇事车辆是由车主的一个朋友驾驶的。"

师伟男："哼！瞎开车。我这是很名贵的车，我要他赔死！人呢？还没到？浪费我时间！要知道，我的时间……"

警察："师先生……"

师伟男的电话响了，他看了一眼，恭敬地接听："Oh yes，sorry sir. I'm involved in a car accident…Sure!I'll come to the office in an hour…"

顾宁来到警察面前："你好，我是尾号 330 的车主，你们联系过我。"

师伟男也听完了电话，刚收线。

警察指着顾宁向他介绍："师先生，这就是肇事车辆的车主，你们商量下理赔的事宜吧。"

师伟男看也不看她："哼！也不看看，蠢驴还敢咬藏獒！"

顾宁毫不示弱："藏獒太霸道了，活该被咬。"

师伟男抬头一看，竟然是顾宁。他意外极了："顾宁？"

顾宁："没错儿，是我，我们又见面了！"

师伟男气急败坏："见到你是对我视觉的侮辱！"

顾宁："可惜呀，你的宝驹掉了一只耳朵，伤不起呀。"

师伟男："我绝不饶你！"

艾茉莉终于鼓起勇气，适时地走到二人面前。

师伟男更加意外："茉莉，你怎么来了？"

艾茉莉直视着他："我来帮着处理这起交通事故。"

师伟男看看艾茉莉，又看看顾宁，断然地摇摇头："你要是来说情的，就赶紧回家，你这个朋友把我的车……"

艾茉莉："这事跟我朋友一点儿关系都没有。事发当天，是我开了她的车……"

师伟男定定地看着她。

顾宁握紧艾茉莉的手，支持她。

艾茉莉："伟男，想不到吧？我就是你口中的那头蠢驴，那个多少年来一直相信你、爱着你、被你伤了还觉得幸福的蠢驴。如今，我成了擦伤宝驹，还肇事逃逸，让你恨不得赔死的司机。真没想到，我们会在这里见面。伟男，在幼儿园门口和你牵着手的那对母女是你什么人？你到底还藏着多少秘密，我等你一样样地告诉我！"

师伟男惊得不敢相信，好半天才说出话来。

"……你在跟踪我？你故意蹭我的车？"

艾茉莉："没错！我跟踪你，看到你们仨很幸福啊。我不应该撞你的车，我应该撞你！哈哈……呜呜……”她冷冷地病态般地笑了，笑声瘆人。

杜心月带着雄雄到医院看了病，却发现身上的钱根本不够付医药费。匆忙出门的她连手机也忘了带，情急之下，只好借了大夫的电话打给赵雷。当时，赵雷正约了客户，他不耐烦地答应让母亲去医院救急。

左等右等也不见赵雷妈的身影，杜心月想到了一个人，一个每每在她需要时总能帮到她的人！她硬着头皮来到外科办公室，敲敲门却没有人应。突然，身后有人叫了她一声：“杜心月！”

她回头一看，惊喜交加：“樊志刚，我正要找你！”

樊志刚还戴着手术帽，样子有些疲惫。

“你……刚下手术？”

“是呀，一个小手术。你怎么样？什么事找我？”

“我……又来麻烦你了，真是不好意思。”

“别这么说，大家都是朋友嘛。”

“我……我想跟你借些钱。雄雄发烧了，我的钱不够……”

“孩子呢？孩子在哪儿？”

“在儿科。”

“走，我带你去缴费。”

一向节省的赵雷妈终于坐着公交车到了医院。她看到雄雄的头上打着点滴，一下冲过去，紧紧抱着他。

“怎么扎针扎到头上了？怎么扎头呢？”

杜心月：“护士说手上血管太细，打不进去。”

赵雷妈：“小可怜，你怎么这样了？怎么无端端发烧了？呜呜……”

杜心月：“妈，你早上给雄雄喝过凉茶吧？医生说雄雄是喝凉茶产生的不良反应。”

赵雷妈：“你这是嫁祸！肯定是你昨晚没给雄雄盖好被子，他受凉了！你怎么能赖在我身上呢？我们那儿的孩子有积食都这么喝凉茶的，赵雷也是喝大的，也没见谁怎么了！”

杜心月：“大夫说他敏感，敏感引起的！”

赵雷妈：“别唬我！喝凉水噎死人我信，喝凉茶敏感我还头一次听呢！”

杜心月：“大夫就是这么说的！”

赵雷妈又要争辩。

一旁的樊志刚开口了：“伯母，凉茶的确有清热解毒的药用功效，但因人而异。有些孩子吃一块巧克力、几颗花生都会敏感病危，这在医学上是很普遍的。”

赵雷妈吓慌了。这时雄雄又哭了起来。

赵雷妈握着他的小脚丫：“哦，雄雄不哭，雄雄不哭！我可怜的大孙子，早上起来还好好的呢！奶奶看见你那些疹子老不退，就想给你喝些凉茶……呜呜……我也没想到会出这么大的事呀！雄雄，对不起，是奶奶的错，让你受这么大的罪！都是奶奶的错。”她突然拉开手里的小包，取出杜心月的工资卡，放到她手里，“雄雄，是奶奶错了，我拿着这卡有什么用呀？差点儿耽误了你，还是你妈拿着吧！雄雄，我的大孙子，你快点儿好吧，跟奶奶回家。”

杜心月傻傻地站着。一切都发生得太突然、太意外。就在那一刻，所有人都因为爱雄雄而围聚在一起。

傍晚，师伟男早已回到家里，他平静地收拾着衣物，似乎铁了心要就此离开。艾茉莉落落寡欢地看着眼前的一切，不禁内心苍凉。

“茉莉，我们需要好好谈谈。”

“谈什么？谈你收拾东西彻底消失？”

师伟男温和地笑了：“傻茉莉，你看看，这都是谁的衣服？都是你的呀。”

艾茉莉仔细一看，那些衣物果然大部分是自己的。她困惑了。

“前段时间，我一直忙工作没回来住，让你受委屈了。今天我回来一看，都换季了，你的衣柜还没整理。”

艾茉莉一时间有点儿没主意了，但很快，她拼命告诉自己要清醒，时刻保持清醒。

师伟男温柔地揽着她，却被她愤怒地甩开了。

“别再演戏了。这些年你演得还不够吗？”

“我知道很对不起你，但希望你能理解我。”

“理解？我还不够理解吗？五年了，你说东我就往东，你说西我就往西。我时时、事事以你为中心，就连要不要孩子都是听你的。你倒好，原来早就有了私生女！我还一直被蒙在鼓里！”

“茉莉，那不是我的私生女！她的爸爸在国外，我和她一点儿血缘关系都没有。”

“事情都到了这份儿上，别告诉我你连那个小女孩的妈妈都不认识。”

“不，我认识她，她是我大学的初恋女友。”

艾茉莉内心骤然翻腾。她拉开酒柜，给自己倒了一杯红酒，连着喝了几口，然后慢慢地在沙发前坐下。师伟男也随她一起坐下。

“你说吧！这到底是怎么回事？”

“我们其实很多年没联系了……”

“既然你爱她，为什么不和她在一起？”

“说出来你不相信，是她甩了我！对她来说，出国才是她最大的梦想！”师伟男苦笑。

“她梦想实现了就回来找你了是不是？这些年你是不是一直都在惦记着她？”

“茉莉，我是爱你的，我没有想过要伤害你。”

艾茉莉无动于衷。

“我本以为把她放下了，直到去年年底的同学会，我和她再次重逢。当她出现在我面前时，我发现我和她才是最适合的人。茉莉，请你相信我，我绝不是有意要伤害你。”

“你们才是最适合的一对，那你和我呢？这么多年来，我们这对一直追求浪漫和完美的人竟然不适合？你的谎话能自圆其说吗？”艾茉莉喝了一大口酒，“你真够意思，为了这样一个女人竟然对我编出一个又一个谎言！我倒奇怪，以你师伟男的条件怎么会看上这种相貌平平的女人呢？这实在太荒谬了！”

“说来你也许更不信，就因为她平凡才真实。”

“嗤！我不真实吗？我不是和你一起生活了五年，一个活生生的人吗？”

师伟男摇摇头：“她更真实，她平凡的就像……嗯，就像……一件伴随我多年的家具，可以忽略她，可以不在意她，可她却处处让我感受到自然和舒服。她从不在乎我的家庭、我背后的一切，她只在乎和我在一起。在她面前，我觉得很自在，很简单。”

艾茉莉冷笑一声：“照你这么说，我比她更真实。我承认我在乎门当户对，在乎你的家庭、你的工作、你的外形，但这有什么错呢？这不是比那些表面不在乎，暗地里却谋算的人更真实吗？”

师伟男摇摇头，突然把领带一扯，领带歪向了一边。

艾茉莉看到了，本能地伸手帮他把领带扶正。突然，师伟男紧紧抓住她那只手：“茉莉，这就是你和她的分别！”

艾茉莉困惑。

师伟男：“和你在一起，我从没自在过。我在公司要西装革履，打领带，摆出一副大中国区首代的形象，在上司、下属那些外人面前树立形象。可我回到家，还要打领带！我要继续在你面前树立形象！你对外形近乎病态的痴迷和执着让我透不过气来。”

艾茉莉呆呆地看着他，她第一次从师伟男口中了解到他眼中的自己。

“你看看家里，上完厕所，要把马桶盖全盖好；擦完手的毛巾要摆得整整齐齐；还有，就连吃个晚饭，也要挑选衣服和你搭配。茉莉，这是家吗？这不是家！这是酒店！这比酒店还酒店！”

艾茉莉面无表情。

师伟男：“家是什么？家就是一个累了倦了可以好好休息的地方，可以去除一切伪装彻底放松的地方。可我能放松吗？我连晚上睡觉，身边躺着的都是一个化了妆的你！茉莉，这个家有哪一点是真实的？”

艾茉莉：“你不要孩子……也是因为这些吗？”

师伟男深深地叹了口气：“我……对不起！”

艾茉莉愤怒了："一句对不起，你就剥夺了我做母亲的权力？你给我滚！我再也不想见到你！"

师伟男："茉莉，你听我说……"

艾茉莉："我不要听，该说的你都说了。滚吧！滚！"她冲进卧室，紧紧关上门。

客厅里剩下有些颓败的师伟男。

瑞德公司，杨总办公室的门敞开着。

杜心月敲敲门，走进去。

"杨总，对不起，那天我儿子一早发烧了……"

杨总抬起头，目光温和："电话里，你已经解释过了。"

杜心月："我还是想当面跟你说声对不起，我很想见华南区的同事们。"

杨总："这样的机会以后会有很多。"

杜心月："谢谢杨总。"

杨总站起来，走到她身旁，眼神暖暖的："像你这样的职业女性是很令人钦佩的，又要工作又要照顾孩子，不像那些全职太太，身边有保姆伺候着，还怨这怨那。"

杜心月谦虚地低下头："杨总过奖了，我是辛苦命，一切靠自己。不用工作，光享福的日子，我这辈子都不会过。"

杨总："对呀，所以令人钦佩嘛！"

杜心月礼貌地笑了笑。

杨总："以后，我们工作上是同事，生活中就是朋友，家里有什么困难可以跟我说。只要是孩子看病，可以先斩后奏。哎呀！你可是我的干将、知己，我不为你解决好后顾之忧，你怎么能给公司想出一个又一个的奇招呢？"看似不经意地轻轻拍了拍她的肩。

杜心月本能地向后退了半步，礼貌而坦诚："杨总，谢谢你。我一定不会耽误工作的。我去做事了。"

杨总痴迷地看着她的背影。

窗台上的盆栽，叶子嫩绿嫩绿的，透出顽强的生命力。杜心月心不在焉地拿起电话，拨通了顾宁的手机。

顾宁喜滋滋地接了电话："喂心月，我正要找你呢。这个月可是几喜临门，除了黄总那单生意，我还多了两个客户。晚上聚一聚？"

杜心月："好，我遇到点小麻烦。"

顾宁："有我呢！一方有难八方支援，你怕什么？"

杜心月："唉，见面说吧。"

顾宁："去吃火锅吧，咱们不辣不休！"

麻辣火锅向来是顾宁的最爱。烦恼、沮丧、兴奋、喜悦时都可以用“辣”这种味觉来宣泄。

她从辣锅里捞出一堆食物，痛快地吃起来，虽被辣得不断冒汗，但感觉畅快。

杜心月静静地看着，没动筷子。

“怎么？没胃口，你不是也最爱吃辣火锅吗？”

“顾宁，我现在的工作挺好的……”

“当然好了，听着就不错。”

“你知道，我特在意这份工作……”

“当然了，女人要有工作，有工作才有家庭地位，才能掌控经济大权。”

“别说得那么绝，我就是爱工作。工作能带给我太多太多……”杜心月的眼睛湿润了，“总之，工作对我的意义太大了。”

“知道知道，好好干不就行了。告诉你，现在我的世界只有九个字，‘要么狠，要么忍，要么滚！’哈哈，你学我吧。”

“我学了。忍嘛，在家里不忍不行呀，在公司不用忍了吧，我工作上从来都是干净利落的。可这家公司，就是有点儿小麻烦，也许会是大麻烦。”

顾宁：“怎么了？同事里有刺儿头？”

杜心月：“不，不是。”

顾宁：“那是什么？”

杜心月：“我老板，他家在外地，就一个人在这儿。他对我……很有好感。”

顾宁哈哈大笑：“我当什么事呢？这不正好，反正你和赵雷也没什么感情了，有新的感情寄托多好呀！他这样的更好，不用甩包袱。”

杜心月严肃了：“顾宁，你胡说什么？我跟赵雷再不好，也不能做这样的事！我和他就是上司跟下属，连朋友都谈不上。你帮我想个办法吧，他最近老对我说些很亲近的话。”

顾宁：“我最善于解决此类问题了。但你不是我，说了你未必做得出。嗯，辞职你肯定不愿意，也不能辞。”

杜心月盯着锅里红红的辣油有些出神，随即捞出一堆食物，大口吃起来，被辣得流眼泪，可她还不停地捞，不停地吃！她似乎做出了某个决定。

顾宁：“喂喂，你能吃这么辣吗？”

杜心月流着泪，很坚决：“能！这世上没有不能的事，不能也要能！要么狠，要么忍，要么滚！我就狠一次！他那么爱喝酒，也好，我就给他备下一瓶。”冲服务员招招手，“服务员，来一瓶白葡萄酒。”

罗母在厨房准备晚饭，罗丹从旁打下手。

“丹丹，妈以为这辈子也住不上这么好的房子呢。自从你爸走后，我就没想过房子的事，一门心思都在你身上。”

“妈，你放心，等我再工作几年，多攒些钱，我给你买一套比这更好的。”

“唉，毕竟不是自己的房子，住着也不踏实。等方大宇这事彻底过了，我想搬回去。丹丹，你也买些礼物谢谢黄总吧。”

“知道了，妈。”她手机响了一下，看了看，噗地笑出声，“这个黄总，在门口了。”走去开门。

黄总满面春风地走进来，从包里掏出一份合同还有房本说：“今天是个很重要的日子，我们要好好庆祝一下。”

罗母闻声，从厨房走出来，向黄总打招呼：“黄总，晚上在这儿吃饭吧。”

黄总：“今天太特殊了，一定要好好庆祝！”

罗母和罗丹都有些意外。

罗丹：“不是生日、结婚纪念日、分手日、绝情日之类的吧？”

黄总：“看来你心情好了很多嘛，还有心思贫嘴！”

罗母：“黄总，别听她瞎说，有什么值得庆祝的？”

黄总：“庆祝罗丹小姐荣升业主。”

11

罗丹："业主？"

黄总："对，我已经约了明天一早去办这套房子的过户手续，办完这一切，你就是真正的业主了。"

罗母的脸色变了："黄总，你帮了我们，我感激不尽。可这么大的礼物，我们无功不受禄呀！"

黄总："你说得对。罗教练不只有功，而且是立了大功。这是她该得的。"

罗丹："黄总，我被弄糊涂了。"

黄总："还记得我跟顾宁公司买的那批医疗器械吧？你可是大媒人，当初说好有佣金谢你的。"

罗丹："哦，是这件事呀。"

黄总："顾宁提供的价格比我的采购经理的报价便宜了两三成！你说说，光是佣金我该给你多少？"

罗母："黄总，你太小看我们了。我们家条件是不太好，但帮忙归帮忙，佣金绝不能要，况且你也帮了我们。"

黄总："所以嘛，大家是互相帮忙。作为感谢，我送个大礼总可以吧？"

罗丹："那我也受不起这套房子呀，太贵重了！"

黄总："我并没打算把它全额赠送给你。"

罗母和罗丹再次愕然了。

黄总："这套房子是我几年前买的，当时为了投资，花费并不多，现在还有银行贷款。这些年，我一直是以租养贷，几个月前，我才收回来重新装修了。现在我打算把户名过给你，也把银行按揭的部分转给你。至于前期投入，就算是给你的感谢费吧！"

罗母脸色转晴了，颇为心动："丹丹有能力负担贷款吗？"

黄总："有，总价本来就不高。她可以借贷二十五年，每个月也就还几百块。"

罗丹："我还是想知道，你给我的佣金和你对这套房子的投入有多大差别。"

黄总打开购房合同，抽出一张纸，递给她："我也算了一笔细账，你看看，绝没有多给你！这个礼不重吧？"

罗丹接过看了看："我真没想到，这一切像做梦一样。"

黄总："好了，现在我们去庆祝，明天就办过户手续。"

罗丹和母亲的眼神中充满了期待。

杜心月和顾宁吃完辣火锅回到家，发现赵雷妈坐在客厅里轻轻地抽泣。她不禁一惊，以为雄雄出了什么事。

"妈，雄雄怎么了？他人呢？"

赵雷妈看了她一眼，擦了擦眼泪："你儿子好着呢，我是心疼我儿子。唉！"

杜心月："赵雷？他怎么了？"

赵雷妈递给她一张医院的化验单。

杜心月仔细看着："血糖和转氨酶都有些偏高。"

赵雷妈："是不是？他年纪轻轻的就得了糖尿病，肝不好也是被这个家累的……心月，你去看看他吧！"

杜心月一时间有些莫名的感慨："妈，对不起，我是有些疏忽了。但，是不是糖尿病还要复查。其实，赵雷特别爱吃甜食，甜得过了分。我说过他，他老不听。"

赵雷妈："说到甜食我就来气，你看看冰箱的冷冻室里全是冰激凌，浪费钱不说还吃出病来！"

杜心月："妈……"

赵雷妈："还好我来得及时，要是我迟点儿来，赵雷就彻底被这个家拖垮了！"

杜心月无语。

赵雷妈："你去看看他吧，病不由人哪！"

杜心月："哎，妈，我去。"

赵雷在卧室里边玩手机边吃着冰淇淋。

杜心月走进来，在他身旁坐下："妈给我看了你的检验报告。要不，我陪你再去查查？"

赵雷："不用查了，我早就知道，自己除了带菌外还有糖尿病，要不也不会找人代检，让顾宁抓着把柄！"

杜心月："赵雷，我知道，我们之间有很多问题，但我觉得……妈很可怜！她拿着你的那张检验单的心情和我拿着雄雄的验血报告的心情是一样，我能体会到一个当妈的心。"

赵雷苦笑了一下："我们这个职业，整天在外面陪吃陪喝。同事中，年纪轻轻得三高的多的是。你说这是不是职业病呀？”

杜心月：“赵雷，以后少吃甜吧，保护好身体。”

赵雷竟有些绝望：“我不吃甜，我保护身体，为了谁？”

杜心月：“为了你妈！为了雄雄！为了这个家！”

赵雷：“那你呢？我不用为你吗？”

杜心月为难地低下头，心绪复杂。

赵雷：“为妈，为雄雄，就是不说为了你，那我们算什么？我们还是夫妻吗？自从雄雄出生后，我们在一起的时间有多少？你想一辈子就这样过下去吗？”

杜心月很尴尬：“……我去看看雄雄。”

赵雷一把拉住她：“心月你别走。雄雄今晚跟阿姨睡。”

杜心月：“不，不好，他不会习惯的。”

赵雷：“不要总拿孩子当挡箭牌，我们的生活根本不正常！我承认，我是在矛盾和痛苦中爱着你，可这都是你造成的。要知道，没有几个男人能真正接受老婆以前离过婚，也就是我，我才能这样打落牙齿往肚里咽。”

杜心月：“赵雷，这番话你说了不下一千遍了。”

赵雷：“是呀，老生常谈也得谈，就是提个醒儿嘛！”少有的温和，“心月，让我们忘掉以前的一切，重新开始吧。”

杜心月吃惊地看着他。

赵雷：“没错，看到检验报告，我也抖了个激灵。人这辈子就这么短，我想过了，只要我们在一起，就该像个夫妻的样子，像个家的样子。”

杜心月依旧沉默。

赵雷：“明天我接你下班吧，很久没陪你去买衣服了。你现在好歹也是个高层，穿差了让人笑话。还有，妈这段时间也帮了不少忙，我想给她买双鞋。”

杜心月：“好吧，一会儿我去抄下妈的鞋号。”

赵雷：“那就说定了，明天我去公司接你。”

房产交易大厅里，有不少人在等候着。罗丹和黄总坐在一个办证窗口前，她的眼神中满是喜悦。工作人员从里面递出房本和所有资料，说：“你们的过户手续办妥了。”

黄总和罗丹致谢。

黄总把房本和资料交给她：“这下，你和伯母可以彻底安心了。”

罗丹：“不瞒你说，我妈盼着这天很久了。”她怎么也想不到，有一个人在隔着三个窗口的位置正盯着他们，见证了罗丹拿到房本的全过程。他就是客户张先生！

客厅的窗帘拉得严严实实的。艾莱莉孤独地坐在暗沉的室内，穿了一身运动装，啃着白面包。

师伟男从外面回来了，见此情景，皱皱眉：“你果然没去上班，打电话家里没人听，打到商会又说你请假了。”拿走她的白面包，“你不能只吃这个，营养不够。走吧，我们去餐厅。”

艾茉莉站起来看了他一眼走进卧室，紧紧关上了门。不久，卧室的洗手间传来哗哗的水声。师伟男感觉情况不妙，用力拍门，大叫：“茉莉！茉莉！你在干什么？”

里面没有任何回应。

师伟男紧张了，用力撞门，但撞不开。

卧室里水声依旧。

“茉莉，茉莉你开门！”他急得到处找工具，终于在工具箱里找出一个锤子，经过几下猛烈的撞击，门终于打开了。

师伟男冲进去：“茉莉！茉莉！”

他发现浴室的门虚掩着，地上有些衣服，浴缸的水龙头哗哗作响。水已快漫出来了，浴缸里有些东西浮浮沉沉。

师伟男大叫：“茉莉，你不要做傻事！”他冲向浴缸，发现里面五色陈杂，伸手去捞，竟是些模糊的纸片，并没有艾茉莉。他狂乱地在水里翻腾了几下，转身冲出浴室，四处找着看，卧室里也没人！他冲到阳台上，发现换了明艳晚礼服的艾茉莉正悠然地喝着红酒，望着远处。她对面的阳台角落是几幅她和师伟男的甜蜜合照。

师伟男气愤地说：“原来你在这儿，我还以为你在浴缸自杀了呢！”

艾茉莉面无表情地回敬他：“你生气我要死还是生气我没死？”

师伟男：“浴缸里是什么？”

艾茉莉：“是我们五年来共同生活的照片，感情已经没有了，照片也该褪色了。劳驾，还有这几张，帮我都扔进去吧！”

师伟男看着那些照片：“不，不要，不要这么绝。”

艾茉莉：“我绝？”她拿出一个信封，抽出几张单据扔到他面前，“这是每次做人流的收费单，你就不绝吗？”

师伟男哀求着：“茉莉，我并没有打算和你分开。”

艾茉莉：“哦？是吗？本来我穿了运动装，想按你的口味为你做最后一次改变。可我发现，追求套装、短裙、晚礼服的我没办法做一个运动装女人，也不可能为你有任何改变了！”她站起身把那些合照全都扔进了浴缸。照片在水中沉浮，照片上的师伟男与艾茉莉幸福地微笑着。

师伟男看着这一切，沉了脸。

下班时分，杜心月坐在电脑前继续处理业务。

杨总走进来：“杜经理，还忙着呢！”

杜心月恭敬地站起来，礼貌而有些戒备：“杨总，我很快就好了，该下班了。”

杨总：“你总是这么客气，坐下继续。”

杜心月定定神坐下了。

杨总盯着她的宝蓝色套装和银色丝质衬衫，看了几秒，说：“很漂亮的外套和衬衫，特别适合你。”

杜心月：“谢谢！”

杨总：“其实没什么，我只是有个私人邀请。”

杜心月：“你请说。”

杨总：“我想请你去喝一杯。我们是朋友嘛，我又一个人在这里，跟朋友聊聊天你不会反对吧？”

杜心月：“嗯，但今天我先生要陪我去买衣服，一会儿来接我。”

杨总的视线又落在杜心月的衣服上。

杜心月：“平时我们工作都挺忙的，难得他最近刚签了个大客户，正好有空陪我去。我这人，生活上大大咧咧的，买衣服、搭配全是我先生的事，当然也包括这身衣服，都是出自我先生的眼光。男人的审美有时更胜于女人！”

杨总满脸狐疑地看看她。

手机响了，她看了看，脸上带着甜蜜和幸福：“喂？在哪儿了？哦，楼下了……好，我收拾一下，马上下来。”收线后，她看着杨总：“杨总，我先走了。”

杨总礼貌地点点头。

杜心月匆匆走出写字楼，长吁了一口气，调整好情绪，上了赵雷停在路边的私家车。

突然，后排一个声音传过来。

“心月！”

她回头一看：赵雷妈抱着几个月大的雄雄向她挥手。

“你们逛街，我们也想跟着去。你不会不愿意吧？”赵雷妈说。

杜心月温和地笑了：“妈，赵雷说给你买双鞋。虽然我抄了鞋号，但哪比得上你自己试穿更合适呢？”

赵雷妈欣慰地说：“你不介意就好，我们这才像一家人嘛！”

杜心月舒坦一笑，只要有个安定的家就心满意足了。她在“金花四帼”聊天群里发微信给闺蜜们：FAMILY 。

一早，心情极佳的罗丹走进了俱乐部大堂，满脸都是掩饰不住的笑意。客户张先生向她迎面走来。

“哟，罗教练，想不到还能见到你。”

罗丹礼貌地回应：“张先生，你这话什么意思呀？我不就在这儿上班吗？”

张先生：“哈哈，你还来上班？”

罗丹不解：“是呀。”

张先生：“嘻嘻，都什么身份了还用上班？”

罗丹：“什么身份？我是私人教练呀！”

张先生有点猥琐地说：“呵呵，那天我在房产交易大厅，亲眼看见你那老客户黄老板把一套房子过给你了。从此你罗教练就可以过上衣食无忧的生活，还当什么私人教练呀！”

前台的两个女职员窃窃私语。

罗丹：“张先生，不是你想的那样，真的不是。”

张先生精于世故地说：“这很正常嘛。”凑近些，“其实我也有这个能力，没想到一向清高的罗教练竟也好这个，我看走了眼，走宝了呀！哈哈……”扬长而去。

罗丹很尴尬，她发现两个前台看她的眼神竟充满了鄙夷。她不想向任何人解释，急步跑进了训练室，在猛烈的抽球中宣泄自己。

杜心月刚走进公司就被早已来到的杨总叫进了办公室。今天的杨总非同往日，完全是一个有距离感的上司。

杨总：“公司这一季有两个晋职的名额，市场部，我推荐了你。董事会的批文已经下来了，你将晋职为高级经理。”

杜心月：“这……这太快了！”

杨总：“从没见过像你这样嫌晋职快的！我稍微提提你的新待遇，细节会由HR跟你具体谈。”

杜心月点点头。

杨总：“你会有一个更大的办公室，今天就可以搬过去。”

杜心月：“杨总，我，我觉得自己做得还不够！我……”

杨总意味深长地说：“在我们公司，一切以业绩说话。所以，人员进出，职务的升降，都是常态。虽然你来公司不久，但你已经为公司带来了可观的收益。这次给你破格晋级就是对你的奖励，希望你能更上一层楼！”

杜心月：“谢谢杨总，我一定不负众望。”

杨总：“众望只是别人的期望，能成就你和毁掉你的还是你自己。”

杜心月心绪复杂：“我去工作了。”

杨总：“早点搬过去吧。”

杜心月：“谢谢。”

回到办公室后，杜心月难掩喜悦，赶紧给家里打了个电话，让赵雷妈晚上加菜庆祝。她刚和婆婆讲完电话，手机就响了，是罗丹打来的。

“心月，中午一起吃午饭吧。顾宁没空，艾茉莉要接待欧洲上司，你别推我呀，我今天可烦着呢。”

杜心月："好，一会儿见。"

她们在常去的一间餐厅点了两份商务套餐。

罗丹坐下不久就嚷起来："气死我了！现在的人什么难听的话都敢说。"

杜心月："怎么了？又是方大宇的事儿？"

罗丹："不是，最近，我的生活有些大变化。"

杜心月："哦。"

罗丹："黄总送了套房子给我……"

杜心月："就是他借给你和罗阿姨住的那套？"

罗丹点点头。

杜心月："哦，房子毕竟不是一件普通的礼物。"

罗丹不以为然地说："我给他和顾宁牵线搭桥，他的集团省下不少钱购买医疗设备，他出于感激就送了这套房子给我。但房子还有贷款，现在由我向银行供楼。"

杜心月思虑着："这事确实太巧了，他那样一个大老板，人脉极广……"

罗丹："可气的是黄总跟我办过户手续时，被我的另一客户看到了。现在，俱乐部里传得很厉害，说什么的都有。我窝着一肚子火呢！"

杜心月："丹丹，别人说什么并不重要，重要的是你怎么打算？就算你帮了黄总的忙，可房子，尤其是那个地段的房子，是许多人奋斗很久都未必能实现的梦想。他凭什么这样待你呢？丹丹，一切还要三思而行呀！"

罗丹脸色一沉："心月，我是要你为我排忧解难的，可你为什么给我泼这样的冷水？我就该受苦受穷吗？"

杜心月："丹丹，我不是这意思，我是为你担心。以你和黄总的关系根本没到这一步。"

罗丹："哪一步了？你说哪一步了？"

杜心月："我觉得黄总帮你……帮过了头。"

罗丹："心月，我一直当你是好姐妹，你不会也像别人那样眼气我过好日子吧？"

杜心月："丹丹，我没有任何别的意思，就是想说世界上没有免费的午餐，你还是多想想。"

罗丹掏出一些钱扔在桌上："今天的午餐我请了。告诉你，就是有免费的午餐，黄总就是没有任何私心地在帮我！"

看着她离去的背影，杜心月痛心地摇摇头。昔日亲如姐妹的闺蜜，如今竟听不进丝毫的劝说。

罗丹带着一股怨气回到家，她把手袋向客厅的沙发狠狠砸去，差点儿砸到一个人，那人正是黄总。

"嗬！这么大的火气，谁惹着你了？"

“黄总？你怎么来了？”

罗母端着一盘西瓜从厨房走出来：“黄总来了一会儿了，专门请我们去吃饭。”

黄总：“是呀，丹丹，请允许我这样叫你。你正式拿到房本，我们还没庆祝呢！今晚我请你和伯母吃饭。”

罗丹：“不吃不吃！我不去！”

罗母：“怎么说话呢这孩子？”

黄总温和地笑着：“没关系，肯定是遇上不顺心的事儿了。”

罗丹：“这业主可不好当，搞得我现在连俱乐部都回不去了，大家都觉得我被你……”

罗母紧张地：“被什么了，丹丹？”

罗丹：“哼，我有口难辩。就连闺蜜也这么看我！算了，我也不想辩了。”

罗母忧虑地看着罗丹，沉默着。

黄总：“这就对了，如果什么事都在乎别人怎么看怎么想，就永远无法向前走！”

罗丹：“可我，我现在还怎么回俱乐部呢？唾沫星子都会淹死人的！”

黄总：“那要看你自己了。走吧，我们去吃晚饭，顺便谈谈创业的事。”

罗母和罗丹都感意外。

“创业？”

黄总：“是呀，丹丹，以你的才华和能力早该自己创业了！”

罗丹有些不知所措。她看了看母亲。

罗母：“黄总，你说丹丹她行吗？”

黄总：“行！一定行！一会儿我们好好谈谈。”

罗母：“我就不去了，你们好好聊。”

黄总：“伯母，你放心，我不会让丹丹受委屈的，她现在的工作实在是大材小用了，我要帮她开创一番事业。”

罗丹感动地看着眼前这个恩人般的黄总，他总是在自己最需要的时候，源源不断地让她更上一层楼！

赵雷坐到餐桌边，看起来情绪不错。杜心月抱着雄雄挨着他坐下来。夫妻二人终于能够抛开过去的一切，重新开始正常的家庭生活了。这是多么的来之不易。

赵雷妈端出一大盘金色的炒蛋放到桌上：“来，金银满盆！开餐了！”

赵雷兴致很高：“什么日子呀？这么丰盛！”

赵雷妈：“心月升高级经理了，以后拿年薪，工资翻了不少呢！来，为雄雄长大和妈妈升职开餐！”

大家都拿起筷子。

赵雷的脸色在瞬间变得阴沉起来。

赵雷妈："雷呀，吃块鱼！"夹鱼给他，却被他挡住了。他站起来，一言不发坐到了沙发上，拿着遥控器胡乱调台。

客厅的气氛立时完全改变。

有时候，人的情绪才是最伤人的利器。

窗外夜色深沉。杜心月换好了睡衣，像往常一样看看熟睡的雄雄，准备睡觉。赵雷沉着脸走进来，手上还拿着一小瓶白酒，连喝了几口，脸立刻红了。

"赵雷，你不适合喝酒！"

"难为你这新晋的高级经理还知道关心我。"

杜心月沉默了，准备躺下。

"先别睡，咱们聊聊吧。"

杜心月靠在床头抱腿坐着。

赵雷又喝了一口酒："说吧，是什么时候的事？"

杜心月："我不明白你在说什么？"

赵雷："你变了，你和我刚认识的你完全不同了！"

杜心月："其实每个人都在变，你也在变！"

赵雷又喝了一口酒："你什么时候成了这样的女人，为了金钱和职位竟然出卖自己！"

杜心月特别愤怒："你到底在说什么？我不明白，我出卖什么了？"

赵雷："你是不是上班的第一天就和他搞上了，要不他为什么对你这么好？你有多少料呀？区区一个女流之辈怎么能这么快就晋级！我工作年限比你长，我整天在外面跑单，陪吃陪聊陪客户家人，我挣着多少了？我竟然挣不过你！你说，你是怎么搭上他的？"

杜心月夺下他的酒瓶，紧握在手里："赵雷，你喝醉了。"

赵雷："你以为我真的醉了吗？我没有，我清醒得很。才多久呀，你就拿年薪了！你倒是懂得抓机会，可我的心像被一把利刀一下一下地划开，血淋淋的，我老婆挣钱比我多了！出息了！我们家出了高级经理了！我呸呸呸！"苦笑着。

杜心月："你这是小心眼儿，现在女人比男人挣钱多已经不是什么稀罕事儿了，况且钱是大家用的，我本以为以后的日子可以过得更松快些。算了，我们不要再说下去了。"

赵雷："你怕了？怕丑事即将暴露了？"

杜心月："赵雷，请你不要侮辱我。我是凭我的才能、人脉和工作经验得到今天的一切，我问心无愧！"

赵雷："那好，你告诉我，为什么每个礼拜一公司开大会，你都要穿得花枝招展的，好像去参加一个盛大舞会？你怎么就不能安安分分地做个好媳妇儿呢？"

杜心月沉默着。

突然，赵雷把她按倒在床上。她拼命推他，挣扎几番后，终于把赵雷推开了。赵雷很沮丧！杜心月整理了一下头发走出了卧室。

她一个人闷坐在沙发上，赵雷妈不知何时坐了过来。

“心月，赵雷跟你怄气了吧？”

杜心月沉默着。

“我知道，雷子为你涨工资的事儿难受呢。”

“妈……”

“我是他妈，他肚子里有几条蛔虫我全知道。”

“……”

“赵雷是转不过弯儿来。心月呀，你也有不是。”

杜心月不解。

“不是我故意挑你，赵雷是你丈夫，你应该体贴他。男人，是不能和他讲理的，你得顺着他、让着他，这个家才会和谐。”

“妈，我凭本事吃饭，凭能力和赵雷一起养家。我收入高了我有什么错！”

“不是谁有错，是男人都有自尊心。要想家里稳定就得好好维护你丈夫的自尊，别让他感到太大的压力。”

“难道我就没有自尊心吗？我就没有压力吗？我要应付工作，要面对好朋友的误会，要承受赵雷的无名邪火，还要……”她摇摇头说不下去了，眼中含着泪。

“心月，这么跟你说吧，男人说月亮不是圆的是方的，你就得跟着说是方的。”

杜心月觉得荒谬至极，但她不想辩驳了。

突然，卧室的门开了，赵雷抱着一摞被子走出来，朝杜心月身上一扔：“成全你！”

杜心月也来气了，冲进房间把雄雄抱出来放到沙发上。

“雄雄，妈妈不怕，以后我们就睡这儿。”

赵雷妈叹息着：“唉，这都什么事呀？”

杜心月的生活才晴了没几天就转阴多云了，而罗丹的生活似乎正向康庄大道步步逼近。

她和母亲在一间百来平米的店面里打量着，满脸兴奋。店里已然装修一新，摆放着几张乒乓球台，四周是一些供歇息的靠椅。

黄总笑着从旁踱步：“怎么样？伯母，丹丹，还满意吗？”

罗丹：“大黄，你简直是神速，前两天才说起创业，今天已经一应俱全了。太不可思议了！”

罗母到处打量，不断点头。

黄总：“丹丹，这就是生意，凡事要早做决断。当初这个铺面是一个装潢展示厅，我衡量过，买下来不需要重复装修，这已经省了时间和金钱。”

罗丹："你真有头脑，今后我单干还得多学学你。"

黄总："你不是单干，我们可是中国合伙人呀！"

罗丹和母亲笑了。

罗丹："跟你相比，我可得加把劲儿招生呢！"

黄总："交给我吧，谁让我们是合伙人呢！"

罗丹胜券在握地说："做生意你在行，招生、教人可都是我的长项哟！妈，咱一会就去印招生广告，不能被'神速'落下！"

罗母："这孩子，倔劲儿又上来了。"

黄总的嘴角泛起笑意，没有说话。

一连多日，罗丹母女无间断地在附近的学校和超市前派发广告，可收效甚微。这天，两人又要出门，罗丹却犹豫了。

"妈，今天还去吗？"

"去，还得去。"

"去有什么用？发了那么多广告，打电话咨询的也没几个。真没想到，招生竟然这么难！我那天可是在大黄面前打了包票的，要是他问起来可怎么办呀？我是他的合伙人，不能被他小看了！"

"万事开头难，起码还有打电话的，我们今天接着去。"

"不行，我得想个办法。怎么能把我们的训练馆推出去呢？"

"不如你找找心月、顾宁还有艾茉莉，她们认识人多，跟同事、朋友一推荐，保管有用。"

"也是的，顾宁肯定得帮我，我可是介绍了大黄给她认识呢！茉莉跟男朋友正闹分手烦着呢，上次约她都不肯出来。"

"一定要找心月，她是做市场的，帮你的训练馆搞个营销，准成！"

"我不求她，她眼气我！"

"眼气你什么？"

"眼气我得了大黄的房子。"

"丹丹，你肯定误会心月了。"

罗丹此时在内心也觉得误会了杜心月，但嘴上不想认。

"我没误会，她就是眼气我。"

门铃响了，罗母走去开门。黄总站在门外，罗母招呼他进来。

黄总看着闷闷不乐的罗丹和桌上的招生广告，一下就猜到了七八分。但好胜的罗丹却向他撒了谎。

"最近，招生情况非常好，一个礼拜后我们就能正式开业！"

罗母心虚："丹丹……"

黄总拍起手掌："好，我来安排开业典礼。"

顾宁坐在办公桌前敲打着计算器，一脸喜色。她没想到罗丹会来找她。

“呀，罗丹，什么风把你吹这儿来了？”

“瞧你，我来看看幸福的新娘。”

顾宁指指计算器：“我的幸福都在这儿。”

罗丹不解：“计算器？”

顾宁喜形于色：“哎呀，刚才算了算，这个月赚得可不少！”

罗丹：“你不是有财务吗？看看报表就行了，干吗要自己算？”

顾宁意味深长地说：“财务？每个人心里都得有一本账，我不算好自己的账，怎么能相信别人的账？”

罗丹点点头：“看来，我要跟你好好学学，当老板也不容易。”

顾宁：“哦？你也打算当老板吗？”

罗丹：“嗯，大黄要帮我创业，开个乒乓球训练馆，门面都弄好了。”

顾宁狡猾地一笑：“大黄？就是黄总吧？叫得够亲密的！这么快呀，开始创业了。”

罗丹：“唉，其他都弄好了，最难的就是招生。我和我妈去附近的学校、社区发了很多广告，可报名的人还是寥寥无几。我都愁死了！”

听到这里，精明的顾宁一下明白了罗丹的来意。看在多年的闺蜜情分上，她答应为罗丹和杜心月在自己家中安排一顿和好宴。

结婚后的樊志刚在妻子的调教下，加入到家庭煮男的行列中。他按照顾宁的吩咐备好了晚饭所需的食材。就在他望菜兴叹、无从下手之际，杜心月来了。

“樊志刚，晚餐还没做吧？”

“嗯，顾宁过会儿才能回来，她让我把番茄去了皮才切，我正愁着呢。”

杜心月笑了笑，利落地围上了一个女式围裙——是顾宁的。她看到碗里洗好的番茄，问：“有热水吗？”

“有。”

“把热水倒在番茄上，过一会儿就可以撕掉皮了。”

樊志刚照做了，果然，随着热水不断注到番茄上，番茄皮裂开了。

“真的，真的呀！”

杜心月有些哭笑不得：“也难怪，你的手是拿手术刀的，不是拿菜刀的。”

樊志刚憨憨地说：“我从小就没干过家务活儿，都是我妈和我大姐干。自从和顾宁结婚后，她训练我学会了做家务，我现在还在不断学习中。”

杜心月：“樊志刚，那天婚礼……在化妆间外，我说了你……别介意啊。一直想找个机会跟你解释。我就是替顾宁不平，你没放在心上吧？”

樊志刚：“那么久的事了，还提它干吗？”

杜心月：“说真的，看到你和顾宁现在这样夫唱妇随，我挺欣慰的。经历了那么多的风波，终于修成正果了。”

樊志刚：“你不是取笑我吧？‘妇唱夫随’才是真的。我现在和顾宁是挺好的，可我妈那儿却没好过过一天！”眼睛不觉红了。

杜心月：“伯母怎么了？”

樊志刚：“前些日子，我回去取书，她老问我能不能一起住。要知道，我跟父母住了三十几年了，从没离开过他们，他们也没离开过我。”

杜心月：“顾宁知道吗？”

樊志刚：“哪敢跟她提呀！婚礼过后，她跟我家人就没见过面。大姐要回美国了，也不知什么时候再回来……”

杜心月沉默着。

樊志刚：“最近，我妈的老房子要拆迁了，大姐让他们搬去位于海边的大屋，他们就是不肯，老问我能不能一起住。”

杜心月：“这事的确很难办。坦白地说，作为女人，谁都想有属于自己的空间，一对小夫妻加一个孩子多自在呀。”

樊志刚：“顾宁那儿不能提，我妈又老给我打电话，真不知该怎么办才好。”

杜心月：“我现在明白了什么是‘能医不自医’。平时我遇到事，你都会引经据典为我出主意，轮到自己，反倒没了办法。”

樊志刚苦笑。

杜心月感触地说：“其实，我和你一样，感觉自己被卡住了。本以为和赵雷会平淡无奇地把日子过下去，可他的体检报告打乱了这一切。他渴望有个家，我又何尝不是？那天他带我去买鞋子，我们一家人都去了，我以为一切都可以弥补……可现在，就因为我升职了，我挣钱比他多了，我又被逼到角落去，真的被卡住了！”

樊志刚看着她，不知该说什么好。

也许是终于有人可以倾诉，杜心月的情绪在短暂的爆发后竟然好了些。她反而劝樊志刚去给母亲打个电话，自己则默默地开始准备晚饭。

樊志刚明白，让别人得到安慰的最好办法，要么是倾听，要么是给她独处的空间。

12

樊志刚的父母和大姐正在吃晚饭。志刚妈脸色憔悴，精神大不如从前。

大姐："妈，多少吃一点儿吧！"

志刚妈："我吃不下，也不知志刚吃饭了没有？"

大姐："他有人照顾呢，你还是吃自己的吧。"

志刚妈："快三十年了，啥时候不是我照顾他？别看平时家里的活儿他没帮什么忙，可我就喜欢他在我眼前晃，晃晃我踏实。唉，这日子啥时候到头呀？"

志刚爸："老伴儿呀，你可别瞎说，你盼日子到头，我咋办呢？就算只有你跟我住这儿，也得好好的。来，吃饭！"

志刚妈摇摇头。

大姐脸上有些不悦。

家里的电话响了，志刚妈突然来了精神，她一下跑过去，嘴里还念叨着："是志刚吧？是志刚吧？"赶忙接起了电话。

樊志刚："妈，今天顾宁请朋友来家吃饭，我没空过去。你和爸怎么样呀？"

志刚妈强打着精神："我们挺好到的，跟你爸晚上蒸了条鱼，拌了两根黄瓜，每人都吃了一碗饭，胃口好着呢！"

樊志刚："吃鱼好，容易消化。趁着天没黑，去遛遛弯儿吧。饭后百步走，能活九十九。"

志刚妈："哎，妈要是能和你住一块儿，别说九十九了，就是九百九也没问题。"

樊志刚在电话里憨憨地笑了。

志刚妈："找机会问问顾宁，大家都是一家人，有什么不能商量呀？"

樊志刚为难地说："好，我看情况。"

志刚妈："手术空隙喝点儿奶，注意睡眠啊。"

樊志刚："好，妈，挂了啊。"

志刚妈：“你先吧。”

樊志刚挂电话后，志刚妈却握着听筒久久不愿放下。

大姐：“妈，你干吗撒谎？你都吃不下饭了！”

志刚妈还握着听筒：“他每天都忙成这样子，每台手术都直接关系到病人的安危，我能让我的儿子因为担心我影响心情、影响工作、造成医疗事故吗？”摇摇头，“我不能，我绝不能啊！”

大姐：“过两天我就要回美国了，你这个样子，让我怎么能放心走？不行，我不能坐视不理，得和顾宁谈谈。”

志刚爸：“谈什么？约她吃顿饭都这么难。我们亏欠人家顾宁的，房子又是她的，怎么谈呀？”

大姐：“不行，就是不能这么干等着！”

顾宁带着罗丹回到家时，系着同款围裙的樊志刚正帮杜心月传菜。从顾宁和罗丹的眼中看去，此时的樊志刚和杜心月更像是一家人。

罗丹口无遮拦的本性自然流露，忘了今天此行的目的。

“哟，系着同款围裙呢！樊志刚，你和杜心月倒挺像两口子的！”

杜心月和樊志刚对视一下，几乎同时摘下围裙。

杜心月责备道：“罗丹，你这毛病可得改改。那次我和赵雷闹别扭，要不是你多事报了警，也不至于弄到那个地步。现在又说这种话，能不让人起误会吗？”

罗丹：“顾宁，我没说错吧？瞧她多小气？说说都不行！”

樊志刚赶紧解释：“不该说的话还是不要说。”

顾宁爽朗地一笑：“心月、罗丹，给我打个下手，早点开餐。”

社区内已是万家灯火，与渐黑的夜色形成鲜明的对比。

晚餐上，罗丹向杜心月真诚地道了歉，也借机说出了训练馆招生的困难局面。杜心月看过她的招生广告后直摇头，那些根本无法吸引眼球！她记起，罗丹曾在一个专业赛事中获得大奖，自己和戴着奖牌的她有一张合影……

毕竟是市场营销的专家，一个专属于罗丹训练馆的策划案在杜心月的脑中瞬间诞生了。

樊志刚坐在客厅的大玻璃窗前，看着日出的美景。

圆桌上摆着两份三文治，顾宁又端来两杯咖啡，递了一杯端给他。她挨着丈夫坐下，一副小鸟依人的模样，完全不似在公司那般霸气。

顾宁沉醉地说：“志刚，你知道吗？这就是我理想中的生活：能和你忙中偷闲，就我们两个什么也不做，什么也不想地看看日出。”

樊志刚却满腹心事：“能这样……当然好。”

顾宁：“怎么不能呢？我们已经做到了。”倚在他的背上，享受地闭上眼睛。

“当初买这套房子，我就是看中了这里的风景。日出、咖啡、三文治，这是忙碌中的浪漫……”

突然，门铃响。

顾宁睁开眼睛，疑惑地说：“谁呀？这么早？”

樊志刚也奇怪，去开门。

大姐带着父母还有保镖拉着几个行李箱走了进来。

顾宁顿时愣住了。

“大姐，你们这是干什么？”

大姐并没马上回答她，而是命令她的保镖：“把行李放客房。”

保镖听令去做。

大姐像主人一样招呼着：“爸，妈，进来坐。”

樊志刚：“爸，妈。”

顾宁脸黑了：“等等，这是我买的房子，你怎么不先征得我的同意？”

大姐：“不管谁买的，只要志刚住在这儿，就有他一份！爸妈把志刚一手养大，一起住了近三十年，早就水乳交融，谁也离不开谁了。你不会是想因你们的婚姻弄得大家水火不容吧？”

顾宁一把拉过丈夫：“志刚，你说，到底怎么回事？”

樊志刚很为难：“大姐，你这是……带这么多行李箱来干什么呀？”

大姐：“从今天起，爸妈就住你这儿了。”

樊志刚：“啊？”

大姐：“怎么？志刚，你不同意？”

樊志刚看看父母，低下了头，有点犹豫。

保镖放完行李出来说：“先生，我们在楼下等。”

大姐点头。

顾宁想叫那保镖：“喂！唉……志刚？志刚！”

大姐动情地看着弟弟：“志刚，妈因为想你，自你搬走后就一直没好好吃过饭。只要一听到电话响就以为你打来的，如果不是，就马上挂断，生怕占线错过了你的电话。”

樊志刚走过去握着妈妈的手，拍拍她的肩膀。他看着妈妈憔悴的样子，声音有些哽咽：“妈，你怎么骗我呀？你还告诉我你和爸吃了一条鱼还有一碗饭……妈！”

志刚妈眼泪早就落下了：“志刚，我的好儿子。妈老了，你大姐又常不在，要是连你这个儿子也不能天天见到，我这日子过得还有什么奔头？”

樊志刚：“妈，我也想和你们住一起，家里还是人多热闹些好。”

志刚爸：“那就在一块儿吧，硬生生地分开了，大家都想得慌！”

志刚妈哭得更起劲儿了：“志刚，你不知道妈的心，不在一块儿住，妈就觉得好像没了你这个儿子！呜呜……”

樊志刚搂着父母，安抚着他们：“爸、妈，你们就住在这儿吧！”

一旁的顾宁气得脸色铁青。

大姐从手袋里取出一个礼盒，递给她：“这是珍藏了五十年的普洱茶，金芽级的，就算贺新房的礼物吧。我这次回美国会待久一些，爸妈就交给你们了。”

顾宁没接礼物：“可惜，普洱茶不是我的那杯茶。”

大姐：“没关系，你喜欢的是金叶子是吧？哈哈哈……伸手不打送礼人。好了，我该走了。爸、妈，这里就是你们的新家，好好过吧，我不再打扰了。”她走到门口，回过头，又看了看：“志刚，希望在视频里能看到脸色红润的妈和爸。”

樊志刚用力点点头。

他送大姐来到电梯间。

“大姐，我知道你是为我好，你一向对我都很严厉，我之所以能成材……”有点语无伦次了，“但这一次我没有听你的。对不起！”

大姐正视着他：“这次你不听我的，是因为你长大了。唉，我一直把你当作小孩子，今天你有你的选择了。无论如何，你不要改变初衷，要坚持做个好医生，要为理想，不能为钱。”

樊志刚红着眼睛：“是的，姐！”

大姐抹去眼角的泪：“你们都不小了，快点儿生孩子吧。姐将来百年了，家产全都留给 Ta，这是我送给孩子的礼物，这次不会骗你们的。”

电梯门开了，大姐进去了。

樊志刚含着泪：“姐！我很幸运，这辈子有你做我姐！”

大姐含笑的泪光随着电梯的闭合而消失。

虽已过了上班的早高峰，但路上车流依然不减。罗丹母女兴冲冲地穿过人流，一路上都在谈论着即将开业的训练馆。就在她们来到训练馆附近时，突然看到穿戴整齐的黄总竟然颓丧地坐在马路牙子上，他身后装修一新的训练馆的玻璃门被砸烂了，室内的球桌也被打烂，墙壁上隐约可见大面积的涂鸦。

罗丹激动地跑过去：“大黄，这是怎么了？发生了什么事？怎么会这样呀？”

黄总万分沮丧：“唉，早上我一来就看到馆被砸了……”

罗母：“是不是得罪什么人了？”

黄总：“不能吧？我在这儿朋友不多，知道我开馆的人更是寥寥无几，怎么会呢？丹丹，是不你告诉了什么人？”

罗丹：“俱乐部的同事没人知道，就连闺蜜也知道不久。”

罗母突然爆发：“方大宇！一定是方大宇干的！只有他像个幽灵一样老跟着我们，就是不想我们好过！”

罗丹："不可能！大宇不是那种人！我了解他。"

围观的人越来越多。

罗母："要不我们报警吧？"

黄总："唉，这种事报警也没用，没有目击证人，很难抓到凶手的。等重新装修的时候，我装上摄像头，那帮人再敢来，一个也跑不了。"

罗丹悲凉地看着黄总："大黄，我要做件事怎么就这么难呢？是命吗？"

黄总："胡说！"

罗丹："是老天爷要我认命吗？"

黄总："别说气话！我当初的遭遇比你不知惨多少倍，要是认命了，哪有今天的我？"

罗母："会是谁呢？下手这么狠？"

黄总不动声色，突然冒出一句："可能是恶意竞争！"脸上一副恍然大悟，追悔莫及的表情，而且声音很大，"我想起来了，当初我一眼就看好了这个店面，为了快点儿成交，我情愿多付些钱。其实，业主已经和另一个买家谈得差不多了。我还记得那个买家交易失败时的眼神。唉！都怪我，都怪我！训练馆本来要开张了，是我连累了你。"

罗丹："大黄，你别自责了。"

黄总："像你这样口碑极佳的教练，不该因为我摊上这种事，对不起。要来就冲我来呀，别冲你一个女人去呀！"

周围的群众悄悄议论着。

有人："买卖自由嘛！怎么能用这种手段呢？太欺负人了！"

有人："就是，谁出价高就卖给谁，市场规律嘛！"

有人："欺负一女教练算啥本事！"

罗丹委屈得想找个地方躲起来。

罗母："黄总，难为你了！"

黄总："伯母，我们是出师不利呀。不过，没关系。"向围观者，"各位，我们会重新装修，下个月初一定开张！我们的教练罗丹是省级乒乓球教练，名气大，今天是冲喜，对不对哈！"

罗丹看着黄总，觉得他真能力挽狂澜。

有人："你这训练馆，大人孩子都教吗？"

黄总："教！罗教练经验丰富，我是个煤老板，就是她的学生。你们看我行不行？"做了几下打球的动作。

周围的人居然越发感兴趣了。

罗丹心里也乐了。

有人："我的孩子只想一对一，只跟教练打球，多给点钱也无所谓！"

黄总："行！行！先报名吧。各位若是不嫌弃的话，我就给今天报名的人打个开张价八八折。谢了各位，谢了！"

有人："有具体的资料吗？"

罗母懊恼地说："今天出门，没带着，要不我回去取？"

突然一个高亢的声音传来，是杜心月。她带着新的广告单张来了。

"我这里有罗丹训练馆的详细资料，大家来看看吧。罗教练是拿过很多奖牌的专业教练……"

罗丹兴奋又欣喜："心月！"

人群转向杜心月。她给每个路人发放广告单张，礼貌热情地介绍着。罗母赶紧过去帮忙。

罗丹也想跟过去，却被黄总拉住了。

"丹丹，这里交给他们吧，我们进去看看。"

馆里的一切面目全非，碎屑满地。看着眼前的景象，罗丹突然失声痛哭。

黄总："别哭了，我知道你难过，我也很难过，但我们除了财物没有别的损失，这不就是不幸中的万幸吗？"

罗丹哭得更伤心了。

黄总安慰地轻轻抱住了她，她没有推却。

"我知道，这段时间发生了太多事，反反复复，搁谁身上都受不了。你能挺到现在已经是女中豪杰、万人敬仰了！"

罗丹被他逗乐了，笑出声："哪有这么夸张的！"

黄总："不夸张，在我心目中，你永远是最棒的！"

罗丹心里一阵感动。黄总搂得她更紧了，爱怜地看着她，为她擦泪，情不自禁吻了她。

罗丹挣扎了一会儿，但接着一动不动。

破碎的玻璃窗框着两人的暧昧。

训练馆外的街道边，杜心月发完了最后一张广告单。突然，她的视线被地上的一段木头吸引了，像是乒乓球案的一条腿。她捡起来看了看，木头的断裂处，看得出有不同的漆色。

杜心月："这是什么？"

罗母："球桌的一条腿嘛！你不知道，今天一早就有人来把训练馆砸了！"

杜心月："什么？有人来砸馆？报警了吗？"

罗母："黄总说这事报警也没用，等安装了摄像头拿到证据才好办。"

杜心月端详着断木，若有所思："不报警？"用手机给这块断木拍照。

海边咖啡厅里，四人座的桌前，有两张椅子是空的。

顾宁喝着苦咖啡，艾茉莉喝着红酒，两人都不说话。

杜心月匆匆来到坐下，对服务员："来杯摩卡。"

服务员点点头退下。

杜心月："茉莉，怎么喝上酒了？"

艾茉莉静默着，只顾喝。

顾宁："能不喝吗？和师伟男彻底玩儿完了！换了是我，我也要喝！可惜，我好的是这个！"喝了一口黑咖啡。

杜心月："顾宁，看样子你又遇到不顺心的事儿了吧？公司还是家里？"

顾宁："还不是那大姑姐，招呼不打就把她爸妈送上门来住，我这心里堵的……"又喝一口黑咖啡。

服务员送来了摩卡。

杜心月："顾宁，其实你也知道，樊志刚是个孝子，他和他爸妈一起住了三十年，冷不丁儿地分开了，老人家肯定受不了。你善待他的父母，他就会善待你。这个道理你不明白吗？"

顾宁："我是气不过他大姐！她究竟是什么构造的？临了还给她占了上风！"

杜心月劝慰她："顾宁！"

顾宁："算了算了，我们闺蜜聚会不提她了，扫兴！"

杜心月掏出手机，给她们看断木的照片："顾宁，你看这张照片上的断木有什么特点？"

顾宁仔细一看："像是上了两遍漆。茉莉，你也来看看！"

艾茉莉摆摆手，继续喝她的闷酒。

杜心月："没错，我也觉得是漆过两次的。罗丹的训练馆被人砸了，这是在现场找到的！"

顾宁听了有些惊讶："什么？严重吗？"

杜心月："门窗都烂了，里面的乒乓球案也被砸坏了。"

顾宁："不会吧？以黄总的为人，还有罗丹，不像有仇家呀？再说，知道这事的人也不会太多。"眼睛突然亮了，"方大宇！一定是方大宇！"

杜心月："你跟罗阿姨想的一样，我倒不这么觉得。我觉得黄总购置的根本就是二手货！"

顾宁："那也不稀奇，做生意每分钱的成本都要算。"

杜心月："那要看跟谁算！以黄总平时对罗丹的出手，他会在训练馆的设施上这么算计吗？"

顾宁想了想，狡猾地笑了："行啊心月，东方女福尔摩斯，你不会想说黄总是搬起石头砸自己的馆，贼喊捉贼吧？"

杜心月："我不能肯定，但在市场营销上的确有这样成功的案例。"

顾宁："什么样的案例？为什么要这么做？让自己受损的买卖谁会干？"

杜心月："有人试过，在创业之初，自己的品牌不为公众熟悉，就砸烂整个城市所有关于自己品牌的灯箱广告，结果一下成为全城的热议话题。而公众是很容易同情弱势的，所以这招就利用了人们的同情心赢得了出奇的广告效应。"

顾宁："哈哈，心月，准营销大师呀！"

杜心月："别刺我！最可疑的就是，黄总坚持不让报警！"

顾宁认真了："心月，罗丹的事，你还是少管吧。上次为房子的事，她对你心生芥蒂，如果这次你又发现了什么，她会信你还是信黄总呢？别搞得到时连朋友都做不成！"

杜心月："就因为是朋友，我才要关心她、帮她，不能让她稀里糊涂地受人恩惠。"

一直在喝酒的艾茉莉对服务员嚷着："再来一杯红酒！"

杜心月："茉莉，不许再喝了。"

顾宁说："让她喝吧，单身有颓废的自由，罗丹也有成为'大叔控'的自由。心月，干涉别人的自由，痛苦的是大家！"

服务员端来了红酒。

闺蜜三人各自举杯。

一杯红酒、一杯黑咖啡、一杯摩卡，象征着人生的不同际遇。

杜心月坐在办公桌前看市场报告。

上司杨总敲敲门走进来。

"最近要召开一次董事会，公司安排了两个旁听名额，我推荐了你。"

杜心月："谢谢杨总，谢谢你不断给我锻炼成长的机会。我会努力把工作做得更好！"

杨总爽朗地笑了："没新意更没创意！来来去去都是这几句感谢的话，我耳朵快起茧了。"

杜心月："奇招和怪招、新意和创意都是留给客户的。真诚的感谢虽然重复又重复，但最值得留给您。谁让您是这样一位体恤下属、培养下属、不断给下属机会的好上司呢！"

杨总哈哈一笑："这段时间见你都是来去匆匆的，怎么？家里有什么事儿吗？"

杜心月轻描淡写地说："有人的地方就一定会有事发生。朋友、亲人，谁不是活在大大小小的事情堆儿里呢？"

杨总："哦。这些日子，我倒是静下心来，翻了翻书架上的旧书，觉得王国维的《人间词话》很有意思，他引用了三首词来说明做学问的境界。我发到了你邮箱，看了吗？"

杜心月："没有。我忙着看下属给我的《潜在对手的市场分析报告》呢！"

杨总："看看吧，现在看。"

杜心月犹豫着。

杨总："看吧，我很有感觉。"

杜心月进入邮箱，看到邮件的内容，她有些不自在。

杨总走到她身旁，一起看电脑屏幕，声情并茂地读出来。

"昨夜西风凋碧树，独上高楼，望断天涯路。这是第一个境界。"带着坚定的决心，"衣带渐宽终不悔，为伊消得人憔悴。这是第二个境界。"他看着杜心月的侧面，充满了深情与期待，"第三个境界是：众里寻她千百度，蓦然回首，那人却在，灯火阑珊处。"他似乎停留在词的绵绵深情中，眼角还带着泪，杜心月的脸庞近在咫尺。

而此刻的杜心月似乎也打定了某个主意。她起身离开座位，来到一个书柜前，拉开了和杨总的距离。

"杨总，我也很喜欢这三段词，大学时就能熟背。这是清代大学者王国维分别从晏殊的《蝶恋花》、柳永的《凤栖梧》还有辛弃疾的《青玉案》摘录下来的，表达了求知的三境界。这对当时还在求学的我有很大的意义。"

杨总突然拍起了手掌："好！好！你说得一点儿也不差，比我知道的还多一些。"

杜心月："您过奖了。"

杨总："那你有没有觉得，如果说这也是感情的三个境界，会更像我目前的状态。尤其是第三个境界，我寻找了很久，终于在'灯火阑珊处'找到了你。"

杜心月笑了笑："那你觉得苦吗？"

杨总痴情又夸张："苦，实在太苦了，但苦中有乐。这就是找寻爱情的甜蜜之处！"

杜心月笑而不语，拉开书柜，从里面取出一瓶白葡萄酒和两个透亮的杯子。

杨总一见到酒，眼睛立刻亮了："心月，原来你是不懂喝红酒，喝白酒的？呀，藏得够深的！"

杜心月不置可否，倒了两杯酒，递了一杯给他："杨总，请，我们干一杯！"

杨总激动地接过酒杯，兴奋又陶醉："心月，我就知道，花开有时，果然果然！来，干！"

杜心月和他轻轻碰杯。

杨总沉醉地喝了一口，吞下了。突然，他面色大变，猛地把酒杯放到桌子上，慌乱地问："这……这是什么？"

杜心月此时也是面呈怪异，强忍着咽下那口酒："是高浓度的盐水！"

杨总不解："你……"

杜心月："我很感激你对我的赏识和赞美，但任何一段婚外的感情就像这杯中的盐水，结局注定了是苦涩而难以下咽。到时，我们伤害的不只是彼此，更有我们背后的家庭和家庭里的孩子们！"举起酒杯，"杨总，请干了这杯，让我们以苦为戒！"

杨总面如土色，看着那酒杯不敢拿起来。

此时的杜心月却不依不饶，带着些许匪气，打定主意要让杨总喝下那杯盐水。

她故意激他："杨总，怎么？怕了？你刚才不是说苦中有乐吗？来干了这杯！"

杨总看看她，拿起了酒杯。

杜心月直视着他："请！先干为敬！"说完，她举杯喝了一口，面呈痛苦状。但她压着，压着，把一切压在内心，豪爽地喝下了那杯盐水！她向杨总展示空酒杯。"到你了杨总，不会输给我一女流之辈吧？"

杨总被她逼视着，把酒杯贴近嘴边，慢慢地、痛苦地、硬生生地喝下那杯盐水！他不顾仪态地伸着舌头，难受极了。喝完最后一口时，他喉咙嘶哑地冒出一句话："你哪是什么女流之辈？简直就是——女神——经！"

杜心月就是杜心月，一切都在她的推算之中。

当罗丹母女为不断增加的报名人数而高兴，都以为是杜心月的策划资料起了作用时，黄总自己道出了原委。

"我买下店面要给你创业时，就听说现在的培训市场虽然很火，但人人都想分一杯羹。怎么能招到生源，不出怪招是不行的。舍不得孩子，套不着狼！所以我就买了二手设施，即使砸了也不会心痛。但同时，我也在观察你们的招生情况。果然不出我所料，你和伯母虽然到处派发广告，但报名的人却寥寥无几。丹丹你知道吗？每次你去发广告，我就开着车跟着你，在附近看着你们。说真的，我很难受，特别是看到你被人拒绝、躲避、轻视时，我特别难受。我帮你创业就是想让你活得更自由、更自在！而你，却要为了招生那样委屈自己。"

罗丹的眼泪升上来了。

黄总："可你又偏偏是个个性独立的女性，你想在我面前表现出你的独立和能力我全明白，但我不能看你继续委屈下去。所以，我就用砸馆这招招来生源，现在看起来真的奏效了！"

罗丹和母亲百感交集，彼此对望。

黄总："丹丹、伯母，我就是要让你们早点过上安乐自在、衣食无忧的生活。"

13

杜心月和赵雷的冷战依旧持续着，客厅成了她在家唯一可待的地方，除了看雄雄就是上网。杨总发来的旧邮件被她一条条地删掉了。

赵雷禁不住母亲的恳求，决定向杜心月说些软话。他悄无声息地来到她身旁，拍她肩膀：“心月。”

杜心月吓了一跳。

赵雷：“又遇到难题了？要帮忙吗？”瞥了一眼电脑界面，“哇！聊天呢！不是工作呀？”

杜心月二话不说，随即合上笔记本电脑。

“有事吗？”

“这么严肃呀？我一来就关机，跟谁聊天呢？偷偷摸摸地……”

“没什么，删除些旧邮件。你不是说过不会帮我的吗？我记着了，不敢劳您大驾！”

“嘀！还挺记仇。对了，妈叫你和雄雄回房间睡。”

杜心月不置可否。

赵雷想了想：“我先和雄雄进去了。”准备推婴儿床进卧室。

杜心月赶紧阻止，她太在意雄雄了。

赵雷这招果然奏效了。杜心月无奈地站起来，准备一起回卧室。

突然，她的手机传来提示音，是艾茉莉发来的妆容精致的自拍照。

杜心月欣慰地说：“艾茉莉终于能放下师伟男了！”

赵雷：“放下？分手了？都那么多年了！”大言不惭地说：“这年头，想找个像我这么好的男人，打着灯笼都难呀？想当初，你离了婚，没人要，是我毫不嫌弃收留了你……”

杜心月紧张地看看客房的门：“你妈在呢！”

赵雷满不在乎："怕什么？听见也没事，反正她早就知道了。"

这句话不啻于当头一棒打向杜心月，她强忍着内心的震撼。

"你说什么？你妈早就知道了？"

赵雷自知失言，沉默了。

"赵雷，这些年，你一直拿我离过婚当事说，一直让我感激你在你妈面前维护着我。那你妈是……什么时候知道的？"

客房的门开了，赵雷妈走出来。

杜心月和赵雷都看着她。

赵雷妈："心月，我是在你们结婚前就知道了。"

杜心月不可思议地看着他们母子二人。

赵雷妈十分的委屈："没错，当赵雷告诉我你的情况时……一下子……我是不能接受。我当时就想，我家雷子……不是因为自己的儿子我夸他，在我们镇上，他是高考中的佼佼者，要模样有模样，要身高有身高……"

赵雷："妈，低调，低调。"

赵雷妈："他还没大学毕业，来提亲的人就多了去了。当我知道你的情况时，我怎么也接受不了，就是仙女我也不能接受是个二婚的！"

杜心月静默着。

赵雷妈："可雷说他相中你了，说了你一堆的好处，还劝我，现代社会的观念早就不同了，要我换换脑筋。我能咋办呢？为了儿子，我最后硬是把这脑筋给换了！"

杜心月依旧沉默着。

赵雷妈："心月，过去的事就不说了，妈现在只有一个请求。以后你们小两口好好过日子吧。啊？"

杜心月内心五味陈杂，不知该不该相信听到的一切。但她还是点了点头。

赵雷妈："这就对了，去睡吧，时候不早了。"

杜心月不知道自己是怎么回到卧室的，她看着婴儿床里的雄雄，一直握着他的小手。

赵雷也没睡，一开一合玩着床头灯的开关。

时间一晃而过，训练馆开张已有大半年了，罗丹心不在焉地教学员练球。也难怪，自从开馆后，黄总就走了，而且杳无音信。

"丹丹！"有人从门外走进来，热切地唤着她。

罗丹回头，看到是黄总。她没有搭理，反而更加用力抽拉，学员无法招架，接不到球，跑去一边捡球。

黄总走近她："丹丹，怎么？不想我吗？"

罗丹："想有什么用？你都多久没回来了，干脆别回来了！"

黄总："哦，生气了！"动手要抱她，被她推开了。

罗丹生气又有些撒娇地别过脸。

黄总："实话跟你说，挺晦气的。我们公司买了德国最先进的安全设备，可还是出了一场矿难，这才耽误了回来看你的时间。"

罗丹担心了："那你没事吧？"

黄总："我能有什么事？只是，有几个工人遇难了。这件事让我体会到什么叫人生无常，什么叫安全感。丹丹，为了给你保障，我给你买了这个。"递给她一份文件。

"不会是保险吧？"罗丹接过文件翻看几页，不禁露出惊讶之色。

黄总："对，别墅！有家的地方，才有安全感。我想有一个属于我们两个人的家。"

罗丹："两个人？那我妈呢？"

黄总："你看，把你现在住的房子留给伯母，怎么样？"

罗丹看着合同，犹豫了。

黄总："想什么呢？等你看到别墅再想吧！走，去看看。"

这是一套豪华的双层别墅。一层是一个宽大的客厅连着饭厅，房间都在楼上。罗丹站在大理石台阶上看呆了眼。

"大黄，不瞒你说，我长这么大，从没想过这辈子能住上这样的房子。太谢谢你了！"

"哈哈，你喜欢就好，喜欢我们就跟银行把合约签了。你看看，这几款家电你喜不喜欢？"黄总说着拿出一些图册，上面有高档电器的图片。

罗丹兴奋地看着："喜欢！太喜欢了！这电视、这冰箱都是我喜欢的牌子和款式。"

"那就好！我要让你在这里心情愉快地为我生一群儿子。"

罗丹尴尬地说："大黄，这……这我还没想过。我们连婚都没结，怎么就说到生孩子了？"

黄总："没关系，反正是迟早的事。"

罗丹："对了大黄，有件事我从来没问过你。你难道一直没结过婚吗？我是说……你并不年轻了……"

黄总："怎么？嫌我老？"

罗丹摇摇头。

黄总突然有些伤感："我结过，但被人骗了！"

罗丹："啊？为什么呀？"

他拉着罗丹来到客厅的大窗前，阳光从窗外照进来，黄总的脸一半在明处，一半在暗处。

"我那时是个穷小子，从一所矿务专科学校毕业后，分到了当地的一家工厂，每月收入微薄，业余时间我什么都干。我父亲去得早，我妈好不容易把我和两个弟弟带大，我赚的钱都交给她了。以我这样的经济条件和家庭负担是不可能有姑娘喜欢我的。

可是，就在我们单位，有一个女孩愿意嫁给我，我求之不得呀！”

罗丹为之动容。

“结婚的时候，我一共花了二十五块六毛七，七块五一双革面皮鞋，十二块钱一套西装，还剩六块一毛七买了瓜子和糖请客人吃。老婆的衣服和首饰都是她娘家准备的。”

罗丹唏嘘不已：“我以为自己在单亲家庭中长大，受得苦比别人多，没想到事业有成的你，竟然也这么多难。”

“多难的事还在后面。我把我的新娘当成个宝，可没想到，在婚后的一段日子里，她都不肯和我同住，直到有一天她再也推不过了……”黄总竟然痛哭起来。

“大黄，大黄别这样，别这样。”罗丹爱怜地为他擦泪，“别哭了，究竟发生了什么事？”

黄总摇摇头：“她……竟然是个石女！我们根本不能做夫妻！”

罗丹意外得不行。

黄总：“后来，我带她四处治病，她终于可以做回一个正常的女人，但她心理上的病却一直没法治好。我想离婚，她死活不肯，每次都以死相逼。我累了、乏了，也只好和她过下去。再后来，我觉得这么下去不是办法，有朋友拉我去开矿，我就把精力都放到事业上了。”

罗丹：“也就是说，你现在还是一个有老婆的男人？”

黄总：“是的，我必须向你坦白。丹丹，我是爱你的，除了婚姻，我什么都可以给你。我知道这样对你不公平，但我没有办法。”

罗丹沉默着。

黄总：“这些年，我赚了些钱，总是不乏年轻貌美的女人来靠近我，我都拒绝了。我想把钱花在和我有真感情的人身上。丹丹，你是一个难得的好女孩！你坚守经济独立的个性足以让我相信你，这个年代没有几个女孩能这样了。”

罗丹的内心在不断翻腾。

黄总牵着她的手，绕过沙发，来到客厅的一个角落。几层高的花架上竟然是一丛丛的玫瑰。玫瑰显然被精心打理过，朵朵含苞待放。

罗丹不自觉地叫出声：“好漂亮的玫瑰！”

黄总：“这也是我想买下这里的原因之一。玫瑰花丛是随房赠送的，定期会有专人来打理。喜欢吗？”

罗丹忍不住把鼻子凑近闻闻香味。

黄总：“丹丹，我希望和你能有新的生活，能有我们自己的家。”只见，他对着其中一朵玫瑰，轻轻吹了几下，用手托了托花瓣，花苞被人为地打开了，显得饱满丰盈。

罗丹觉得有趣，也学着吹起来。当吹到一支硕大的、表面带生的玫瑰时，黄总拽去了边上几片有些杂质的花瓣：“我们一起吹，让它开吧。”

罗丹和黄总一起吹，奇迹！花苞里竟然放出耀眼的光芒，一颗镶着硕大钻石的戒指在花苞中熠熠生辉。

罗丹意外至极。

黄总小心地拿起戒指为罗丹戴上。他单膝跪下，深情而真诚："丹丹，答应我，和我在一起！"

罗丹看着他，没有说话，眼中含泪。

黄总调皮地说："这枚戒指不用分期付款了，我要让你无期限、无负担地拥有它！"

罗丹被逗乐了，笑中泪落，用戴着戒指的手抚摸着黄总的脸。黄总乘机抱吻她，霸道地拥着她来到沙发旁，把她压在沙发上。罗丹推了几下，接受了……

玫瑰滴血。

一个平常的午后，志刚爸在拖地，志刚妈在厨房洗碗。

顾宁匆匆从厕所出来，坐到沙发上发起了呆。

志刚爸："顾宁，你来回跑好几趟了，不是拉肚子吧？"

顾宁没作声。

志刚爸有些尴尬，继续拖地。拖把到了她的脚前，她也没理会。

志刚爸："顾宁？"

顾宁回过神，看到脚边的拖把，突然站起来大叫着："樊志刚，你给我出来！"

这一高亢的嗓音把大家吓了一跳。志刚妈和樊志刚分别从厨房和书房冲出来。

"怎么了？顾宁！"

"是呀，怎么了？"

顾宁黑着脸："志刚，你不是最听大姐的话吗？还能熟背《论语》里什么孝不孝的，你看看你这孝顺儿子究竟是怎么当的！"

樊志刚一脸困惑："我怎么不孝了？"

顾宁："爸在擦地，妈在洗碗，你呢？你在干什么？"

志刚爸："我愿意拖地。"

志刚妈："是呀，我们都闲着，做做家务可以活动腰腿。我们愿意。"

顾宁："你们愿意，我可不能让你们干。我和志刚举办的是'孝婚'，大姐拍拍屁股自己走人，把你们送到这儿，不是让你们来做家务的，摆明是让你们享清福的。志刚，我在家政公司找个保姆，她要是干活儿有意外，有家政公司给她保着险。可爸妈干活儿出个什么情况，谁担着？"

樊志刚喏喏地说："顾宁，都是一家人，没那么严重。"

志刚妈陪着笑："顾宁，都是家里的活儿，谁做不一样？"

顾宁："就是不一样！没有付出，就没有珍惜。这房子、这家具、这里的盘盘碗碗都是我买的。钱我已经花了，我不在乎，但我要把志刚培养成一个重视家庭、爱护家庭、有责任感的丈夫，做家务是他最好的锻炼！”

志刚妈：“可他从小到大就没干过活儿。”

顾宁：“那就更得干了。像他这样简直就是个‘惯二代’！”突然抓着他的手，“来，你跟我来看看。”说着，把他领到一处墙角，拿纸巾在墙角线上擦了一下，上面有些灰。“你看，这就是卫生标准！拖地板不能光擦地，还要擦墙角线。志刚啊，标准，什么都有标准，就是做家务也有做家务的标准。以后还是你来干，按着标准干！”

志刚妈脸上挂不住了，眼泪一下出来了：“我就是不能让我儿子做家务……我做了一辈子家务，反倒不干净了？”

顾宁：“干净不干净要看是谁的标准。这是我的房子，当然要按我的标准！”

志刚妈刚要争辩，被志刚爸制止了：“老太婆，少说两句吧，咱是来和儿子团聚的。不置气啊！”

志刚妈：“那也不能让志刚干活儿……”

顾宁：“我就没有话语权吗？有这么欺负孕妇的嘛！”

志刚妈：“孕妇？顾宁，你是说，你怀孕了？”

顾宁：“测过三次了。”

志刚妈态度立刻变了：“我的乖乖！快，快坐下。用什么验的，准吗？”

樊志刚赶紧扶顾宁坐下。

志刚妈：“去医院吧，去医院好好查查。”

樊志刚和顾宁看着彼此，幸福地笑了。

他们来到医院等候孕检结果时，樊志刚收到了护士小杨的电话。原来，手术室外面发现了一个出生不久即被遗弃的婴儿。樊志刚的心一下被揪起来了，他看看顾宁又看看电话，内心矛盾极了。

这时，从“金花四帼”聊天群收到消息的杜心月和艾茉莉赶来了，樊志刚眼前一亮，他把顾宁拜托给她的两个好闺蜜。

小杨抱着一个襁褓中的婴儿，哼着歌谣。一见到樊志刚，赶紧汇报：“樊大夫，就是这个孩子。”她把婴儿的正面给他看，原来是个患兔唇的孩子。

樊志刚：“身体其他状况怎么样？”

小杨：“是个男婴。我送他去儿科检查过，除了患有先天性唇腭裂外，身体的其他指标都正常。”

樊志刚：“报警了？”

小杨：“安保科已经联系了警方。”

樊志刚：“给我抱抱吧！”他小心地抱过婴儿，定定地看着他，眼神里充满了爱怜和同情：“可怜的小家伙……”

小杨：“孩子挺乖的，发现的时候就躺在那儿，那些东西应该是他的父母留下的吧。”

樊志刚顺着小杨所指，看到墙角有一个水果箱，里面有尿片、奶瓶及奶粉，都是些便宜货。他感慨着：“看来，他父母也不是铁石心肠的，生了一个兔唇的孩子，没钱治，迫不得已啊。”

小杨：“樊大夫，我该去给3床和8床的病人换药了。”

樊志刚：“你去吧，我看着。”

小杨推着药车离开了办公室。

樊志刚看着孩子喃喃自语：“小可怜，你的命运一定会改变的！”

左等右等不见樊志刚回来，得知怀孕结果的顾宁显得很不耐烦，又发脾气了！艾茉莉哄她，杜心月则去找樊志刚。

医生办公室里，樊志刚一直抱着那个弃婴，连姿势都没有改变，他专注地看着婴儿的脸。

“樊志刚，恭喜呀，你要当爸爸了！”

樊志刚这才回过神来，杜心月也看清了他怀里的孩子。

杜心月：“世上竟有这么狠心的父母，有病就看病嘛，生一个宝宝多不容易呀。给我抱抱吧！”

樊志刚把孩子交给了她。

杜心月端详着孩子：“除了兔唇，这是个很漂亮的孩子，瞧他的五官长得多大气！唉，这么糊涂的父母。”

樊志刚：“是呀，以现在的医学，治疗兔唇完全没有难度，而且治愈后在相貌上和普通人也没有任何分别。”

杜心月点点头叹息着。

走廊里传来急促纷杂的脚步声。小杨的身后是两个警察！

14

墙上的挂钟指向了子夜十二点，客厅的灯还亮着，赵雷从里面锁上门。

赵雷妈赶紧去打开："锁上她就进不来了！"

赵雷："就是要她进不来才知道什么时候该回家。"

赵雷妈："你说，那天咱告诉她，在结婚前就知道她离过婚的事儿，她有什么想法呀？不会猜到咱们有啥目的吧？"

赵雷："猜到又怎么样？就她那条件，要不是我收留她……"

赵雷妈："雷呀，这话可不要再说了。说句心里话，心月这媳妇儿除了是二婚，没有能让人挑出毛病的地方。"

赵雷："妈，你站错队了吧？"

赵雷妈："本地户口是很重要，多少人做梦都想。可咱能不能办了户口，还有个和睦的家庭呢？"

赵雷："你看，她这么晚不回来能和睦吗？"

一阵开门声后，杜心月疲惫地走进来。她看看赵雷妈："妈，还没睡呀！"

赵雷妈："你忙呀？一整天了！"

杜心月："嗯，顾宁怀孕了，陪她去检查，没想到还看到一个被遗弃的婴儿，那么小，很可怜。"

赵雷："你又充大头了吧？就你能！肯定又替人看孩子了。你怎么就不想想自己家里的孩子呢？他也被你这个亲妈给遗弃了！"

赵雷妈制止他："赵雷，怎么说话呢？"

赵雷走进卧室，摔上门。赵雷妈叹口气，也回到她的房间里。

客厅里，只剩下杜心月落寞的身影，连唯一让她牵肠挂肚的雄雄都被抱回了房间，这个家还有谁与她相伴呢？

一个平常得不能再平常的工作日，今天的艾茉莉没有穿套装短裙，而是穿了一条丝质香槟色的连衣裙。裙子的颜色把她的肤色衬得更加白皙，女人味十足。她对镜化妆，耳边回响着昨晚和杜心月一起照顾弃婴时的那番对话。

“茉莉，你最近气色好多了。我听说中医在调理身体方面特别行，你不妨试试。”

“试什么呀？现在就我一个人过，经期也非常不准，试来有什么用呢？”

“亲，不是说过多少遍，女人漂亮是为了给自己看的！调理好身体，是为让你自己更健康、更漂亮，做个更精品的女人！”

她看着镜子里妆容精致的自己，露出了久违的笑容。她看看表，糟糕！忙拎起手袋穿着拖鞋就往外跑。她刚出门，又回来，踢飞脚上的拖鞋，一脚蹬进高跟鞋里，跑了出去。从侧面望去，她裙子内侧的拉链还没拉好，隐约看到香槟色的文胸……

杜心月以手遮口，不断打着哈欠来到办公室。突然，她发现上司杨总正站在门口等她，立刻打起精神，礼貌地问好。

杨总自从那次被逼喝盐水后，对杜心月已是有礼有节，一副上司模样。

“董事会议提前了，安排在今天上午。你准备一下，八点五十分到综合会议室。”

“好的，杨总。”

杨总点点头，审视了她一下：“你状态不大好，是睡眠不足吗？”

杜心月：“哦，没有。谢谢您关心。我去准备了。”

杨总：“记住，不要迟到！”

杜心月：“好的。”她走进办公室，背对着杨总，又连打了几个呵欠。她用手使劲儿敲敲头，努力打起精神。

艾茉莉从一辆计程车上下来，走进商会大厦。就在这一刻，一个头发微卷的外籍男子从另一方向也走进大厦。他是一家法国公司的雇员，中文名叫吉士。他一见艾茉莉立刻眼前一亮，但随即发现了什么，紧紧跟了上去。

商会大厦的电梯前，人们排起了队伍等候，艾茉莉也排在其中。吉士站到她身旁，靠着她裙子拉链的那侧。艾茉莉觉得不自在，转头看了看他，吉士对她友好微笑，艾茉莉尴尬又无奈地报以微笑。吉士甚至脱下西装外套，将它搭在了靠艾茉莉裙子拉链那侧的手臂上，想为她遮挡不雅。而此时，艾茉莉却全然不知，见吉士脱下外套，更不自在了。她又看看对方，想发怒。吉士依旧对她礼貌微笑。她只好憋着劲儿，生着闷气。

电梯终于来了，随着人流，艾茉莉走进电梯，吉士也紧紧相随。

在电梯狭小的空间里，艾茉莉转身，想面对电梯门站好。不料，吉士竟像和她贴了双面胶一般，一起转身，面对着电梯门站好。

她去按电梯按钮，不料吉士却说：“女士，让我为你代劳吧，那是我的荣幸。”

艾茉莉："谢谢，十八层。"

吉士按按钮，拿着西装外套的手臂依旧不忘替艾茉莉遮丑。

电梯上行，终于停在十八层，艾茉莉和吉士肩并肩情侣般地一同走出。

就在电梯门合上的那瞬间，艾茉莉突然举起手袋向他打去，骂着："What the hell you want？？ You bastard！"

吉士："Oh！ Come on. 我只是想……哎！"

艾茉莉："流氓！臭流氓，别以为你是老外就不敢打你！占便宜，吃豆腐……"

他抱头躲闪，看到不远处有厕所的标志，向着那个方向移动，艾茉莉追打。两人来到厕所门外，吉士瞅准空子，叫了一声："别打了！"说着还指了指自己的胸部。

艾茉莉更气了："流氓，今天非送你派出所不可。"

吉士："不！你这里呀……"指了指胸部靠肩部内侧。

艾茉莉："还说不是！"又想打。

吉士："拉链！裙子拉链！"

她低头一看，裙子侧面的拉链没有拉好，还看到部分文胸，急忙拿手袋遮着，冲进了厕所。

瑞德公司的综合会议室里，董事会的成员都到齐了。杨总首先向大家介绍了杜心月和另外一名旁听的男职员，随后开始了会议的正题。

厚重的窗帘、幽暗的灯光、PPT 里层出不穷的图表，杜心月在这催人昏睡的节奏中，眼前一片朦胧，竟然在董事会上打起了瞌睡。

艾茉莉整理好衣着，走进商会，前台职员叫住了她。

"艾茉莉，你约见的客人已经在会议室等着了。"

"谢谢。"

会议室里，刚才被艾茉莉追打的外籍男子吉士正在看手里的资料。

艾茉莉敲敲门走进来，一见是他，两人都愣住了。

艾茉莉："你……是你！"

吉士微笑着："原来是你！"

两人都笑了。

吉士："你们中国有句话——不打不相识。看来，我们公司的贷款有希望了。"

艾茉莉伸出手："你好，我是信贷部的主管艾茉莉。"

吉士："你好，艾茉莉，我是阿尔法公司的总裁助理，中文名叫吉士，吃的 cheese，香浓美味。"

艾茉莉爽朗地笑了："刚才的事要多谢你。我还把你当流氓了，不好意思呀。"

吉士："没让你在别人面前难堪就好。"

艾茉莉感激地点点头，接着说：“你们公司的融资计划书我已经看过了，很详尽，但还缺少一份资料，主要是信用担保方面，需要由你们的法国总部提供证明。”

吉士：“好的，我回去就办。我也想知道，贷款要什么时候能批下来？”

艾茉莉：“等资料齐全后，我会递交给核心高管，他们会根据具体的融资项目做出最终决定。我相信，两周之内，成与不成都会有回复的。”

吉士学着在电视里看到的古装片人物，冲她一抱拳：“拜托了！”

艾茉莉也冲他一抱拳：“多谢了！”

两人爽朗地笑了，像一对久已熟悉的朋友。

瑞德公司的会议室里，PPT 放完了，窗帘也拉开了，参加董事会的人也早已散去，一切静寂。

靠在椅背上沉睡的杜心月终于醒来了。她猛地睁开眼睛，看看周围的一切，有点儿不知身在何方。她感到身上多了些什么，低头一看，是一件男式西装外套，记忆中，杨总就穿着一件这样的外套。她脱口而出：“杨总！”

会议室的门被推开了，杨总走进来，亲切地看着她。

“身无彩凤双飞翼，心有灵犀一点通。我正想过来看看你，就听到你叫我……”

杜心月窘迫地一下站起来，身上的男式外套有些滑落，被杨总及时抓住了。

她尴尬地说：“杨总，对不起。我不争气……你罚我吧！”

杨总温和地说：“说实话，在董事会上睡觉，你还是头一个！但我跟他们解释，这些天你一直在做市场方案，每天都工作到很晚，他们也都谅解。放心，以后这样的机会，还会有很多。”

杜心月：“谢谢杨总。我先回办公室了。”

杨总:“等等,你今天的确太反常了,眼角还没弄干净。”随即用纸巾帮她清理眼角，两个人挨得很近。

就在这时，会议室的门被推开了，一个人的脸晃了一下，好像发现了什么，惊讶地叫了一声又退出去。

杜心月慌乱地说：“谢谢，我……去工作了。”

杨总看着她的背影，心痛又不舍。

正午的阳光照进客厅，餐桌的篦子上摆着几十个包好的饺子。罗母在擀皮，罗丹包饺子。

“丹丹，一会儿打电话给黄总，叫他晚上过来吃饺子。”

“妈,他忙着呢！既要经营训练馆,又要给新买的别墅添置家电,都赶一块儿了。”

“别墅？什么别墅？”

“妈，大黄新买了一套别墅送给我……我去看过了。”

“丹丹，这么重的礼，你怎么能收呢？”

“妈，大黄跟我说……他想和我在一起。”

罗母停了手上的活儿，定定地看着女儿，眼神中有些惊喜。

“他向你求婚了？我就知道会有这么一天！要是这样，收下这份礼物倒也不过分。那你婚后就要搬出去了？”

“妈，他不是求婚……他就是想和我在一起。”

“什么叫在一起？你们为什么不结婚？他有老婆有家是不是？”

“不是，他说他已经离婚了。”罗丹显然在骗母亲。

“离婚了？离婚了为什么不娶你？你不觉得这种没名没分的关系让你受辱吗？”

“妈，你别烦我了，我也是没办法。”

“什么叫没办法？你就甘心受辱吗？”

“我想过了，人生一世，不就是富贵名利吗？我的梦想、我的愿望，只有大黄能帮我实现！杜心月、顾宁和艾茉莉，以后和她们在一起，我再也不是孙子了！我要过得比她们谁都好！”

罗母不再说话，继续擀手中的面皮。面皮的中央薄得穿了洞，她也全然不觉。

杜心月坐在办公桌前，拨通了樊志刚的电话。

“樊志刚，那个孩子的父母有消息了吗？”

“没有。我问过警方了，他们也联系不到孩子的父母。”

“那孩子现在怎么样？”

“挺好的，科里有一个护士专门照顾他。”

“那就好。”

“我有个想法，我想自己去找他的父母。我有街道的地址，是那天警察留下的。我想顺着那条街，挨家挨户地问。”

“这行吗？”

“我不管，只要有机会就行！这孩子让我们科捡到了，就是我们的缘分，我有责任帮他找到父母。”

“那我跟你一起去吧。他很可怜，出生不久就成了孤儿。”

“好吧。一会儿下了班，我们在医院门口会合。”

“一言为定。”

杜心月收线后，发现手机的电量不足，随手插上了充电器。她想到什么，查看电脑。随着鼠标的点击，打印机里打出一份地图。她看了看，把地图放进手袋。

杨总敲敲门，很绅士地走进来。

杜心月一如既往，恭敬起身：“杨总！”

杨总：“再过几个钟头，我就飞上海了。今天是我太太的生日，我回去三四天，工作上有问题给我电话。”

杜心月：“好的，杨总，祝你一路顺风！”

杨总：“谢谢。”

杜心月：“我送你上车！”

杨总点点头，二人一同走出去。在杜心月走出办公室的瞬间，忘了拿手机……

下班时分，马路上川流不息。艾茉莉从商会出来，抬手招远处的计程车。

吉士走过来：“艾小姐！”

艾茉莉：“是你呀，吉士，你们的申请还没批出来呢。最近，在伦敦有个高层会议，头儿都去了那边，估计要多等一个礼拜。”

吉士显得有些不好意思：“我……我不是和你谈工作的。我想问你，能不能一起去兜风？”

艾茉莉这才注意到路边停着一辆翻斗摩托车，车上还有两个头盔。她看看自己的裙子，有点犹豫。

吉士：“怎么？害怕吗？”

艾茉莉：“我从没试过，这……太野了。”

吉士：“不要想那么多，只告诉我要不要试试？”

艾茉莉：“这可和批贷款无关！”

吉士笑了：“那是中国式思维。”

艾茉莉：“我……我们认识没多久。”

吉士：“那也是中国式思维。”

艾茉莉：“嗯，我穿的是裙子，不雅观吧……”

吉士把头盔套在她头上了！

艾茉莉：“嗨嗨嗨！”

吉士：“Look！ Cool man！把什么都放到一边儿，只告诉我，你想不想试试？”

艾茉莉还想说什么，吉士已经开动引擎，隆隆地响了两下。

她的心被激活了，坐进翻斗，飞驰而去。

落日的余晖洒落在平静的海面上。

吉士骑着翻斗摩托载着艾茉莉，犹如一位决斗胜出的骑士载着他的公主凯旋而归，艾茉莉感到从未有过的放松。

吉士：“有没有觉得很自由很放松？”

艾茉莉兴奋地大叫：“啊——”

吉士也陪她一起大声喊。两人疯玩了一阵，吉士把摩托车停在路边，从后备厢里拿出一个纸鸢，是“红太狼”图案的。他把纸鸢的线放松了几圈，递给艾茉莉。

“认识这位可爱的女士吗？”

艾茉莉笑了："红太狼？"

吉士："Yeah！现在你就是红太狼，把自己飞起来吧！"示意她来放飞，自己则推来路边的一辆双人自行车。

艾茉莉有些诧异："你让我骑在双人单车上放风筝？"

吉士："有什么不可以吗？"

艾茉莉："没人这样试过。"

吉士："我们可以做第一个'吃螃蟹的人'嘛！"

艾茉莉托起纸鸢，坐在单车后座。吉士和她一起踩着单车，缓行。

夕阳下，海滨路上，形成了一道独特的风景线：一个头发微卷、面容纯朴的老外载着年轻亮丽的艾茉莉沿着海边缓缓地放飞纸鸢。晚风吹动着她的长发……

路人驻足，羡慕地看着他们。

在一个转弯处，纸鸢被树枝刮住了。吉士停下来，和艾茉莉休息。

"艾茉莉，今天你开心吗？"

"很久没有这样放松自己了。"

"其实，你随时都可以放松自己，就看你愿不愿意。"

"你知道吗？有那么一个人，深爱着她的爱人，却最终被抛弃。在她的爱人看来，她想要的浪漫是负担，而不是真正的生活。那个人受伤了，迷茫了，她看不透生活，也怀疑自己到底懂不懂什么是爱。"

吉士看看她，姣好的面庞上带着些许柔弱。他默默地从背包里拿出一个打火机，将纸鸢的线烧断了。

"吉士……"

"让它走吧，明天我们再去买新的。别为打洒的牛奶哭泣，也别为离开你的人流泪。"

艾茉莉看着树上的风筝，若有所思。

吉士："它有它的路，我们有我们的路。"

夕阳美景。

杜心月如约来到医院门口会合了樊志刚。在方向盘上，她发现了一张有彩色标注的地图。显然，樊志刚事前已做了一番准备。

二人按规划的路线行驶。天色阴沉，好像快要下雨了，街道上的路牌有些看不清了。

在一个十字路口，杜心月看了看街道："樊志刚，这条路分东西两个方向，我们从哪个方向开始找？只知道在这条路上，没有街道名，更没有门牌。"

他把车开过十字路口，向四周看看。这里有点靠近城乡结合处，既有高楼大厦，又有低矮破旧的平房，还有建筑工地。他心里没底，只能把车开得很慢，不时看着街道两侧，寻找线索。路边有一排商店亮着灯，樊志刚把车停下。

“我下去问问。”

杜心月坐在车里，看到他和商店老板说着什么，老板摇摇头。

樊志刚又走向其他店铺询问，一连问了五六家，最后失望地回到车上。他慢慢地开着车，继续上路。雨滴大起来，刮雨器一下一下清洁着前窗的玻璃，在这个时候，它为沉闷的气氛独特地伴奏着。

杜心月：“这样找，不是个办法。”

樊志刚沉默着。

杜心月：“以他们的家庭条件，又是外地的……会不会租的是拆迁房呢？”

樊志刚：“这里到处都是拆迁房，看来只有一家一家地问了。”

杜心月突然想到什么：“樊志刚，孩子的爸妈不是收废品的吗？”

樊志刚：“是呀。”

杜心月：“停车！停车！”

樊志刚刹停了车。杜心月下车，跑过马路，那边有个人把一大堆压平的纸箱放到平板车上，还蒙上塑料布。

樊志刚跟上来。

杜心月：“师傅，跟你打听个事。”

四十多岁的收购人带着乡下口音：“啥事儿？”

杜心月：“这附近有个收废品的，家里生了个孩子，嘴有点儿问题，你知道不？”

收购人戒备地问：“你……想干啥？”本能地向后退了两步。

杜心月：“你知道他们？”

收购人不否认也不承认：“你想干啥？”

樊志刚也帮腔：“我是大夫，是来找那孩子父母的，我们可以帮到他。这是我的证件。”他拿出钱包，掏出工作证给收购人看。

收购人看了看：“你们来晚了，孩子早没了。”

杜心月：“没了？你怎么知道没了？”

收购人：“他们把孩子扔在医院，现在还不知活不活呢！唉！作啥子孽哟？”

樊志刚握住收购人的手：“请你带我去找孩子的爸妈，他们的孩子就被扔在我们科的手术室外，孩子现在很好。我要见他的父母，谈谈给孩子免费手术的事！”

雷声不绝，外面划过一道道闪电。

赵雷母子坐在沙发上看电视。

赵雷妈：“快下雨了，心月也该回来了吧？”

赵雷沉默着。

赵雷妈：“打个电话问问吧，看她在哪儿，你去接一接。”

赵雷："我可没那空！"

赵雷妈："你不打，我打。"她拨通了杜心月的手机，却无人应答。"电话没人接，也不知带伞没。加班……也该回来了。"

赵雷突然站起来，把大门从里面闩上了。

"没有我的命令，谁也不许开门！"

"赵雷，你这是干什么？"

"妈，你回房间！"

"我不回，我再等等！"

"你睡吧，我一个人等，绝不能再惯她这毛病！一会儿闺蜜有事，一会儿又照顾弃婴，就是不把自己的家当回事儿！妈，你回去。这次非让她说软话不可！"

赵雷妈犹豫着，把门锁重新打开，然后走进自己的房间。

赵雷关了灯，在黑暗中冷冷地坐着。

顾宁也没睡。她狂吃零食，以此发泄对丈夫未归的不满。终于，她在志刚妈的哄劝下回了房间。

街上的路灯泛着惨白的光。

斜风细雨中，樊志刚的车紧跟着前面收废品的平板车，终于停在一处低矮的平房前。他和杜心月从车上下来，撑着伞。

收购人指指平房。

在风雨声中，平房里传来女人的哭号声和嘶喊声。

收购人："在家呀，又是他家吵架哩！"边敲门，边喊着："老李，来人了，寻你的！"

屋内立刻一片寂静，但也不见人出来开门。

收购人继续敲敲门："老李！开门呀，早听到你婆娘啼哭了。不是警察，快来开门吧。"

杜心月和樊志刚面面相觑。

屋内传来脚步声，门终于打开了。一个三十出头的男子探出头来，神色紧张地看着屋外的人，他就是兔唇孩子的父亲老李。

收购人："老李，他们找你是来帮娃的。"

老李："帮谁的娃？俺家没娃！你们走吧！"

收购人看看樊志刚和杜心月，又转向了老李："好你个老李，跟我这儿还装！那豁嘴娃儿不是你家的？人家是大医生，在医院捡着你娃儿了，是专门来帮你的。刚才在路上给我碰到。你个老李不识好歹……"

还没等老李反应，屋里突然窜出一个女人。她蓬头垢面，穿着一身睡衣。她一把拉住杜心月："大夫！大夫！俺娃儿呢？俺娃儿咋样了？求你们救救俺娃儿，俺要娃！

呜呜……”

杜心月不禁孕泪：“孩子挺好的，在医院有护士照顾着。但再好的护士也比不上你呀！那么小的孩子最需要的还是自己的妈妈！”

李嫂放声大哭，突然转向丈夫老李，歇斯底里地对他拳打脚踢：“你个狠心的东西，还我娃儿！还我娃儿！”

老李并不还手，任老婆打骂。他木木地低下头：“我不是真心要扔掉他，是想让医院给他做了手术再接回来。不是没钱嘛！有啥法子呀？”

听到丈夫的话，李嫂停了手，呆呆地站着。

雨渐渐大起来。

收购人：“进屋说吧。”

老李才反应过来，把大家让到屋内。

这是一间不到十平米的屋子，门旁有一个煤气罐，窄小的支架上放着砧板。最主要又唯一的家具是一张双人床。

收购人招呼着：“坐吧！坐！”

在狭小的空间里，杜心月和樊志刚在床边坐下。

杜心月对李嫂说：“你去床上躺着吧，还在月子里。”

李嫂摇摇头：“啥月子？娃儿都没了，我也没了……”

樊志刚：“今天我们先来找找，也没把握能找到你们。这下可好了，明天，你们去医院找我登个记，就可以接回孩子了。”

杜心月赶紧从手袋里取出准备好的资料，递给老李夫妇：“这是我们找到的一家定点医院，那里的专家可以给任何困难家庭的孩子免费做唇腭裂手术。你们看看吧。”

老李和他媳妇面露难色，谁也没有接那份资料。

杜心月看看他们，突然明白了什么：“你们会写自己的名字吗？”

老李：“会写，还能认些别的字，能分清男女厕所，也就这些了。”

李嫂在旁边附和地点点头。

杜心月：“那好，这资料我收着。孩子做手术的事，就交给我们吧。”

李嫂：“问谁呀？”

樊志刚：“问我吧。我是中芯医院的外科医生樊志刚，这是我的名片。”

老李和老婆充满了感激和喜悦：“谢谢大夫！”

樊志刚：“就这么说定了，明天你们先来医院接孩子。然后，我带你们去做唇腭裂手术的定点医院找专家看看，给孩子做个检查，确定手术时间。”

老李：“谢谢樊大夫。”

李嫂：“俺们天一亮就去等着。他嘴不好，也不知这些天是咋喝的奶……”又难过起来。

杜心月拿出了一叠钱塞给李嫂：“给孩子买点儿衣服和奶粉吧。”

李嫂："那……那怎么行？你们已经帮了我们。"

杜心月："虽然手术是免费的，但要添置不少孩子的东西。况且，你刚生了也要补补身子啊。"

李嫂哭了，说不出话。

老李擦泪："真的……怎么谢你们的大恩呀……老天看着的，你们一定有好报的……"

顾宁从睡梦中醒来，看到身旁依旧空着。她打电话给樊志刚，电话里传来提示音："对不起，您拨打的电话不在服务区。"

她想了想，打到外科值班室。值班护士却告诉她，樊志刚根本没有夜班，早就回家了。顾宁攥着电话陷入沉思。

杜心月家的客厅黑黑的、空空的、冷冷的。赵雷在沙发上睡着了，手里攥着遥控器。电视机还开着，已经没有节目了，沙沙响着。不知何时，赵雷醒了。他关掉电视机，看看墙上的钟，已经两三点了。他推开卧室的门，床上的被子没动过。他知道杜心月没回家，急了、恨了，看着窗外。风夹杂着雨猛烈地敲打着玻璃，外面灯影模糊。

他的脸阴沉冷漠，甚至有些扭曲。

15

车头灯在昏黑的路上透雨射出……

樊志刚的车在风雨中开得很慢。

杜心月："这就好了，他们明天来接孩子，我帮他们申请慈善机构做手术。我查过，有三家专门做兔唇手术的。有一家费用全免，只需要贫困证明就可以……咦？樊志刚，我们到哪儿了？"

樊志刚："我也不肯定。这段路不太好走……"

杜心月向窗外看去："雨这么大，连路牌也难看清楚。"

樊志刚："是呀，我现在心里特发毛，总感觉自己转来转去又像回到了原地……"

有点儿阴森的雨夜。

水拨快速来回摆动。

樊志刚驾驶的汽车跌跌撞撞，一下陷入水洼里。汽车在半个轮胎高的洼地里死火了。

杜心月惊叫："死火了？！怎么办呀？"

樊志刚一脸歉意："对不起，我估计不足。也不能二次打火！要不，我帮你打辆车，你先回去吧。"他打伞下车，一脚插进水洼里！

但见，四周昏黑，一辆车也没有。

杜心月向车窗外看去："这大雨天的，前不着村，后不着店，哪儿来的出租车呀？"

他们的车一眨一眨亮着死火灯。

樊志刚回到车上。

杜心月："想办法先离开这儿吧！"

樊志刚："这样很不安全。曾经发生过，在强暴雨天，有人被困车中出了事。打110吧。"他拿出手机打电话，亮了几秒便关机了。"哎，不会吧？这个时候没电了。"

杜心月："用我的吧。"往手袋里一摸，"糟糕，我的电话，不会留在公司了？"

樊志刚："对不起，杜心月，今天连累你了。这么晚还没回家，赵雷会不会跟你闹呀？"

杜心月苦笑："我习惯了。我有时加班也会很晚，就算他闹，我不出声他也闹不下去了。"忧虑地看着窗外，"我们只能干等着了！"

樊志刚为了安慰她，故意转话题："其实这种情况我不是第一次遇到了。"

杜心月看着他。

樊志刚："有一次，我随医疗队去考察，山里的路更难走，颠得饭都吐了。然后车死火了，打电话又没有网络。"

杜心月："就一直被困在山里？"

樊志刚："我不觉得是被困在山里。现代文明最大的罪过是什么？是什么都要快！难得慢下来，无所事事地过一个晚上，我反而看到了一辈子唯一一次萤火虫。"

杜心月："哦！"开始放松了。

车窗外的雨小了些。

樊志刚："过了三几年我再去那里，山路开阔了，附近盖工厂了，却再也没有萤火虫了。"

杜心月："真羡慕你可以四处闯。我想过出国，可是老爸有心脏病，我放弃了。结婚以后，更加打消了这个念头。"

樊志刚："是呀，我现在也不想到处去了。家有家的烦恼，尤其是我爸妈最初搬过来一起住的时候，顾宁老闹情绪，关系很紧张。可现在她怀孕了，对人对事没以前那么计较了，一家人反倒和睦了。"

杜心月开始疲倦了："真希望你们一家人就这样好好地相处下去。孩子真的很神奇，Ta 能改变一切！"

樊志刚："只要我爸妈住得好，过得开心，我就满足了。我觉得人生要比手术复杂得多。我曾参与过一台联合了心脏科、腹腔科、肠道科、神经科等五六个部门专家合作的手术，经过八个小时的奋战，我们成功了。人体很奥妙，但有科学规律。可是人与人之间，有利益、有爱恨、有情绪、有妒忌、有欲望，你爱的人之间不能相容，你以为做对了一件事却被人埋怨、被人误解。本来一切好端端的，可能偶然说错了一句话……"

杜心月发出了轻微的鼾声。

樊志刚不说话了，他从后座够了顾宁的一件衣服给她盖上。

雨停了。

过了不久，有一辆轿车从后面开过来，正要驶到水洼。车上，本来也有点打盹的樊志刚从倒后镜看到，立刻下车。他涉水，向着迎面而来亮着车头高灯的轿车交叉挥手："停啊！有水洼！过不去！"

那轿车停下了。

樊志刚走近："我们的车死火了，麻烦你帮个忙，给我们叫一辆出租车！"

客厅里，赵雷坐立不安，打电话没人听，恨得把座机砸在地上。他拉开一个抽屉取出工具箱，从里面拿出了一堆工具：螺丝刀、钳子、钢锯……

赵雷妈被吵醒了，出来看："雷？几点了？你还没睡？"

赵雷："睡？快天亮了！那个贱人在外面过夜了！"

赵雷妈揉着眼睛，看看窗外，天边已经有点蒙蒙白。

赵雷的情绪突然异常平静，他把一个螺丝刀反复擦拭，擦得锃亮。突然，他大喝一声："阿姨！阿姨！"

阿姨从房间惺忪地走出来，看着赵雷的样子有些发怵："先生，什么事？"

赵雷："你拿两个编织袋，把她的所有东西都收起来。现在就做。"

阿姨："几点了？现在？"

赵雷："我说了，现在！"

阿姨："是换季吗？可太太还没回来，我怕装错了。"

赵雷厉声："让你做你就做！"

阿姨："嗯。"赶紧离开赵雷的视线。

赵雷妈开口了："雷呀，别折腾了。你再睡会儿，不然上班没精神。"

赵雷："家都不成家样了，还上什么班？妈，从今天开始，你的任务就是看好雄雄，绝不能给杜心月任何机会，我们要把雄雄牢牢攥在手里。"

赵雷妈："你又想干什么？"

赵雷："这次，我不能就这样便宜了她！"

赵雷妈："你到底想干什么？"

赵雷："我不能再这样忍下去了。"

门外传来开门声，可门却再也打不开了。

阿姨走过去，从猫眼一看，外面正是杜心月。她开锁，但开不了！

阿姨："先生，是太太回来了，她打不开门。"

赵雷冷笑着："她当然打不开，锁芯已经被我换了！"

阿姨不敢说话。

赵雷："这里已经不是她的家了，她的钥匙没用了。她不是有家归不得，是有家不愿归！"

杜心月不断敲门。"阿姨！开门呀！妈！妈！"用力拍打，可门始终没有开。

赵雷隔着门："你还知道回家吗？你还认路回这个家吗？我给了你一次又一次的机会，你在外面风流快活吧。天还没亮，太早了别回来了！"

杜心月累了倦了，她不想辩驳，挨着门靠了好一会儿，向电梯走去。跟以前不同的是，当电梯来了以后，她没有迟疑便进去了。

顾宁心事重重地坐在餐桌旁，志刚妈不断催她吃早餐。

“顾宁，快吃吧，大人孩子都饿了。不用等你爸，他去晨练了。”

“妈，志刚昨晚一夜没回来！”

“啊，他说了临时有病人处理，可能太晚了，回不来。”

“妈，我觉得志刚在撒谎！”

“不会不会，他不敢。再说，你现在有了孩子，他高兴都来不及呢，撒什么谎呀？不会的。听妈的没错儿！”

顾宁还是沉闷地坐着。

“顾宁，妈说句话，你别不爱听。这女人吧，一到怀孕就有些疑神疑鬼的，我年轻时也这样儿。其实，啥事儿都没有。”

“哼！我相信自己的直觉！”

志刚妈夹起一个煎蛋送到她嘴边：“牛奶加鸡蛋，宝宝白又胖。”

顾宁就是不吃，她拿起手机摆弄着。就在这时，樊志刚回来了。

“妈，顾宁！”

志刚妈：“志刚，昨晚你去哪儿了？”

樊志刚：“我……医院有个病人，急诊的……回不来。”

志刚妈：“可顾宁打电话去医院，护士说你早就走了。”

顾宁瞪着他。他不是个懂撒谎的人，给母亲一问，立刻窘了。

樊志刚：“唉，我也就不瞒你们了。昨天晚上我没有急诊。我去找那个兔唇孩子的父母了。”

顾宁：“跟谁？”

樊志刚：“跟……跟杜心月，她也关心那个孩子，就一块儿去了。不就怕你误会嘛！”他把经过讲述了一遍，还一再强调，“顾宁你可千万别误会！我和杜心月什么都没有。我可以保证！”

听到这里，顾宁反而放心了。她相信樊志刚，更相信杜心月。其实，她心里最惦记的是樊志刚去医疗队的事。

顾宁：“这次的医疗扶贫你一定要去。梁主任还有一两年就该退了，储备干部锻炼的机会很难得。他平时就赏识你，他的心思你应该明白！你现在就给梁主任打电话，告诉他你很珍惜这个机会，家里的事都安排好了，不会拖你的后腿。”

樊志刚：“顾宁，这就是一次普通的医疗援助，没什么特别的。要搁平时，我早就去了。可现在，我得把手上的事先处理好，当不当主任我根本不在乎！”

顾宁：“我在乎！”

樊志刚看看她，似乎觉得有些陌生。

志刚妈也帮腔了：“志刚，顾宁也是为你好，既然她这样支持你，快给梁主任打个电话。”

樊志刚看看妈妈，无奈地拿起了电话。

杜爸爸愤怒地把电话扣在座机上。

有家归不得的杜心月轻轻抹去眼角的泪。

杜爸爸："混账！连我的电话也不接！他又赶你！想让那一幕重演吗？那时是我不知道！你又怀着雄雄。可如今，爸知道了，爸要为你做主，再也不能一忍再忍了！走，爸送你回家，我要和赵雷当面说清楚！"

杜心月："爸，你别激动。爸，爸！"

杜爸爸气冲冲地走出家门。

樊志刚一进办公室，就瞥见了老李夫妇，李嫂正在用奶瓶给孩子喂奶。在为他们办妥了孩子的领取手续后，他又电话联系做唇腭裂手术的医院。护士小杨请他去见梁主任。

樊志刚走进梁主任的办公室："主任，你找我？"

梁主任："志刚，你来得正好。我刚看到一篇论文，很有临床价值！一会儿你拿去参考一下。"

他拿起那本杂志："谢谢主任！"

梁主任："你坐吧。"

樊志刚在梁主任对面的椅子上坐下来。

"叫你来，是想和你谈谈工作以外的事。你知道，顾宁的爸爸曾是我的老院长，顾宁也是我看着长大的。对你，我更是百分百了解。早上她给我打过电话，情绪很不好，说你一夜未归。志刚，你们发生什么事了吗？"

"主任，我已经跟顾宁解释过了，她没事了。还是她让我跟你说去医疗队呢。"

"哦。这次你先不要去了，搞好家庭关系，好好照顾顾宁。听说她有了身孕？"

"是的，有两个多月了。"

"那就更得留下来多陪陪她。家和万事兴。你们的日子还长着呢！"

"谢谢主任，我一定记着。"

梁主任满意地点点头："去吧，把那篇论文好好看看，找时间，我们讨论一下。"

等樊志刚回到办公室时，才发现老李夫妇早已离开了。他从时间上推算，估计他们并没走远。

杜心月和爸爸来到了自家大门外。杜爸爸一边拍门一边唤着："赵雷，开门！我是心月的爸爸，有什么事开门说！"大门纹丝不动，里面没有任何声响。

杜心月心灰意冷地站在一边。

杜爸爸继续拍门："赵雷妈！开门，开门说话！"

里面还是没有任何声响。

杜爸爸思虑着："要不，你先回家住几天，等他过了气头，我们再跟他慢慢算。"

杜心月："可我的电脑还在家呢，新做的项目策划案都在电脑里，我没备份。"

杜爸爸把手机递给女儿："发短信告诉他你要拿电脑。这是公司的财物，不是私人财产！"

杜心月拿过爸爸的手机开始发短信。杜爸爸看着窗外路上的车辆，似乎在筹谋着什么。

突然，紧闭的大门打开了，门里的灯光给昏暗的走廊带来一丝光明。

阿姨探出头来："太太，杜老师，进来吧。"

杜心月和爸爸深感意外。

赵雷神色淡定坐在客厅沙发上，摆弄着电视遥控器，无视杜心月父女的存在。客房里传来三岁雄雄的说话声。

杜爸爸："赵雷、心月，你们两个先谈谈。我去看雄雄。"

杜心月看到公司的电脑就放在赵雷面前的小几上，伸手想去拿。赵雷却突然从沙发站起来，抢了过去："回来就是为了拿东西？"

杜心月："这是公司给我配备的电脑，工作用的。"

赵雷冷笑一声，将几张纸扔给她："恐怕没那么简单吧？你看看这是什么？"

杜心月接过一看，愤怒地说："你偷看我的电脑？"

赵雷："不是偷看，是检查！你跳着脚一遍遍急着回来，无非是为了拿电脑。今天居然还带来救兵！哼，我早就怀疑你了！这是什么？这是你和你老板的聊天记录！你给我解释下什么叫'蓦然回首，那人却在灯火阑珊处'？什么叫'沉睡的心为你而醒'，什么叫'衣带渐宽不后悔，为伊消得人什么什么'？"

杜心月："赵雷，我必须告诉你，这些聊天记录和我昨晚没回来一点儿关系都没有。每个人都有表达感情的权力，重要的是我如何对待。"

赵雷："这么说，你承认你老板对你表达了？他怎么表达的？那你是如何对待的？你和他私会以至夜不归宿！"

杜心月："不是你想的那样。我昨天和……和樊志刚去为那个兔唇孩子找父母。雨太大了，车也坏了，他的电话没电，我的充电落在公司。那里太偏僻，太晚了找不到车回来，就是这样而已。"

赵雷："行，行，别编了！樊志刚？顾宁家那个傻帽儿医生！你别拿他来做挡箭牌，你和他根本扯不到一块儿！"

杜心月："既然你这样想，那我无话可说。我要拿回我的电脑。"

赵雷把电脑死死抱在怀里："你看看你，进了门一句不提孩子，只想着电脑和电脑里的秘密。哼！你这个不要脸的女人，休想拿走电脑！滚！滚！"

杜爸爸闻声从客房走出来，他怀里还抱着雄雄。身后跟着赵雷妈。

雄雄见到杜心月，大叫着：“妈妈！妈妈！”

杜心月：“雄雄！”伸手要抱他。

赵雷一看更气了：“妈，快把雄雄抱回去，他们是来抢孩子的！”

赵雷妈一听，立刻冲上前，把杜爸爸手中的雄雄夺走了。

雄雄不舍地喊着：“妈妈！妈妈！”

杜爸爸愤然地指责道：“赵雷，我是孩子的姥爷，我来看他就是想抢他吗？你堂堂一男人、外企白领，怎么说这么没分寸的话！”

赵雷气急败坏：“分寸？你调教出的好女儿早就跟人红杏出墙了！嗤，还跟我谈分寸！”

啪！一记清脆的耳光重重打在赵雷的脸上。

杜爸爸威严地呵斥着：“不许你侮辱我的女儿，心月她不是那样的人！”

赵雷放下电脑，摸了摸滚烫的脸，紧紧拽住杜爸爸的手臂，喝道：“滚！你们都给我滚出去！”

杜心月去拉赵雷：“冲我来吧！松开我爸！”无奈力不从心。

赵雷拉开大门，用手一推，杜爸爸倒在地上。杜心月扑到爸爸身上。大门砰地关上了。此刻，父女俩都感到无比屈辱！杜爸爸瘫坐在地上，揉着胸口，心又有点痛。杜心月替爸爸拍打尘土，万分愧疚。

“爸，对不起，你没事吧？别激动，慢慢，我扶你。”

“爸爸没事……”

“爸！让你跟我受委屈了！”

杜爸爸摇摇头，自我解嘲地笑了。

“孩子，是爸爸老了，我这身板连自己也护不住了，真的不中用了！想当年对付那些调皮的学生，我一句话就镇住了。他们找人来伏击我，三五个也不是我的对手！唉，不提当年勇呀！”

杜心月果断地做出决定：“不能这样向他屈服！爸，我要报警！”

杜爸爸：“报警？”

杜心月：“对，报警！当年，我为了雄雄、为了你、为了一切顾虑，不愿报警。可今天，我不怕！我要拿回属于我的东西，我也要带雄雄走，他绝不能生活在这样的环境下！”

被太阳炙烤得火辣辣的街道上，樊志刚依旧在寻找老李一家。他问遍了周围的人，大多都摇摇头。最后，终于在一家水果店前，老板娘为他指了一个方向。他气喘吁吁地向那追去，眼看着渐渐接近那辆熟悉的平板车。

老李骑在车上，载着李嫂和她怀中的孩子慢慢前行。

樊志刚大口喘息着，终于赶到了：“等——等——”

车子停下来。李嫂一见樊志刚，立刻低下了头。

樊志刚还有点喘："不是——说好了，带孩子去检查吗？"

李嫂："俺们不想去了……"

樊志刚："说好了就是个检查，你们怕什么？"

老李："大夫，俺们是这样合计的，你们的好意，俺们都心领了。给孩子做手术，没那么多钱，免费那是不可能的。"

樊志刚气了："怎么不可能？我们谁是医生？已经上网找了好几家慈善医院，也打电话问过了，怎么就不可能呢？你们就这样把孩子带回去，打算再把他扔掉吗？"

老李："不！不！不会！"

樊志刚："怎么不会？孩子的情况一点儿都没改变，就这样带他回去，孩子有希望吗？你们有希望吗？大家都没有希望，你们就会做第二次傻事！"

李嫂低下了头。

樊志刚："不管怎样，孩子需要做手术。别相信什么命运，命运是可以改变的！他可以做一个正正常常的人，那是他的权利！不是你们的权利！"

老李："那……俺们……合计合计。"

樊志刚痛心地说："还有什么好合计的？！昨天，我们费了那么大的劲儿，好不容易找到你们，一切都说得好好的，你们怎么能说走就走，说放弃就放弃呢？其实，昨晚回来，我们的车陷在泥里了，被困在车上一夜！要不是遇到有车经过帮了我们，我现在也不能站在你们面前！"

李嫂和老李都感到愧疚。

"大夫……"

樊志刚："你们觉得素不相识，被帮助了过意不去，那路过的车主和我们也是素不相识。为什么？什么都不为，就因为这个世界还有真情！"

老李垂头呜咽："我错了。"

樊志刚霸道地说："我不理对错，现在掉头回去，跟我走！"拉着车头令他们掉头。

杜心月再次返回家门时，身旁除了爸爸还多了两个警官。他们正是当年带走赵雷的孟警官和王警官。两人想尽办法终于让赵雷开了门。

赵雷态度温和："二位警官好，我们见过面。有什么事吗？"

孟警官看着杜心月："杜女士，你有什么要求现在说吧。"

杜心月："我想取回公司配给我的电脑。还有，我想见雄雄。"

赵雷回头对门内喊了一声："阿姨，拿电脑包来。"

阿姨把电脑包递给赵雷。

赵雷依旧温和地说："是这个吗？"

杜心月接过电脑包："是的。"

赵雷："拿去吧。孩子已经睡了，现在见他不方便。警官再见！"

孟警官张张口刚想说什么，赵雷已经关上了大门。

王警官："没想到这么顺利。看来，他比以前有进步呀！"

孟警官没有表态，盯着杜心月手上的电脑包，示意她打开看看。

杜心月打开一看，立刻傻眼了。两名警察和杜爸爸也凑上前，吃惊地张大了嘴巴。

电脑包里已不是完整的电脑，而是敲碎砸烂的零部件。不止！在一堆碎片中，还有杜爸爸送给杜心月的那对石筷子，已经断成两截！

王警官："全砸烂了！这硬盘根本没法修复。我说呢，怎么会这么顺利！"

孟警官沉默着。

杜爸爸："看来，无法修复的实在太多了！"

杜心月拿出那对断开的石筷子攥在手上。突然，她将整个电脑包向自家大门狠狠砸去。

杜爸爸把炸酱倒进一大碗面条里，搅拌一下，分成两碗。

"心月，来吃面吧。"

杜心月疲惫地从房间走出来，手上拿着那对用透明胶缠好的石筷子。

"心月，筷子断了就别再用了。"

杜心月沉默着。端起碗，用石筷子大口吃面。

"这赵雷，实在太狠了！"杜爸爸眼中孕泪，"心月，你怪爸吧。是爸不让你离第二次婚，可你过得是什么日子呀？要是当年就离了，现在也不至于……唉，爸老糊涂了，怕你一个人……"

"爸，走到今天，我谁也不怪，没有人能完全设计自己的生活。既然已经发生了，就让它过去吧。我现在只想得到雄雄的抚养权！"

"只怕没那么容易。你看今天赵雷的态度，根本说不通道理！"

"说不通就抢！我倒真想把雄雄抢回来！"

"千万别置气，这不是解决问题的办法。"

"爸，我不能让雄雄继续和赵雷生活下去。他是一个不懂得爱的爸爸。"

"要不你跟顾宁、艾茉莉聊聊，看看她们有什么主意？正门不通就走走侧门，不要硬碰硬，免得伤害孩子。"

"每个人都有自己的枷锁。艾茉莉有了新恋情，是异国恋。现在有多少老外在中国忽悠？顾宁怀孕了，樊志刚也是一晚上没回去，希望他们没闹矛盾……"

双人大床上，樊志刚早已睡着了。

顾宁坐在一旁，闷闷不乐地推他："志刚，起来！你给我起来！你要么不回家，一回家就睡觉。起来，给我揉肚子，宝宝等你揉肚子呢！我的好男人计划全让你给破坏了！起来……”

樊志刚梦呓发出朦胧的声音：“睡吧！睡吧！明天还有一堆事等着我们呢！”打个呵欠，转过身，“都让你说中了！”

顾宁警觉地问：“让谁说中了！”

樊志刚仍是不清醒的：“你呀！可找着了……找，满大街找！”突然快乐地笑了，“嘻嘻……信了吧，能手术了！信了吧！”

顾宁泄气地坐在一边：自言自语：“又是做手术！哼，这家可不能我一人撑着。”

夜色正浓。

酒吧一角，女侍应端来一桶冰镇啤酒。吉士和艾茉莉坐在一张小桌前。

吉士：“我是从朗斯来的，法国南部很多葡萄园在那里呢。可我对红酒普通，我是 beer type 的。”

艾茉莉：“没事，Happy hour 嘛。Cheers。”

吉士：“Cheers!”

艾茉莉：“贷款不批，那你们打算怎么办？”

吉士：“噢，在法国一周只工作三十个小时，已经下班了。来！”他替艾茉莉脱掉外套，“Emily ，你呀，很多东西还放不下。这样吧，我给你表演个小魔术。”他一口喝光了啤酒，掏出三个硬币，“叮叮”地敲在空杯子上。

艾茉莉感兴趣了，身边一名顾客也被吸引了。

吉士：“谁都知道，硬币是很难穿过玻璃杯的。但是，我就要让硬币穿透这个杯子！”

他煞有介事地把三个硬币抵在杯子上，用力一推，只见三个硬币都进了杯子。

艾茉莉难以置信，一旁站着的人拍手掌。

吉士把杯子一倒，三枚硬币洒在桌子上。

艾茉莉：“嗨！你怎么做到的？障眼法！再来，这次我会看出破绽的。”

吉士：“好，不过这次用你的杯子。”示意她喝光。

艾茉莉一饮而尽。

吉士把前面的魔术重新表演了一番。但当他倒过杯子的时候，只掉出两枚硬币。艾茉莉一愣。这时，第三枚硬币从吉士拿杯子的手中掉了出来，露馅了。艾茉莉哈哈大笑，吉士也陪着笑，显然这是他故意逗她开心的。

艾茉莉对着洗手间的镜子，脸有些醉红。她告诉自己：“不！他不是我想要的那种男人，他是啤酒 type，我是红酒 type。对不对？他只会玩些小把戏哄哄女人，又没有事业心。”把一捧水浇在脸上，“艾茉莉，醒醒吧！”

当她重新回到桌前时，竟发现自己的座位被一个着低胸裙的熟女坐了。她和醉态十足的吉士有说有笑。不止，一个女侍应还递给他一张字条。

艾茉莉本能地生气了："对不起，亲爱的，这位子是我的。"

熟女悻悻然离开了。

艾茉莉："吉士你究竟什么意思？"

吉士拿着字条对女侍应说："对不起，我做不到。"

女侍应："为什么？"

艾茉莉抢过字条一看，上写着：我可以和你做朋友吗？

她被激起了好胜心："你滚蛋！做他女朋友？你够格吗？"

吉士对女侍应说："对不起，我已经有女朋友了，她回来了。"

女侍应也沮丧地离开了。

艾茉莉："喂！我什么时候做了你女朋友？"

吉士："就在这一秒。"

正当艾茉莉莫名其妙之际，大胆的吉士已经吻在她唇上了！

美好的时光似乎总会转瞬即逝。当清晨的第一缕阳光透过米色的窗帘，射进装修雅致的酒店房间时，裸露着一双玉臂的艾茉莉睁开了眼睛。她感觉很甜蜜，昨夜的浪漫似乎仍在眼前。她本能地看看身边，却发现空无一人。

"吉士！吉士！"

房间内无人回应。

"吉士，你在用洗手间吗？"

洗手间也没有任何声音。

"奇怪，去哪了？"

她环顾四周，突然在另一侧的床头柜上发现了一堆现金！她移过身，把现金抓在手里，掂量了一下，脸色不悦。酒店里，没有任何一件和吉士有关的衣物留下，这个人仿佛已经离开了。艾茉莉顿时愤怒又委屈："哼！玩一夜情，还留钱给我，把我当什么人了！吉士！你这个骗子！"

从未受过如此委屈的艾茉莉顿觉这是奇耻大辱。

杜心月从幼儿园老师处得知，雄雄已经好几天没去了。思子心切的她当即和爸爸商量要回家看看．当他们来到白家楼下时，一眼就看见了赵雷的白色私家车。

"爸，车在！赵雷今天没上班，他在家呢！"

"还真是！难不成雄雄真病了？"

"爸，怎么办呀？雄雄他好几天没跟我睡，是不半夜踢被子了？哎呀！"她不由得着急起来。

突然，从单元楼里传出孩子的嘶喊声："妈妈——我要妈妈——"

杜心月欣喜又急切："是雄雄！爸，是雄雄！"说着就向单元口冲去。

杜爸爸一把拉住她："不能去，快躲起来，看看什么情况。"没等她反应，爸爸拉着她躲在了一辆四驱车后面，父女二人紧盯着单元的出口。

雄雄率先跑出来，手里抱着一个皮球。紧接着，赵雷母子也出来了。

雄雄不断叫着："妈妈——妈妈——我要妈妈玩！"

赵雷妈："乖雄雄，奶奶跟你玩好不好？"

雄雄："不！不！不！要妈妈！要妈妈！"

四驱车后面，杜心月心里难受万分，她的一条腿向前迈出，准备从车后面走出去。

杜爸爸轻声呵斥："别动！"

杜心月："爸，雄雄要我呢！"

杜爸爸："不能去！"

她只好把脚收回来。

雄雄扔掉皮球，抱着赵雷的腿："爸爸，我要妈妈！要妈妈！"

赵雷看看表，严厉地说："去把球捡回来，我只给你十分钟玩！"

雄雄不理他，一屁股坐在地上。

赵雷妈捡起皮球，去拉雄雄："乖孙孙，起来，跟奶奶玩。"

雄雄："不！不！"

赵雷看看表："过了一分钟了，快点儿玩！"

赵雷妈："有你这样的吗？玩就好好玩，哪有快慢的。"

赵雷："我忙着呢，这段时间都得在家办公保护你们。快玩！"

赵雷妈："我就不信心月还能吃了我们？"

赵雷："不管用什么方法，我就是不能让她见到雄雄！"

四驱车后面，杜心月和杜爸爸对望。

杜爸爸低声："听见没？雄雄现在被软禁了。"

杜心月："不行，我一定要带他走！"说着又想走出去。

杜爸爸低声喝道："别去！小不忍则乱大谋。找个时间再来。"

母子近在咫尺，却难以相见。

杜心月难过地捂着嘴巴哭起来。

16

打印机吐出一张张纸。

杨总心情凝重地在旁等着。他把打出的纸拿在手里折好，探头向杜心月的办公室张望了一下，站起身走过去。

心情不佳的杜心月专注地看着电脑屏幕，在键盘上急速地敲打。

杨总来到门外，敲敲门。

杜心月抬头一看，见是杨总，忙站起来。

“杨总好！”

“坐吧。在忙什么？”

“前阵子在家里做的策划案没备份，电脑又不小心摔坏了，我赶着再整理一下。”

杨总看着她，颇有深意：“电脑是摔坏了还是被砸坏了？”

杜心月看着他，没有马上回答。

“刚刚，我收到了一封战书，一封来自你丈夫的战书。”说着，他把手里的纸递给她。

杜心月接过一看，脸色大变：“嗯？下‘战书’？神经病！他怎么能这样？这件事和您根本就没关系！他这是瞎想乱猜无理取闹！”

杨总拍拍她的肩膀，示意她冷静下来。

“杜经理，我不知道你们之间究竟发生了什么，但我很想帮你。”

杜心月沉默着。

“他说那晚你是和我在一起才没有回家，要我赔偿他。”杨总苦笑，“他若是知道，我不过是跟你谈谈诗词就喝了盐水，恐怕就不会这么想了。男怕入错行，女怕嫁错郎。真是没错儿！我倒想和他见一面，告诉他什么是真正的男人！”

杜心月一言不发，在思考着什么。

杨总：“杜经理，我不能看你这样受辱，像他这样的男人根本就配不上你！我多希望那晚和你在一起的人，就是我！我愿意为你承担。”

杜心月突然仰起头，眼神中有无可动摇的坚决。

“杨总，我不需要你承担，但请你帮我一个忙！”

“什么忙？”

“不瞒你说，我家里的确有矛盾，我已经好多天不能见孩子了。这段时间，他改成在家办公，天天盯着孩子。我想请你假装应战，把他约出来，我就可以利用这个时间回去见见孩子。”

“哦，我非常理解你的心情。可……一旦我约他出来见了面，事态的发展，我还没有想过。”

“求你了杨总！你只是发个电邮假意约他，根本不用和他真见面。我会……会让我的闺蜜代你赴约，向他把事情说清楚。”

杨总沉思着。

“杨总，你刚才还说要为我承担，现在我求你帮帮我们母子团圆。”杜心月为了儿子哀求着。

“好吧，我去发电邮。”

“谢谢。”

待杨总离开后，杜心月拨通了顾宁的电话。

顾宁此时正坐在妇科诊室外等候产检。

“心月，我做了B超检查，等周医生给我解释呢。快到了。”

“那我去医院吧，有件事，一定要你帮我。”

“好，一会儿见，到我了。”

诊室里，慈祥和蔼的周医生已在等候了，手里拿着一张彩超图。

顾宁在志刚妈的陪伴下走进来。

“周医生你好，我的几个闺蜜全是找你看妇科的。你口碑特好，一传十，十传百，结果全都跑来了。这次，我和志刚生孩子可全靠您了！哈哈哈，我听说肚子尖的是女孩，肚子圆的是男孩，我这个呀，一定是男孩。周医生，你说呢？”

周医生礼貌地笑了笑：“男女都一样，健康就好。”

顾宁：“周医生嘴巴真密。”

周医生脸色严肃了：“顾小姐，是这样的，彩超图上显示有一个阴影，大概有一个钱币的大小，B超医师和我都判断是肌瘤。”

顾宁急了：“肌瘤？怎么可能呢？我生的是宝宝，不是肌瘤呀！”

志刚妈：“是呀大夫，会不会弄错了？”

周医生：“你们先冷静点儿，听我说。其实，子宫肌瘤在现代女性中是非常普遍的。在我接诊过的孕妇中，也有不少这样的情况，绝大多数都是良性的。只要积极重视，合理控制，还是不会对胎儿造成影响的。”

顾宁：“那……那我现在该怎么办呀？”

周医生：“药物和手术都不适合你目前的状况，只能定期检查，不断观察，要尽量避开含激素的食品。不过，也要慎防生产大出血和癌变的可能。”

顾宁呆呆的，有些难以接受。

周医生看看志刚妈：“这个时候，家人的关心和安慰比什么都重要，好好照顾她，保持良好的心情。”

志刚妈：“哎，大夫，谢谢你，我知道了。”

顾宁惘然若失，不知道自己是怎么离开周大夫的诊室的。婆媳二人慢慢地在走廊上走着。

“顾宁，别想那么多，我年轻那会儿，经常肚子痛。那时医疗条件不好，我又害怕上医院，就自己找药吃。白凤丸、黄芪都试过，慢慢地也就不痛了，也不知道我肚子里长了多少个呢！”

顾宁依旧沉默地走着。

“其实很多病都跟心情有关，把心放宽就好了，没什么大不了的。”

顾宁突然有点神经质地问她：“妈，志刚什么时候去医疗队？”

“最近没听他说呀。”

“不行，他不能去！我要去找他，你现在就陪我去找他！”

樊志刚和梁主任坐在沙发上刚探讨完一个医学案例，梁主任兴致很高：“志刚，刚才的讨论很有价值。你是个对业务精益求精的大夫，临床经验丰富。再有一两年我退下来，这主任的担子就交给你了。”

樊志刚：“主任，你退不退都没关系，反正医院到时也要返聘你。主任这个职位我恐怕力有不逮。”

梁主任：“那可不行，总得让你们年轻人上，到时返聘，我也只负责出诊，其他我可不管。”

说话间，门外传来急切的敲门声。

梁主任：“请进！”

顾宁和志刚妈推开门，走进来。

樊志刚一看是她们，有些意外：“妈、顾宁，你们怎么来了？”

志刚妈：“我们来做产检，刚查完。”

顾宁看着梁主任，眼神坚定：“梁叔叔，志刚不能去医疗队，您安排别人去吧！”

梁主任和樊志刚都愣住了。

梁主任：“怎么？志刚，咱们不都说好了吗？家里没通知到呀？”

樊志刚：“顾宁，梁主任说了……”

顾宁打断他的话，像个孩子似的耍起了性子：“我不管谁说，反正你就是不能去！”

带着哭腔，“我都有生命危险了，你还去的什么劲儿呀？”

樊志刚看看妈妈，有些困惑：“妈，怎么了？到底怎么了？”

志刚妈：“我刚才陪她去做产检，大夫说她体内有个……肌瘤。可能会引起大出血。”

樊志刚也有些吃惊。他拉着顾宁的手，安慰她：“医疗队我早就不去了，是梁主任定下来的，他要我好好照顾你。都怪我，这段时间忙得忘了告诉你。”

顾宁：“真的？”

梁主任：“哈哈，梁叔叔还能骗你吗？”

顾宁娇嗔地打了他一下：“志刚，你真讨厌！”

樊志刚：“你不要怕，肌瘤多数是良性的，不会有生命危险的。”

梁主任：“是呀，现代妇女几乎30%以上都有这类症状，一般是没大碍的。但作为医生有责任警告你，记住，以后少吃一些带激素的食品，好好控制。”

顾宁这才放心了些。

樊志刚握紧她的手：“没事的。我会一直陪着你直到宝宝出生。”

梁主任欣慰地说：“这才是个家嘛。志刚，这段时间，我少安排些手术给你，好好陪她们。”

樊志刚：“谢谢主任。”

走廊上，顾宁紧紧挽着丈夫的手臂，生怕他会离开。

顾宁试探他：“志刚，是我连累你去不成医疗队了。不过眼下，什么名利都及不上我和孩子的性命重要。”

樊志刚苦笑：“顾宁，我从来就没考虑过名利，我一直都想哪儿也不去，好好照顾你们。”

顾宁：“那是必须的！”

护士小杨走到他面前：“樊大夫，4床的家属想在手术前跟你谈谈。”

樊志刚：“好，告诉他们，我一会儿过去。”

小杨洋溢着青春的活力，走开了。

顾宁一脸妒忌地看着小杨的背影：“你能不想名利吗？要是你当上主任，不知有多少这样的小护士爱在你面前晃悠！”

樊志刚：“不是，顾宁，咱们沟通有问题！”

身后的志刚妈开口了：“顾宁，知足吧，就算有那么多人在志刚眼前晃悠又怎么样？他为了和你结婚，连大姐都得罪了。”

顾宁听着心甜了一阵，把樊志刚挽得更紧了。

医院旁的咖啡厅里，姗姗来迟的杜心月和顾宁对面而坐。

“怎么样？检查还好吗？”

“还好，挺正常的。”好强的顾宁对闺蜜也隐瞒了有肌瘤的事实。“你呢？什么事这么急着找我？”

“我最近见不到雄雄了！”

“为什么？赵雷他凭什么！”

“这件事说来复杂。顾宁，我要先向你道歉。”

“道什么歉？好朋友是不需要道歉的！”

“那天下大雨，樊志刚一晚上没回家。其实……他是和我在一起。我一直想告诉你，但你怀孕了，我怕你误会，怕影响你的情绪。”

“我早就知道了。志刚不是个会说谎的人，第二天一回家，他就告诉我了。亲，你不用放心里，我知道你是什么样的人！志刚还托我转告你，那兔唇孩子已经安排了手术。”

“顾宁，就为这事，我现在见不到雄雄了！那天晚上我没回家，赵雷的反应很激烈，我告诉他真相，可他不信。他怀疑那天晚上我是和我老板杨总在一起，就把我赶出来了。”

“他又来了！为什么不早告诉我们？还算是闺蜜吗！”

“连我爸去评理也一块儿被赶了出来，还砸烂了我的电脑！他现在不让雄雄上幼儿园，连在小区玩都死死盯着。我……我根本没办法靠近雄雄。”

“我去找他，把事情讲清楚。”

“更可气的是，他已经给我老板下了战书，要人家赔偿他。不得已，我想到个办法。”

杜心月把自己的计划告诉顾宁，顾宁欣然同意。一向精明的她还提出，让樊志刚同行，以增加整个事件的可信度。杜心月眼前一亮，她离雄雄终于近了，近了。

新的一天开始了。顾宁坐在办公桌前，把一份文件推向对面的江涛。

江涛拿过一看，有些吃惊：“顾总，你……你要给我公司的股份？我受不起，我就是你的一个副手，我不能要。”

顾宁：“签字吧，我已经决定了。以后公司的事，你要多操些心。我身体会越来越不方便。”

江涛：“顾总，我会尽力的，你就放心吧。”

顾宁催促他：“签吧，一会儿我安排律师去处理。以后安心在这儿干，分享股东红利。”

江涛：“谢谢顾总！”在文件上签了字。

顾宁：“你问问咱们那个新西兰的供应商，他们的健康产品有哪些是适合孕妇的？哦，对，给我每星期弄两只土鸡，要放养的，不喂人工饲料的。”

江涛：“顾总，是你自己需要吗？”

顾宁故作轻松地说："嗯，我这不是有宝宝了吗？想补充些营养。"

江涛："哦，我马上去办。"

他走出办公室后，顾宁收起了那份文件，自言自语："可恶的肌瘤！"她还不忘看了看表。

樊志刚适时走进来。

"顾宁，没晚吧？我一下班就过来了！"

"没晚，可以通知心月了，行动开始！"

小区门口的自动杆缓缓抬起，赵雷的白色私家驶出了大门。

不远处，早已等候的杜心月父女看到这一幕后，急速向家的方向奔去。

客厅里，赵雷妈递给雄雄一个长颈鹿玩具，雄雄把它扔在一边。

赵雷妈："不喜欢长颈鹿，好，咱们换一个，这个小兔子怎么样？小白兔，白又白……"

雄雄毫无兴趣地躺在地上。

赵雷妈叹了口气："雄雄，你这不是难为奶奶吗？唉，也怪你那个爸！"

门铃响了，赵雷妈站起来嘟囔着："你爸说了，来人不开门，不开我也得看看吧。"她从门上的猫眼看出去，外面竟然没人，但门口却放着一个果篮！

赵雷妈自言自语："我没看错吧？谁把果篮放咱家门外了？"

雄雄仍毫无兴致地躺着。

赵雷妈不甘心，又从猫眼看出去，没错，门外确实摆着一个果篮。她想了想，终于忍不住打开了门。她来到果篮跟前，四下看看，发现没人，便拎起果篮准备回屋。

"这么好的东西，不拿白不拿！"

就在这时，杜心月和爸爸从楼梯间走出来。

她迎上去："妈，我来看雄雄。"

赵雷妈很是意外，又有点尴尬。

杜爸爸："赵雷妈，我们都是做父母的人，你不会不让心月看自己的孩子吧？来吧！"他伸出手和赵雷妈一起抬那个果篮。

受到了恩惠的赵雷妈感动地说："这么贵的水果，我自己可舍不得买。亲家公，那天，话过了头……"

杜心月推开家门，一眼看到躺在垫子上的雄雄，抑制不住内心的思念，紧紧地把儿子抱在怀里。

"雄雄，想死妈妈了！"

雄雄的脸被杜心月挤得凑在了一块儿，有点滑稽。

雄雄："妈妈！"

杜心月把食指放在嘴边，嘴里发出声音："哺哺哺——"突然，她把食指调转方向，一下指向雄雄。他觉得好玩，咯咯地大笑。多日来，终于听到了孩子久违的笑声。

赵雷妈看着眼前的一幕，感慨着："亲家公，我现在可是知道了，千好万好都不如自己的妈好！这雄雄，平时我拿他当心肝宝贝，也没见他这样笑过。哎，我的大孙子！"

杜心月拿着那只长颈鹿玩具问儿子："长颈鹿怎么叫呀？"

雄雄："哞——哞——"

杜心月又拿起了小白兔玩具："那小白兔呢？"

雄雄："哞——哞——"

杜心月："咦？怎么都一个声儿叫呀？"

雄雄："它们都是好朋友。"

杜心月："雄雄好聪明哦！"抱紧了他，"想不想妈妈？"

雄雄："想！"

赵雷妈看着看着竟然低声哭了。

杜爸爸有点慌了神："赵雷妈，好好的，你这是怎么了？"

赵雷妈："你看他们母子俩，才没见几天，就这么想。你说，就这么把他们拆散了，多残忍啊。"

杜爸爸："心月几天没见到雄雄，就跟丢了魂儿一样。毕竟母子情深啊。"

赵雷妈："心月，你跟我说实话，今天你来，不只是想见雄雄吧？"

杜心月看着她，一时间不知该怎么回答。

赵雷妈："你说呀心月！"

杜心月："妈，你知道，我离不开雄雄，雄雄也离不开我。我……我想带他走！"

赵雷妈一副了然一切的表情。

家里的电话响了，她拿起来："喂？"

电话里传来赵雷的声音："妈，你和雄雄都好吧？我还有十分钟就到了。"

赵雷妈："哦……"

赵雷："你们怎么了？"

杜心月和杜爸爸紧张极了。

赵雷妈："我们挺好的。你出去后，雄雄没闹过。"

赵雷："那就好，我谈完事了，很快到。"

赵雷妈放下话筒，定定神："雷子快回来了，你们……带孩子走吧！"

杜心月："妈，那你……"

赵雷妈："别管我了。那次在医院，看到雄雄打点滴，点滴打在他头上，就像打在我头上一样。刚才你和他玩，他笑得多开心呀！带他走吧，我要我大孙子开开心心的。快走吧！"

杜心月抱起雄雄："跟奶奶再见！"

雄雄挥手。

赵雷妈虽有不舍，但也挥手。

杜爸爸拉开大门，和杜心月抱着雄雄走出去。戏剧性的一幕发生了。雄雄突然挣脱了妈妈的怀抱，跑进屋里，不一会儿拿着一把大蒲扇跑出来。他把蒲扇搁到赵雷妈手上："奶奶扇，雄雄睡。"还摆了个睡觉的姿势。

赵雷妈接过蒲扇，笑中带泪："傻孙子，今晚不用奶奶给你扇了。"

雄雄："奶奶扇，奶奶扇。"

赵雷妈解释着："这几天天热，晚上又不敢开空调和风扇，我就用这大蒲扇给我俩扇风。扇的时候我就说'奶奶扇，雄雄睡'，结果，一扇把我俩全扇着了，一觉到天亮。哈哈哈……"她的脸上落下两行泪。

杜心月和爸爸也听得眼中孕泪。她于心不忍，突然弯下腰，贴了贴雄雄的小脸："雄雄，听奶奶话，妈妈会常来看你的。"转身就要走。

杜爸爸："心月！"

赵雷妈："带孩子走吧，雷子马上就到了！"

杜心月："妈，你继续给雄雄扇凉吧，我不能让失眠的那个人是你。"她笑了笑，"和他一起每天睡个好觉，一觉到亮。"

赵雷妈抱着雄雄想说谢谢却说不出。

窗外夜色弥漫。

赵雷妈轻轻扇着扇子，雄雄在身边酣睡。

"奶奶扇，雄雄睡。"

赵雷进客房："妈，还没睡呀？"

"雷呀，妈想听个准话儿，你到底怎么打算的？"

"打算？我要让她乖乖就范。"

"咱把心月接回来吧，一家人没有隔夜的仇，这日子还得接着过，除非她真是和她老板一块儿……"

"不可能！我全弄清楚了，她清白着呢！"

"这不就结了。既然都清楚了，更得早点儿把她接回来。"

"哎呀妈，你不懂，我要将错就错，利用这次事件让杜心月受到最严厉的教训。到时，一切就都在我的掌控中！"

赵雷妈怜惜地理理雄雄的头发。

"妈，我倒水你洗脚。"

"不了，不洗了。"她拒绝了儿子，把脸别到一边。

赵雷被晾着，竟有些不知所措。

清晨的阳光从客厅的玻璃窗射进来。

雄雄刚吃完早餐，自己用纸巾擦嘴巴。

赵雷妈穿戴整齐，把赵雷的早餐放在餐桌上，用碗扣起来。她四下看了看，神神秘秘地领着雄雄出了门。

艾茉莉坐在商会的办公间里翻看合同，桌上的电话响了。

秘书在电话里说："Emily，阿尔法公司的吉士先生在 3 号会议室等你。"

艾茉莉呆了一会儿："哦……谢谢。"电话收线后，她定定神，拿着钱包怒气冲冲地走出去。

吉士看起来有些悲伤，像一个无助的孩子坐在会议室的靠背椅上。

艾茉莉门也不敲，直接走进来。她盯着吉士，双眼冒火。

吉士："Hi!"

艾茉莉："Hi 什么 Hi？你还敢来这儿？你以为还有下一次吗？"

吉士不解又委屈："我没想到你会是这样的人！我们都了解对方的工作，我们是认识的，我们不是在酒吧里随便搭上的。我想不通你为什么要这样？"

艾茉莉："你倒有理了？我才郁闷呢！在你眼中，原来我是可以用金钱得到的！"一下拉开钱包，从里面拿出一叠钱向他扔去，"给你的臭钱，你以为我是什么！"

吉士抓住几张落在身上的钞票，深感莫名其妙："什么钱？我身上一分钱都没有，要不是我带着卡，连酒店的房费都结不了！唉，你听我解释……"

艾茉莉："不用解释了，解释就是掩饰！"转身便走。

吉士拉住她的手："听我说，Emily，那一夜非常美妙。早上我醒来时，你睡得很甜，像个睡公主。我不想吵醒你，就去酒店的健身室做 gym，回来却发现你和床头的钱全都不见了！我不能想象你是为了拿那些钱才和我有那个美妙的夜晚。我要来问你，我要弄明白！"

艾茉莉："我才要弄明白呢！一大早醒来，发现你不见了，床头除了钱之外什么都没有。我气坏了，以为这是你付给我的费用！"

吉士："不是！不是！那是我的！不是给你的！"

艾茉莉："你为什么只把钱留下？"

吉士："我去做 gym，带钱包和房卡就够了，现金鼓鼓的……"想起什么，"我的鞋，我的皮鞋当时也留在衣柜里，我是穿着拖鞋去的。你没看到吗？"

艾茉莉自觉尴尬，脸色绯红："Oh！ My Gosh！对不起，是我误会了。你知道，早上起来通常不清醒的，而且太突然……有些差异，你知道的。"

吉士："没事，这不是文化差异，这是我们互相信任的差异。下班我来接你！"

艾茉莉温柔地点点头。

吉士弯下腰开始捡拾地上的钞票。

“没有它们，怎么继续我们的 Happy hour 呀？”

杜心月在办公室给两个下属分配任务，赵雷妈带着雄雄来到门外，向里面张望着。雄雄一眼看到了妈妈，大声叫着跑进去：“妈妈！妈妈！”

杜心月见是雄雄，喜出望外地紧紧抱住了他。

“宝贝儿，你竟然来这儿了！”

赵雷妈舒心地笑了。她在沙发上坐下来。

“妈，你怎么找着这儿的？”

“家里不是有你的名片吗？我就按着那上面的地址来了。哦，是打车，不是坐公交。我一人没事儿坐个公交，带着雄雄可不能让他受累。”

“妈，谢谢你带雄雄来看我。”

“谢啥？这叫礼尚往来，我懂。”赵雷妈四下打量着，“哎呀心月，想不到你竟有自己的办公室，这里太好了，这座大厦都太好了。你们竟然在三十层，我还是第一次坐这么高的电梯呢！不过一点儿也不晕。”

杜心月温暖地笑了。

“心月啊，这楼里的女人穿得都漂亮，以前你每天换衣服，我还看不惯呢。”

“妈，公司对员工的衣着是有要求的。”

“明白！嘻，你是头儿，更加要穿得高人一等。哎呀，妈现在知道你有多能干，有多不容易。那些男的都归你管呀？”

“妈，没有管不管的，他们都是我的同事，我们讲究的是团队精神。”

“我不管什么精神，你现在就是领导。说实在的，妈觉得脸上有光呀！”

“那以后你就常来吧！我也可以多见到雄雄。”

“好是好。可妈最想的还是你能早点儿回家。”

杜心月沉默了。

“昨天赵雷见了顾宁两口子，把事儿都弄清楚了。一家人没有隔夜的仇，咱回家好好过日子吧！”

“妈……”

“我知道那天赵雷做得太过，他那是嫉妒，是吃醋！他怕你在外面有事。男人嘛，谁不爱面子？”

“妈，这不是面子的事儿！这……”

外面传来混乱、嘈杂的声音。

一个女同事急促地走进来：“杜经理，快去看看吧。一个男人和杨总在办公室打起来了，还……提到你！”

杜心月：“妈，你和雄雄留在这儿，我去去就来！”说着冲出了办公室。

杨总办公室外面围着一堆人，杜心月和女同事扒开人群来到最前面。昔日温文尔雅、镇定自若的杨总被一个男人逼在墙角，那男人手里拿着几张纸厉声质问着。他正是赵雷！

赵雷："你给我解释解释，什么叫'她收藏的是无从判断的古玩字画，你才是我穷尽一生追寻的稀世珍宝'？你身为堂堂的老板，竟然说出这么无耻的话来，你什么居心你！"

周围的人三两两地议论着。

杜心月大喝着走过去："赵雷，你想干什么？"

他一转身见是杜心月，冷笑着："你来得正好！奸夫淫妇全到齐了，今天咱就说清楚。下大雨那晚你们干什么去了？在哪里开的房？"

一时间，众人哗然。

杜心月："这是办公室，不是讲私事的地方，请你立刻离开。"

赵雷："离开？我不把这顶绿帽子摘下来我不会离开的！"

杜心月："你太无耻了！"

不知何时，赵雷妈带着雄雄也出现在人群中。雄雄从人缝中挤进去，喊着："妈妈！妈妈！"赵雷妈跟过去拉住了孙子。

杜心月对赵雷妈说："快带孩子离开这儿。"

赵雷妈："哎，哎。"

赵雷："等等，先不要走。"他拽住了雄雄，"各位，这就是你们杜经理的儿子。"

人群中发出议论。

赵雷："孩子很可爱是不是，但他却有一个非常无耻的妈！杜心月，在孩子面前，你就不觉得惭愧吗？"

赵雷妈："雷呀……"

赵雷："妈，带孩子走吧，离这个女人远远的！"

赵雷妈想说什么，最终没有说出来，领着雄雄消失在人群中。

杨总借机避开了赵雷。他拉开抽屉，从一堆发票中抽出一张机票。

"赵先生，你误会了，大雨那天是二十八号，我回了上海，跟我太太和两个女儿在一起，这是往返机票。我是三十一号回的。"杨总把机票递给赵雷。

赵雷接过机票看了看，扔在桌子上："那你们的聊天记录呢？你怎么解释？什么'蓦然回首'，我现在可明白了，杜心月这经理是怎么当上的！你们假借风雅却干着恬不知耻的勾当！好一个办公室浪漫呀！"

在场的同事又是一阵窃窃私语。

"真的？"

"亲眼看见的……会议室……"

杜心月正要开口辩白。

杨总抢先说话："赵先生，我想你是弄错了，你拿的这个聊天记录根本不是我和杜经理的。我堂堂一个大中国区CEO，怎么会搞这些小儿科。我忙得连见朋友的时间都没有！再说，我和太太感情一直很好，请你不要蓄意破坏。”

赵雷阴冷地笑了：“你怎么尽干这地洞里的勾当！明明是你约我见面，可我见着的人却不是你！明明是你和杜心月的聊天记录，你现在又矢口否认！嘿嘿……”充满了鄙视，“你敢说这不是你和杜心月的聊天记录？”

杨总：“无聊，简直太无聊了。”他转向杜心月，目光中不再有往日的温情，而是一个有距离的威严的上司。“杜经理，你给我解释一下，这究竟是怎么回事？我们就是简单纯粹的工作关系，你怎么能让你丈夫有这么大的误会呢？你的私事我不想管，更不想知道，但你不能让我名誉受损。唉，我这人最讨厌桃花，这桃花劫还是让我给碰上了！”

杜心月满眼是泪，努力克制着不让眼泪流下来。

杨总：“好了，清官难断家务事。以后家里的事不要闹到公司来。”

“杨总，我辞职！”杜心月说完转身离去。

杨总愣了一下，随即显得若无其事：“都工作去吧！记着，家事和工作一定要分开。”

围观的同事立刻散去。

赵雷带着得意的笑容，消失在人群中。这就是他想要的结果！

办公室的门紧闭着，桌上放着一个小纸箱。杜心月委屈地默默将自己的物品放入纸箱。

杨总在玻璃门外看着她，想敲门，但又收手，转身离去。

杜心月停了手，幽幽地看着窗外。就这样，她失去了第二份工作！

万家灯火。

餐桌上摆了一大桌菜肴。顾宁、樊志刚一家正在吃晚饭。

志刚妈舀了一些虾仁到顾宁碗里。

“顾宁，多吃一些。这虾是我在大超市买的船冻海虾，绝对没有激素。”她唠叨着，“哎呀，大夫说了，要避免激素类食品，哪些含激素，哪些不含激素，老也闹不明白。志刚，回头你给我列个单子吧。”

樊志刚：“嗯。现在要买到这样的食品可不容易呢！”

顾宁脸色变了，扔下了筷子：“别说了！别说了！一想到这事，我就发毛。要是到时真有个什么三长两短的……”情绪一下激动了。

樊志刚赶紧安慰她：“不说了，好好吃饭。听我的好不好？”

志刚妈犹豫着：“下午你大姐来电话问到顾宁怀孕的事……我就把这肌……钱币那么大的跟她说了。”

顾宁：“告诉她干吗？想让她看我笑话是吧？”

志刚妈：“没……”

志刚爸：“顾宁，听你妈把话说完吧。”

顾宁不作声了。

志刚妈：“你大姐一听就提了个建议，她说可以安排顾宁到美国去生孩子。”

樊志刚：“什么？去美国？”

志刚妈：“你大姐说那里有世界一流的产子中心，像妇科这点儿事，完全不用担心。她可以安排一个医疗团队专门为你服务……”

顾宁眼睛一亮。

樊志刚：“那边环境虽好，可毕竟是一个人。”他摇摇头，“不好！不好！生孩子最需要的就是家人的陪伴。梁主任现在排给我排的手术量减了不少，就是为了让我多陪陪你。你要是漂洋过海去生孩子，我不能去那么长时间，谁陪你呀？”

志刚妈：“我也是担心这个。”

顾宁沉默着。

樊志刚：“还有，我知道，这个世界上，你最不想见到的人……就是我大姐。你现在怀着孩子，还是不要动气的好。”

志刚妈：“是呀，我也不能跟着去，留你们两个爷们儿在家，没人照顾，我也不放心。”

顾宁终于开口了：“谁要你们陪？谁要你们担心了？大姐不是说了嘛，可以安排一个医疗团队来服务我。”她竟然有些兴奋，“我一直就想要熊猫级的待遇，现在终于有了，你们干吗要拦着我呀？”

樊志刚：“顾宁，你……想清楚了？”

顾宁：“做事要有决断，我一听就想清楚了。这是大姐迄今做得最对的一件事！妈，快给大姐打电话吧，让她赶紧安排，我一刻也不想等了。这该死的肌瘤老带给我噩梦。”有些神往地说：“去美国生，一落地就是美国宝宝了！而且，绝对安全！”

众人都为顾宁的反应感到意外。

志刚爸：“孩子，你可想清楚了，一个人在外面……”

顾宁：“怎么就一个人呢？不是有大姐吗？大姐就是我的亲人呀！快打吧。”

一家人来到电话机旁围坐着。

樊志刚拿起电话，又放下：“现在美国那边才是早上八点，太早了。”

顾宁：“那吃完饭吧，记住了，必须的。”

17

熟悉的音乐，熟悉的咖啡厅。杜心月、顾宁、艾茉莉和罗丹四个人难得聚在了一起。

顾宁：“今天叫大家来，是想宣布一个消息：我要去美国生孩子了，很快就动身。”

杜心月：“顾宁，是樊大姐安排的吗？”

顾宁：“是呀，这次是她提出来的。”

艾茉莉：“嗨？你们结婚那晚，我们不是用香槟喷的她一身都湿了吗？她竟然不记仇呀，真难得。”

顾宁：“我肚子里是他宝贝弟弟的孩子，她不看人面也得看佛面。”

罗丹：“美国生孩子好吗？樊志刚肯定不能陪你去。犯得着一个人远走他方吗？”

顾宁：“去美国生放心点儿吧。有个秘密我一直没说，我有子宫肌瘤。大夫说可能会对生孩子有影响。这事压了我很久了，一想到……我就没法自在。”

杜心月：“顾宁，你怎么能一个人瞒这么久？”

艾茉莉：“就是，早点儿给我们说说，你会好受些！”

罗丹：“那你公司的生意呢？不理了？”

顾宁：“都交代好了，暂时收缩一下，没办法。”

罗丹：“这才是女强人的气魄嘛！做大事的人就要能扛得住。”

罗丹的这番话在此时听起来有些刺耳。

顾宁：“士别三日，当刮目相看呀。做老板娘了，说话都抖起来了。”

罗丹毫不掩饰内心的喜悦：“不是老板娘，是老板。对了，我快过生日了，各位一定要捧场啊，到时候，顺便看看我的别墅！”

顾宁：“别墅？罗丹，我真搞不明白，你明知道那个黄总有老婆，为什么还要跟他在一起呢？”

杜心月：“丹丹，你还不明白吗？他骗你已经离了婚，但其实他没有！对于这样一个感情骗子，他说的话可信度究竟有多高？别傻了，趁早离开他！”

罗丹倔强地说："不是的，心月，不是你想的那样。大黄他真的很可怜！"

杜心月："这个世界是可以有选择的，更何况像他这样有一定社会地位、经济实力的人就更加能够选择。丹丹，不要被他的谎言蒙蔽，不要做人小三！"

罗丹很抗拒："心月，不是的，我根本不是那样的人。我和大黄的情况不是你能想象的！"

顾宁拍了拍情绪激动的杜心月。

气氛一下陷入僵局。

艾茉莉忙打圆场："丹丹，这件事我也觉得不合适。你很优秀又年轻，找一个爱你、条件好、年龄又相当的男人不是什么难事。别趟这浑水了，离开他吧。"

罗丹："我……我发现自己根本就离不开他了。"说着，她有意无意地展示了自己的左手，一颗硕大的钻戒在灯光的照射下熠熠生辉。

顾宁眼尖又在行："哟！ Tiffany 春季新款十二万八千八，限量版。"

杜心月和艾茉莉也注意到了罗丹手上的硕大钻戒。

罗丹带着些许得意："行啊顾宁，快成电子商城了，货品价目一锅端。"

顾宁："有啥办法呢？我一大客户是 Tiffany 钻饰的粉丝，我和她的合作都是在钻饰柜台谈成的。"

罗丹咯咯地笑起来："顾宁，你倒让我想起一句诗，'遍身罗绮者，不是养蚕人'。你成天在钻石柜台谈生意，自己可戴不起这么大的钻戒，哈哈哈……"

顾宁软中带硬地回敬她："想不到咱们一向以体育为特长的罗丹，突然转了性，吟起诗来了。也好，黄总这样的人最需要'风雅'，千万别是'风流'，更不要'下流'哟！"

罗丹嗔怒道："顾宁，你——"

艾茉莉："喂喂喂，我们'金花四帼'不要内讧！"

杜心月直视着罗丹："你说离不开的……是它吗？"瞄一瞄那戒指。

罗丹："我承认，我想让妈妈和我过得更好一些。我不断地在努力，可生活回报了我什么？失婚、失业、被羞辱……在我最难的时候，总是大黄来帮我，没有他就没有现在的我！我和他之间是真感情，没有你们想的那种龌龊的关系。"

杜心月沉默着。

艾茉莉："好了，好了，别再斗嘴了。等丹丹生日那天，我们一起去见识见识那个黄总，不就知道怎么回事了？嗯，那天，我也顺便介绍一下我的新男朋友！"

别墅的餐桌上摆放着新鲜的玫瑰、红酒和鲜榨果汁，一个精美的蛋糕放在桌子正中央。

罗丹换了黑色的蕾丝长裙独自坐在餐桌旁，志得意满。

"亲们，别看你们有的出国生孩子，有的找了个老外男朋友，有的是外企的高管……可是你们中没有一个人能拥有这么大的别墅！这房子，这里的一切，都在我的名下！哈哈……”

工人张妈走来报告：“太太，你的朋友们来了。”

罗丹傲然地说：“请她们进来吧！”

张妈：“是的，太太。”

不一会儿，张妈带着杜心月和艾茉莉来到餐桌旁。

艾茉莉：“Happy birthday！吉士晚上忙，来不了。罗丹，这是我和他送给你的。”递上一瓶名贵红酒。

罗丹：“谢谢！”示意身旁的张妈收下礼物。

杜心月手里拿着一盒巧克力和一个包装精美的礼物。

杜心月：“丹丹，顾宁有身孕不舒服，不能坐这么远的车，来不了了。这是她送你的巧克力。”

张妈接过了杜心月手中的巧克力。

杜心月：“罗丹，祝你生日快乐！我也随份礼。”

罗母：“哎呀，你们来了就好，礼什么礼的！”

杜心月并没有把礼物递过去，而是直接撕开了包装，从里面取出一个精致的水晶相框。相框里镶嵌着一张罗丹戴着奖牌的照片，上面的罗丹青春、健康、有自信。

大家都盯着这个水晶相框。

杜心月：“丹丹，这就是我送给你的礼物。希望你能像以前一样拼搏出一片自己的天空！”

罗丹接过相框，轻蔑地笑了：“就是拼出一片天空，也是我和大黄的。他现在可是我的合伙人呢！张妈，放储物柜吧，顺便把我从香港买的礼物拿出来，在几个金色袋子里。”

张妈：“是的，太太。”

罗丹给每人倒了杯红酒：“来，先喝点儿酒，吃些水果，晚宴一会儿开始。”

张妈拿着礼物袋来了，发给大家。

罗丹故作关心地说：“茉莉，最近你的化妆品好像降级了，不是以前那个味儿？”

艾茉莉：“是呀。跟师伟男分开后，我就不敢再用原来的化妆品了，太贵了。以前我每个月的收入自己随便花，不够还可以刷他的附属卡。现在什么都得我买单，不降不行呀！”

罗丹得意地笑着：“正好，前些天我跟大黄去了趟香港，看到一瑞士牌子的眼霜不错，就多买了几份。15毫升装，才五千多。你们试试吧。”

艾茉莉咋咋舌头。

杜心月却把礼物袋推回去：“罗丹，这礼物，我不能要！”

艾茉莉见状也说：“是呀，我也不能要！”

罗丹笑了："嗨！不就一小瓶眼霜嘛，又没几个钱，收下吧。"

艾茉莉："如今你今非昔比，住豪宅、用奢华护肤品，我望尘莫及呀！我……还是用属于自己这个 class 的。"

杜心月："丹丹，我知道你现在拥有很多东西，但你……觉得幸福吗？"

罗丹没底气，但表面强撑着："没错，我现在几乎拥有一切，我应该是幸福的！"

杜心月："不，丹丹，我了解你，你还缺少一样最重要的东西，那就是正常的婚姻、正常的家庭和正常的爱！"

大家都沉默着。

杜心月："我们从大学就认识，对互相的了解可能更胜过对自己的丈夫、男友的了解。不管外表和性格如何，骨子里我们都是渴望爱情、婚姻和家庭的女人。你说自己现在'应该幸福'，其实你内心很空，很没有安全感。不止，你缺乏正常婚姻给予你的充实、快乐和权力，一个女人在家庭中的权力！"

就在这时，罗丹的手机响了，她拿起来接听。

"大黄，你什么时候回来呀？客人都来了，阿姨也备好了菜，就等你了！什么？有事儿？什么事儿？今天可是我的生日呀！你……"罗丹生气地挂断了电话。

杜心月和艾茉莉从刚才的对话中都猜到发生了什么。

罗丹端起面前的红酒，率先喝了一大口："来，喝酒呀！放开些！今天我们喝个痛快！"

可没人响应她。

罗丹故作轻松地说："这么好的酒怎么都不喝呀？心月，你刚才说什么权利？对，我是这里的女主人，我当然有权利了。"

杜心月："罗丹，听我一句，不要做人的小三，离开黄总吧。你还年轻，所有的生活才刚刚开始。不管怎样，我们都会帮你，会给你过生日，会像从前一样当你是最好的姐妹！"

罗丹情绪激动了："杜心月，我说过了，请你不要用那两个字来形容我。我不是那种人！"

杜心月也激动了，情绪有些过头。"可你的行为证明你就是！"

罗丹："大黄他有不幸的婚姻，我和他同是天涯沦落人。我罗丹就是不按常理出牌的人，我既然跟了他，就跟定了他！你不用再说了！"

杜心月痛苦地说："我要说，我一定要说！我不能眼睁睁地看着你被黄总骗！"

艾茉莉赶紧打圆场："心月，罗丹，你们都太激动了，都是话赶话，没赶对。来来来，我们该切蛋糕了！"

罗丹却不依不饶，带着哭腔："杜心月，你以为自己有多了不起！你一直都以我姐自居！我一进大学，你就睡在我的上铺。大盛公司来学校招聘实习生，好职位又被你抢走。毕业后，你结婚、买房顺风顺水，什么都在我前面。你是不是以为你会永远睡在我的上铺，压在我的头上，永远高高在上！我告诉你，我就是要做大黄的女人，我就是要过得比你好！”她恨恨地看看眼前的两个闺蜜，“我要过得比你们谁都好！”

杜心月站起身：“罗丹，既然你这样想，我只有四个字：好自为之！”转身向门口走去。

艾茉莉：“心月！心月！”边喊边追了出去。

罗丹：“走吧！你们都走吧！都滚蛋！走着瞧！”她一拳打在面前华贵的生日蛋糕上，奶油飞溅。

夜色沉沉。

杜爸爸坐在沙发上翻看着一本相册，看着看着忍不住笑出声来，嘴里还自言自语：“这小家伙！”

杜心月从外面回到家，身心疲倦，看到父亲自得其乐的样子，便装得若无其事。

“爸，你一人乐什么呢？”

“乐雄雄呗！”

“雄雄怎么了？他来了？”

“在这儿呢！我看他八个月大的照片，简直就是一精灵鬼。你看你看，那次来我家，粥还没熬好，他饿得就吃衣服！哈哈哈哈……”

杜心月来到爸爸身边坐下，一起愉快地看相册。

“心月，工作的事你怎么打算的？”

“还在找，现在这个形势，找工作没那么容易。”

“这是我一直最关心的事。不管在社会上还是家庭里，女人要想有地位，就一定要经济独立。”

“爸，我明白。”

“对了，你新的身份证取回来了。今天我去派出所，遇上管户籍的小柳，她跟我说有人去她那儿开证明，要证明你的户口在她们派出所的辖区内。她当然没给开。哪能随便开呀！”

“爸，她没说是什么人去开吗？”

“除了赵雷，还能是谁？”

“赵雷！他去开证明干什么？”

“心月，你不觉得蹊跷吗？他把你工作弄黄了，又去派出所开证明，他葫芦里到底卖的哪门子药呀？”

杜心月摇摇头，这一刻，她觉得什么也不重要了。她一直紧张、牵挂、费尽心力的闺蜜情颓然崩溃了。

杜爸爸对女儿情绪的变化了然于心。

“去罗丹家的聚会出情况了？”

杜心月惊奇父亲好像能读透她的心。

“和闺蜜闹矛盾了？”

杜心月不想再提。

“心月，知女莫若父呀。你们情同姐妹，在学校时期建立了纯洁的友谊，可是出了社会有自己的家庭、自己的事业，时间心力都不够了，不足以维持以前的铁关系了。你可知道呀，让你们闹矛盾的不是一时的误会，不是你们不够真诚，是你们的价值观！”

杜心月恍然明了地看着父亲。

“现今社会诱惑多，物欲充斥，人心变化难测。心月呀，你坚持原则不肯改变自己，会很辛苦的。”

“爸！”

“我这一辈子就是不肯改变自己，我不肯贪，大房子、名车……我不要。我就秉持着年轻时的夙愿——教育孩子，为国家培养才俊，就是穷一点也不后悔。只是，让你也陪爸爸一起吃苦了。”

“不，爸，我以你为荣。”

“孩子，爸也以你为荣。”

杜心月侧靠着父亲宽厚的肩膀：“心里有足够的快乐，不知道物质上的享受不如人。”

杜爸爸笑了：“你还记得‘心有足乐者，不知口体之奉不若人’！”

杜心月笑了。如果说家是一个温暖的港湾，那父亲就是港湾里永远的守护者。

赵雷和母亲坐在沙发上。他手上拿着一沓资料，显得眉飞色舞。

“妈，我把所有关于办户口的资料都领回来了，我们单位已经开了证明，现在就差杜心月的证明和签字。”

赵雷妈默不作声。

“妈，再过些日子，你儿子我就可以真正拥有本地户口了！”

赵雷妈依旧沉默着。

“妈，你不高兴吗？拿到本地户口可是我最大的愿望啊！要是没有它，我拼一辈子也只能是个小职员。哼！外企怎么了？外企的管理层也一样看户口！哈哈……妈，你的愿望和我的梦想就快成为现实了，你怎么一点高兴劲儿都没有呀？”

赵雷妈看看儿子，终于开口了：“我怕乐极生悲！”

“妈，你说什么呢？我咨询过相关的工作人员，也仔细对照过有关的政策，我完全具备办理本地户口的资格。就差年期，再过些日子，年期一满，我就可以申请了。这户口是铁板钉钉的事，跑都跑不了，怎么会乐极生悲呢？”

“也不看看你做的那些事！我问你，你把心月的电脑弄碎了，她恨不恨你？”

“恨！”

“你跑到她公司大闹，把她的工作弄黄了，她恨不恨你？”

“恨！”

“你办户口要不要心月帮忙？”

“当然要呀。如果没她，我想都别想！”

“那不就结了！你求人帮忙，还处处跟人作对。你……你一根筋呀？”

“妈，你说得没错，我就是一根筋。我只要一想到在这个家里她不是完全受我控制，她挣钱比我多，她工作节节攀升，我……我就觉得自己受到了莫大的侮辱！那是所有男人都会感受到的侮辱！我知道那天晚上她没有和她老板在一起，但我还是要去她公司闹。我讨厌她这份工作，讨厌她老板，讨厌她挣到钱不可一世的那副样子！”

“唉！雷呀，妈跟你认个错。”

“妈？”

“妈刚来那会儿，对心月不了解，一想到她离过婚，我这心里可别扭了。我跟你一块儿，没少折腾人家。后来，我看到她真的疼雄雄，也在意这个家，她是一个好媳妇儿。雷呀，我还是那句话，能不能在拿到本地户口的同时，咱也能有一个幸福的家。这段日子，我常看到区里的老人去什么公园替孩子相亲，妈想过了，就算你跟心月离了，再找也未必能找着更好的。现在什么剩女剩男……”

“这你可说对了，现在的大城市第一特产就是剩女，什么年龄段的都有！”赵雷的眼睛笑得眯成了两条线，“而且，绝对是批发价！”

“是吗？”

“就拿我们公司来说，大龄女青年就有七八个。也就是你儿子我老实、不花心、用情专一，要不，光和她们打情骂俏，时间都不够用。只要拿到本地户口，以我的条件——有房子有车子，还不挑花眼了我！”

“那我可祝你好运了！”

“绝对没问题。对了妈，明天可以送雄雄上幼儿园了。”

“你不怕心月去看他？”

“想看就看吧，母子情深嘛！”

“你……”

“打一个巴掌给一口甜枣。从小你就教育我对人要恩威并重，这叫权术，这叫人生智慧。放心，你儿子不是真的一根筋！”

杜心月和爸爸一大早就来到派出所的户籍科，在和柳警官的交谈中得知赵雷在申请本地户口。尽管知道拥有本地户口的种种便利，可她还是想不明白，为何结婚多年赵雷从未提过此事，如今却牵动了这根神经？

午饭时间，吉士来商会找艾茉莉，两人来到一间餐厅。

“吉士，怎么中午也有空呀？”

“嗯，我是来求你一件事的。”

“什么事呀？这么认真！”

“Emily，我们交往的时间不算短了，可为什么我们却不能在一起呢？”

“这……我还没想好怎么去跟父母说，而且，太快了些。”

“不快，一点儿都不快。这只是我和你的事，不关你父母的。”

“我父母都是很传统的人，要他们接受你还需要一个过程。”

“没关系，他们可以慢慢接受我，但这不影响我和你天天在一起。”

“天天在一起？”艾莱莉有些愕然。

“是呀，Emily，我想搬到你那里，这样我们就可以天天在一起了。”

艾莱莉这才明白刚才误会了吉士的话，以为他是想和自己结婚。她晃动着杯里的咖啡，没有马上说话。

“上次去你家，我看到厨房里有很多中药袋，袋子上很多尘，很久没碰过吧？那是你补身的吗？你太不会照顾自己了。做一件事就要坚持，坚持才会有效果呀。我想每天都和你在一起，让我为你熬药吧！”

“熬药你都会？”

“何止！我还学了针灸、太极。这些天，我观看了几家药店用熬药机熬药的过程。”吉士拍着自己的胸脯，样子有点滑稽，“我可以打包票，我比熬药机更专业更人性化。Emily，给我个机会吧！”他的眼睛清澈透亮，眼神充满了体贴和柔情。“我要用整颗心让你健康快乐起来。Emily，我们天天在一起吧！”

“那些中药自从开回来，我都没喝过。”艾莱莉幽幽地说。

“你放心，它们发挥作用的时候到了！”

艾莱莉不置可否，还有点迟疑，看看表：“我该回去上班了。”她走到餐厅门口，看到吉士失望地目送着。突然，她折回来，从口袋里掏出一串钥匙递给他。

海边咖啡厅里，海风扑面，杜心月和顾宁坐在老位置。

“心月，工作的事有眉目了吗？”

“没有。我想好了，外企不好找就去民企！”

“离婚的事谈得怎么样了？”

“出乎我的意料，赵雷一直没接触过我。不过，我倒是发现他在申请本地户口。这点，他以前从没提过。”

“什么时候的事？”顾宁显得很紧张。

“就是最近，他去派出所开我的户籍证明被拒绝了。我出于好奇，就去了解申请户口的程序和条件。结果，赵雷其他条件都符合，就差年期。”

“什么年期？”

“和我结婚的年期。他还差几个月，就具备全部的申请条件。”

“也就是说，只要年期一到，他就能申请落户本地了。”

杜心月点点头。

“心月，我可以预言，赵雷不会和你离婚的，至少在年期届满之前。不止，他还会出乎意外向你示好，等着看吧！”

杜心月很诧异。

“明摆着的，他要利用你为自己成功申请本地户口。只要在这段时间拖着你不离婚，他就达到目的了。而且，我非常怀疑，赵雷当初和你结婚的真正目的就是为了办户口，有了户口他就能升高级职位！”

“不，顾宁！”

“你仔细想想，赵雷一直说为了能让你顺利跟他结婚，对家人隐瞒了你结过婚的事实。哼！你不是后来发现，其实你婆婆在你们结婚前早就知道这事了。以她那样的人，会这么轻易接受吗？不觉得蹊跷吗？还有赵雷，他真心爱过你吗？爱过雄雄吗？这一点，心月你比谁都清楚！”

杜心月痛苦地摇摇头。

“种种迹象表明，你对赵雷的价值……就是一个户口！”

杜心月痛苦地把脸转到一边。

“我是你的闺蜜，这全是我的肺腑之言。两天后，我就在大洋彼岸了。有什么事，我都鞭长莫及。听姐一句劝，别给他办户口，别让他这么多年来处心积虑的阴谋得逞！”

杜心月矛盾极了，看着顾宁默默无语。

顾宁见状，把一个公文袋推给她。

“这是赵雷找人替他体检的证据，以后说不定会派上用场。心月，给自己多留个心眼儿吧。”

杜心月看着公文袋，犹豫了一会儿，装到手袋里。

厨房的燃气炉上，药煲里的药咕咚咕咚地滚开了，冒出白色的蒸汽。吉士系着围裙，掀开盖子查看，活脱脱的一个家庭煮男。

艾茉莉回到家，闻到药味，皱了皱眉头。

吉士从厨房走出来，一手托腮，一手叉腰，做了个娇俏的动作。

“Emily，欢迎加入我们的‘好色’计划。”

“‘好色’你也懂呀？”

“当然了，我可是有一半中国血统呢！这个‘好色’不同那个‘好色’，我的计划是喝出‘好颜色’。等着，我去给你盛汤药。”

艾茉莉环顾客厅四周，到处整整齐齐的，显然是被人精心打扫过。

吉士端着一小碗汤药来到她的身旁。

“这里的一切都被我彻底擦过。”

“看得出来，干净得有些无可挑剔。”

吉士像个孩子似的笑了，按着自己的心口：“当然，那是用我全部的爱做到的！”

“吉士，我也是个追求完美的人，但曾经……却被人视为我的缺点，甚至是感情上的障碍……”

吉士拉住她的手：“Emily，这次，你在对的时间、对的地点，遇上了对的我！”

艾茉莉一时无语。

吉士和她在沙发上坐下：“我拿着你的这些药给一个老中医看过，他说是调理女人内分泌的，喝了会让气血好，脸色红润，但要坚持喝一段时间，才能有效果。我喂你喝吧。听说，喝别人喂的药，感觉没那么苦。”

艾茉莉张开嘴，喝下了一口药。吉士再喂她第二口，她没有马上喝，情绪有些激动：“其实老中医没告诉你，这药是调理生育的。我堕过五次胎，经期严重紊乱，我看似表面风光，实则简直无药可医！我……”

吉士把药递给她唇边，顶住了她的嘴，她不得不喝下。吉士对她轻轻吹了口气，好像在施展魔法。他像魔术师一般，双手合十，用念咒语的感觉，念叨着：“Open Sesame！ Open Sesame！带我们去里面的世界！哗！”他猛地打开手掌。

艾茉莉冷不丁被震了一下。

吉士：“Emily，从现在起，进入我们的世界了。不管你堕过几次胎，不管你生理期如何乱，这一切都被关在门外了。”又喂了一羹药到她嘴边，“我不只要让你快乐，还要你健康。现在，是见证奇迹的时候了！”

艾茉莉的眼泪滚下，和着汤药一起喝下。

吉士欢快地大叫：“你好狡猾呀，最后关头才加入‘好色’计划的绝密配方——天使的眼泪！”

艾茉莉泪中带笑，吉士真的是个魔术师！

清晨，赵雷妈给雄雄换上了新衣服和新鞋子，把一个小书包让他背上。

“啧！看我们雄雄多精神！喜欢上幼儿园吗？”

雄雄：“喜欢。”

赵雷妈：“走吧，小朋友就该上幼儿园。奶奶先把你送去，再去蛋糕店取蛋糕，让你和小朋友一起过生日。好不好呀？”

雄雄：“妈妈！我要妈妈过！妈妈——”

西装革履的赵雷拿着公文包走过来，看着雄雄，少有地慈爱地笑了。

“行！雄雄今天不上幼儿园，我带你去见妈妈。你和妈妈一起过生日！”

雄雄拍起来了小手掌：“和妈妈！和妈妈！”

赵雷妈诧异地问："赵雷，你说的是真的吗？可别忽悠孩子啊！"

赵雷："他是我儿子，我忽悠他干吗？今儿什么日子呀？杜心月最想见的人就是雄雄！我这是雪中送炭，让他们母子来个人间小团圆！"

临出门前，他不忘把预先备好的档案袋塞进手提包里。

18

沙发前的小几上摆着厚厚的一叠文件，罗丹一份份清点着。黄总穿着睡袍从楼上走下来，坐到她身旁。

“丹丹，看什么呢？”

“随便翻翻，把这些合同整理一下。”

“哦，嫌烦就交给我的秘书去做好了。”

“大黄，我刚才吓了一大跳。这里竟然有二十一份合同！从房子、汽车、装修材料到家用电器，甚至连一个电熨斗都是分期付款的。以我训练馆的收入，干二十年不吃不喝也不一定够还呀！”

黄总微微一笑，拥着她的肩：“二十年？你怎么就没想过，二十年你会拥有二十间分馆？怎么不够还呢？”

“大黄，你别开玩笑了。我……我还是先还清眼前这间才踏实。”

黄总很认真地看着她：“还不清吗？”

“还不清！”

“真的还不清吗？”

“真的还不清！”

黄总深情又专注：“这不更好吗？你永远都还不清，永远都欠着银行的，你当然永远都属于我！哈哈！”

“大黄，你怕我不会永远属于你，所以……才这样绑住我？”罗丹一懔。

“这些是你和我永远的保障。”黄总再次大笑。

“不，不是。给我婚姻，给我名分，那才是你对我永远的保障！”

黄总愣了一下，旋即又笑了，但笑得有些牵强：“哈哈……现在一切不挺好吗？走吧，该去你妈那儿了。”

罗丹看着大笑的黄总，内心不服，却又无奈。

在去罗母家的路上，罗丹对他说："大黄，这次你可要多陪陪我。这段时间，我跟闺蜜少了来往，可把我闷坏了。"

黄总："哦，但是……我晚上六点钟的飞机。"

罗丹情绪激动了："什么？你又去哪儿呀！你才陪了我几天呀？整个儿一空中飞人！"

黄总并不和她争辩，淡定依旧："丹丹，以前我们没在一块儿时，我不就这样飞来飞去吗？小别胜新婚嘛。我常给你惊喜和期待，不更好吗？"

罗丹幽怨中带着些恨："我要的惊喜和期待是什么？你知道吗，我过生日那天最期待的就是你能来，可你在哪呢？就是那天在别墅里，我和我的闺蜜彻底决裂了！那个可恶的杜心月，她说我什么？她说我是小三！"自嘲，"我当然是小三了，你根本就没离婚，不是吗？"

黄总怔了怔，把车停在路边，二人下了车。罗丹的情绪依然激动。

"大黄，你对我那么好，给我买了那么多东西，可为什么就不让我真正地开心，给我一个名分呢？既然你的婚姻名存实亡，不如早点离了，踏踏实实地和我在一起！"

"丹丹，我……我要求得你的原谅！唉，都怪我是个太讲仁义的人。她那个性，如果真的离了，该怎么活下去呀？可我……我也非常在乎你！无论怎样，都是我错！我愧对你！"黄总背过身，装作不敢看她。

罗丹猛地扳过他的脸，狠狠盯着："我知道我们是地下情、婚外情、见不得光的情！"

黄总打断她："别瞎说，我们有恩情也有爱情，我不能没有你。"

罗丹强硬霸道地说："做给我看！给我该有的名分！"

餐桌上摆着几盘精致的西式菜肴。吉士扎着围裙，点燃了烛台上的紫蜡烛。霎时，整个客厅被一种浪漫的气氛笼罩着。

艾莱莉惊喜地看着每一道菜："吉士，真想不到，你还有这两下子。除了回家，这些年大多是我做饭给别人吃。"

吉士："我不只有两下子，有很多下子呢！这只是小菜一碟。我愿意为你做一辈子饭。"

艾莱莉的心甜了一阵："我们能开餐了吗？"

吉士："等等。"他去酒柜取来一瓶红酒，斟上两杯，递给她其中的一杯。

两人干杯。吉士为她切牛排。

"Emily，我想这个周末去拜访你的父母，你不会反对吧？"

艾莱莉大出意外，想了想："吉士，你在中国的年头不短了吧？"

吉士："嗯，有三年了。"

艾莱莉："你知道你刚才说拜访我父母意味着什么吗？"

吉士："我知道。我从第一眼见到你就打算娶你。"

艾茉莉："你疯了！简直是痴人说梦。"

吉士："不，我不是，不是傻瓜做梦！那天，在商会楼下，我正要进大堂，忽然看见一条香槟色的裙子在我眼前晃过。我仔细一看，见到了我想象中的中国美人。可……随即，我就看见你香槟色的内衣也若隐若现……"

艾茉莉："Stop it!"

吉士："我当时就猜想，你的生活里没有一个可以让你真正依靠的人！"

艾茉莉不相信似的看着他："你会看相？"

吉士："我要声明，我虽然是半个中国人，喜欢中国文化，但我不懂看相，我不懂。太玄晕了！"

艾茉莉纠正他："是太玄乎了。"

吉士："太玄乎了。"

艾茉莉："你不懂看相就瞎猜？"

吉士："不，不是瞎猜。像你这样一位淑女，竟然会疏忽了裙子上的拉链，你内心一定是不安定的，缺乏安全感的。所以我们在那个时候相遇。Timing！一切都是Timing！时间就是缘分，时间就是浪漫，时间就是一切相遇和爱的开始！"

他眼中闪动着光芒。

艾茉莉专注地听着，觉得他是个诗人。

吉士："Emily，带我去见你的父母吧。我要同他们讲我要娶你！婚姻是我对你最大的承诺！"

艾茉莉听得有些感动，但脸上却泛起了难色："吉士，我家住在一个大院里，是一个很特别的大院，凡是有陌生人出入都要登记的。"

吉士："那就登记吧，我随身带着护照呢！"

艾茉莉有些哭笑不得："要提前登记的，而且还要得到批准。"

吉士："你放心，我没有任何不良记录。这样的考验倒挺有意思的。"

艾茉莉："不，你误会了。以前，每次和我男友回家，都是我妈提前去登记备案的。现在换成你，我妈会觉得面子上过不去，怕人说闲话。"

吉士沉默了一下："那好，那就请他们出来吃顿饭，表达我的诚意。"

艾茉莉沉默着。

吉士："Emily，我最想知道你的想法。你想好了会嫁给我吗？"

艾茉莉："你这是求婚吗？"

吉士："我想知道你的态度。"

艾茉莉环视客厅："你想在'我的房子'里向我求婚吗？"

吉士："这跟房子有什么关系？求婚就是你和我的感觉和想法。"

艾茉莉："吉士，你太不了解这里的环境！你拿什么娶我？房子、车子你都准备好了吗？”

吉士：“我不明白，不明白房子、车子跟求婚有什么关系？”

艾茉莉：“没有房子、车子就没有妻子和孩子！”

吉士的表情由愕然到失望，再到思考中的平静。

“这是……中国文化的一部分吗？”

杜心月当然比谁都清楚地记得，今天是雄雄的生日。杜爸爸被一个学生家长接去家里给孩子补课前，留下了他买给外孙的礼物。杜心月带着生日蛋糕和礼物回家看儿子，结果却扑了个空。当她返回爸爸家时，身心疲惫。她把蛋糕取出来，放在桌上，看了一会儿，然后插上三根蜡烛。跳动的烛火照亮了她清秀的脸庞，孤单寂寞、思子之痛溢于言表。

“雄雄，今天是你三岁的生日。虽然你是个很小的孩子，可妈妈知道，你很聪明。”她闭上眼睛，“妈妈替你许下愿望，也替自己许下愿望：从今以后，我们永不分离！”

门铃声传来。

杜心月依旧沉浸在自己的世界里。

门铃声不断传来。

杜心月有些察觉，睁开眼睛，来到门口。

门铃又响了。

她打开门。

雄雄呼喊着扑过来：“妈妈——妈妈——”

杜心月蹲下身，一把抱起儿子，简直不敢相信自己的眼睛。

“乖乖，你怎么来了？你怎么知道妈妈多想你？”

从杜心月的视觉看到雄雄的身后是一对男人的鞋子，从鞋子一直看上去是赵雷的脸。

他少有的和颜悦色。

“今天是雄雄的生日，我带他玩了玩，就给你送来了！”

杜心月完全没心思理会他，注意力都在雄雄身上。她领着雄雄来到客厅的餐桌前，雄雄立刻被眼前的蛋糕吸引了。

雄雄：“糕糕，我要糕糕！”

赵雷也尾随着进来。

杜心月：“妈妈刚才替你许下了心愿。现在，我们一起吹蜡烛吧！”他们母子一起努力，把蛋糕上的蜡烛吹灭了。

她切开蛋糕，拿了一块喂雄雄，雄雄大口吃着，非常享受的样子。谁都没有理会赵雷。仿佛在这个空间里，他根本不存在。

赵雷：“喂喂！别光顾着你们，还有我呢！”

杜心月好像完全没听到，替雄雄擦去嘴角的奶油。

赵雷："晚餐吃什么？不会只有蛋糕吧？"

依旧没人搭理他。

赵雷："一起吧？"

还是没人理他。

赵雷感到自己有些格格不入，从手提包里掏出那份装着申请户口资料的档案袋，递给杜心月："嗨，这份资料你好好看看。"

没想到，杜心月头也不抬，心思仍在儿子身上。"雄雄，你想再吃个糕糕还是玩玩具？"

雄雄："乐高！"

杜心月："好。"她拉开柜子，拖出一大盒乐高。雄雄见着，立刻抓起几块拼起来。

赵雷急了："喂喂，我只是带他来见见你，没说会留下的。"

杜心月和雄雄拼得正高兴。

"呀，雄雄的房子真高，几层呀？"

"三层！"雄雄伸出三个手指向妈妈示意。

"真棒，会数数了，跟妈妈一起数到十好不好？"

雄雄翘起两只小脚丫。

杜心月笑了："真聪明，还有脚脚也可以数。"帮他脱去袜子。

雄雄扒着手指头，杜心月掰着他的脚趾头一起数起来。

"一、二、三……"

看着眼前的一幕，赵雷抱怨着："嗤！倒没我什么事儿了。见着孩子连个谢谢都没有。嗤！这都什么事呀！"他向大门外退去，在出门前放下了手里的档案袋。

愿望成真的一天转瞬即逝。

睡房的大床上，雄雄沉沉睡去。

杜心月在床头灯下看着赵雷留下资料。她翻着翻着，手指不由地抖动着，显然受到了某种震撼。

郊外的夜晚，漆黑清冷。

清晨，母子间的欢聚又在客厅继续，孩子抱着奶瓶自己喝奶，妈妈喝着玻璃杯里的牛奶，两人对喝，像是游戏又像是比赛。

门铃声传来，杜心月走去开门，外面站着赵雷母子。

赵雷不冷不热地说："我来接雄雄！"

杜心月只看着赵雷妈："妈，早啊，雄雄还在吃早餐。"

赵雷妈向她点点头，和赵雷一起走进了客厅。

赵雷妈："雄雄，想奶奶吗？"

雄雄：“想。”

赵雷开门见山：“我昨天给你的材料看了吗？”

杜心月：“看了，怎么从没听你说过？”

赵雷：“你在申请表上签字了吗？”

杜心月：“没有。”

赵雷有点暴躁了：“为什么？”

杜心月：“我想问你一个问题。”

赵雷：“你说。”

杜心月：“你当初……是不是为了户口……才跟我结婚的？”

客厅里的气氛凝定了，赵雷妈紧张地看着儿子。

赵雷沉默着。

杜心月转向了赵雷妈：“妈，你在我和赵雷结婚前，就知道我离过婚的事，可还是接纳了我。你们是不是商量好了，为了户口可以抛开一切呢？”

赵雷妈：“心月……这……不关事的。”

杜心月：“往事我不想重提。一切发展到今天这个地步，我就想听一句真话。你们告诉我，是还是不是？”

赵雷傲慢地说：“是又怎样？不是又怎样？是不是，你都得给我签字。”

杜心月勇敢地面对他：“你再说一遍！”

赵雷也毫不退让，盯着她：“你必须给我签字！”

杜心月：“凭什么？”

赵雷：“凭你还是我媳妇儿，你有义务和责任给我落户口！”

杜心月冷笑着：“凭我还是你媳妇儿？好一个‘还’字！是不是等户口落上了，你就提离婚呀？”斜睨着他，眼中满是轻蔑。

赵雷的火爆脾气在这一刻彻底爆发：“不要用那种眼神看我！我最讨厌你们这种眼神！你们以为自己有多了不起呀？告诉你，我就是为了户口才和你结婚的！不然，以我的条件会要你这个‘二手货’吗？”

赵雷妈觉得不妥：“雷子！”

杜心月的脸上先是深深的失望，继而是彻底的愤怒：“你承认了！你终于承认了！”

赵雷：“对，我就是这么想的，从一开始我就是这么想的。在这个城市，我干过很多工作，一次次的面试都在告诉我一个社会现实：没有户口你就无缘知名企业，无缘理想的工作，无缘升职。不错，我们就是户口婚姻！要不是因为户口，我怎么能说服我妈呢？！”

赵雷妈难过地摇着头：“别说了！别说了雷……”

杜心月强忍着悲愤：“赵雷，你告诉我，撇开户口，你有没有爱过我一天、一小时、一分钟，哪怕是一瞬间？你有吗？”

赵雷似乎失去了理智：“没有！完全没有！绝对没有！”

杜心月这一刻全然心死了，她甚至觉得晕眩。

“谢谢你……终于告诉我真相了！”

说完，她走进卧室，不一会儿，拿着那个档案袋走出来。

赵雷母子都盯着她。

杜心月：“今天，我们彻底两清。”她从档案袋取出那些资料，几下就撕烂了，揉成一团，向赵雷狠狠砸去。

赵雷竟站在原地动也没动，甚至还拍着手掌，哈哈大笑。

“好！好！太精彩了！你的翅膀真是硬多了！没关系，这些资料我全都有备份，只等着你签名。我们走着瞧！”说着他向雄雄走过去。

杜心月一见，立刻冲过去，抱起雄雄向卧室跑去。

赵雷挡在她面前：“放下！你给我放下他！”

杜心月倔强地说：“他是我的孩子，我有权力监护他。”她试图避开赵雷，但没能成功。

赵雷扯住雄雄的一条腿，还拿掉了他手上的奶瓶。许是被弄痛了，雄雄哇的一声哭了。

杜心月厉声：“放开他，你弄痛他了！”

赵雷：“弄痛他的人是你。走吧，儿子，探视结束了。”仍旧紧紧抓住孩子的腿。

雄雄哭声更大，凄厉地喊着：“妈妈——我要妈妈——”

赵雷阴阴地说：“别跟我谈权力，还是谈谈条件吧！”说着，从杜心月怀里夺走了雄雄。

杜心月：“雄雄——”

赵雷抱着雄雄大步流星走出去，赵雷妈难过地跟了上去。

雄雄大叫：“妈妈——妈妈——”

阴沉无雨的天空。

手术室的灯亮着，樊志刚独自一人坐在手术室外的椅子上。走廊上传来一阵急促的脚步声，他循声看去，是杜心月。

“这次手术有把握吗？”杜心月来到他身旁坐下.

“手术没大问题，但也有点儿麻烦。医生告诉我，孩子除了唇裂还有严重的腭裂——上腭上有个洞。”

“没想到这么严重？”

“这次先做唇裂，起码从外观上看起来，他会是一个正常的孩子。等他四岁左右才能做腭裂手术。”

杜心月："哦……"

一阵沉默。

"对了，顾宁已经平安到纽约了，现在住在我大姐给她安排的一间产子中心，身边有七八个人照顾着。她的肌瘤没有继续长大，一切似乎都在控制中。我觉得，她挺适合美国生活的。我在家里安装了视频设备，可以和她在电视上聊天……"他注意到她发呆了，"杜心月，你怎么了？"

"噢！不好意思，这孩子能做手术多亏有你。我替他们申请完就没时间理了。"

"你家里又出事了？"

沉默。

"一定是！你这副失魂落魄的样子，谁都看得出来。"

"顾宁说得没错……一切都让她说中了，可我就是没法接受！"杜心月内心苦楚，太想找个人倾诉了。

"说中了什么？"

"我……终于知道了一个……隐藏了几年的秘密！"

樊志刚关注地等她说下去。

"我一直以为赵雷不过就是脾气急躁，有些唯利是图，大男人主义严重，但本质上是个追求上进，对我有感情的人。可今天，他亲口告诉我……他从来没有爱过我，哪怕一瞬间都没有！没有！对他来说，我唯一的价值就是能帮他落户本地！我们的婚姻就等于他的户口！樊志刚，我看人……竟然会错得这么厉害。现在，他又不肯离婚，一定要先拿到户口，雄雄也在他手上。我该怎么办？怎么办呀？"

"杜心月，你是不是觉得自己又被卡住了？"

杜心月默默点了点头。

这时，有人叫他们："恩人啊！恩人！"

原来是老李夫妇。他们来到樊志刚和杜心月跟前，李嫂突然跪下："恩人啊！你们就是我们的大恩人啊！"

杜心月："你这是干什么？快起来，快起来！"她和樊志刚扶起激动的李嫂。

樊志刚："你们待会儿感谢做手术的大夫吧，他是义务出诊的。"

老李："要的要的，但没有两位恩人帮我们，能有今天吗？"

手术室的灯灭了，紧接着主刀医生走出来，他看着大家，神色平静。

"手术很成功！孩子的体征很好！"

老李奔向医生，紧紧握着他的手："大夫，谢谢！谢谢啊！"

几个护士推着一张病床从手术室出来，上面躺着的就是兔唇孩子。

李嫂扑向孩子的床："娃儿！娃儿！"

大夫："孩子这几天不能进食，要让他多休息。一个星期左右，你们就会看到一个外观漂亮的宝宝。"

老李："谢谢大夫。"他从口袋里拿出一个捏扁的啤酒罐和罐上的拉环，用拉环轻敲着啤酒罐，靠近那张病床。拉环和罐子碰撞发出清脆的声音，此时此刻，这仿佛是世界上最美妙的音乐，清脆悦耳超过了八音盒。所有的人似乎都被这独特的音乐感染着，推病床的护士们都停下来。老李站在病床边灿烂地笑着。

"看，娃儿知道我在这儿，我娃儿有反应呢！"

杜心月别过脸，擦擦眼角的泪。

樊志刚对李嫂："好好照顾孩子，改天我们再来。"

李嫂含泪点头。

樊志刚拍拍背过身的杜心月："来吧！"

杜心月迷惘地回头。

古色古香的寺庙院落，他们跨过几个旧式的高门槛，来到处于一角的钟亭。里面挂着一口大钟，正面吊着的一个钟槌，漆了红漆。

此时已经是夕阳西下，天气晴好。在这幽静的一隅，面对着大钟，人的心情格外宁静。

樊志刚："来吧，我们敲钟！"

杜心月有些诧异，默默地看着他。

樊志刚："以前，都是我一个人来这儿敲钟。"伸手摸摸大钟，"汉朝的班固说：'钟者，动也，言阳气于黄泉之下，动养万物也。'大意是说，钟能聚集地下的阳气，敲钟可以把阳气从地下唤出来，滋养万物。"

杜心月钦佩地看着他。

樊志刚伤感地说："我第一次来这儿敲钟，是一次手术失败后。那个病人本来不适合做手术了，可他的家人一再要求，他的身体指标也算稳定。我想试试，看有没有更多的机会……他没能熬过手术后的二十四小时。"一拳砸在钟上，那种生生的疼痛令他面露痛苦。

杜心月心疼地叫出："樊志刚！"

樊志刚："那段时间，我完全没法排解。烟酒从来都不是我的伴侣，心情郁闷的时候，看书是很好的排解方式，可那次……我医好过不少人，可总有人，总有生命我怎么努力也救不回来。我想试试来敲钟。"

杜心月的眼中放射出光芒。她拿起钟槌，向大钟撞去。可能是第一次敲，方法不对，大钟发出一声闷响。她不服气，拿着钟槌再敲，依旧是闷闷的响声。她有些气馁了，甩开钟槌，失望地看着大钟："还滋养万物呢，连我都滋养不了！"

樊志刚走到钟槌的另一侧："我们一起来，不疾不缓，凝神于一瞬间，敲出去！"

他们对视，彼此心有灵犀一起拿起了钟槌，合力向大钟撞去。

大钟发出洪亮的撞击声。杜心月被这声音一震，闭上了眼，感到空灵中有大地般的深沉。

一撞过后，合力再撞。

两人配合默契，钟声轰鸣，万物似乎得到滋养。

再撞后三撞。他们经历着灵魂的涤荡，不约而同地闭上了眼睛。

山林幽静、鸟雀欢鸣，洪大的钟声渐渐远去。

他们睁开眼睛，在同一时间转过身注视着对方。

“樊志刚，谢谢你！谢谢你带我来这里。”

“钟声滋养的万物中，有人有生命，有你也有我。”

杜心月点点头。

华灯初上的夜色。

樊志刚开车，杜心月坐旁边。

“这里打车很方便，哪儿能停就给我下车吧。”杜心月的心情显然好了许多。

“不好意思，我要赶回医院值班。”

“我才不好意思呢，谢谢你，看什么时候请你吃个饭。你今天真的帮了我！”

“都是朋友，别那么客气。”樊志刚停了车，“杜心月，有句话，不知该不该说。”

“跟我还客气什么？你说吧。”

“你跟赵雷如果分开的话，要是你没有工作，就很难得到雄雄的监护权。所以，我的意思是，加把劲儿快点找到工作，有了工作才能有主动权。”

“没错！我最近老想着烦心事，忽视了这一点，幸亏有你提醒。谢谢啊！”

“友情提示！”

“我看樊大夫不只是个医术高明的医生，还是个很好的心理医生和智囊。谢了，再见。”她内心充满感激，下车后站在路边等他离去。

樊志刚心里也挺畅快的，看看车侧的倒后镜中，杜心月点头目送他，而她身后刚好有个灯饰招牌，上面是四个大字：海阔天空！

他觉得很有意思，停了车，掏出手机下车向杜心月喊：“拍个照留念。”

她不明所以，站好。闪光灯一亮，他拍了，点点头就上车，开走。

她转身，轻松地走着，准备截出租车。手机传来微信提示音。她打开，是他传来的。刚才拍的照片上，她站在海阔天空的灯箱前。下面还配了文字：

海阔天空，希望你从此振奋飞翔！

她心中突然一颤，跑回刚才目送他的那地方。果然，身后高处有一个灯饰招牌“海阔天空”。她莫名地兴奋无比！

杜心月来到一间公司面试，前台带她去了总经理办公室。她诧异地发现，办公桌后面的人竟然是方总！

方总满脸笑容："没想到吧，杜经理，你那次'买U盘送电脑'的活动，可是让我大开眼界啊。你不仅懂市场，还懂营销。我一直想挖你过来呢！这不，我一看到你的简历，马上就安排面试。你要是愿意在我这儿干，明天就可以来上班！"

杜心月："谢谢方总！"

方总："哦，有一点我要跟你说说。我们是民营公司，和瑞德的组织结构有些不同。市场这块儿分三个区域，我们没有唯一的部门经理，只有三个区域经理，互相独立，直接向我汇报。"

杜心月："我明白。那我具体负责哪个区域呢？"

方总："西南和西北区。公司最近盈利状况不错，我想在赢得经济效益的同时，更能赢得广泛的社会效益。"

杜心月："看来，方总您还是个民营慈善家呢！"

方总被说中了优点，立刻开怀地笑了："哪里哪里，取之于民，用之于民嘛！我就想在个人和集体富裕的同时也能惠及大众。"

杜心月："方总，您有什么具体的想法吗？"

方总："公司打算向西南山区的孩子捐赠一批图书。这个项目的前期联系和采购工作已经完成了，就等着具体实施。你来负责吧。"

杜心月："好，这将是我从事市场工作以来，最特别的一次活动。"

方总大笑着："以后这样的善行还会有很多。来，你跟我来。"

杜心月随他来到会议室，首先映入眼帘的是一横幅镶表的字框。上书八个大字：**与民同利，上善若水**。

杜心月："与民同利，上善若水。"

方总："没错，这就是我们的企业文化。"感慨道："我们是本土民营企业，比不了瑞德的洋外套。创立之初，一些洋公司笑我们是山寨。我不怕，我有自己的管理理念。我不要那些啰啰嗦嗦、虚头巴脑的企业文化。我们就这八个字，讲出做人做事的态度和根本。"

杜心月："我们是民山公司，'民'是为人民谋利，'山'谐音'善'。方总，你连给公司起名都有企业文化在背后支撑着。"

方总："那是，'利'和'善'处处要体现。杜经理，希望你在以后的市场推广中，不忘我们的八个大字，让更多的人知道我们，了解我们。"

杜心月："谢谢，方总给我这个机会，我一定会努力的。"

方总："我看好你，好好干吧！"

夜幕降临，杜爸爸准备好了晚餐。他看看表，拿一个大锅盖把炒好的菜扣起来。

杜心月回到家，兴奋地叫着："爸，我回来了！"

杜爸爸："心月，怎么样？新公司还好吧？"

杜心月："好啊！爸，你说这事神不神？刚撞完钟，好运气就来了！原来那个老板是我在瑞德的第一个客户！他经营有方，同时还是个乐善好施的民营企业家。同是做市场，但我的工作内容跟以前会有些不同。"

杜爸爸："那倒没关系，一家有一家的干法。"

杜心月："无论做什么，都在我能力范围内。我有信心做好。"

杜爸爸欣慰地笑了，拿下扣着菜的锅盖。

"来吧，开饭喽！"

"爸，你帮我联系几个房屋中介吧，我想把房子卖掉！"杜心月突然转到另一个话题。

"卖房子？哪儿的房子？"杜爸爸吃惊地问。

"我跟赵雷的那套房子！"

杜爸爸虽然不知道女儿究竟是什么打算，但看她成竹在胸的神情，唯有不变的支持。

别墅二楼的卧室里，百无聊赖的罗丹打给黄总，问他何时回来陪自己。抽身不得的黄总给她安排了自认为是最好的解闷方式——打游戏！并且特意安排了通讯公司来家里升级布线。

罗丹怎么也想不到，这个网络公司的职员竟然会是方大宇！两人相见，方大宇的眼神中满是惊喜和热情。

"丹丹，终于又见到你了！"

"你不是搞游戏开发吗？怎么干起这个了？"

"为了你！一切都为了你！我知道你开了球馆，我也知道你住了大房子。为了能接近你，我替通讯公司的哥们儿来你家布线。"方大宇热切地说。

罗丹脸黑了。

"丹丹，没有你，我根本做不了研发。我的《三十三重梦境》只开发到二十八重，然后……所有创意都被你带走了。我去过俱乐部、训练馆，到处找你。"

罗丹有些许感动。

"见到你不难，可我只能远远地看着。没有你的日子，我的内心没有一天是安静的。丹丹，你跟我走吧！"方大宇伸手拉她。

罗丹甩开他的手："大宇，你还没有结婚吗？"

"怎么会？我答应过这辈子只和你在一起。"

"可我……已经结婚了。我丈夫对我很好。"

"丈夫？是那个黄总吗？"

“是。”

“你不会是他的妻子，你只是他的情人。”

“不管你信不信，我们已经结婚了。很快，我们还会有一群孩子！”

“丹丹，别逗了，我对这个区比你更熟悉，每一家的女主人都像你这个年纪，男人是很少回家的。她们很闷，她们需要游戏，需要在极度超速的拼杀中排解无尽的空虚。你不会是个例外。”

“不，我不是你说的那样，我有自己的训练馆，每天忙得恨不得一天当两天用。”

“丹丹，无论怎样，能见到你，我总是高兴的。但我知道，你拥有这么大的房子和豪华的摆设，却一定不会有和我在一起的快乐。”

“不，我很好，真的很好。你工作吧。”

“丹丹——”

罗丹逃也似的离开游戏室，回到隔壁的卧室，关上了门。

游戏室里，方大宇把电脑调到一个界面，那个漫画式的女主角就是罗丹的样子，下面是游戏的名字：三十三重梦境。

艾茉莉和两个同事在讨论商会近期的融资方案，临了，她才发现有一份重要的资料落在了家里。当她趁午饭时间回家取时，却发现吉士竟然没去上班，而是像个家庭妇男一样在煲药、打扫。

“吉士，这是怎么回事？你……没去上班吗？”

“我……我今天休息。”吉士有些尴尬。

“休息？你是总裁助理，你休息了，公司的事务怎么办？”

“嗯，我……我以后都休息了。”

“什么？你这是什么意思？你被炒鱿鱼了？”

“是这样的，我和公司的合同已经到期了，我没有和他们再签。”

“不，是他们没有和你再签。Right？”

“我……失业了。”吉士耸耸肩。

“你在家待多久了？”艾茉莉很震惊。

“今天是第一天。”

艾茉莉翻看日历，想了想。

“大概一个月前，你要求搬到我家来，是不是那时你已经被通知不获续签了？”

“是的。”

“你是有预谋的，你根本不是想和我在一起，你是想给自己找个免费的地方住！你……”艾茉莉气愤地说。

“No！ No！ No！ Emily，你听我说，不是这样的。”

“你计划好了搬到我家，一直在计算着我的房子。说什么想和我在一起，全是假的。”

“不，是真的，都是真的，你一定要听我说。”吉士轻轻按着她的肩膀，两人一起坐在沙发上。“Emily，你一定要明白，我对你的感情，我想和你在一起，都是真的，这和我的工作没有关系，我们不要放在一块儿说。”

艾茉莉沉默着。

吉士：“我不想让你知道我失业的事，就是怕你有想法。我可以利用这段时间找工作，等找到再告诉你。”

艾茉莉依旧沉默着。

“你看现在多好呀，我每天都给你煲药、做饭。看你现在脸色多好，这是不是我的功劳？”说完，他还拿来了一面镜子，呵一口气擦一擦，照着她。

艾茉莉推开了镜子。

“还有，我想娶你也是真的。只是你不要把房子放在我们的感情中间，好不好？”

“我不能接受！这一切我根本不能接受！”艾茉莉拉开抽屉，拿出那份融资计划申请，快速离开了她的家。

正午的阳光直射着大地。

穿着套装短裙的艾茉莉不顾一切地在阳光下奔跑。此时，似乎只有奔跑才能宣泄她内心的痛楚、失落和莫名的遗憾。

19

赵雷妈到幼儿园接了雄雄，刚出电梯就看到杜心月父女在等着。离他们不远处，有两个陌生男人在交谈着，

雄雄：“妈妈！妈妈！”他从赵雷妈的手中挣脱出来，扑向杜心月。

杜心月抱起雄雄，亲了又亲。

赵雷妈：“来了啊，想雄雄了吧。”

杜心月：“妈，我们想跟你商量件事。”

赵雷妈：“行行，进来说。”

杜心月和爸爸随着她走进客厅，那两个陌生人竟也跟着一起进来。

赵雷妈一见，立刻嚷起来：“出去！你们走错了吧？”说着就要推他们。

杜心月忙拦住她：“没走错！他们是房屋中介，专门来看房子的。”

两个中介赶紧赔着笑跟赵雷妈打招呼。

赵雷妈困惑地问：“心月，中介来干什么？”

杜心月并不回应她，而是带着中介看起了房子。

“从里边的卧室开始看，你们谁的价钱高，这套房的代理权就交给谁。”

两个中介对杜心月点头哈腰。

赵雷妈一下拦在她面前：“别动！心月，你给我说说，你打算干什么？”

杜心月：“卖房子！”

赵雷妈：“什么？这房子可是有我和赵雷的份呢！”

杜心月：“没错，但也有我的份。我要把它卖了，大家分钱。”

赵雷妈：“不行！你不能卖房子！”

杜心月：“那可由不得你们，我要卖掉我的那份！”

赵雷妈：“这怎么行呢？这都什么事儿呀？”

杜心月绕过赵雷妈带领中介向里边走去。

客厅一角，杜爸爸陪雄雄玩。雄雄拿着一个玩具锤砸在垫子上，发出吱吱声。

赵雷妈过来求救："亲家，你去劝劝心月吧，好好的卖什么房子呀？"

"你去劝吧。女大不由爹，房子又不是我的，我没发言权。来，雄雄，大蒜是怎么掂的？"

雄雄握着玩具锤，一下一下锤在身旁的小几上。

杜爸爸鼓掌："真棒！"

赵雷妈觉得焦急又无趣，开始给赵雷打电话。。

卧室里，两个中介比比划划地评论着。

杜心月问他们："二位觉得这房子在什么价位呀？"

中介乙："姐，我看你这家具保养得不错，挺新的。你打算连家具一起卖吗？有些客人想要带家具的房。"

中介甲："姐，你这个户型不错，又是学区房，我能给你卖个好价钱。"

赵雷妈赶过来轰他们："不卖！不卖！你们都走吧！"

杜心月很淡定："不急，去看看客房吧！"

中介乙讨好地对赵雷妈说："阿姨，一看就知道您对这房子有感情。不怕，卖了这儿，您再换个大的！"

赵雷妈没好气地："你给我换啊！滚！"

中介乙吐吐舌头。

就在这时，赵雷背着文件包匆匆回来了，看到家里一下来了这么多人，很意外。

中介甲满脸堆笑："哟，是姐夫回来了，一看姐夫就有贵气！这不，卖了小的换大的。"

赵雷满脸狐疑，不明所以。

中介乙："你这客厅虽然不大，但分隔得很自然，既有居家看电视的活动场地，又有小型饭厅的温暖。"看到墙上的一排开关，伸手去按。客厅靠沙发的灯灭了，只留下饭厅的灯，屋里一下黑了许多。"多浪漫呀，微暗的灯光下，可以来个烛光晚餐。"

还没等他陶醉完，中介甲按动了另一个开关，饭厅的灯上了一个档，亮了许多。"这样才好，光亮的环境让人更有食欲！"

中介乙："不好！"他啪地按动开关，调回暗档。

中介甲："刚才好！"他也啪地按动开关，调回亮档。

赵雷的脸色沉下来了，不耐烦地盯着他们俩。

两个中介互不相让，争夺开关。客厅里忽明忽暗。

杜心月表面上平静得像一弯湖水。

突然，赵雷出手了！他一手一个抓住两个中介，把他们推出大门外。

两个中介嗷嗷叫着："姐夫——姐——"

赵雷砰地关上门，回过身，紧盯着她："你想干什么？"

杜心月拉着爸爸和雄雄在沙发上坐下来。

“开始我们的家庭会议吧！”

雄雄想挨着妈妈坐，却被杜心月喝止了。

“待在姥爷那儿！”

雄雄吓得看看姥爷，杜爸爸赶紧抱住了他。

在场所有人都被杜心月的举动镇住了。

赵雷看看她，又看看母亲。最终，他们母子一起坐在了杜心月的对面。

杜心月缓缓开了口：“我打算把这套房子卖掉，分割我们的共同财产。”

赵雷：“分财产由不得你，等离婚时让法官来判吧！”

杜心月：“不用等到离婚，现在就可以分割。明天，我会向法院申请婚姻存续期内的财产分割。房子是我们最大的利益点，中介的报价明天也会出来。”

赵雷：“杜心月，你以为房子是你一个人的吗？别忘了，房产证上除了你的名字，还有我和我妈的。这房子是我们三个人共同的！”

杜心月热烈地鼓掌：“说得太好了！句句实话，字字真言。这房子的确是我们三个人共同的。对极了！可我却被非法赶出家门，不能享有自己的合法财产。就凭这一点，我就可以向法院申请婚姻期内的财产分割，还我合法权益。房子只有一套，车子也只有一辆，真要分起来，可怎么分呢？只有卖掉，变现分钱！”

赵雷妈大喊：“不能卖！卖了以后，光我和赵雷的钱就买不回这个地段的房子了。不能卖，绝不能卖！”

赵雷似乎在思考什么，不紧不慢地开了腔：“你说我把你赶出去，有什么证据呀？法官可能会以为是你自己离家出走的。”

杜心月也不慌不忙，从手袋里拿出一些资料，扔到赵雷面前，学着他的口吻：“别忘了，你赶我出门，有两个警察可以作证，还有家里的阿姨也可以作证。”

赵雷翻动着资料，有些坐不住了。

杜心月：“赵雷，也许在你心里，从来都认为你吃定我了！因为有雄雄在你手上，你把雄雄当成了要挟我的工具。今天，我郑重地告诉你，我要做的和我将要做的，全都是有备而来的。你不是想耗下去吗？没门儿！我不会跟你耗的！”

赵雷感到从没有过的溃败感，他撕烂了手上的资料。

杜心月冷笑着：“撕吧，我给你的是复印件，我这里还有很多。明天，法院也会收到同样的资料。顺便说一句，这是你教会我的。”

赵雷艰难地开口了：“说吧，你想要什么？”

杜心月向雄雄招招手，眼中满是母爱的柔情：“雄雄，现在来妈妈这儿吧。”

雄雄拿着那个塑料玩具锤，一下坐到妈妈腿上。

她盯着赵雷：“我要孩子！”

赵雷急迫地说：“我要户口！”

赵雷妈更是迫不及待："我要房子！"

杜心月看看他们，轻蔑地笑了："我还要一样！"

赵雷很紧张："是车子吗？"

赵雷妈："不是车子吧？"

杜心月："是所有雄雄的照片。"

赵雷和母亲松了口气。

就在这时，令人爆笑的一幕发生了。

雄雄挺拔地坐在杜心月的腿上，好像一个资深拍卖师，手握塑料玩具锤用力敲打在小几上，发出不大不小的声响，在场的人都愣住了。

杜爸爸满脸兴奋地宣布："成交！"

心情郁闷的艾茉莉下班后想找杜心月喝酒，不料，她却急着去见一个人，一起分享她拿到雄雄抚养权的喜悦。艾茉莉漫无目的地在外游荡了一阵子，终于还是回家了。

吉士照例为她煲好了药，还烘焙了新鲜的南瓜饼，同时也向她宣布了一个消息。

"茉莉，我想过了，明天我就搬走。"

"啊？你搬去哪里？"

"我今天看了房子，离你们公司不远。"

艾茉莉沉默着。

"虽然我不完全明白，为什么你那么在意住的是你的房子还是我的房子，但我想让你快乐，我们不要再为这些事不开心了。好心情不是上天赐给我们的，是我们自己创造的。"

"吉士，别搬了，就住这儿吧。我习惯了被你照顾的日子。"

吉士像个孩子一样率真而毫不掩饰："那我就不搬了。说实在的，租房子的钱可以买很多美食呢！"

艾茉莉："虽然我早忘了你的钱包长什么样，但我知道你用这钱包在背后为我支付了很多很多。"

吉士拉着她来到露台，单膝跪下。

"茉莉，请你实现我的梦想！"他从兜里掏出一个苹果手机的包装盒。

"梦想？一部手机就能实现你的梦想？"

"我听中国的姑娘说过，不以结婚为目的的谈恋爱就是'耍流氓'。我不懂这是什么逻辑，但没关系。我想告诉你，告诉你父母，告诉所有人，我和你不是在耍流氓，我就是要娶你，和你结婚！ Emily，中秋节带我去见你家人吧！"

"这就是你的求婚方式？用最新的苹果手机吗？"

她充满期待地打开包装盒，不觉惊讶。里面竟是一个真正的苹果，一个跟盒子封面上画得那样被咬掉了一口的真苹果！

“我现在没有工作，没钱去买钻戒，但我想和你一起好好地生活。苹果是智慧之果，我希望我们的生活因为有智慧而幸福快乐！”吉士一脸深情。

“吉士，你只说对了一面。传说中，苹果也是禁果，人类因为吃了它而有了灾难。”

“茉莉，你……”

“婚姻是长久的事，过好当下吧！”

吉士不免有些沮丧，但他随即耸耸肩，表示不在意。

月光如水。

不错，杜心月急着要见的那个人正是樊志刚。当她来到医院时，他正在值夜班。

“樊志刚，你知道吗？我今晚特别想见你！”

她的直白令樊志刚惊讶。他扬扬眉毛，看着她。

杜心月意识到什么，慌忙解释：“我打了个大胜仗，我把雄雄的抚养权拿到手了，雄雄已经跟我回家了。”

樊志刚为她高兴：“事情都解决了？”

杜心月：“解决了，全都解决了。”

樊志刚：“恭喜，恭喜。来，坐吧。”

杜心月在椅子上坐下：“樊志刚，谢谢你开解了我。我仔细考虑过你的话，我从赵雷的角度去思考整件事，也了解过身边外地人的生活，的确有很多辛酸和不易。但我……我不能一直被赵雷牵着鼻子走，我要有主动权。”

樊志刚满面笑容地看着她，点点头。

杜心月：“后来，我想到办法了。”

樊志刚：“我就知道，你在工作上能想出那么多的奇招，在感情生活上也一定能。无论如何，恭喜你，雄雄终于回到你身边了。真是太好了！”

他们伸手击掌，内心的距离又拉近了些。

樊志刚：“对了，昨天和顾宁通视频，她也问过这件事。等下次，我告诉她这个好消息。她现在不错，怀的是个男孩，而且身体状况很稳定。”

杜心月：“呀，顾宁终于如愿以偿了，她一直盼着生个儿子呢！”

樊志刚：“是呀，不过，我就没有这个观念，男女都一样。”

两个人轻松地笑了，笑之中是无言的默契。

静夜中的都市。跨海大桥伸向漆黑的远方。

当樊志刚值完班回到家时，父母早已睡了。他坐在沙发上，翻看着手机，上面是他给杜心月拍的那张“海阔天空”的照片。他定定地看了一会儿，按了删除键！

他突然很想和远在美国的妻子通视频。可当他接通后，却被穿着睡衣睡眼蒙眬的顾宁骂了个狗血喷头。本就不善言辞的他，更紧张了。

“顾宁，我……想去看看你，陪你一起生孩子！”

“瞧你那点儿出息，当上主任才是大事！美国你就不用来了。快中秋节了，不如你叫上心月和艾茉莉一起来我们家通视频。自从来了美国，我跟她们也没见过了。”

“可……中秋节不都是跟家人过吗？”

“哎呀，我就是想见见她们，你可要给我办好这件事。行了，不跟你啰嗦了，我要再睡一会儿。”

樊志刚还想再说些什么，屏幕已经黑作一团。他为难地坐在黑暗里。

此时的杜心月也没睡。她痴痴地看着床头相框里那张“海阔天空”的照片。

别墅二楼，罗丹出神地看着电脑屏幕上的游戏界面，那女主角好像是她的自画像。

她喃喃自语：“三十三重梦境……”丝毫没觉察到上楼的脚步声。

黄总走到她跟前，笑了：“丹丹，怎么样？网速提升了吧？”

罗丹：“我跟你在一起，要的不是上网快，是有人陪！要不是因为中秋节都放假，我情愿去训练馆教孩子。”

黄总：“哟哟，又来了你。快过节了，每天得去四五户人家拜访。这里的交通一到逢年过节就面临大考验，堵车堵的我怕赶不回来。”

“还好你在我面前了，晚上带我去哪儿吃饭呀？最好是个能赏月的地方。”罗丹期待着。

黄总面露难色：“丹丹，我一会儿就得走。今天中秋节，我得……回去团圆。”不敢看罗丹，“你知道的，不像平常，推不掉的……一家人。唉！”

罗丹的眼泪立刻像决堤的洪水直冲下来。

黄总：“叫你妈来吧！”

罗丹：“我不叫！我叫她来看我孤单一个人吗？我不叫！”

黄总一时没了主意，看看表，有些焦急。

罗丹突然擦去眼泪，面无表情地看着他，两只手却把他衬衫上的一颗纽扣扣上又解开，又扣上再解开，如是几次。

黄总被她弄得有些发毛。

“大黄，你想让我为你生一群儿子是吗？”

“是呀，没错。”但他的视线落在自己的纽扣上。

“那你为什么不跟那个女人离婚？她霸着你可以，可是她根本不能为你传宗接代，而我能！我可以不要任何名分，可以不在乎好朋友的嘲笑和羞辱，但是你的孩子呢？他们不能呀！他们需要正大光明的父母。大黄，有句话说得好，再难也不能难为了孩子！你就不为你将来的儿子们好好想想吗？”

黄总显然被罗丹的话触动了，但他的视线还是落在自己不断被摆弄的纽扣上。他扶着她的肩，安抚她，其实也是在安抚自己。

“这些你不是第一次提了。好吧，我想想办法，会尽力的。”

罗丹把纽扣转了几圈，稍一用力拽下来了。

“丹丹，好好的你拽扣子干吗？”

“衣服穿在你身上，扣子攥在我手里，有针有线也钉不回同样的扣子。你去吧，记着这里还有个家！”

黄总象征式地亲了亲她的额头，匆匆下楼了。

罗丹把玩着手中的扣子，一脸的怒气。

圆月初升。

月光下，方大宇仰头看着别墅的窗户，里面传来游戏的厮杀声。

巨大的电脑屏幕前，罗丹正在玩游戏。

张妈敲门：“太太，通讯公司的工程师来了，说是和你约好的。”

“叫他进来吧！”

“是。”

罗丹若有所思地看着门口。不一会儿，方大宇被张妈带进来。他放下工具袋，把门关上，疾步到罗丹跟前。

“丹丹，为了能在今天见到你，我等了六个钟头！”

罗丹沉默着。

“我就是想见你，我根本忘不了你！自上次一别，我就不能让你再离开了！”

“大宇，你别这样，家里有佣人呢。让她们发现了怎么办？再说，我丈夫也快回来了。”

“这次你可骗不了我。我在你家附近等了六个钟头，终于等到他回来又离开，他肯定是赶回家过节了。今晚，他不会回来的。”

“你快走吧，他说了会回来的。”

“丹丹，你把一切都写在脸上！我读懂了：你不开心，你失望，你很寂寞。”方大宇一脸深情。

罗丹别过头不看他。

方大宇拿出手机，摆弄了一下，放在桌子上：“你听这是什么？”

手机里传出一段欢快的音乐，罗丹转过来，听着听着，有些动容了。

方大宇兴奋地拉着她的手：“别想那么多，我们一起跳！”他跳起了牛仔舞，罗丹开始不太起劲，慢慢地跟上了他的节奏。二人对跳。

“我想起大学时的舞厅。”

“我也是。”

“我说过就和你这样一直跳下去。”

“我记得。”

“我们注定有一辈子的缘分。”

罗丹清醒了：“大宇，别傻了，现在说这些有用吗？”

方大宇:“有用，当然有用。我们注册结婚，开始新的生活，你很快会忘掉这一切。”

罗丹：“新的生活？我已经找到新的生活了。”从旁边的桌子上随手抽出一本时装杂志，翻开一页，“你看这款衣服是什么牌子的？”

方大宇摇头。

罗丹：“看见这件羊绒大衣了吗？知道羊绒的绒长分多少个等级吗？知道每个品牌的等级和产地及价格差别吗？”

方大宇又摇头。

罗丹又翻过一页，是 LV 的男装品牌。

“LV，听过吧？你知道它的正确发音吗？——（法文）Louis Vuitton。”

方大宇：“不知道，我全都不知道。反正这些跟我们的生活没关系。”

罗丹撇撇嘴：“那是和你的生活没关系，但和我的生活有关系。我再也不想过那种欢天喜地买件杂牌大衣还傻美的日子了！”

方大宇：“丹丹，你追求物质生活是无可厚非的，人总是要有梦想的。我知道，我和我的家庭伤害过你，我也暂时没有能力给你那么奢华的生活。可是，我还年轻，你也年轻，我们可以一起奋斗，我们还有很多机会。大叔能给你的，我有些还做不到，可我能给你的却远远多于大叔！跟我走吧！”

就在这时，罗丹的手机响了，是黄总打来安抚她的。不料，却激起了她内心的怨恨。她挂断电话，把这股邪火发到了方大宇身上。

“男人没一个好东西！滚！你也滚！”

“丹丹！”

罗丹捂住耳朵，别过头：“你滚！我什么都不要听！滚！”

方大宇犹豫着，终于伤心地背起背包，走出去。

罗丹静静地站着。寂寞和不舍一下涌上心头，两行泪水悄悄流下。她启动游戏，厮杀声传来。

中秋夜，她将与游戏相伴。

20

当艾茉莉和吉士如金童玉女般出现在顾宁家门外时，杜心月带着爸爸和儿子也到了。樊志刚热情接待了他们。杜心月暗暗看着他，内心有种说不出的情愫。其实，樊志刚也在特别地看着她。他们目光相遇，随即又尴尬地分开。

大家进屋后，杜爸爸和志刚爸像一对早已熟识的老朋友一样热烈地聊起来，志刚妈则是抱着雄雄舍不得放手。

樊志刚熟练地接通了视频。杜心月、艾茉莉和顾宁，这三个久未谋面的闺蜜终于相见了。岂料，重逢的喜悦在短暂的寒暄后竟被顾宁的一番话即刻冲散。

“我现在可是知道了，这人呀，同人不同命，还没出生差别就显出来了。就说我们家宝贝吧，还在肚子里，他大姑就答应把财产都给他。哈哈！他可不只是含着金钥匙出生，简直就是带着一座金矿来的！”

艾茉莉和杜心月一时无语。

顾宁：“心月，听说你和赵雷分了，他竟舍得把雄雄给你？让步是为了户口吧？你绝不能给他办！”

杜心月：“办！我一定会给他办的。谋了那么多年，他不就为这个结果嘛。”

顾宁：“你就傻吧你，好心没好报，长着脑子让人涮你……”

杜心月打断她：“别说了顾宁，我们想法不一样，我决定的事不会改变的！”

在那一瞬间，顾宁觉得有些意外，昔日的好友好像变了一个人。气氛变得沉闷和尴尬，连樊志刚和吉士都仿佛察觉到什么，走过来看她们。

杜心月：“顾宁，我是说，人不能光想着钱，光想着自己多委屈，有时要设身处地成人之美。钱不是最重要的，人和人之间的比较不是用钱来衡量的。”

她和樊志刚的目光不经意地又相遇了，旋即又分开。

话不投机，顾宁有些不痛快：“就你伟大，钱有什么不好？钱招你惹你了？反正又不是我被人涮，好赖你自己看着办吧！”

这时，雄雄走过来拉拉杜心月："妈妈，我肚肚痛。"

原来雄雄拉肚子了，还有些呕吐。杜心月这才想起，在来的路上曾给他吃过两根冰棍。

樊志刚走过来摸摸他的头，量体温。

"三十九度八，马上送医院吧！"

杜心月慌乱地抱起雄雄就往外走。

樊志刚叫她："杜心月，我开车送你们。"

雄雄被确诊感染了轮状病毒，需入院治疗。杜心月怎么也无法接受，就因为两根冰棍竟让他们一家在医院度过了中秋夜。

雄雄所在的病房共有五张床，只有一张空着。他打着点滴，依旧昏睡着。小屁股因为拉得太多早已沤烂了，杜心月心疼地为他情理尿片。一旁的杜爸爸开了口："挂了一夜的吊瓶，怎么还拉呀？再这么下去，会不会感染呀？"

杜心月："不行，我不能这样等，不能这样看着雄雄活受罪。"

樊志刚从外面走进来，戴着手术帽，两眼猩红。

樊志刚："雄雄怎么样了？"

杜心月哽咽着："没什么好的迹象。"

樊志刚："坚持住，这个时候千万不能垮！"

杜心月点点头。

樊志刚："看我给雄雄带了什么？"晃了晃手里的玩具狗。

许是受到鼓舞，杜心月平静了。

"你刚下手术台吧？需要多休息。你这样两边跑，我和爸爸过意不去。"

杜爸爸："是啊，志刚。"

樊志刚："别说这样的话，你一个人照顾孩子很辛苦，伯父年纪也大了，让我帮帮你们吧。"

杜心月眼中孕泪。这个时候，她太需要帮助了。

"好吧，你在这儿看着雄雄，让我爸回家休息。我记得，有家中医院有一款自己研制的皮肤特效药，以前雄雄脸上出湿疹老治不好，就是那药有效果。我去一趟。"

她就是这样一个女人，一定要解决问题。

罗丹穿着休闲装端着咖啡杯，欣赏着花架上的玫瑰。

张妈匆匆走过来："太太，我刚接了个电话，我妹妹家的孩子要结婚了，家里忙不过来，催我回去。"

罗丹："噢，那你去吧，钱不够可以先从买菜卡上支。"

张妈："谢谢太太。可是，中秋节王妈已经请假了，现在我又回去，你身边连个使唤的人都没有。要不，我临时给你找个人吧？”

罗丹：“不用了，生面孔反倒让我不自在，我一个人静静。你去收拾吧。”

张妈：“哎，谢谢太太。”

罗丹离开玫瑰花架，来到二楼的卧室。她拿起了手机，要招来一个人陪她打发这空寂的日子。能够被她招之即来，挥之即去的恐怕只有他了。

初秋的阳光温暖地照耀着阳台上的花花草草。罗母悉心地给花浇水、修剪枯枝老叶。

屋里的电话响了，她赶紧去接。电话里传来黄总的声音。

“中秋节我没陪她，丹丹可能生我气呢！有时间，您多去看看她。”

“哎，今天有人来检修煤气，我得在家等着。丹丹有时候是有点儿小孩子脾气。你放心吧，明天一早我过去。”

“多和她说说话，陪她去训练馆教球。”

“现在快月考了，练球的孩子们少了些。没事，我带她逛逛街。”

“有您在，我就放心了，她那些闺蜜一个也指不上！”

病房里，雄雄静静地躺着，床边的架子上换了新的药液袋。一个护士仔细查看他的脚和手。

护士为难地告诉樊志刚：“他脚上和手上的血管都打爆了，大夫又给开了三袋药，都是今天的。要不……打在头上吧？”

樊志刚：“大夫呢？我一直让你们去找大夫过来看看，她怎么还不来？”

护士：“她忙着呢。生病的孩子这么多，每个人都找大夫，她怎么顾得过来呀？”

樊志刚：“再忙也得来看病人，也得来查房，这是她的职责。”

刚从外面回来的杜心月一个箭步走过来：“今天什么针都不打了。”

樊志刚和护士都意外了。

护士：“可大夫说了今天都要打完。你不打，怎么行呢？”

杜心月：“有什么不行的？孩子现在在医院，出了事由你们医院负责。”

护士：“我做不了主，我去叫大夫。”说着赶紧走出去。

樊志刚明白了杜心月的用意，冲她点点头：“你这个医患家属还挺有招儿的！”

杜心月从手袋里取出一个粉红色的小药瓶，旋开了瓶盖。

“你没听过母亲是万能的吗？这就是治湿疹的药水，给雄雄试试。”她把药液轻轻涂抹到孩子的屁屁上，仔细观察他的反应，竟然没有任何痛楚。

樊志刚也注意到了：“看来这药液药性挺温和的，不像之前医生开的那个药膏，一涂他就躲。”打趣她，“你也是半个大夫了！”

杜心月：“你一直都是站在医生的立场，从没当过病人家属吧？”

樊志刚："是呀。这是我第一次从病人的立场去体验一个医生的重要，更是从另一个角度去体验孩子生病后大人那种焦虑和无助。杜心月，看到雄雄受这些折磨，却一点儿忙都帮不上，我恨不得自己能改读儿科！"

杜心月心里暖暖的。

走廊上传来急促的脚步声，雄雄的主治医生在刚才的护士的陪同下来到病床前。

她翻看雄雄的眼皮，又拿起他的手脚摆弄几下，病床上的雄雄害怕地躲闪着。

主治医生："听说，你们不让给孩子继续打针？"

杜心月："大夫，你看他还能打吗？"

樊志刚："打过针的地方都肿了！小腿也肿了！从入院到现在，我们才是第二次见到你！"

主治医生抱歉地说："生病的孩子太多，作为医生，我不能偏顾任何一个孩子。要不，暂时不打吊针，增加口服药的次数，今天晚间再看看情况。"对护士吩咐，"给他抽血化验。"

杜心月急了："怎么又抽血呀？昨晚不是抽过了吗？不行，没事别总抽血！"抱紧了雄雄。

医生摇摇头和护士离开了。

樊志刚用眼神安慰着她。他用手捂着自己的脸出现在雄雄面前，突然双手打开，雄雄竟然笑了，又合上手遮脸，又"嗨"一声打开，雄雄又笑了。

杜心月眼睛湿润了："这是雄雄小时候爱玩的游戏，也是你最先跟他玩的。"

樊志刚笑着停了手，给玩具狗上紧发条。小狗在床上走路。

樊志刚："来，雄雄，让狗狗在你的手掌上走路吧！"

雄雄定定地看着他，扬起小手，把机器狗重重地推在地上。他哭闹着："我不要这里！我不要狗狗！我不要这里！"

杜心月安慰他："我们谁都不喜欢这儿，雄雄快点儿好，快点儿离开这儿。"

就在这时，护士带着一对抱孩子的夫妇走进来，指着那张空床："你们那张床！"

那对夫妻神色凝重。孩子的爸爸叹息着："唉，这房间人也不少，不知还会不会交叉感染！"

樊志刚和杜心月困惑地对视。

傍晚，艾茉莉回到家。里面黑黑的，像是没人。

她想："还没回来，也是的，到郊区上班是远了些。"当她开灯时，却发现吉士像雕塑一般坐在沙发里。

"吉士，你回来了？这工作还行吗？"

"我不干，我不去那里！"他带着醉意。

"为什么？那的人事经理和我很熟。再说了，part time 的工作要求没那么高。"

“没那么高？你也觉得我不行是吧？我是垃圾吗？我是吗？”他满嘴酒气。

艾茉莉皱皱眉，两人又为工作的事发生了口角。她看着眼前这个颓废又倔强的外国男友，一时觉得进退两难。她打给杜心月想诉诉苦：“喂，心月……”

杜心月站在病床边接电话：“茉莉？”

艾茉莉：“方便吗？出来陪我喝两杯！”

杜心月正要回答，新来的病孩子哭了，哭声响彻了整个病房。

艾茉莉：“心月，怎么了？是雄雄哭吗？”

杜心月：“不是，我在医院呢。”

艾茉莉：“啊？雄雄住院了？哪个医院，我去看他。”

杜心月：“不碍事，就是有点拉肚子。你别来了。”

新来的病孩子突然狂呕起来，他的父母乱作一团，狂叫着护士。

杜心月：“好了，先不说了。”匆匆收了线。

病房里一片混乱，病孩子被护士推了出去，后面跟着那对忧虑的父母。

天蒙蒙亮的时候，雄雄醒了，挨着他靠在床头的杜心月也醒了，她下意识地看了看身边的空床，突然感觉是凶兆！不知为什么，雄雄恐惧地抓着她的手指，嘴里还叫着：“妈妈！”杜心月轻轻拍他再入睡。

在椅子上坐着睡了一整晚的樊志刚也醒了，他和杜心月的眼神交流着。

杜心月：“哎呀，我没留意，这孩子是出院了还是……”

樊志刚缓缓地开了口：“没敢告诉你，那个孩子因为交叉感染，病情变重了，转去重症监护室。听说……”

杜心月面色惨白：“什么时候知道的？”

樊志刚：“昨晚打粥时听说的。”

杜心月不由地抱紧了雄雄。

樊志刚看看表：“我要准备一下，八点钟出诊。你再睡会儿吧。”

杜心月其实也困极了，乖乖地被樊志刚扶着躺下来。

别墅二楼的大床上有些凌乱，罗丹慵懒地靠在床头，充满了幸福感。

方大宇穿戴整齐，从卫生间走出来，他手里拿着一把梳子。

“坐过来吧，我给你梳梳头。”

罗丹顺从地坐到梳妆台前，从镜子里，看着方大宇为自己梳头。

“大宇，你是第一次为女人梳头吧？”

方大宇点点头。

“我的第一个女朋友是你，第一个未婚妻是你，第一个可以让我为她而死的人是你，还有第一个我为她梳头的人也是你，第一个和我通宵搏杀的人也是你，还有还有……”他眼中满是泪。

镜中的罗丹也是泪流满面。

方大宇猛地转过她的身体，热切地说：“丹丹，我已想好最后的结局。穿过第三十一重‘黑瓷’，直入第三十二重‘灵犀’，最后来到第三十三重……”

楼下的门铃突然响了，把二人吓了一跳。

罗丹打开二楼的监控，看到大门外竟然是妈妈！

罗母拉着一个小拖车，一见女儿就说：“丹丹，看我给你带什么来了？全是你最爱吃的菜。你这儿离城远，买东西不方便，我给你带了一车来。”

罗丹：“妈，你怎么来了？也不提前给个电话。”

罗母：“来看你呀，你是我女儿，我不该来看看你吗？再说，也是黄总的意思。”

罗丹：“他真多事！”

罗母把拖车拉进来，罗丹关上门。

罗母：“不是人家多事，是疼你。平时他在家，咱娘俩说话不方便，现在正好。”她正换拖鞋，突然瞥见地上的一双男鞋，不像是黄总的。她把鞋拎在手上，问：“这是谁的鞋？”

罗丹：“妈，楼上有个技术员在调试网络。”

罗母满腹狐疑：“这鞋是他的？”

罗丹点点头。

罗母：“上去看看。”

罗丹：“妈，你别跑上跑下的，我去看着就行了。你准备午饭吧，给我做几个拿手菜。”

罗母不由分说冲上楼：“不急，再能藏的耗子也过不了我这关！”

21

只要没有手术，樊志刚就会陪在杜心月母子身边。他深知一个单亲母亲的不易，更何况此时的雄雄好像已没有了生命感，日子就在沉睡、吃饭、打针、吃药中毫无生气地过去。而他的隐忧也终于发生了，杜心月也腹泻了，像是交叉感染的征兆。

她脸色蜡黄地从厕所走出来。

“也不知怎么回事，我肚子老是咕噜咕噜的，去了好几趟了。”

樊志刚：“你必须去看医生，吃药休息，不要让情况恶化。”

杜心月：“那怎么行？我爸这两天血压高来不了，雄雄又特别缠人，你一个人怎么照顾得过来？我不去！”

樊志刚：“你必须去！杜心月，你已经感染了，如果雄雄被交叉感染怎么办？为了雄雄和你自己，你必须去看医生。”

一阵清脆的高跟鞋声停在门口，艾茉莉和杜爸爸一起来了。杜爸爸拎着一个保温桶，艾茉莉拿着很多玩具。

艾茉莉：“心月，雄雄好些了吗？”

杜心月忧虑地摇摇头。这些天的操劳令她疲态尽显，衣衫皱巴巴的，头发也凌乱，与衣着时尚的艾茉莉形成鲜明对比。

杜爸爸：“心月，累坏了吧？”

艾茉莉：“心月，你不是也病了吧？脸色太差了，这还是你吗？”

杜心月有气无力：“爸，你血压稳定了？”

杜爸爸点点头。

樊志刚：“杜心月也腹泻了，我初步判断是交叉感染。”

艾茉莉：“还用判断吗？这个环境根本不是养病的地方，一个孩子配两个大人，十几个人都挤在这儿！”不住地摇头。

杜爸爸：“雄雄，吃些粥吧，姥爷熬的，不稠不稀香喷喷的。”

樊志刚把雄雄抱起来坐好。

杜爸爸盛了粥喂他吃，可他嘴巴闭得紧紧的，一只手还抓着樊志刚。

杜爸爸：“乖雄雄，吃吧，吃了才有力气。”

雄雄仍闭着嘴巴。

杜心月少有地冲孩子发火了：“不吃是吧？不吃就永远别吃！”

雄雄无动于衷。

艾茉莉打开手里的玩具包装，说：“心月，别烦躁，小孩子要慢慢哄的。雄雄，送给你了，抱着它吃粥好不好？”

雄雄呆呆地坐着。

杜心月似乎下了很大的决心：“我想让雄雄今天出院！”

这句话让所有人都惊呆了。

杜爸爸：“他还腹泻呢，说什么胡话！”

艾茉莉：“是呀心月，太冒险了，不能出院。要不调个好点儿的病房？”

樊志刚沉默着，一直握着雄雄的小手。

杜心月：“我就是想让他出院！他的确还有腹泻，可正在慢慢好转。我觉得，他需要一个更好的环境休养，我自己也是。我要带他回家，回家恢复成一个爱玩、充满好奇心的正常孩子。所有的一切，我来负责，我负得起这个责任。”

杜爸爸看着樊志刚：“樊志刚，你是医生，你说呢？我想听听你的意见。”

樊志刚又一次支持了她。

“杜心月，我陪你去见主治医生。”

当他们办完一切手续返回病房时，杜心月兴奋地宣布：“雄雄，我们可以回家了。”

可雄雄呆呆地看着，毫无反应。

樊志刚：“雄雄，带你回家好不好？”

雄雄盯着他好几秒，突然跳到地上，嘴里嘟囔着：“鞋鞋，叔叔给我鞋鞋。”

樊志刚蹲下身，为他穿鞋。

杜心月感动地看着眼前的一切。

樊志刚补充道：“艾茉莉，麻烦你陪杜心月去看医生，她的病情不能再耽误了。”

艾茉莉应声。

樊志刚：“大家分头行动吧。”他抱起雄雄，“妈妈也要看医生，叔叔和姥爷送你回家好不好？”

雄雄点点头，紧紧抱住他。

在常人看来杜心月这个不可思议的决定也只有樊志刚才会支持，但他的内心也有隐忧。

夜已深了，樊志刚和艾茉莉还坐在客厅的沙发上。

杜爸爸："折腾一天了，你们也回去休息吧。"

艾茉莉："也好，我还真有点儿累了。雄雄看起来好多了，那我就放心了。"她向大家告辞离去。

送走了艾茉莉，樊志刚却没有离开的意思。

杜爸爸："樊志刚，你也回去吧，累了好几天了。"

樊志刚："不，伯父，我不能走。今晚很关键，我要等雄雄熬过去。杜心月，不介意吧，今晚，我在你家打地铺，万一……我开车送你们。"

杜心月："爸，让樊志刚留下吧，我们都需要他。"

杜爸爸点点头，表情复杂地看了眼樊志刚和自己的女儿。

清晨，厨房里传来轻微的声响，是杜爸爸在弄早餐。

樊志刚躺在沙发上，沉沉地睡着。

杜心月从卧室走出来，痴痴地看着他睡觉的样子，不由地走过去为他拉平被角。

杜爸爸从厨房走出来，看到这一幕："心月！"

杜心月自觉尴尬："爸，弄早点呢，我帮你。"

卧室里突然传来雄雄的喊声："妈妈——妈妈——"

他们急忙冲进去。

樊志刚也一下坐起来，还不太清醒，但嘴里嘟囔着："雄雄叫呢！是雄雄！"

卧室里，雄雄睁开了眼睛，清亮透彻的眼神又回来了。

大家围在他身旁。

杜心月："你叫妈妈干什么？"

雄雄小声地说："我要吃面面。"

杜爸爸激动地问："什么？"

雄雄大点声了"我要吃面面。"

樊志刚笑着："还是听不到！"

雄雄清脆响亮地回答："我——要——吃——面——面！"

那声音响彻云霄，是人间最美的声音。

艾茉莉收到杜心月的微信时，刚回到家，得知雄雄彻底好转，她马上回了一条语音："亲爱的，你又赢了！"

吉士静静地坐在餐桌旁。

艾茉莉挨着他坐下："吉士，你怎么了？"

他没说话，打开面前的杯子递给她。

艾茉莉接过来一闻："芝麻糊！你做的？好香呀！"

吉士："我一直在试，总也弄不成。今天成了，能糊到一块儿了。你藏藏（尝尝）吧！"

听到这里，艾茉莉反而没了吃的兴致。她突然有种恨铁不成钢的感觉。

“你出去找工作了吗？”

吉士摇摇头。

“摇头是什么意思？没找还是找不到？”

“你藏（尝）吧！”

“亏你还有心思在家弄吃的？你……你是个男人吗？”

“Emily，这是我最后一次为你弄吃的。”

“吉士你什么意思？”

“Emily，我恐怕不能和你结婚了。”

“为什么？你真的‘耍流氓’？”

“Oh，no！我工作的问题。”

“你没找工作吗？你投了那么多简历总会有回音吧？”

“就是那些简历全失败了。现在外企业绩不好，我申请的那些公司也在砍人，我还有什么希望？”

“不然，你先去培训学校教语言？”

“我也想过，但英语不是我的语言，法语在中国不多。反正，没人爱学，学了也用不上。”

艾茉莉也意识到问题的严峻，她沉默了一会儿。

“那你打算怎么办？”

“Emily，我想回国，回法国。”

“回国？你没上网看吗？现在欧美国家债务危机严重，许多本国的雇员都纷纷失业，你回去也只会是失业大军中的一员，根本没戏。”

“你说得对。可回去，我有福利，我不用工作也可以生活得很好。”

“你想回去领低保？你不是真的这样想吧？”

“我砸（宅）不住了，只能回去。”吉士耸了耸肩。

艾茉莉简直气坏了。一直以来，她对于自己和吉士的感情总是一副犹犹豫豫、弃之可惜的态度。如今，当吉士真的要离开时，她竟觉得自己似乎也被逼到了某种境地，进退两难。

杜心月的上司方总此刻正笑眯眯地坐在她对面的办公椅上。

“杜经理，我发现你有超出一般的工作热情。自从你来公司后，你们区域的效率提升了不少，你很有凝聚力呀！”

“方总，你过奖了。前段时间，孩子生病，耽误了不少工作时间，我很惭愧，总想着怎么补回来……”

“人之常情嘛。对你的评价不是我单方面的，也是人事部反馈的意见。当然，还有公司的业绩，逆市回稳，你功不可没。”

“谢谢。”

“光赚钱不是公司的宗旨。这次赠书仪式的具体安排我都看过了，很好，很周密。不过，你漏了一样东西。”

“方总，是什么地方我疏忽了？请您指正。”

方总笑了笑，从抽屉里拿出了一块红色的条幅。他站起身，示意杜心月和他一起打开。条幅上是白色喷漆的八个大字：与民同利，上善若水。

杜心月舒了一口气：“方总，您多虑了。这个横幅我们已经制作了两条，不止有这八个大字，还有我们的公司名称呢！”

方总：“这个横幅不是挂出来的，是喊出来的！”

杜心月：“喊出来？谁喊出来？”

方总：“当然是那些受捐的孩子。这是我们的惯例！”

杜心月：“喊什么？对不起，方总，我知道，这口号本应是我来想，但我……也许，公司有自己的想法？”

方总：“嗯，你可是问对了人，编口号我最擅长了。‘与民同利，上善若水’是我们的企业文化。同时，也要把我们公司的名字响亮地喊出来。”他来回踱着步子，一副深度思考的样子。突然，他停下来，眼睛里泛着亮光。

“杜经理，你看这样喊好不好？”他两手举起那副横幅，不时挥动着。“与民同利，上善若水。民山公司，助我圆梦！”强调着多喊一遍，“民山民山，助我圆梦！”方总声情并茂，但样子颇为滑稽。

杜心月哭笑不得，这令她对方总一直以来的慈善家的印象大打折扣。不止，她似乎更看到了那些伤不起的受捐孩子。

放学时分，杜心月和爸爸接了雄雄往家走，在楼下遇到了陪父母看房子的樊志刚。

雄雄一见他立刻扑过去：“叔叔！叔叔！”

樊志刚抱起他，用手在他鼻子上刮了一下，他开心地笑了。

他是来辞行的，不久以后要跟医疗队去山区扶贫。杜心月听了，心里竟有些莫名的不舍。

杜爸爸支走了女儿和外孙，唯独留下樊志刚。

“志刚呀，伯伯想求你件事！”

“您说吧，只要我做得到。”

“心月这孩子，在婚姻上老是不顺利，交朋友却能遇到顾宁这么好的闺蜜。顾宁是个有眼光的孩子，不然也不会找到你这么百里挑一的人。心月跟你和顾宁都是好朋友，我想托你给心月介绍个对象。”

樊志刚先是一愣，继而一脸窘态。

“伯父，我……我可不擅长这些。我……”

“你可别为难，我就想托你看看，在同事、朋友里有没有像你这样专业技术好、人又好、对家庭有责任感的好男人。现在流行什么……暖男，对！要是能给心月找着这么一个暖男，我也就放心了。”

“伯父，这事我确实不擅长。要不，跟我妈说说？”

“也对，一会儿吃饭跟你妈说说，女人家更在行些。”

其实，杜爸爸表面是想给女儿介绍对象，但内心却不无忧虑。俗话说“防微杜渐”，以他多年的人生经验和对女儿的了解，他怎么会不洞悉她心中的隐秘之处呢？

罗丹送走了最后一个学生，透口大气，坐下喝水。

突然，大门被推开了，进来的是方大宇。

罗丹见到他，又惊又喜：“大宇，你怎么来这儿了？不是说好暂时不见面了吗？”

方大宇：“丹丹，你可以不跟我见面，但我不能看不到你！”

罗丹：“可这里不方便啊。”

方大宇：“这里是我们唯一能见面的地方了。丹丹，这些天你好吗？”

罗丹：“没有什么好不好的，我的生活也就这样了。”

方大宇抓住她的手：“丹丹，我的游戏已经到了第三十三重梦境，乐极天！只差大结局的尾声。这个游戏目前有三家公司都很感兴趣，我相信会卖一个好价钱。你跟我走吧，我可以用这笔钱给你一个好生活的开始。”

罗丹摇头，抽出自己的手：“你和你的游戏是待沽的股票，我的好生活却早就开始了。”

方大宇并不沮丧，眼神中充满了自信：“丹丹，其实游戏的结局我想了很多很多，可都不够浪漫，不够感人。我想，我们的结局也许就是游戏的结局。”

罗丹听到这儿，大笑起来，笑声中有些许疯狂和无奈。

“大宇，你醒醒吧，我们会有结局吗？别把才华压在我们不可知的结局上。”

方大宇固执地说：“丹丹，我们一定会有结局的！就因为能再次见到你，我的游戏才会继续，我们的一切才会继续。我不会放弃的，我要做给你看！”他捧着她的脸，认真地亲了亲她的额头，转身离去。

等他走后，罗丹从身旁的乒乓球筐中，拿起一个球，“啪”的一声抽向墙壁。乒乓球反弹回来，落在地上，啪嗒啪嗒响。紧接着，又一个乒乓球被抽向墙壁，反弹回来，落在地上。更多的球被抽打，相互交错发出凌乱的响声。

罗丹恨恨地自言自语：“你这个疯子！你这个傻子！我凭什么跟你走？凭什么？我好不容易得到了这么多，难道让我为你放弃吗？我会吗？”

她猛地一抽，球拍和球一起飞向了墙壁。

她并不知道，这一切都被早已来到的母亲看在了眼里。

杜心月在毫不知情的情况下和爸爸还有雄雄出现在了今晚的相亲饭局上。

邹凯是樊志刚家的老邻居，也是他的发小，从澳大利亚回来探亲。他对杜心月第一印象不错，尽量找话题。

"杜小姐，你平时都爱些什么饮品呢？"

"菊花茶。"

"嗯，有品位，有格调。"

"谈不上品位，我这人对生活要求很简单，健康、自然就好。菊花茶清淡幽香，对身体有益。"

邹凯："实在，我就喜欢像你这样实在的人。"

杜心月："邹先生过奖了。"

这时，包房的门被推开了，樊志刚和一个十岁大的女孩走进来。她带着造型可爱的圆形大眼镜，毫不腼腆、毫不畏惧地打量着在座的所有人。她选了杜心月对面的主席位。

樊志刚也坐下来。

杜爸爸："邹先生，这孩子是你的……"

邹凯："啊，我的女儿 Lunar，露娜。"

杜爸爸："好，好呀，大家都带着孩子来，挺好的。"

Lunar 充满自信："我一直是我老爸的亲友团。"

众人都笑了，只有杜心月沉默着。

杜爸爸："Lunar，你多大了？"

Lunar："我该多大就是多大，不管你问我还是不问我。"

杜爸爸被刺着了，有些不悦。

志刚妈打圆场："瞧这孩子，伶牙俐齿的。"

邹凯在一旁微笑着解释："一直跟着我，给我宠着。"

杜心月也一直在打量着这个孩子。

志刚妈："露娜，不如我带你们小孩儿出去吃，让大人好好说说话。"

Lunar 轻拍着自己的座椅："只有我在这儿，这个主席位才不会空着。"

志刚妈也觉尴尬了："瞧这孩子……"

樊志刚："妈，Lunar 在外国长大，跟国内循规蹈矩的孩子不一样。"他的目光掠过杜心月，却不敢正视。

Lunar 直视着杜心月，眼神充满了探究。

杜心月也镇定自若地看着她，毫不躲避。

Lunar："你是来和我爸相亲的？"

杜心月不回答她。

Lunar："见到我，你就没什么要问的吗？我可是他的拖油瓶呀。"

杜心月："不止，你还有个身份——是发言人。"

Lunar 笑了："你三十多还是四十多？'遮瑕'和'抗皱'可是你的关键词。"

杜心月："我什么年龄做什么事，你也应该这样。"

Lunar："你是第一次相亲？我一看就知道。"

杜心月："你不是第一次陪着相亲，你自己说的。"

Lunar 有些许得意："这是我陪老爸的第八十一次相亲。"

大家很诧异。

杜心月："这就是八十次不成功的原因所在。"

Lunar："你……为什么你不说八十一次不成功？"

杜心月："失败乃成功之母。"

Lunar："你是说这次会成功？"

杜心月："成功乃失败之父。"

Lunar 看着杜心月突然哭了。

大家都不解。

邹凯赶忙安慰女儿："Lunar，Lunar……"

杜心月站起来走到 Lunar 身旁："棋逢对手，我还略胜一筹。月亮，你是为这个哭吗？"

Lunar 也站起来，不哭了，瞪着她。

杜心月友善地说："我们抱一抱。"

两人抱了一下。

Lunar："你刚才叫我什么？"

杜心月："月亮。我喜欢这个名字，我猜你也喜欢把 Lunar 译成月亮而不是露娜。"

Lunar 定定地看着她："你第一个猜到我的秘密。"

杜心月："我也送你一个关键字——爱！把你所有的想法都放下，你才能获得缺少的那部分爱。邹先生，谢谢你这顿饭，你的女儿也很可爱。不过，她是你一个人的女儿。"

她回到雄雄身旁抱起他，对爸爸说："爸，我们该走了。"

杜爸爸起身歉意地向志刚妈点点头，跟在杜心月母子身后离开包房。

背后传来邹凯急切的呼唤："杜小姐！请等等，你跟我女儿很谈得来。请等等！"

22

一辆计程车停在杜心月一家面前，他们刚要上车，樊志刚从餐厅里追了出来。

“杜心月！你听我说，听我说。等等！”

杜心月把雄雄放到爸爸怀里让他们先上了车。

樊志刚走到近前：“杜心月，对不起，我没想到露娜会说出那些话来。我……”

杜心月：“樊志刚，我也没想到你还懂做媒呢！是不觉得我特碍眼，我非嫁不可呀？”

樊志刚窘迫地说：“我……唉，你听我解释，不是我想介绍邹凯的，是他说现在回国娶妻是潮流，要我介绍我妈……唉！全乱了……”

杜心月生气地打断他：“告诉你，我一个人过得很好，不敢劳你大驾，你还是管好自己的事吧。”

计程车开走了。樊志刚呆呆地站在原地，思绪复杂。

晚上，雄雄早早睡了。杜心月靠在床头，手里拿着那个镶有“海阔天空”照片的相框，若有所思地看着。

而此时，樊志刚正在医院值班。他想来想去，觉得有必要跟杜心月解释。

杜心月在家也觉得要不要问他个究竟，她拿起电话。

刚好樊志刚也拿电话打给她。结果，双方的电话都占线了，再打。

杜心月感到落寞。

樊志刚顿觉惆怅。

这时，梁主任经过医生办公室，走进来。

樊志刚：“梁主任，这么晚了，你还没回去？”

梁主任：“我来医院取份病历报告。有个手术，我想到一点儿修改方案。对了志刚，医疗队的出发时间定下来了，后天上午动身。没问题吧？”

樊志刚：“没问题，我随时待命呢。”

梁主任：“那就好。”

他察觉到梁主任的脸色不好，问他关于体检的事。

梁主任：“不查不查，我一向不爱查那些。”

樊志刚：“你自己是医生还忌医呢？”

梁主任:“我比仪器还了解自己。来,我们讨论下那个胰腺手术的几个小问题……”

吉士端着热腾腾的砂锅，把浓浓的药汤倒进了暖壶里，盖好盖子。做完这一切，他拿起笔在纸上写了个字条：记得吃芍。

“哦，又错了。”他在“勺”旁边写上“纟”，“是药。”他苦笑，放下笔，拉着行李箱，向外走去。

艾茉莉刚看完周医生，得知自己一切正常了，她兴奋又感激。这一切都是吉士的功劳！她打电话给他，却无人接听。当她赶到小区门口时，见到一个身形酷似吉士的人上了出租车。

她三步并两步跑上前：“吉士！吉士！”猛拍车体大叫着，“吉士，你快出来！我能生宝宝了，这都是你的功劳。你别走，无论怎样，我们都要一起扛！我跟你一起扛！”

车里的人茫然地看着她，艾茉莉这才发现里面坐着的根本不是吉士。她一下愣住了。那人对她笑了笑，出租车开走了。

“艾茉莉！”

她回过头，看到拉着行李箱的吉士。

“Emily，你刚才说的是真的吗？我太感动了！但是，你为什么不对我说，要对车说呢？”

艾茉莉一下笑了。

“对了，你生宝宝怎么是我的功劳？是我们的嘛。”

艾茉莉想起刚才的话，害羞又恼怒地捶打他。打着打着，她又抱住了吉士：“你真的要回法国？”

“没办法，我接受现实呀。”

“今天别去了。

吉士不懂。

艾茉莉：“明天我回公司请长假，去那儿陪你一段时间。”

吉士几乎不能相信自己的耳朵：“真的吗？我没听错吗？可是这段时间……没结果……我可能要回南部种葡萄了。”

艾茉莉：“那就一起去，带我看看你生活的地方。”

吉士像孩子一样擦着眼泪。

艾茉莉：“吉士！”

蓝天碧野，乍看还以为是到了法国南部。

一辆面包车行驶在乡间山路上，路两旁的白杨树被车飞快地甩后，不远处一个村庄出现了。

杜心月坐在面包车上，前排是司机和一名村干部模样的人。

村干部："杜经理，前面就是大柳村，那是个大村，学校有四十多个孩子。"

杜心月："你刚才说将来要建的新学校就在这附近吗？"

村干部："是呀，地都圈好了。现在县里有统一规划，建大型寄宿学校，把邻近的孩子们都集中起来，不只教师资源可以共享，连硬件设施也可以共享。孩子们还从没摸过电脑呢！"

杜心月："太好了，我们方总早就有捐电脑的想法，要一步步来。我们公司每年都会有一项大型的公益活动。这次的捐书仪式他会出席。到时，我就向他汇报。"

村干部："谢谢。太感谢了。"

面包车在村口空地前停下来。看着一大群排队等候的村民，杜心月有些不解："他们在等什么？"

村干部："啊，前些天从城里来了一支扶贫医疗队，免费给农民看病。这是村民排队看病取药呢！"

杜心月："教育和医疗是这里最需要的。"

村干部："是呀，我们这儿不比你们大城市，看病太不方便。因为不方便，很多时候，乡亲们就忍着、扛着，结果小病也拖成了大病。"

杜心月感慨地点点头。

村干部："杜经理，今晚你就和医疗队的大夫一块儿住，房间都收拾好了。"

杜心月："谢谢。"

村干部："走，我带你去学校转转，就在前边，捐赠仪式也在那儿。"

此时已是夕阳西下，简陋的校舍外，有几个孩子靠在大树下看书。

杜心月："这会儿已经放学了吧？怎么孩子都不回家呀？"

村干部："嗯，他们几个生了小病，刚给大夫瞧过。这不，天还不黑，就趁亮看看书，等擦黑再往家赶。"

杜心月："天黑回家多不安全呀！"

村干部嘿嘿一笑："我们这儿就几百口人，治安好着呢，没事儿。倒是回家了就没书看了。"

杜心月："为什么呀？"

村干部："舍不得开灯呀！"

杜心月恍然大悟。

村干部带她来到一个八九岁的女孩面前。

"妮子，你的嗓子好了没？"

妮子抬起头，嗓音嘶哑："吃了药。"

杜心月："她怎么了？"

村干部："她嗓子发炎了，说不出话，又痛。家里给吃了些止痛片也不见好。大夫说是什么扁桃炎的，给打了针，还让别乱吃药。"

杜心月摸摸她的头，关切地翻看她手中的书，是《鲁滨逊漂流记》。

杜心月："这是一本很有想象力的书。"妮子看着她，点点头。澄清透亮的大眼睛透露出热切的渴望。"妮子，阿姨这次带了很多很多和这本一样有趣好看的书。你想看吗？"妮子又点点头。"妮子，知识能够改变命运，你一定会越来越好的！"

妮子和几个孩子定定地看着她，眼神中有感激更有憧憬。

村干部："谢谢，孩子们太需要你了。杜经理，我先送你回去，安排你在老乡家吃晚饭，我一会儿还要去接医疗队的大夫。饭后，你可以在附近转转。我们这儿没别的，最出名的就是水云。"

杜心月："水云？"

村干部："我们村的一条小溪，早晚两次，水面上不知咋的，就飘起一层薄雾，我们就叫它水云间咯。"

杜心月："好，有时间去看看。"

村干部："呵呵，好多城里来的人都爱看这个！"他的笑声真诚而自豪。

山村夜色有一种说不出的美。

杜心月向招待她晚饭的老婆婆道别后，顺着田埂不觉来到了水云间。宁静的旷野，水面上升起了薄薄的烟雾，仿佛人间仙境。她痴痴地看着，像孩子一样伸手去抓那些飘动的烟雾。突然，身后有人叫她："杜心月？杜心月？"

她回头，是樊志刚，神情兴奋！

他向她走来，笑望着。她心中本能地涌起无限的惊喜。

"杜心月，真的是你！"

"樊志刚！我也没想到能在这儿遇到你，在这水云间！"

水雾飘动，衬托着两个人如神仙眷侣般。

"噢，我明白了，城里的医疗队……你随医疗队来的？"

"是呀。这是第二站。前阵子就听说有些公司要来搞捐赠活动，赠书、赠衣服……赠什么的都有。没想到，竟遇到你。"

"那天我态度……不太好。"

"没关系，我从没想过介绍你去相亲，和一个陌生人……"樊志刚摇摇头，"一个完全不了解的陌生人。都是我妈搞出来的，对不起呀。"

"算了，别提了。"

两人沿着田间小路慢慢散步，杜心月忍不住向他说出自己的忧虑。

“樊志刚，你知道的，我现在去了一家新公司。”

“是呀，怎么样？捐书这样的活动，应该是你以前没做过的工作吧？挺适合你的。”

“我很喜欢这份工作，也喜欢这家公司。老板是个民营企业家，很有理想，也有志气，要做出自己的品牌和格调。同时，他也乐善好施，公司每年都要搞一次大型的公益活动，宣传公司，也帮助他人。这全是我喜欢的。可是，我总觉得老板有些……过于好名。”

“怎么好名？”

“我总觉得，做公益不应该太张扬，太宣传自己，否则就变了味儿。明天，我们的捐赠仪式上会让孩子们喊口号。那么多捐赠单位，孩子们喊得过来吗？”

四周静寂，只听到虫鸣声。

“献爱心是好事，可也该尊重受赠人的尊严。特别是今天，我看到一个扁桃体发炎的孩子，她嗓子都哑了，可明天也要参加这个仪式。”

“妮子！”

“对，是叫妮子！一个爱看书的女孩。”

“她嗓子发炎了，家里还给乱用药。滥用止痛片是偏远地区的普遍问题。”

“我就想让孩子们开开心心地拿到书，看他们如饥似渴读书的样子。可是老板有点儿沽名钓誉。”

“功成而弗居。夫唯弗居，是以不去。”樊志刚感叹着。

杜心月不解地看着他。

“这是老子《道德经》里的话。做事成功了，不居功；因为不居功，所以功劳不会离你而去。真正做公益、做慈善的人是不该让别人把自己的善行喊在嘴里，握在手里，挂在胸前的。”

“是呀，可明天，我该怎么办呢？”

“你们是第几个捐赠单位？”

“第一个！老板最喜欢排在头名！”

“你想办法安排到最后一个。”

“这……明天他就到了，我怎么说服他呀？”

“你告诉他，最后出场的都是压轴的。”

捐赠仪式如期在乡村小学外的空地上举行。妮子等几十个孩子站在中间，他们面前的大树上挂着包括民山公司在内的各个捐赠单位的横幅。十几架媒体的摄像机对准了孩子们。他们每人一手拿着一件同色的羽绒服，一手拉着横幅，大声喊着口号。

“路德羽绒服，给我温暖。路德路德，我们爱你！”

闪光灯闪烁不停。拍完照，孩子们的手上迅速换上另一单位的横幅和运动鞋，再次喊起了口号。

“耐久！耐久！耐久运动鞋伴我上学路！”

杜心月和上司方总站在要捐赠的书堆前。

方总显得很不耐烦，急躁地看看表：“杜经理，你看看，这要到什么时候呀？我今晚必须回去，也不知赶不赶得上下午的飞机。”

杜心月：“方总，您放心，整个仪式在中午吃饭前就会结束，不会耽误您的行程。”

方总：“你说最后出场的都是压轴的，我怎么就没看出来？你看看那些孩子，给每个捐赠单位都喊口号，轮到我们早就累得喊不出了。你说，到时我们怎么个压轴法？”

杜心月指着队伍里的妮子对方总说：“那个孩子患了扁桃腺炎，昨天才打针用药，今天就得上阵喊口号。等轮到我们，她肯定喊不出来了。其实不只她不能喊，您刚才也说了，所有健康的孩子也都喊累了。”

方总：“你打算怎么办？”

杜心月：“方总，我非常欣赏我们公司的企业文化——‘与民同利，上善若水’。您这么重视‘善’，也一定重视‘德’。老子在《道德经》里说：‘功成而弗居。夫唯弗居，是以不去。’这是上德！您代表公司一下为孩子们捐了这么多书，做了这么大一件好事，如果按老子的说法，不居功不张扬，不是更有大德上德吗？”

方总看着她，深有骑虎难下之感。

“我的企业文化里不只有‘上善若水’，还有‘与民同利’。我做企业不能不宣传自己的公司。”

“方总，我明白。你看那是什么？”

顺着杜心月手指的方向，他看到不远处的十几家媒体。

“出其不意，与众不同，才更能吸引眼球！”

方总探询地看着她。

“方总，信我一次，解放孩子，不喊口号，你收获的会更多。”

方总：“这……这行吗？”

杜心月：“行！一定行！”

捐赠现场，村干部拿着大喇叭宣布：“下面是民山公司向县所属的十所学校捐赠三千本图书。民山公司的口号是……”

杜心月赶紧走上前，示意暂停。

村干部放下喇叭看着她。

杜心月拿过大喇叭，难耐激动：“各位，我是民山公司的代表杜心月，我代表公司老总方伟国先生向大家宣布一个好消息。孩子们，你们不用喊口号了，唯一要做的就是挑选你们爱看的图书。”

孩子们发出欢呼声。

杜心月：“刚才，我看到许多同学都围在被捐赠的图书旁。你们想不想知道会有什么样的书送给你们？”

孩子们：“想！想！想！”这喊声震彻山谷。

杜心月：“孩子们，我们一起拆礼物吧，方伟国先生已经在等你们了！”

书堆旁的方总看着热情洋溢的杜心月，淡淡地笑了。因为他同时也看到，媒体的相机不停地闪动，关注程度胜过刚才的一切。

孩子们欢快地叫着、喊着冲向书堆，拿到书后也不忘向方总鞠躬致谢。这一切都被媒体的相机捕捉下来。

樊志刚不知是何时来到现场的。他走到杜心月身边：“恭喜呀，你成功了！”

杜心月：“我要谢谢你！”

他憨憨地笑了：“谁让我们是朋友呢！”

杜心月看着他，目光中有钦佩、有敬重，更有复杂的爱恋和不舍。她就要回去了，可樊志刚还要去下一站。再见不知是何时。

这次的捐赠仪式让方总上了多家媒体的头条，他办公室的墙上挂满了扶贫公益活动的照片。

方总：“哈哈哈……现在这些照片可是无人不知无人不晓啊！杜经理，以后公益这块儿所有活动都交给你了。就按这招，出其不意！哈哈哈！”

杜心月：“谢谢方总的信任。”

她看着那些照片，不自觉地想到了一个人。

那张“海阔天空”的照片不知何时又立在了床头。杜心月在卧室里呆呆地看着。

房门被推开了，雄雄跑进来。

“妈妈，吃饭了！”

杜心月抱住他，贴贴他的脸。

杜爸爸走进来：“心月，这次出差回来，你像变了一个人。”

杜心月掩饰着：“哦？没有啊。雄雄我们去吃饭吧。”

杜爸爸盯了盯那张照片，似乎洞察到什么。

樊志刚风尘仆仆地拎着行李走进家门。

“爸、妈，我回来了！”

志刚父母赶紧围到儿子身边。

志刚妈：“志刚，我今天准备了很多菜，就等你呢。看这黄瓜多新鲜！”

樊志刚：“那些老乡真热情，给的笨鸡蛋我都带不了了。”

志刚妈：“一会儿弄个拍黄瓜，多搁点儿蒜……”

志刚爸：“别啰嗦了，老太婆。志刚才回来，你就叨叨个没完。”

樊志刚：“妈，你们的新房子能住了吗？”

志刚妈：“家具都送去了，等着散味儿呢！”

他想见杜心月，于是撒谎道：“我……我去新房子看看。”

志刚爸：“不急，不急。”

樊志刚：“我很快。”

志刚爸：“也好，反正饭还得等一会儿。”

樊志刚一转身拉开门，刚要走出去，竟无法迈开腿。原来，产后的顾宁手抱着八九个月大的金金站在他面前。她身后是大姐以前的两个保镖和一大堆行李箱。

未等樊志刚转过弯儿来，顾宁先开了口：“志刚，你还傻愣着干什么？快把金金抱过去呀！”

他接过儿子，看着他粉嫩的小脸不觉笑出来了：“金金？哦，我儿子？哈哈……我儿子金金！爸！妈！你们看快来看呀！”

志刚父母听到声音也来到门口，看到顾宁，意外极了。

志刚妈：“顾宁，你回来怎么不提前打个招呼呀？”

志刚爸：“是呀，我们好去接你。”

顾宁：“那不是我的风格。”对身后的保镖，“你们两个，把行李都搬到客厅去。”

保镖应声开始搬行李。

志刚妈看着金金，开心地笑了，张开手要抱他，却被顾宁喝止了。

顾宁：“妈，孩子太小，只能给父母抱，其他生人慢慢来吧。”

志刚妈傻了：“我？生人？”

顾宁不理，从手袋取出一张纸，递给志刚爸：“爸，这是我这个月的食谱。以后就按上面的要求采购，一日三餐，定时定量。”

志刚妈凑近一看，不知所措了：“那……那今晚咋办呢？我准备的和这表上……缺了好几样儿呢！”

樊志刚安慰妈妈：“妈，就按你准备的吧。顾宁，来，我们去卧室看看孩子睡哪儿。”

正想发作的顾宁只得作罢，跟着樊志刚走进家门。

志刚父母互相对视，几乎同时说出：“生人？”他们终于见到自己的孙子了，却怎么也高兴不起来。

顾宁回来最想见到的闺蜜就是杜心月，她迫不及待地打通了电话。

“心月，我回来了，你明天来我家吧。”

“顾宁，我……这段时间特别忙。明天……恐怕不行。”杜心月在电话里推脱着。

“那就后天，就这么定了。”

“不行不行，后天我有五个会要开。我……再联系你吧。”杜心月竟然收线了。

顾宁看看电话，有些莫名其妙：“心月这是怎么了？像是变了个人，竟敢随便挂我的电话。志刚，你最近见过她吗？”

樊志刚又撒谎了："没……有，听说她换了新的工作，忙呗！"

顾宁："听谁说的？"

樊志刚不懂撒谎："听……听她说的。"

顾宁瞪他一眼。

"我可是她最好的朋友，一回来就找她！没想到，她竟是这个态度。不对，肯定有事儿瞒着我。"

樊志刚有点心虚："人家忙，你就过些日子再聚吧。"

顾宁还想发牢骚，却被樊志刚制止了："轻点儿声，金金睡着了。"

而此时，杜心月正握着手机呆呆地坐在床边。显然，她也在想着顾宁刚才的来电。

杜爸爸敲敲门走进来。

"还没睡呀？"

"嗯。"

"头先，谁的电话呀？"

"顾宁的，她回来了。"

"去看看她吧，一回来就惦着你。"

杜心月沉默着。

"回来好，一切都正常了。她和樊志刚分开那么久，也该早点儿回来了。过日子，还是正常些好。"

"爸，你去睡吧，我一个人坐会儿。"

"什么叫面对现实？现实就是事实。"

杜心月出了神。

樊志刚雕塑般的面庞一动不动，凝视着睡在他和顾宁之间的金金。不知为什么，他的眼前也出现了雄雄的面庞。往日，雄雄扑向他叫着"叔叔！叔叔！"还仰高了鼻子等他刮。他不觉回到眼前，伸出右手食指，弯一弯，在金金的鼻子上轻轻刮了一下。

杜爸爸说得没错，现实就是事实。

杜心月怎么也想不到，久未谋面的罗母来找她竟是为了罗丹和方大宇的事。为了女儿的"幸福"，她求杜心月去劝说罗丹好好地和黄总在一起。

杜心月："罗阿姨，你让我很为难。当初，我就是不赞成她和黄总在一起才跟她各走各的路。如今，你让我去劝她好好跟着黄总，我开不了这个口。"

罗母："心月，你只是帮阿姨劝她离开那个方大宇，阿姨求你了！其实，就是你什么都不劝，能去和她说说话，阿姨也知足了。孩子，帮帮她吧，茉莉已经出国了，顾宁回国后也没联系过。现在她身边一个朋友都没有！"

杜心月还在犹豫中。

罗母："算了，如果太让你为难，我也不能勉强，就让她自生自灭吧。"

杜心月："罗阿姨，我试试，抽空去看看她。"

罗母："谢谢你，心月。不过，别让她知道我找过你。"

杜心月答应了，可她总得过了自己心里那道坎儿。

罗丹穿着一身休闲装，心情郁闷地摆弄着花架上的玫瑰。门铃响了，张妈走去开门。她看了一眼门口，充满了期待，顺手摘下一朵色泽沉郁、含苞待放的大玫瑰，佯装看着。

张妈领着一位陌生的中年男子来到她面前。

"太太，他是网络公司的技术员，昨天约好的。"

罗丹抬头一看，发现竟然是个陌生人，非常惊讶："我没有约你，升级都完成了，你弄错了吧？"

陌生男子："是黄先生跟公司约的。"

罗丹："哦，那你……上去查查，看看有什么故障维护一下。张妈，你带他去吧。"

张妈："是的，太太。"领着技术员上了楼。

罗丹拿出电话打给方大宇。电话没接通。里面传来提示音："对不起，你所拨打的电话已关机。"

罗丹内心有些痛，暗忖："大宇，你在哪儿？你是不是也嫌弃我了？"

这时，别墅的大门突然被推开了，久未露面的黄总回来了。

罗丹有些意外，随即挤出笑容："大黄，你回来了！怎么也不提前说一声。"

黄总："给你个惊喜嘛！"

罗丹心虚地倒吸了一口冷气。

黄总："我不在的这些日子，你孤单坏了吧？"

她俏地一笑："也没什么，除了教球就是打游戏。当然，最重要的还是好好想你。"

黄总瞥见她手上的玫瑰："这朵玫瑰色泽柔和，外形也美，准备送给谁呀？"

罗丹莞尔一笑："也许和你心有灵犀吧，刚摘的，送给你了。"

黄总拿着玫瑰，拥着她在沙发坐下来，仔细地看着她，似乎要把她五官的每一部分都看到眼里。

罗丹："大黄，这样看我干吗？我又不是稀世珍宝。"

黄总："对我来说，你就是。我绝不能让任何人夺走你！"

罗丹极力掩饰："看你说的，谁敢呀？你是我的保护伞，谁有这个资格呀？"

黄总："你能明白就好。知道为什么这次我一走就这么长时间吗？"

罗丹看着他，没有说话，一赌气上了楼。

她坐在床边，黄总挨着她坐下。

黄总：“她病了，得了很重的病，是因为免疫力低下引起的红斑狼疮症。”

罗丹吃惊地看着他：“这可是致命的病。”

黄总：“没错。她病情突发时，西医根本束手无策。我辗转找到了当地一位行医低调但医术高明的老中医，他开了十几副药竟然控制住了。再跟着来，情况越来越好。”拿起桌上的半杯水喝了几口。

罗丹赶紧站起来，给他又续了些水。

黄总：“老中医说，病人的情绪非常重要，要家人好好陪伴精心照顾才能逐渐康复。每次你给我打电话，她都在。我不敢躲到厕所去听电话，怕她猜疑不利于身体恢复，所以我就匆匆收线。丹丹，你不怪我吧？你不会和一个病人计较吧？”

罗丹感慨地看着窗外的庭院：“想不到竟然发生了这么大的事。”

黄总：“其实，我这次回去是想跟她提离婚的。我要给你名分，给我们未来的孩子一个名分！可没想到，一切都不同了。”

罗丹抱紧了黄总，有感慨也有感动，更有对自己命运的幽怨。

黄总用手抚摸她的头发。

罗丹：“你这次能待多久？”

黄总：“明天一早我就得回去。离开太久，她会疑心的。”

这时，张妈带着刚才的技术员敲敲门，在门外等着。

黄总打开卧室的门。

技术员：“先生、太太，您的网络没有任何问题，我彻底检查过了。”

罗丹：“哦。”

黄总：“回去跟你们公司说，是我的要求，以后只派你来。”

技术员：“谢谢先生。”随张妈下了楼。

黄总：“丹丹，平时就你和张妈、王妈在家，一定要注意安全。来维修的技术员必须是正牌的。听说，最近常有入室强奸的事发生，千万要小心呀。”

罗丹掩饰着：“瞧你，我又不是小孩子。”

黄总很认真：“就因为你不是小孩子，是妙龄女子，我才担心呢！生怕有坏人打什么歪主意。”

罗丹闷闷地不说话了。

黄总拥着她：“乖了，笑一下，以前的丹丹哪儿去了？”

杜心月终于来看顾宁了，面对曾经那么要好的闺蜜，她不知该说些什么。

顾宁：“心月，要不是我坐飞机吹了冷空调受了凉不舒服，我早就去你家抓你问罪了！”

杜心月：“顾宁，我……换了新工作，一直都很忙。”

顾宁生气地说：“忙到你连铁蜜都不能来看看吗？我们多久没见面了？我离开的

这些日子，你到底怎么了？”

杜心月显然有些慌乱：“没……没什么。我就是不爱来这儿。”

顾宁狐疑地问：“不爱来这儿？不爱来我家？”

杜心月撒谎了：“嗯，我是怕……怕你婆婆又给我提亲。”

顾宁：“我婆婆给你提亲了？”

杜心月：“嗯，她介绍过一个邻居‘海龟’给我。”

顾宁想了想：“是邹凯吧？他是志刚的邻居和小学同学，那人不错。”

杜心月：“顾宁，我特别怕相亲。你知道，完全陌生的两个人硬是被放在一块儿……太别扭了！我也不喜欢他女儿，有她这样的姐姐，我担心雄雄要受气。”

顾宁一听乐坏了：“哈哈，原来就为这事呀。哈哈……”突然，她猛地一拳打在杜心月的大腿上。

杜心月真的被打痛了，不由地叫出来：“呀！顾宁你……”

顾宁嗔怪道：“我早就想给你这一拳了！”

杜心月：“你……”

顾宁：“我什么？杜心月我告诉你，这次你做得太不地道了！我们是什么关系，你就因为相亲这点儿破事不来我家看我？你是姐们儿吗你？告诉你，我可一直记恨着呢！”她说的是气话，内心并不真的恨杜心月。她拿过床头的一盒巧克力，生气地扔在她面前，“这盒黑松露巧克力是从美国带回来的，就两盒。我的，我自己吃了，连志刚也没分到。你的，我一直给你留着，左等右等你也不来。”

杜心月此时百感交集，万分痛苦。她握着顾宁的拳头狠狠地打在自己身上各处。

顾宁惊讶地叫：“心月！”想抽回自己的手，却被她抓得更紧，用更密集的拳头打在自己身上。“心月！心月你疯了！”

杜心月不说话，只管握着顾宁的拳头狠狠地砸自己。她虽然没有流泪，却是满脸的痛！

顾宁：“心月，不要再打了！不要打了！我不是想打你的！傻瓜！大傻瓜！”

卧室的门一下被推开了，樊志刚和妈妈冲进来。

志刚妈：“怎么了？你们两个打起来了？”

杜心月抓着顾宁的拳头还在打自己。

志刚妈见状，也愣了：“心月，你在做什么？你……”赶紧上前，帮着顾宁把拳头从杜心月的手里拿走。

樊志刚一直看着，呆呆地站在原地。

顾宁甩甩手腕：“心月，你弄疼我了，好些日子不见，你怎么变轴了？你不来看我，我至于真的恨你吗？不就一说嘛，你还当真了？”

杜心月：“不，顾宁，你打得对，我该打！我就该打！我不配做你的姐们儿、你的闺蜜、你的好朋友……我连罗丹都不如，我太蠢太笨，我管不住自己的心！”说着向卧室外跑出去，和樊志刚擦身而过。

顾宁："志刚，你快把这个疯子给我拦住，她脑子哪根弦儿断了？"

樊志刚却站在原地，动也不动。

顾宁："志刚，你愣着干吗？你的弦儿也断了？"

樊志刚静静地说："让她走吧。"

顾宁狠狠瞪了他一眼。

夜晚清冷的街头，杜心月一个人走着，努力平复刚才的情绪。不知多久了，她终于给了自己一次宣泄的机会，现实就是事实，没有彻骨的痛就永远也不愿面对。

桌灯在深夜里显得格外明亮。

樊志刚坐在书桌前翻看医学杂志。但显然，他心不在焉了。他把杂志合上，摆弄手机。他好像看到手机上他给杜心月拍的那张"海阔天空"的照片。其实，手机上空空的，他定定地发了呆。

大床上，襁褓中的金金已然沉睡。

顾宁靠坐在床头，打开了那盒一直留给杜心月的黑松露巧克力，里面已经融成一片。

23

一大早，黄总匆匆走了。

罗丹木然地坐在餐桌边独享早餐。

门铃响了，张妈在监控器上看了看，向罗丹报告：“太太，大门外是一位女士，像是你的朋友。”

罗丹：“开门吧！”

张妈走出去，不一会儿，杜心月随她来到客厅。

罗丹一看是她，有些惊讶，但随即讥讽道：“是你呀，稀客！稀客！我们好像绝交了？”

杜心月：“我就是想来看看你，跟你说说话。”

罗丹一摆手，张妈赶紧退下了。

“说吧，我们还有什么可说的？”罗丹愤愤地说。

杜心月：“罗丹，我想告诉你，我也喜欢上了一个不该喜欢的人。”

罗丹愣了一下，嘲讽地笑了：“嗤，那是你的事。”

杜心月：“没错，这的确是我的事儿。当初我骂过你，指责过你，可如今……我自己竟也蹈你的覆辙，喜欢上了一个有家有老婆也有了孩子的男人！”

罗丹吃惊地看着她：“那你和赵雷呢？”

杜心月：“我们离了。”

罗丹：“你现在打算怎么办？”

杜心月：“我不知道。当我意识到自己喜欢上这个男人时，第一时间就想到了你。也许人都是这样的，说别人容易，轮到自己却很难……”

罗丹内心充满着复杂的情感，面对眼前这个曾经像姐姐一般的闺蜜，恨爱交加，甚至有些幸灾乐祸。

“既然你也做了同样的事，是来向我道歉的吗？哈哈！”

“不，罗丹，我不会向你道歉的。不因为我错，就显得你对。”

“哼！那你来干什么？”

“罗丹，你真的彻底放下方大宇了吗？”

“放下怎样？放不下又怎样？反正都不是自己能选择的。就像你现在，精神上做了小三，相信也不是你能选择的。”

“对，所以我要做个决断，不能再这样下去。‘玩火自焚’，这是我最近常对自己说的一句话。”

“嗤！你自焚吧，我不会的。我很好，我现在有大黄的钱，有大宇的爱。”她斜睨着杜心月，“还有你的忏悔！哈哈……”

“好自珍重吧！我走了。”

“不送！”

杜心月走后，罗丹接到了一个陌生号码的来电。

“喂？哪位？”

对方的声音压得很低，竟是多日未联系到的方大宇！原来，他受到警告要远离罗丹，还被打伤了腿。

“丹丹，我跟公司请了假，现在远郊县避一避。你也要小心呀，看来那个黄总可能知道了。”

“这不可能，每次他都来去匆匆。”

“也许你身边有他的眼线。”

罗丹思索着。

“好了，你小心点儿，我不多说了，过两天再联系。”

“等等，大宇！”

“什么？”

“把你的地址发给我，我去看你。”

方大宇迟疑了。

罗丹倔强地说：“发给我！”

方大宇答应着收线了。

罗丹猛地拉开一个抽屉，拿出汽车钥匙匆匆出了门。

这是顾宁回来后到公司上班的第一天。她一边看着财务报表，一边和业务经理江涛聊起来。

“我离开的这段时间，盈利状况相当不错。江涛，你完全具备独立的管理能力。”

“顾总过奖了。”

“你跟着我干的时间不短了，这次我去美国生孩子，刚好给了你一个施展才能的机会。你竟然做得这么好，打算什么时候单飞呀？”

江涛吓得一下从椅子上站起来。

“顾总，我绝没有这个心思，你不是听了什么谗言吧？”

顾宁笑望着他，示意他坐下。

江涛重新坐下。

“顾总，你对我一直很好，还把公司的股份分给我，我是万万不敢做出背叛你的事。”

“江涛，我一直都很欣赏你的能力，你也总是做出让我满意的成绩。我是个生意人，对什么都要谈谈钱，对你也不例外。”

“顾总，不用，咱们不用。”

“我想在上海开个分公司，你有什么想法？”

江涛先是愣了一下，随即面露喜色。

“顾总，你太有眼光了。其实，本地的市场早就饱和了。现在上海有很多私家医院，正是公司拓展业务的好时机！”

“看来你已经提前做足了功课。很好！这样吧，你先做个策划书。”

“好的，顾总。”

“分公司你占的股份比现在多一倍！”

“顾总？”江涛一惊。

“好好干，我重视盈利，但更重视为我盈利的人！”

“谢谢顾总！”

说话间，一大群员工来到顾宁办公室门外，秘书率先走进来。

“顾总，大家看到你回来，都嚷着给你接风洗尘呢！”

顾宁看着门口挤在一起的一张张熟悉的面孔，走到他们近前。“各位，谢谢你们，今天晚上我请大家吃饭！”

人群发出欢呼声。

顾宁：“现在，请抓紧时间工作。”

众人散去。

顾宁示意秘书留下来。

“顾总，你有什么安排？”

“你在中芯医院有熟人吗？”

“以前我们公司和他们有业务关系时，我认识几个人。你先生樊大夫不就在那儿工作吗？”

“没错，你帮我打听打听，樊大夫最近在医院有什么情况吗？都跟什么人接触多了些……”

“我明白了。顾总你放心，我一定办好。”

罗母在家中熨烫衣服。

罗丹急匆匆地走进来质问她：“妈，大宇来找我的事，你都跟谁说了？”

罗母遮掩着：“没有呀，我跟谁说呀？又不是什么往脸上贴金的好事。”

罗丹：“如果不是你，那就只有王妈和张妈了。可大宇来的那天，她们都回乡了……”她一边思考，一边告诉了母亲方大宇被打伤的遭遇，还断言这一切和黄总有关。

罗母眼神闪烁：“我早就知道，纸是包不住火的。你们这样，肯定会有风言风语传到他耳朵里。”

罗丹：“可是，知道我们情况的人并不多，数来数去就那几个。”她突然想到什么，“不对，杜心月来找过我，还说了一些很奇怪的话。她说她也喜欢上了一个有老婆的男人……”

罗母在旁边打岔：“你是说心月喜欢上有家的男人？那怎么可能？以她的为人绝不可能！”

罗丹：“我也觉得不可能。这么说来，她是专门来诈我的？什么‘玩火自焚’……全是为了诈我！”她眼里满是愤恨，“我知道是谁向大黄告密了，杜心月！她简直就是阴魂不散，要置我于死地。哼，走着瞧吧！我一定要严惩这个告密者，我要让她一腿还一腿！”

杜心月此刻正和顾宁坐在她们常去的海边咖啡厅里。

服务员端上咖啡给顾宁：“您的 Espresso。”也递给杜心月，“您的爱尔兰咖啡。”

杜心月默默地喝着。

顾宁：“心月，这次从美国回来，我有种恍如隔世的感觉。你从来不喝带酒精的咖啡，可现在却一杯接一杯。志刚也是的，以前是个书虫，现在简直就成了一本书，在书房扎根了。他妈就更讨厌了，本以为我为他们樊家添后，她会对我像以前一样百依百顺，没想到她那么护儿子。我才让志刚做点事，她意见就大了去了，尽给我找茬儿！”

杜心月向侍应生举了举手中的空杯子，侍应生点点头。

顾宁：“心月，你看你现在就像个虚伪的酒鬼，明明想喝酒，却喝带酒精的咖啡，不如就叫一瓶威士忌，我陪你一起喝。”

杜心月摇摇头：“我并不想让自己彻底喝醉，我只想在喝咖啡的同时，感受到酒精的浓烈。因为真实的生活从来都不是极端的，在清醒中糊涂，在糊涂中清醒。”

侍应生又端了一杯咖啡放到她面前。

杜心月：“谢谢。”端起咖啡杯正要喝，却被顾宁一把夺过去。她咕咚咕咚像喝水一样几口喝完了。

她大咧咧地擦擦嘴：“没什么特别，身体里像烧起了一团火，仅此而已。”

杜心月痛苦地笑了：“对，我就要这火烧火燎的感觉。”

顾宁拖着她来到咖啡厅门外。

沙滩上，闺蜜俩任海风吹拂。杜心月从微醉中完全清醒了，顾宁为她理了理头发。

“你不知道你刚才的样子有多颓废！心月，你肯定有事瞒着我！又是为了离婚的事？不会吧？不过也难说。第一次你和刘俊离婚，表面上你不在乎，其实也难受了好几个月。第二次你完胜了赵雷，但心里是还不是纠结着？这事已经过去了。亲爱的，好好为自己活吧！离了就离了，咱再接着找，不信找不到好的。”她显然误会了杜心月的举动。

杜心月依旧沉默不语。

“我不管你怎么想，你都不能这样颓废。甭跟我说那些让人不懂的话，什么在清醒中糊涂，在糊涂中清醒。心月，我不能看到你现在这副样子。”

“顾宁，对不起，对不起，我错了，是我错了，可我就是控制不住自己的情绪。”杜心月越发内疚了。

“别跟我说对不起，跟自己说去。也难怪，你一直都不想离第二次婚，结果又离了。毕竟又是一次失败的感情经历！没关系，振作些。好吧，我给你两个选择：一是继续颓废；二是回家看雄雄。” 她仍旧以为杜心月在为第二次离婚伤感。

杜心月沉默了。

顾宁：“那么千辛万苦得来的孩子，你就不想多和他在一起吗？”

杜心月终于彻底清醒了。

罗丹开着豪车一路急行，终于来到方大宇藏身的农家小院。她一进门就看见方大宇蜷缩在被子里，摆弄着笔记本电脑，身边各种电线，旁边的小桌上还有没清理的碗筷。

她百感交集：“大宇，你后悔吗？”

方大宇：“我不后悔！”

罗丹：“你还想和我在一起吗？”

方大宇：“想！我今生今世都要和你在一起！”

罗丹：“我也要和你在一起！”

·

别墅里，黄总回来了。他坐在沙发上，闭目养神。

张妈放下电话，走过来向他汇报：“先生，该打的电话都打了，还是找不到太太。”

黄总长吁一口气：“张妈，这段时间我不常回来，家里有没有陌生的男人来呀？”

张妈：“没有陌生男人。来的无非是检修煤气的、查表的、网络升级的，还有就是快递员。他们都是提前约好的。”

黄总：“有没有和太太走得特别近的？”

张妈：“那我可没看见。太太怎么会看上那些人呢？”

黄总定定地看着她：“你不会撒谎吧？”

张妈：“先生，我是个家庭工，清官都难断家务事，我又怎么能呢？我是为你们服务的，把分内的事做好是我的本分。”

黄总：“你去睡吧，我等她。”

张妈应声退下了。

黄总来到玫瑰架前，盯了一会儿，剪下了所有的玫瑰，把它们扔在小几上。

这时，外面传来开门的声。不一会儿，罗丹走进来，脸上带着疲倦和藏不住的怒意。她看着黄总：“你回来了？”

黄总：“丹丹，来看看我刚剪下的玫瑰，颜色很浓像血一样。”

罗丹忍不住打了个寒颤，视线落在那堆玫瑰上。

“的确，还带着一股血腥味。”

“哈哈……丹丹，这么漂亮的花怎么会呢？对了，这大半夜的，你去哪儿了？”

“我去看一个朋友，前几天他被人打伤了腿。”

“哦，是够惨的。你的朋友一定做了不该做的事吧？”

“不管他做了什么事，这是一个法制社会，不能动不动就打人的！”

“啧啧啧，看看我们的丹丹，可以改行做大律师了。对，说得太对了！如果每个人都能用法律来约束自己的行为，那你的朋友也不会被打了。”

罗丹依旧很气愤。

“要是我告诉你，是我叫人把你的朋友打伤的……”他微笑着看着罗丹。

“我早就料到是你了！”

“你就不恨我吗？”

“我恨！我恨所有破坏我幸福的人！但最恨的，还是那个告密者！”

“我们不说这些了。丹丹，我问你，我们这么久了，为什么还没有动静，你不会是吃避孕药了吧？”他拥着她。

“这种事我们谁说都不算，问老天吧。”

“嘿嘿……我不问天，问你！我黄能要做的事还没有不成的！乖乖的，给我生个儿子！”

他猛地抱起她向楼上走去。她没有挣扎，眼中射出深深的恨意。

午饭后不久，收到秘书爆料的顾宁开着私家车驶入了中芯医院的大门。

医务大楼后面的空地上，樊志刚正和护士小杨打羽毛球。他汗流浃背，头发也湿了。两人球技相当，不分胜负。打着打着两人休息，发现只带了一瓶水。

小杨：“哎呀，今天只带了一瓶水。”

樊志刚：“没关系，你喝吧，我回科里喝。”

小杨：“不怕，我用瓶盖喝，你用瓶喝，我润润嗓子就行。”

樊志刚：“这多不好。”

小杨打开瓶装水，倒了一点儿到瓶盖，把瓶子递给他。他正要喝瓶里的水，突然，一个人影冲到他们面前，一把夺走水瓶，并重重地抛了出去。

樊志刚和小杨都傻眼了，几秒之后才看清眼前的人竟然是顾宁。

“顾宁？你怎么在这儿？”

“你不嫌那水恶心，我还嫌呢！你不洁身自爱，要是把细菌通过你传给了咱儿子怎么办？现在传染病的发病率每年都呈上升趋势，不要以为只是在娱乐场所才会染病。有些人貌似单纯，其实不知有多肮脏！志刚，快带我去消毒，刚才那瓶子弄脏了我的手。对了，你也要马上消毒！”

小杨气得哭着跑开了。

樊志刚又气又无奈地瞪着顾宁："你这是无理取闹！"

顾宁："我问你，这个礼拜你和她打了几次球？"

樊志刚："不知道！"

顾宁："至少有两次吧？算今天起码有三次。"

樊志刚："你是怎么知道的？你不会在医院安插了钉子吧？"

顾宁："我还安装了电子眼呢！"用对孩子一样的语气，"志刚，我知道，这次生孩子，我出去的时间长了些，你难免在思想上开了小差。不过没关系，我们可以把这段时间发生的一切，按删除键删掉。"挽住他的手臂，"你现在不只是樊副主任，还是我的丈夫、金金的爸爸。"

樊志刚无奈地站着。

顾宁："走吧，带我去你们科里巡一巡，给那些不安分的小护士们打个预防针！"

樊志刚气得脸色发青。

顾宁的手机传来提示音，原来是艾茉莉在"金花四帼"的聊天群发了信息：亲们，我从法国回来了。顾宁，我想去看看你和宝宝。心月，你最近怎么样了，一起去顾宁家吧？罗丹，好久没有你的消息了，你也一块儿来吧。

顾宁边回复，边说："志刚，科里我就不去了。下了班早点儿回家，艾茉莉要来看金金。"

樊志刚："哦。"

顾宁："最好心月也能来，这个半酒鬼不知真的清醒了没。"

樊志刚紧张了："你叫杜心月什么？"

顾宁："半酒鬼！她呀，现在迷上喝带酒精的咖啡了。还说什么'在清醒中糊涂，在糊涂中清醒'。"

樊志刚脸上不自觉有些痛楚。

顾宁："记着早点儿回去！"打电话给艾茉莉，"喂，亲爱的，你终于回来了。好啊，来吧。约心月了吗……哦，你去接她。好，好……"

杜心月穿着干练的套装从民山公司的大厦走出来，四下张望着，不见艾茉莉。就在这时，她接到了罗母的提醒电话。

"什么？罗丹情绪激动？我小心点？喂？喂？罗阿姨！"她握着电话，不知所以然。

其实，罗丹此时就在不远处紧紧盯着她。她从聊天群里知道，今天她会和艾茉莉一起去顾宁家，这是一个绝好的机会！她发动了汽车，眼神充满杀机，向杜心月开去。随着距离越来越近，她兴奋又紧张！

这时，一辆突如其来的计程车速度极快地超越了她，险些和她撞上。罗丹被逼得急忙刹车，她正要破口大骂，计程车却风一样地开走了。罗母就在这辆车上，她一直在跟踪罗丹。更让罗丹痛恨的是，对一切全然不知的杜心月被姗姗来迟的艾茉莉安然接走了。

她一踩油门跟上去，自言自语：“杜心月，今天你一定会受到惩罚的！”

卧室里传来孩子震天的哭声，顾宁抱着金金边哄边赞：“瞧我们金金，简直就是龙子，连哭都透着大气。”

艾茉莉心急地说：“给我抱抱，我最喜欢抱小宝宝了。”顾宁把金金放到她怀里。“顾宁，对你来说，这下可如愿了，生了个儿子！”

顾宁欢喜地笑着。

杜心月：“顾宁，金金越长越可爱了，五官比我上次见到时，又长开了些。”

艾茉莉：“不知什么时候，我也能有一个孩子。”

杜心月：“茉莉，你一直都在努力呀。”

艾茉莉点点头。

顾宁：“自从有了金金，我就体会到了有孩子的快乐。”

杜心月：“是呀，你跟大姑姐的关系也是因金金而改善的。孩子就是一个家庭的润滑剂。”

顾宁：“对付他大姐，除了金金，更要能忍。这可是我的长项！她大姐各方面压过我又怎么样？现在还不是要把万贯家财留给金金。谁是最后的赢家？毫无疑问呀！”

杜心月和艾茉莉都感到与顾宁的些许隔阂，她们沉默了。

顾宁也察觉到什么，调整了话题，“茉莉，你这次去法国有什么收获吗？”

艾茉莉摇摇头：“还好，我是做好心理准备跟他去的。”

顾宁：“那吉士以后的工作怎么办？”

艾茉莉无奈地耸了耸肩。

顾宁：“我们公司庙太小，没有职位适合他。心月，你那儿呢？”

杜心月：“我现在这家公司是民营的，跟合资和外企的体质不太一样，没合适的岗位。”

艾茉莉苦笑：“谢了，你们就别费心了。我看他最大的才华就是做个‘煮夫’，也不知什么时候煮出个名堂来。”

樊志刚敲敲门走进来，招呼大家吃晚饭。不料，顾宁当着闺蜜们的面耍起了性子，非要在卧室边吃边聊。这一下惹怒了早就对她积怨已久的志刚妈。她在众人面前尽数顾宁的不是，令她颜面扫地。冲动之下，顾宁竟掀翻了一桌丰盛的菜肴！

父母愤然离家，身为孝顺儿子的樊志刚紧紧跟随。

顾宁带着哭腔为自己辩解：“我容易吗？我辛辛苦苦生了金金，大家不该对我好一些吗？你们听他妈刚才都说了些什么！他跟小护士打球，他妈不仅不怪，还帮着小护士。不就一邻居嘛！我就让志刚喂个苹果、喂喂饭怎么了？我还委屈呢！”

杜心月：“顾宁，不管怎么说，这次你做得太过分了。”她拿起手袋准备离开。

艾茉莉也把怀抱的金金还给她：“顾宁，我也不支持你！”

顾宁：“你们都走吧，分开这么长时间，都跟我疏远了。我现在可是明白‘人在人情在’这话的含义了。走吧，反正没一个人是站在我这边的。”

杜心月：“茉莉，我们走，让她自己好好想清楚。”

罗丹的车一直停在顾宁家社区外，她耐心地等着。而罗母刚从计程车上下来，在不远处密切注视着她。突然，罗丹眼前一亮！她看到樊志刚一家三口出了小区门，不禁面露喜色，在计划快要实施前给方大宇打了个电话。

“大宇，你好些了吗？”

方大宇还躺在农家院的床上：“丹丹，你什么时候回来？你说回去拿东西，你答应我会回来的。”

“大宇，很快了。我已经找到向黄总告密的那个人，等我处置完……”她突然看到杜心月和艾茉莉走出社区大门，立刻收线，发动汽车！怎料，罗母突然冲过来拍她身边的车窗。

她吃了一惊！

罗母拉开车门：“丹丹，你不能这样做！下车！”

罗丹看到杜心月和艾茉莉分手作别，而杜心月背对着她车的前进方向。她使劲儿关上车门，没注意到车门夹住了罗母的手袋。她踩油门开出！罗母被拖行……

对面而来的艾茉莉和其他路人发现了，惊叫。

“停车！夹着人啦！停车！”

罗母下半身在马路上被拽着，万分危险。

罗丹只看着前面。

杜心月快拐弯儿了。

她眼神亢奋，加速！

杜心月听到救命声，回身。

罗丹的车快撞到她了。忽然，她从倒后镜看到母亲被拖行，大吃一惊。她看看杜心月，又看看母亲，又看看杜心月，要撞上了！

……

在最后关头，她刹停了车。

罗母已经倒在了路边。

杜心月吓呆了，盯着离自己仅半米之遥的名车。罗丹坐在驾驶座上，看来神智也并未恢复。

群情激奋："下车！下车！"

人越聚越多，把罗丹的车团团围住，愤怒的声音此起彼伏。

罗丹好像恢复了意识，打开车门，冲向坐在地上的罗母，颤抖着说："妈，我送你去医院！"

罗母："不用，我没伤到，就是擦破点皮。"她回头看看震惊无比的杜心月，满是愧疚："心月，阿姨连累你了，对不起。"

杜心月直到现在才明白罗母那个电话的含义。她满眼怒火，逼近罗丹。

罗丹心虚了。

杜心月靠近她："罗丹，刚才你想撞的人是我？你对我有这么大的仇恨吗？"她满脸是泪，转身离开。

罗母拖着罗丹："走，跟我回家，我有话告诉你！"

罗母坐在床上，脸色苍白。

罗丹："妈，这也不能怪我，谁知道你偏偏在那个时候出现？要不是你，我早就收拾杜心月了。"

罗母："丹丹，我怎么就生了你这么个女儿！"

罗丹："生我这个女儿怎么了？没有我，你能住上现在的房子吗？我看你尽护着杜心月，被她洗脑了吧！"

罗母："够了！你现在住人黄总的，用人黄总的，私底下还跟方大宇勾搭着！你还有没有半点羞耻？丹丹，杜心月和黄总都是对你有恩的人啊。你怎么能这么忘恩负义、恩将仇报呢！"

罗丹："没有！我没有！妈，你不要再说了。我不懂什么羞耻，我只知道，我要做的谁也不能阻拦，就是杜心月也不能例外！这次你救了她，下次你还可以救她，但总有一次，你救不了她！"

罗母："好，谁拦你，你就报复谁是吧？你就是要一腿还一腿是吧？"

罗丹："是！"

罗母拿出手机，拨打黄总电话："喂，黄总，你告诉罗丹，是谁告诉你她跟方大宇的事的。对，告诉她！"把手机递给她。罗丹觉得事情不太对劲儿，迟疑地接过手机。

罗丹："大黄？"

黄总："丹丹，你妈也是为你好，更是为我们两个好，你还想跟我在一起，还想……"

罗丹握着手机的手无力地垂下来。

"妈，你就那么不愿意我和大宇在一起吗？"

"只要我活着一天，你们就一天也不能在一起！"

她苍凉地看着母亲，感觉自己被最亲的人抛弃了！

24

杜心月孤独地走进小区，刚才发生的一幕不断萦绕在她脑海里。她越想越害怕，更感寒心，罗丹怎么至于这样对自己？

樊志刚安顿好一切后离开父母家，向小区外走去。他看到杜心月，忙上前叫住了她。

“杜心月！”

“啊，樊志刚。”

“杜心月，你怎么了？”

她看到樊志刚，一下觉得有了依靠。

“怎么会发生这样的事？认识那么多年，我从没想过她竟然会有这样的出手！没错，我是不赞同她的某些行为，但我从没想过她会这样。难道我连对人的基本判断都没有？”杜心月忍不住哭起来。

“杜心月，你们认识那么多年，顾宁的脾气你是知道的。这段日子，她和我妈有些小矛盾。好在，能把我爸妈安顿在这儿，多亏杜伯伯的好介绍呀。要是没有这个住处，我都不知道该怎么办！”

杜心月听出樊志刚把她口中的罗丹误会成了顾宁，反而止了泪。

“算了，不跟你说了，说了你也不明白。再见！”

“再见！”看着她进了单元门，樊志刚才离开。

客厅依旧狼藉满地。顾宁抱着熟睡的金金落寞地坐在沙发上。樊志刚回来了，什么话也不说，默默地收拾起来。顾宁的脸上浮起了笑意。

清晨，樊志刚在厨房做早餐。鸡蛋被摊在锅里，从金黄色直到变焦。显然，他走神了。

杜心月无精打采地坐在餐桌边。五六岁大的雄雄找她绑鞋带，连叫了几次，她都没听见。

雄雄伸出小手摸着她的脸："妈妈不开心！"

杜心月看着他："你怎么知道妈妈不开心呢？"

雄雄："大人不开心的时候都发呆、不说话。"

杜心月一下抱住孩子，眼中孕泪。

雄雄拍着小手："妈妈加油！妈妈加油！"

杜心月被触动了，露出笑容："对，加油！我们一起加油！"

寺庙钟亭前，樊志刚神色崇敬地面对着那口大钟。他拿起钟槌，沉稳有力地撞向大钟。钟声沉厚，绵绵不绝。一撞之后第二撞，三撞而终。他心神舒畅了，想起了以前和杜心月撞钟的感觉……

杜心月也来到钟亭附近。

樊志刚走出钟亭，杜心月走的是另一个入口口，两人遇不上！

她来到大钟面前，紧紧抱住它，似乎要通过冰凉的钟体来冷却内心的一切。她做了几下深呼吸，整个人都觉得清爽了。她拿起钟槌，凝神撞击。

钟声空灵，林鸟飞飞。

当樊志刚走出庙门时，听到了钟声。他回头看了看，眼神中又充满了睿智和淡定的微笑。接着，第二下钟声传来，他闭上眼，仿佛看到杜心月也闭上眼睛，似乎已融入这宁静一隅的自然之中。第三下钟声飘出钟亭，飘到了农家小院。

方大宇已经可以下地走路了，但一瘸一拐的。远处传来鸡鸣声，还有袅袅的炊烟升起。

罗丹从屋内走出来，温柔地说："吃饭了，大宇！"

方大宇回过头，定定地看着她，竟流下泪来。

罗丹赶紧过来扶他，问："大宇，怎么了？很痛吗？"

方大宇摇摇头："丹丹，这就是我想要的生活，我梦寐以求的生活。我就想和你过这种看似平淡的日子：你教人打球，我开发游戏。到了吃饭的时候，你来叫我吃饭。早上醒来时，我们能互相看到对方。"

罗丹努力克制着自己。

方大宇："丹丹，你这次来就不会再走了吧？"

罗丹："先去吃饭吧，都准备好了。"

方大宇："不，你告诉我，我要知道，你真的会离开那个大叔吗？"

罗丹："大宇，我让你失望了。"深深叹口气，"我是来和你道别的。"

方大宇一把抓住她的手臂："丹丹，你还是舍不得离开他？你还是迷恋那个豪华又空洞的别墅？丹丹，你醒醒吧丹丹！"

罗丹："不，大宇，我找到了那个人，那个向姓黄的告密的人！"

方大宇："我不管这些，是谁都无所谓，我只管我们的将来。等我一好，就一起去深圳。"

罗丹打断他："大宇，那个告密的人就是我妈。"

方大宇愣住了："罗阿姨？"

罗丹："是的！是她亲口承认的，姓黄的也承认是她。"

方大宇："她为什么要这么做？这太残忍了！"

罗丹："因为她恨你！她冒着很大的风险也要拆散我们，可见她有多恨你，多不想我们在一起！她说了，只要她活着，就别想！"

方大宇沉默了。

罗丹："大宇，我想过了，我和你这辈子是不可能在一起了。一边是我妈，一边是你，一个是和我相依为命到今天的亲人，一个是和我从大学起就相恋的爱人……大宇，我们来生才做夫妻吧！"

方大宇紧紧抱住她："我终于等到了你这句话，你还愿意和我做夫妻，还给我希望。我愿意一直等下去，就算等到来生，我也等！"

罗丹："不要，大宇，别傻了。"

方大宇不说话，拖着她的手来到农家门外。天边出现了绚丽的晚霞。

"丹丹，你看，晚霞多漂亮！在这一带，有农家小院，也有豪华的别墅区。尽管我们住的、用的都不一样，但我们看到的晚霞是一样的。大自然的美景对每个人都是公平的。丹丹，无论我们在不在一起，我都希望你快乐。我对你的感情永远不会改变，我们终究会到达第三十三重梦境：乐极天！在那里，魔尘森林将喷射出金色的魔尘，我们也会变成金色的发光体，翩然起舞，永不分离！"

"大宇，我会在梦境里和你相遇的！"罗丹流着幸福的泪。

当她安抚了痴情的方大宇后，还有一件事是她必须要做的——向一直被她误会的杜心月道歉。为此，她邀请"金花四帼"的闺蜜们去家中吃饭。

友情就像一面镜子，如果有一天裂了，真的会有破镜重圆的神话吗？

别墅的餐桌上铺了漂亮的桌布，还放了茶点和冲好的咖啡。桌子的正中摆放着一大束玫瑰。

罗丹、杜心月、顾宁、艾茉莉和罗母坐在餐桌边喝着咖啡。昔日的"金花四帼"终于又坐在了一起。

罗母感慨地对杜心月说："心月，我替丹丹给你赔个不是。是我不好，让你受委屈了。"

杜心月："罗阿姨，别这样。我们'金花四帼'不是又在一块儿了吗？"

罗丹看着众姐妹善意地笑了。

罗母："好！好！我早就盼着你们能和好如初，破镜重圆呢呢。来，吃点心，多吃点儿。”

闺蜜们一起举杯庆祝今天来之不易的重聚。

突然，一个陌生女人冲到餐桌前，大声嚷着：“还给我丈夫，我也要破镜重圆！”

众人一愣。

只见她身后的张妈慌慌张张地解释着：“太……太，我开门倒垃圾，她就冲进来了，说是找你的。”

那女人四十多岁，满脸虚浮，整个人呈现出一种未老先衰的老态。她就是黄总的发妻。

罗丹：“你是谁？我……不认识你。”

黄妻冷笑一声，逼近她：“我可知道你，我要找的就是你！”

罗母脸色一沉：“你到底什么人？要是来找茬儿，走错地方了。张妈，请她出去。”

张妈刚要开口。

黄妻看着罗母：“你是这姑娘的妈吧？”

罗母没有回答。

黄妻：“也好，今天在这个屋子里的全是女人，我不是来找茬儿的，我是来说理的。说说作为一个女人，我的苦、我的痛，还有……我的病！”

大家都惊讶地看着她。

黄妻环顾众人：“你们看看我，再看看这个老太婆……”她指着罗母，“我是不是比她还要老？”

大家沉默着。

黄妻凄凉地笑了：“是呀，我现在这个样子和眼前这小姐比，大黄会要谁呢？哈哈……小姐，你还没生吧？”

罗丹怒视着她。

黄妻：“没生就好，算你还聪明！如果你生了又不是男孩，你会立刻被扫地出门的。我和大黄刚结婚那会儿，他对我的疼爱不比你现在差。靠着我家族的支持，我们在感情和事业上一直如鱼得水，直到后来我生下第一个女儿。”

罗丹像触电般腾地站起来：“你说什么？你生了女儿？”

黄妻：“是呀，就因我连生了两个女儿，他回家的日子就越来越少。”

罗丹：“不可能的！你根本不能生育，你是……”

黄妻突然放声大笑：“我是石女对吧？是大黄告诉你的？”她打开自己的挎包，取出一本相册，摊在众人面前。相册里满是黄总一家四口的张张合影。

此刻的罗丹恨不得找到个地缝儿钻进去。

罗母不敢也不愿相信：“不可能的！这不可能，黄总不是这么说的。再说了，如果你们家族真的家大业大，就是你生了女儿，他也不敢把你怎么样。”

黄妻：“他是没把我怎么样，也不敢离婚，可就是不常回家！对一个女人来说，还不够痛吗？我听说，这姑娘是个打球的教练，这正合大黄的心意，她这样的身板好生养。这些年我一直盼着大黄常回家，怎么都睡不好，脑子里不停地乱想，身体全乱了。大夫说我得了红斑狼疮，治疗只能靠中药，还好保住了一条命。”

杜心月等人万分同情地看着她。

黄妻突然跪倒在罗母的脚边，抱住她的双腿。

“大姐，看在咱俩是同龄人的份儿上，看在我拼死保住这条命，看在你有女儿我也有两个女儿的份儿上，我求你劝劝你的女儿放手吧！她没嫁也没生，还能找个好人家。放手吧！还给我和我的两个女儿一个完整的家！一个破镜重圆的家！”

罗母想挣脱黄妻却被她抓得更紧。她看着罗丹，感到从未有过的羞辱。罗丹也看着母亲。此刻她给母亲带来的羞辱比自己受到羞辱更痛更深。她定定地看着，少有的冷静。

杜心月、顾宁和艾茉莉等人上前拉开了死死不肯放手的黄妻。

黄妻虚弱地喊着：“还给我丈夫！还我丈夫！”

在拉扯中，有些咖啡杯打洒，摔在地上，发出清脆的撞击声。玫瑰花瓶倒了，玫瑰散落一地。

夜深沉。

一切喧嚣过后，客厅里都收拾妥当了。

罗母神色黯淡地坐在沙发上。

罗丹却显得异常平静，似乎在谋划着什么。

“丹丹，你的事，从今天开始，妈不再管了。”

“哦。”

“我是说，从现在开始，你想和谁在一起我都不干涉了。那个方大宇，我也不干涉了。你去找他吧！”

“不，我不去找他，我要找的人是大黄。他会付出代价的！他以为我只是个头脑简单、四肢发达的乒乓球教练吗？我罗丹绝不是可以任人摆布的。走着瞧吧！”

“丹丹，你千万别再干出格的事了！”

“妈，明天你回家吧，我知道该怎么做。”

“丹丹……”

罗丹语气强硬了：“多少次都是你破坏了我的幸福，这一次，你一定要听我的！”

罗母不敢多言。

阳光明媚的一天，王妈在清理别墅院内的杂草。

罗丹端着咖啡杯倚在大门口，显然在等谁。

手机震动。她拿起电话，是方大宇发来的邮件。

丹丹，当你收到这封邮件时，我已在深圳的一家网游公司安营扎寨了。你的梦想就是我的梦想。一个男人如果不能为他心爱的女人带来她想拥有的一切，就不配得到她。最近，我开发了一款新游戏，女主角还是你的模样。我会努力打拼，早点带给你一个梦想中的庄园。顺便说一下，《三十三重梦境》我没有卖，我要等你一起完成结局的终极测试。

永远爱你等你的大宇

黄总风尘仆仆地走进来，罗丹赶紧把手机装进衣兜里。甫一见面，黄总立刻揽住她的腰肢。

罗丹撒起娇来："大黄，你怎么才回来？"随即伏在他的肩上，泪如雨下。

黄总抱紧她说："都是我不好，让你受委屈了。我抽空赶回来，就是怕你想不开。我不好，是我不好。"

罗丹："没有，最不好的人就是我。"

黄总："怎么？丹丹……"

她显得比以往任何时候都更温柔："大黄，我知道，你是因为太爱我，才不对我说真话的。你想要儿子，她却为你连生了两个女儿。如果你不想别的办法，就会终生遗憾。大黄，这一切我全都理解，全都明白，我一点儿也不怪你。只是，我想告诉你，我要离开你了。"

黄总："不行！我不能让你走！"

罗丹："我走，是因为我同情她、可怜她。我不能和她那样一个经历过九死一生的人去争你。我不能！我不能！大黄，我绝不能！"

黄总捧着罗丹的脸仔细看着，由怜生爱，由爱生怜。"丹丹，想不到你会这样善解人意。"

罗丹："以前是我错了，我根本不该跟你提结婚的事，我该早早给你生个儿子。大黄，你能原谅我吗？"

黄总："你什么都不要想，就在这儿好好待着。我保证，以后她再也不会来了。"

罗丹："我很想在这儿好好待着，这里有我们太多的回忆，谢谢你给了我这一切。不过，我有一个请求……"

黄总："你说。"

罗丹："你千万要对她好，要好好照顾她。那天她走的时候，脸色很苍白，我真担心。你要好好待在她身边，直到她完全康复。"

黄总："丹丹，那你怎么办？"

罗丹："我……我可以看你的照片，想着你。以前你很少和我合照，但那时你经常在我身边。现在，你多陪陪她吧，就把你的照片留给我，我会把这个家的每个角落都摆满我们的照片。无论我在客厅还是房间，你无处不在地陪着我。”

黄总感动地说不出话来。

罗丹支起三脚架自拍，别墅各处留下他们身着不同服装的亲密合影。

时间的长和短总是相对的。以前，在空荡荡的别墅里，罗丹总是觉得度日如年；如今，在到处摆满了她和黄总亲密合照的大房子里，她竟感到时光飞逝。是的，她盼着的那天终于要到来了！她紧盯着照片上笑容灿烂的黄总，自言自语：“大黄，我们的游戏才刚刚开始！”

又一个平凡的日子，在父母家吃过了晚饭的樊志刚回到家。顾宁给他准备了丰盛的晚餐，他象征性地吃了几口起身离座。

顾宁不满了：“什么？你又饱了！这段时间你一直都这样。我产后减肥，你不至于也跟着一块儿减吧？”

樊志刚：“没有。最近我很容易饱，根本不饿。”

顾宁：“不可能的。你每天要做几台手术，就吃这点儿菜，哪够体能呀！你不是……胃出了什么问题吧？”

樊志刚：“没有。我好好的，别瞎猜了。”

顾宁：“不行，你今天一定得多吃点儿。做了这么一桌子菜，你才动了几筷子！阿姨！”

阿姨听到赶紧从厨房跑出来：“太太！”

顾宁：“你看这一大桌菜，先生才吃了几口。你劝劝他，劝不好，我就炒了你！”

阿姨：“先生，是菜不好吃吗？要是口味不对，或是油盐不合适，你说出来，我改。”

樊志刚：“味道很好，不关你的事，你去吧。”

阿姨：“先生……”

樊志刚：“去吧。这段时间我太累了，累得吃不下。要是为了这事你被炒，还不如早点儿换个更好的人家。”

阿姨为难地看着顾宁。

顾宁一摆手让她退下。

樊志刚：“我去看看孩子，你吃吧。”

顾宁看着他的背影出了神。

金金在大床上沉睡着。

樊志刚轻轻梳理他的头发，自言自语：“金金，爷爷奶奶有日子没看到你了。找一天，妈妈不在家，我带你去看看他们。”

金金醒了，定定地看着他。他们玩手遮脸的游戏，开合几次，金金咯咯地笑了。

樊志刚叹口气：“要是爷爷奶奶也能听到你这样笑该有多好。”

翌日清晨，顾宁吃完了早餐，樊志刚还在细嚼慢咽。他今天吃饭的速度格外地慢。

“志刚，你快点儿！该出门了！”

“哦，忘了跟你说，科里的李大夫跟我调班了，我今天改上夜班。”

“哼！什么便宜都让他占了！谁想值夜班呀？”

“都是同事，谁没个事呀！大家就得互相迁就嘛！”

顾宁不高兴地拿起车钥匙，拉开门走出去。

“路上慢点儿！”樊志刚温和地说。

她刚一出门，樊志刚立刻走到书房打电话。

“喂？嗬！在南门等着呢。好好好……楼下花坛见。”

客厅里，阿姨抱着金金，哼歌给他听。樊志刚从她手里抱过金金直奔楼下。

他们父子二人在花坛边张望着，到处找。躲在一个角落的志刚父母赶紧走出来。一见到金金，志刚妈迫不及待地要抱过去。志刚爸也伸出了手。两双手都按在金金身上，似乎要展开一场争夺战！

樊志刚：“好了，好了，别争了，妈先来。”

志刚妈如愿先抱到了孙子，把脸贴在金金的脸上各处，喜欢的不得了。

“哎呀，我的乖金金，奶奶恨不得天天都抱着你！”对儿子说：“怎么不带奶下来，我喂喂他！”

樊志刚：“才喝了不久。”

志刚妈：“尿了没有？我来换尿片！”伸手一摸，有些失望，“还是干的。哎呀，金金，奶奶能为你做些什么？我的好宝贝！”

志刚爸着急地说：“你抱够了吧，给我抱抱，给爷爷抱抱！”

不远处传来停车声，紧跟着是一阵由远及近的高跟鞋声，听起来很匆忙。

志刚爸：“瞧这金金，有日子没见，这眉眼又长开了些，跟志刚小时候一模一样。记得有一次，我带他去动物园……”

志刚妈打断他：“行了，快把金金还给我，你那老黄历说起来就没完。”

这时，顾宁已经渐渐走近。由于樊志刚背对着她，加上树丛掩映，志刚父母被挡住了。从顾宁的角度并没看到两个老人。

顾宁认出了樊志刚，大喝：“志刚！”

25

顾宁这一声，把樊志刚一家吓得够呛，三人神色紧张，不敢出声。志刚妈把金金放回儿子手里，拉着志刚爸一闪身躲到树后，蹲下来。

樊志刚抱着金金转过身，面带微笑，向顾宁走去。

“顾宁，你怎么又回来了？”

“你是不是有事瞒着我？”

“我？我能有什么事？”

“哼，我就觉得不对劲儿。我问你，这大清早的，你抱金金出来干什么？”

“我……我抱金金透透气，看看……蚯蚓！对，看蚯蚓！”

“志刚，你最好别骗我，我的感觉很准的。”

“哎，我骗你干吗？你别瞎想。”他随顾宁一起回了家。

花坛下，蹲着的志刚爸无奈地叹息：“我们就是蚯蚓，只能藏在地底下！”

樊志刚如往常一样又到父母家吃饭。桌上的七八个菜被消耗了大半。志刚妈给他夹了一块鸡腿肉。

樊志刚：“妈！真的吃不下了！”

志刚妈：“不能说吃不下，非洲多少难民没饭吃，这是福气呀。”

樊志刚：“好！好！”他吃得有点肚腩了，还打着饱嗝。

不料，志刚爸端出了水果。

“志刚，你最近老有口气，吃点儿水果清一清。”

他正想推，但妈妈已经叉了苹果递给他：“水果怎么吃也不饱的。来！”

他只好接过来吃了。

酒足饭饱后的他回到家时，顾宁也准备了一桌丰盛的饭菜在等他。

樊志刚：“金金呢？金金！”

顾宁：“金金玩累了，睡着呢。来，志刚，坐下喝汤。我今天特别推了客户，专门回来炖猴头菇老鸭汤给你补一补。”

樊志刚快晕了。

顾宁：“十菜一汤，总有一个你爱吃的吧？”给樊志刚夹菜。

樊志刚辛苦地吃着，不断打饱嗝。

顾宁：“来，喝点儿汤，这可是专门为你准备的。”

樊志刚无奈地喝了一口，又打饱嗝了。

“顾宁，这汤怎么酸不兮兮的，一点儿盐味也没有，我不喝了。”

“这是猴头菇炖老鸭，对胃有特效。为了不影响吸收，我特地没放盐。”

“啊？别别别！顾宁，我胃没事。”

“没事？你的胃绝对有问题！”

“没有嘛！我自己是医生，我了解自己的身体。别搞这些不正路的。”

“这怎么不正路了？这是养胃圣品！如果我由着你像个孩子一样不管不顾自己的身体，对我们这个家有什么好处？你一个人倒下了，我和金金怎么办？你想过没有？”

“不是，顾宁，我怎么越听越糊涂呀？我胃根本没事，你给我喝这汤干吗？”

“行，不爱喝汤可以，但你得把药吃了。”说着，她拿了几盒药放到樊志刚面前。

“顾宁，我根本没病，你让我吃哪门子药呀？”

“快三个星期了，你每天的晚饭是怎么吃的？每次就吃那么一点儿！你以为我这些年经营药品都是白干的吗？你的种种症状都说明一个问题——你的胃有些病变，可你自己竟然没有意识到！”

“顾宁，别无理取闹了。我非常了解自己的身体，我好得很！”

“好就把饭菜吃了，证明给我看。”

樊志刚忍着肚子鼓胀的难受劲儿，硬生生地吃着。

茶几上的金色托盘里放着一个厚底的黑白双层蛋糕。底下一层是黑色正方形，上面一层是白色桃心形。吉士拿着相机从不同角度拍照。

艾茉莉：“蛋糕的外形很漂亮，但为什么中间不是红色的心，是白色的心呀？”

吉士：“这是我的黑白芝麻系列，仿效法国 Opera 传统的六层夹心。但配料换成了中式的黑白芝麻。白色是纯洁，象征女性；黑色是稳固，象征男性。它还有个名字呢！”

艾茉莉：“什么？”

吉士：“Hold 住爱！”

艾茉莉爆笑：“这你都懂！”

吉士示意她吃蛋糕。

艾茉莉品起来。

“嗯，好香呀！浓浓的黑白芝麻甘香配合海绵蛋糕的滑软，实在太美味了。”

吉士的眼中闪动着光芒。

艾茉莉接着说：“最妙的地方，就是绝少奶油。我喜欢！吉士，我很喜欢这款蛋糕，美味而不肥腻。”

吉士：“那就太好了！我要做这个职业，你看怎么样？”

艾茉莉点点头，但眼神中却有些无奈。

“但要怎么推广，什么时候才有收入？ When？”

“Emily，要有信心。”

“我是挺有信心的，但现实不能光靠信心。吉士，给我两千块钱，这个月有两个同事结婚，明天要凑份子。凑份子你懂吗？”

吉士摇摇头。

“就是送些钱祝贺他们结婚。都是关系不错的同事，每人得给一千。”

“我明白了。太贵了！实在太贵了！ Emily，能不能不送？”

“大家都送，我不送很没面子的。”

“我是说，不送钱，送个蛋糕。我亲手做个结婚蛋糕，让他们‘Hold 住爱，一万年’！”

“这……行吗？倒是很特别……我想想。”艾茉莉在犹豫中有些心动。

杜心月在办公室跟属下交代工作的时候，艾茉莉提着吉士新做的蛋糕来了。她想看看杜心月有没有办法把吉士的蛋糕系列推广出去。

杜心月看着这块 4" × 4" 的“Hold 住爱”蛋糕忍不住叫起来：“品相高，有潮流感！茉莉，我忍不住要吃呢！”

艾茉莉：“你看，如果把它做成 12" × 12" 的结婚蛋糕，不会掉价吧？”

杜心月：“这会是一款非常独特的结婚蛋糕。不过，我要尝过它的味道才能说出感受。”

艾茉莉：“这是吉士想出的省钱怪招，代替份子钱。”

杜心月：“他是个很懂得生活的人，虽然目前有些困难。对，我想到了一些！吉士还有别的作品吗？”

艾茉莉：“有，回头我发给你。”

杜心月：“我想到以前最早合作过的一个网站……”手机发出提示音，她看了看，“是罗丹。她约我见面，好像有什么急事。正好你也在，一块儿去吧。”

罗丹坐在餐厅的一角，很认真地喝着柠檬水，显得异常平静。

杜心月和艾茉莉走过来向她打招呼。

“嗨！亲爱的！”

“Hi！亲！”

罗丹有点嘲讽地笑了：“亲？多久我们没这样叫过对方了？”

杜心月：“罗丹，还好吧？”

罗丹：“心月，从进大学那天起，我就当你是姐姐。你善良、有正义感、有同情心。当时我很自卑，如果不是你的帮助，我根本不会有那么快乐的大学时光。没想到，就因为一个大黄，竟然破坏了我们多年的友谊。”

杜心月有些默然，似乎也在感慨过去。

罗丹：“心月，茉莉，我想明白了，我要和大黄一刀两断！”

艾茉莉：“好呀！罗丹，这才是你最正确的选择。”

杜心月：“罗丹，你舍得放弃你现在的一切？听说你那个训练馆近来经营得不太好，你已经习惯了养尊处优的生活，还能回到柴米油盐的平凡日子吗？”

罗丹：“我能！发生了这么多事，我觉得男人不一定是一辈子的，闺蜜才是一辈子的。”

杜心月：“是呀，经历了这么多风波，还能跟茉莉和你坐在这儿，一起吃个饭，我也觉得挺不容易的。”

罗丹：“所以心月，这一切都是大黄惹的祸！”

杜心月意味深长地说：“大家都是成年人。选择，是互相选择的结果。”

罗丹：“不，就是大黄的错，他从一开始就在骗我。当时你们劝我多了解、多打听，可我没有听。当我看到他老婆出现时，整个人都冰住了。是我为自己种下了今天的苦果。我真傻！傻到会为了他和你们闹翻！你们一定要帮我一个忙。”

“什么忙？”杜心月和艾茉莉问。

罗丹：“我要到派出所举报大黄重婚，你们陪我去，作我的证人！”

杜心月和艾茉莉都吓了一跳。

杜心月：“罗丹，你不至于吧？你离开他也不至于要毁了他呀！”

艾茉莉：“是呀，这……实在太绝了。”

罗丹：“不，这不是毁了他，而是在帮他。帮他在老婆和我之间做出正确选择。”

艾茉莉双手抱臂，似乎感到寒冷，其实是内心的颤栗。

杜心月不禁打量着眼前的罗丹——这个越来越可怕的女人。她内心酸楚。

“不要，罗丹，不要再做更错的事。不管你和黄总之间发生过什么，看在她老婆九死一生的份儿上，还有她的两个女儿，收手吧。”

艾茉莉：“你是受害者，可他老婆、孩子也是受害者。既然你想和他分开，不如就好来好去。”

罗丹：“你们不是一直都反对我和大黄在一起吗？现在，我要惩治他，怎么你们又改变立场了？”

杜心月：“不不不！罗丹，你听我说，你现在有些偏激，太执着于你们之间的恩怨，把这些先放一放。你想离开他，过正常人的生活，这当然好。而且，罗阿姨也不再阻挠你和方大宇的事了。不如你去找方大宇，当你获得幸福时，你也让黄总一家重新团聚吧。大家各走各的路……”

罗丹：“不行！既然从一开始他就跟我玩游戏，我就得把这个游戏继续玩下去，玩到我要的结局。”

艾茉莉：“罗丹，不要呀！千万不要！”

杜心月：“罗丹，宽容别人也等于释放了自己。”

罗丹：“我不会改变的。大黄重婚的物证我已经准备好了，你们是人证。走吧！”她猛地站起身拉扯杜心月和艾茉莉，无奈餐馆空间小，三个闺蜜撕扯的过程中，罗丹滑倒坐在了地上。她恨恨地仰起头：“我就知道，你们没把我当真朋友。在你们眼中，我做什么都不对。”她爬起来，向外冲去。

艾茉莉：“心月，她……她真的去举报了？”

杜心月：“我想不会。她就是这样的人，你越劝她，她越听不进去。由她吧，早晚会想明白的。

令杜心月没想到的是，这次，罗丹真的想明白了。她不只想得明白，还要做得彻底。

顾宁轻声抽泣着，忧虑地告诉梁主任自己怀疑樊志刚得了胃癌。梁主任吃惊不小，赶忙打电话叫来樊志刚。

梁主任：“志刚，这段时间你的手术一直是最多的，休息不好，吃饭也没规律。刚才我听小顾反映了点情况，我想让你去做个检查，好好查一查。”

樊志刚：“梁主任，我没事，我身体棒着呢！”

梁主任：“不管怎样你都去查一查，让大家放心。”

樊志刚哭笑不得：“我这么跟您说吧，我每天回家吃得少，是因为我已经吃过晚饭才回去的。”

他的话让梁主任和顾宁全愣住了。

顾宁无法理解：“为什么？志刚你为什么这样做？”

樊志刚：“这段时间……我……一下班就特别饿，饿得都等不到回家。所以，我就先去附近的拉面馆吃碗面。因为肚子还饱，回家我也吃不下。”

顾宁：“那你为什么不早说？”

樊志刚：“怕你生气嘛。”

顾宁又生气又难过，说不出话来。

梁主任：“志刚，这件事你处理得不好，两口子要多沟通。你要检讨啊，快去给小顾赔个不是。”

樊志刚：“顾宁，别生气了，看在主任面上。”

顾宁：“我不生气，我就是心疼你，现在终于真相大白了。梁主任，打扰了。改天请你吃饭。我们走了。”

梁主任：“好好。再见。”

夫妇二人走出了主任办公室。

以顾宁的精明，她早就听出了樊志刚在撒谎。她不动声色地详细询问了他回家的几条固定路线，决定探个究竟。

傍晚，杜心月下班回到家，和雄雄一起尝过吉士做的蛋糕后，她拨通了城市关心网许主任的电话。

“许主任你好，我叫杜心月，以前是瑞德的。对，没错。以前搞过‘买U盘送电脑’。嗯，是的，跟你们合作很愉快。谢谢。是这样的，我有一个法国朋友，他做的蛋糕不仅有创意，还兼具中法特色。你们网站能不能给推一推？什么？没噱头！有，当然有！你们想想，一个法国人漂洋过海来到中国，在这里开创了新派创意甜品，由此实现他的中国梦！对，‘一个老外的甜美中国梦’。好的，具体资料我这就发给你们。谢谢！”

放下电话，杜心月正要把吉士的资料发给对方，却接到顾宁的电话。

“喂？心月，现在有没有时间？一会儿我去接你。志刚的胆子越来越大了，撒谎眼都不眨！”

“又怎么了？”

“志刚最近老吃不下晚饭，今天终于当着梁主任的面，承认在拉面馆吃了面才回家的。”

知道真相的杜心月不知该如何回应。

“我沿着他下班的两条路线开车寻了寻，发现附近根本没有拉面馆。他分明是在撒谎！”

“算了，顾宁，少管点儿吧。樊志刚是个大人，他知道自己的情况。金金那么小，你该多照顾金金才是。”

“怎么你跟志刚的说法一样呀？”

“哦，是……吗？”

“心月，以志刚的节奏，我怀疑他有了外遇！”

“不可能！别瞎说！”

“你怎么知道不可能？我的第六感觉告诉我，这肯定是真的。之前，他和小护士打球，被我扼杀了。后来听说，他们以前是邻居，这分明就有感情基础呀！加上……志刚现在对我总是恭恭敬敬的……他肯定有事瞒着我。”

“顾宁，其实，你还是跟你婆婆聊聊吧。樊志刚这人是个大孝子。”

“我可没那空！心月，你陪我跟踪志刚。我要给他个一锅端！”

“顾宁，听我的，跟你婆婆和好才是正路，其他都是歪路。”

“别跟我提他们，我现在可自在呢。算了，你不去，我自己去。”

杜心月放下电话，不由地担忧起来。她来到客厅，坐到爸爸对面："爸，顾宁刚才要拉我跟踪樊志刚呢！"

杜爸爸："啊？"

杜心月："她之前怀疑樊志刚的胃出了毛病，逼他吃胃药。现在，又怀疑他有了外遇才不回家吃饭的！"

杜爸爸哭笑不得："哎呦，这个顾宁！"

杜心月："作为好朋友，我该不该告诉她真相呢？"

杜爸爸："心月，这是他们的家事，咱不要掺和。虽然顾宁是你的好朋友，但她不知道的事多着呢！从买房子到吃饭，她肯定一样也不知道。哪个家庭没几个结呀，让他们自己去解开吧。"

杜心月点点头："以顾宁的性格是不太好说。"

杜爸爸："对了，顾宁给你介绍的那个'加拿大'姓什么？"

杜心月："啊，姓何。"

杜爸爸："抓紧见见吧，缘分也是要自己争取的。"

樊志刚像往常一样下了班坐车来到父母家。他不会想到的是，顾宁开着车一直在跟踪他。顾宁不会想到的是，自己的丈夫竟然走进了杜爸爸家所在的小区。她思绪万千，立刻联想到杜心月不愿和她一起跟踪的种种推辞。她不甘心，也不情愿，她要弄个究竟！

当她敲开杜爸爸家的门时，她顾不上许多，推开各处的门找起来，却不见樊志刚的踪影。

杜爸爸急了："顾宁，你找什么？"

闻声从卧室出来的杜心月也不解："是呀，顾宁，你找什么呢？"

顾宁内心纠结，在沙发坐下来。

杜爸爸："顾宁，你给心月介绍的那个'加拿大'，什么时候见面呀？"

顾宁愤愤地问："心月现在还会见'加拿大'吗？"

杜爸爸："哦？到底出什么事了？"

顾宁赌气说："心月，那个'加拿大'你想见吗？"

杜爸爸："见！见！"

杜心月沉默着。

顾宁："那好，老何一直等着呢。我安排你们明天一块儿吃午饭。"说完，头也不回地走了。她相信自己的判断，却苦于没找到证据。其实，她也害怕去面对那一刻。

酒足饭饱后，餐桌上的几个盘子都空了，志刚妈心满意足地笑了。

志刚妈："有志刚在，吃饭就是香，绝对的光盘政策！"

樊志刚揉着肚子："妈，你越来越有大厨范儿了。"

志刚爸："志刚，我几十年没这口福呀，现在托你的福了！哈哈……"

志刚妈："志刚，妈还有新菜，明天再做给你吃。"

樊志刚："妈，明天……我可能不过来了。"

志刚妈有些失望："为什么？我打算明天给你炖五花腩呢！"

志刚爸立刻来了精神，咂着嘴巴："五花腩？你妈做的五花腩那可是一绝呀！肥而不腻，入口即化。志刚，求你了，有你才有你爸的口福！"

志刚妈被夸奖，得意地笑了。

樊志刚为难地说："妈，以后我隔天来吧。"

志刚妈："要不，明天还来，把五花腩吃了，后天不来了？"眼巴巴地看着儿子。

樊志刚："好吧，妈，明天我还来。"

志刚妈："哎，这就对了！"

樊志刚："妈，你别太累了！"

志刚妈："你能来，妈可乐着呢！"

顾宁坐在车里边打电话边盯着社区的大门。

"老何，我那个朋友同意见面了。对，明天中午吧，西餐厅好一些。就这么定了。"

这时，她看到樊志刚走出社区大门，向路边的计程车招招手，上了车。

顾宁收了线，不禁自言自语："我果然没猜错！志刚，看来你们在这个小区真的另外租了房子。志刚、心月，你们可都是我最亲的人！"

入夜，罗丹孤独地躺在大床上，周围到处是她和黄总的合照。她拨通了黄总的电话。他声音严肃，音量很低。

"喂，这么晚了什么事呀？"

"大黄，你是不说话不方便呀？没关系，我就是想告诉你，我很想你。"

"知道了，明天我去公司处理。再见。"

"别挂，我就说一句。"她几乎带着哭腔。

电话那端是沉默。

"我很想你，我以为自己可以看着满屋的照片打发寂寞，可我做不到，我反而更寂寞。回来看看我吧！不然，也许就再也见不到了。"她果断地收线。

对面墙的照片上，黄总灿烂地笑着。罗丹把电话向照片上的黄总狠狠掷去，相框的玻璃破裂了。

没错，她进入了复仇的节奏。

书房的灯光温暖而宁静。樊志刚在看医学杂志，金金在书桌上沉睡着，他的小脚丫被爸爸紧握着。

顾宁推门进来，看着眼前的一幕，眼睛有点湿润。

“志刚，看来你没忘了你是个有家有孩子的人。”

樊志刚示意她不要说话，站起来抱着金金走出书房，把孩子交给整理客厅的阿姨后，又回到书房，关上门。

“孩子熟睡的时候，不要在他周围制造声音。这样，他才会在深度睡眠里得到最佳休息。哦，有什么事吗？”

“明天中午，我约了一个从加拿大回来的朋友，想介绍给心月，咱们一块儿去吧。”

“不不，我不去！我不适合这些场合，杜心月也不适合。多别扭呀，两个不认识的人硬坐在一起。”

“你怎么知道杜心月不适合呀？除非，她有了喜欢的人！”

“她喜欢谁是她的事，我再也不掺和了。上次妈介绍邹凯给她，弄得大家都不痛快。朋友是互相帮忙的，不是找不痛快的。”

“我这不就是在帮心月吗？怎么就找不痛快了！”

“杜心月她讨厌相亲，你是她的闺蜜能不知道吗？”

“看来你好像比我更了解她呀！”

樊志刚摇摇头不理她，埋头看书。

顾宁：“我倒想看看，心月是讨厌相亲呢还是心里早就有了别人，而且别人也有了她！”

看似明媚的一天，罗丹坐在沙发上佯装看时装杂志，其实是在等待黄总的到来。

张妈兴冲冲地跑进来：“太太，先生回来了！”

说话间，黄总到了客厅门口，他急忙脱掉鞋来到罗丹身边。

“丹丹，你吓死我了，不是说好这几个月我留在那边，等情况更稳定些再回来看你嘛！”

“大黄，你看看我们这些合照。”罗丹的语调有些凄楚。

黄总环顾四周，客厅到处摆放着他们的各式照片。

“我以为靠着它们可以打发自己。没想到，却让我想起更多我们在一起的日子。大黄，我受不了了，我不能再这样下去了。你做个决定吧！”

黄总沉默着。

罗丹：“我可以给你时间，但不是无限期的。要么我走，要么我留。”

“丹丹，你看，我们在一起这么长时间，也没有个孩子，我们先生个孩子再说吧。有了孩子，你就没那么寂寞了。好不好？乖呀！”

“我也想，但你这样跑来跑去的，怎么生呀？要不，这次你多留几天，我一定给你生个儿子！”

“丹丹，我最喜欢你的就是乖巧、善解人意，这样让我觉得很放松。在你面前，我什么都不是，就是一个男人！你也知道，生个儿子是我最大的心愿。我的万贯家财给谁呀？还不是留给自己的儿子吗？我黄能现在唯一差的就是儿子！”

“是呀，你设计了很多东西，连我的人生都是你设计的。大黄，那你也给我们设计一个儿子吧！”

“说得太好了！你的一切，这里的一切都是我的杰作！儿子会有的，而且不止一个！”

黄总拥着她向楼上走去，罗丹却轻轻挣脱了。

“大黄，你先去洗个澡，我摘些玫瑰花，一会儿带上去。你剪掉了所有的玫瑰，我叫人送来了新的，因为玫瑰也是你当初带我来这儿时设计好的。”

“对，要讲些情调！哈哈……我去洗个澡。”黄总先上楼了。

罗丹来到玫瑰花架前，佯装挑选。过了一会儿，她拿起电话。

“喂，派出所吗？”

黄总洗过澡，穿着睡袍走下楼梯，催促着：“丹丹，还没选好吗？我已经等不及了！”

罗丹抱着十几支玫瑰，转身对他娇俏地一笑：“不急，马上就好了。”

突然门铃作响。

黄总皱皱眉头：“今天约了什么人吗？”

罗丹笑而不答，把玫瑰放到黄总怀中，仔细打量着：“大黄，你现在这个样子挺性感的。”

这时，张妈带着两个警察出现在客厅。

张妈：“先生、太太！”

见到警察，黄总很意外，罗丹却神色镇定。

警察甲：“打扰了，我们在做案件调查，请各位配合。”对着黄总，“你的姓名？”

黄总：“黄能。”

警察乙在旁记录。

警察甲：“有没有暂住证？”

黄总：“有。”

警察甲：“这是你家吗？”

黄总犹豫着：“是。”

警察甲转向罗丹：“你的名字？”

罗丹：“罗丹。”

警察甲：“有没有暂住证？”

罗丹：“有本地户口。”

警察甲："你们是什么关系？"

罗丹迟疑了一下，看看黄总，黄总不答。

罗丹："是夫妻。"

警察甲看了一眼黄总和他手中的玫瑰说："带齐你们的身份证、暂住证、户口本和结婚证跟我们去派出所协助调查。"

黄总："警察同志，我们犯了什么事？"

警察甲："有人举报你重婚，跟我们去所里做笔录吧。"

黄总："误会误会！警察同志，我……我换身衣服。"

警察甲："不必了，这也是证据。走吧。"

罗丹神色坦然，把桌上的一些合照抱在怀里说："等等，这些都是证据，也带去吧。"

黄总终于明白发生了什么事。他瞪了罗丹一眼，狠狠地把那束玫瑰扔在地上。

警察乙："带上，都带上，这都是证据！"

工人张妈此刻早已慌了神，待众人走后，赶忙给罗母打电话。

"老太太，不好了，先生和太太被警察带走了！"

"什么？出了什么事呀？"罗母在电话里问。

"我听到……重婚什么的。"

罗母哑了半晌。

"喂！喂！老太太！喂？"

"我……我这就过去。"罗母总算回过神来。

她收线后，急忙穿鞋，拿包，准备外出。但她想到什么，又拿起了电话。

街道上，杜心月独自走着，想着和老何的相亲不觉失笑。她做了个深呼吸。手机响了，听筒里传来罗母急切的声音："喂，心月，丹丹出事了！"

26

当杜心月和罗母赶到别墅时，罗丹独自不紧不慢地回来了。她拿起桌上的水杯，大口喝着。

罗母："丹丹，黄总呢？他怎么没跟着一块儿回来？"

罗丹幸灾乐祸地说："他还要接受审问。警察说他和我有事实婚姻，触犯了法律，涉嫌重婚罪。"

杜心月沉默着。

罗母："这事谁跟警察说的？你和黄总肯定不会说，其他外人谁管这闲事？我知道了，一定是他老婆干的！没错，就是她！上次来这儿闹得不解恨，她恨从胆边生，想把你们两个一锅端。够狠的呀！一日夫妻百日恩，就算大黄再怎么对她不起，也不能把老公往大牢里送呀！这个女人真是丧心病狂……"

杜心月气愤地制止她："罗阿姨，请不要随便污蔑别人。你好好问问罗丹，事情的真相是这样的吗？"

罗母有些愕然。

罗丹："妈，是我向警方举报的，我这可都是跟你学的。"

罗母："我……我没有教你这样做。"

罗丹："没有吗？伤你最痛、最深的不是外人，是自己最亲的人！妈，我谢谢你，我也要用这招来对付大黄，让他罪有应得！"

杜心月："罗丹，你不该把自己的错怪到别人身上。别忘了，黄总的老婆也是受害者。她和两个孩子至今还在等黄总回家，可一场牢狱之灾就要降临了！这都是你一手设计的！"

罗丹歇斯底里地嚷着："没错！是我设计的！可他不是一直都在设计我的人生吗？现在，我比他还能！我能把他设计到牢房里！哈哈……"

杜心月痛苦地看着眼前近乎疯狂的罗丹："做错事并不可怕，可怕的是明知是错的还要将错就错，一错到底。”

罗丹反唇相讥：“杜心月，你以为你很清高、很有原则吗？嘿，你心里喜欢上了谁你自己知道！纸是包不住火的，你还是先管好自己的事吧。”

杜心月心头震动。

罗丹：“‘爱的不对，就不能爱’。你呀，说得好听，可是你精神上出轨了，跟我有什么分别？”

杜心月顿然孤独，她的伤口给撕开了，本能地要躲起来舔伤。

顾宁这次叫上了艾茉莉一起跟踪樊志刚。当她们眼睁睁地看着他走进杜爸爸家的小区时，连艾茉莉也紧张了。她悄悄地打电话给杜心月，却被顾宁收走了手机。无可奈何下，她只好硬着头皮和顾宁一起加快了步伐。

餐桌上摆好了碗筷和饭菜，志刚妈把一锅汤端上来。志刚爸坐在沙发上看报纸。

樊志刚进了屋，放下公事包，换了鞋子。

志刚妈：“志刚，你给心月打个电话，叫她过来一起吃饭吧。下午我听杜老师说，晚上他要带雄雄去麦当劳参加小朋友的生日会。心月一个人就别煮了，过来一起吃吧。”

樊志刚打给她。电话一直响着，却没人接听。

杜心月也是刚回到家，一个人，站着发呆。罗丹说的那些话不时在她耳边回响。她痛苦，却无法排解，竟然拿起一瓶料酒喝下去，呛得又咳又流泪。樊志刚的电话打了，停了，又打，又停，杜心月犹豫着终于接听了。

“杜心月，你回家了吗？”

“我……刚回来。”

“我妈叫你一起吃晚饭，她炖了鸡汤，很美味的。过来吧！”

“我什么都不想吃……”

“杜心月，你没事吧？”

“没……你那有酒吗？”

“酒？哦，有。前些天我买了瓶红酒，还没喝完。”

“我只要酒！酒！”

樊志刚收线后，虽然觉得她有些不对劲儿，但还是让爸妈帮着找酒。他盛汤的功夫，门铃响了。他走去开门，门外竟然是顾宁和艾茉莉。

顾宁推开樊志刚，强行走进客厅，死死地盯着满桌菜看。

樊志刚紧张地跟过去，大叫着：“顾宁，不要！”

艾茉莉也跟了过去，紧张地说：“顾宁！”

顾宁：“不要什么？怕我再翻桌吗？”

卧室里，志刚父母翻箱倒柜找红酒，还不知外面发生了什么。

顾宁一下坐到椅子上，招呼着："茉莉，饿了吧？来，很丰盛呀，别客气。"

就在这时，杜心月也来到了。她精神有些恍惚，一进门就向樊志刚要酒喝。

樊志刚看看她又看看顾宁，非常窘迫。

顾宁一下站起来，盯着她，干巴巴地拍起手掌，"太好了，人都到齐了！"

杜心月看到顾宁，并没有想象中那么吃惊，转向樊志刚："酒呢？我现在需要酒！"

顾宁拿起茶几上的一杯水照着她泼去："杜心月，你现在需要的不是酒，是清醒！"

杜心月的头发、脸和衣服全湿了，狼狈不堪。

艾茉莉："顾宁，你干吗呀？"赶紧跑到杜心月身边，用纸巾替她擦。

樊志刚："顾宁，你干什么？你怎么变成了这个样子！"

顾宁："你们都怪我，怎么不反省下自己？心月，我真的想不到，为了掩人耳目，中午你还和老何相亲，晚上就在这里……和我的丈夫过起了二人世界！你们一直都在骗我，处心积虑地骗我！怪不得你不肯陪我跟踪志刚……原来他就是和你在一起。"

杜心月也爆发了："我没有！"

顾宁毫不相让："你到现在了还要抵赖！"

杜心月："我不抵赖，我也不解释，因为我们是铁蜜，我们没有什么是不可相信还要解释的。"

顾宁听到这里，怔了怔，想说什么，但杜心月已经跑出了大门。艾茉莉唤着她也追了出去。

就在这时，卧室的门一下打开了，樊志刚的父母拿着一瓶红酒走了出来。

志刚妈："顾宁，你错怪了心月，是我们天天和志刚一起吃饭的。"

这下，轮到顾宁错愕了。

顾宁看看志刚爸妈，又看看自己的丈夫："这……志刚，这到底怎么回事？"

志刚妈："我来说。你把我们赶走后，我们就搬来这里。志刚是个孝顺孩子，他怕我难过，所以天天回家陪我们吃晚饭。"

顾宁："为什么刚好和杜心月住同一个小区？太巧了吧？"

志刚妈："一点儿也不巧。你去美国生孩子时，我们的拆迁款下来了，一直想在近郊买套房子。中秋节那天，心月和杜校长一起来吃饭，说到买房子，杜校长就推荐了这个社区。我们看了也觉得好，就买了下来。"

志刚爸："顾宁，做事可要三思呀，不能想一出是一出。"

志刚妈："你今天怀疑这个，明天怀疑那个，这往后的日子可怎么过呀？"

顾宁痛苦地叫出来："是呀！这日子怎么过呀？为什么你们什么都不告诉我？买房瞒着我，吃饭瞒着我，还有什么瞒着我？我们还是一家人吗？"

一向忍让的樊志刚在这一刻也爆发了："顾宁，我敢告诉你吗？你信任过谁呀？我和邻居小杨打羽毛球，你把人家都说哭了。妈不过说了你几句，你就把整桌饭菜掀翻了！如果你知道我在这儿吃晚饭，难保你不会来这儿烧房子！"

顾宁气愤地说："樊志刚！"

樊志刚："我承认，我处理不好你和妈的关系。自打我爸妈被你赶走后，他们就吃不下，喝不下。他们想看孙子，我得偷偷地抱金金到楼下，怕给你知道。对他们老人家来说，吃山珍海味、穿貂皮羊绒都及不上和儿子说说话、吃顿饭；让他们住洋楼别墅、坐名车都比不上和孙子玩玩、在小区里溜达溜达。我大姐常年在海外，只我这一个儿子在他们身边，如今突然硬生生地被分开了，他们不习惯，我也不习惯！"

顾宁："可你不能和父母过一辈子呀，你有自己的家庭，有我和儿子。你要学会适应！"

樊志刚："我适应不了，我爸妈也适应不了。既然你容不下他们，我只好把自己分成两个人，有两个肚子！"

顾宁："你是说，以后你每天还要来这儿？"

樊志刚："对！我要天天陪他们吃晚饭。"

顾宁："好办，离婚！今天回去就打铺盖卷儿走人！"

樊志刚沉默了。

志刚妈："不要！不要！金金还小，你们不能离！志刚，以后你别来了……"忍不住呜咽了。

樊志刚紧紧握着妈妈的手，轻拍她的肩膀："妈，你别难受，你们到哪儿，我就到哪儿。没有你们的家根本不叫家！"

志刚妈痛苦地摇摇头："妈不要你离婚……妈不要，不要！"

顾宁并不是真的想离婚，她开始回旋眼前的局面："要不，平时还是回家吃……周末，我们带金金一块儿来。"

志刚妈："行，行，只要不离婚，怎么都行！"

志刚爸："这样好，一个礼拜怎么也能见一次金金。"

顾宁："志刚，你说呢？"

樊志刚冷漠地答道："就这样吧。"

酒吧里播放着美曼的音乐。

艾茉莉和杜心月坐在一张小桌前喝红酒。杜心月用杯喝得不痛快，竟拿起酒瓶咕咚咚喝起来。

艾茉莉一把夺下酒瓶："过了啊！有你这么喝红酒的吗？简直是浪费！"

杜心月有些醉意："让我浪费吧，我就想醉！我想好好地把自己浪费一把！给我，给我。"

艾茉莉按着酒瓶不给她。

杜心月痛苦地笑了："顾宁她为什么不相信我？我们是那么好的朋友，我怎么都不会做出对不起她的事。茉莉，就算大家都不信我，你信我吗？"

艾茉莉："我信！我们永远都是不用解释、不用道歉、不用说谢谢的铁蜜。"

二人碰杯，在彼此的泪光中长醉。

这个世界没有永远的爱，也没有永远的恨。曾经带着恨离开你的人，也许有一天会带着爱再次出现在你的生活里。

赵雷妈此刻又坐在了杜爸爸家的沙发上。

"亲家公，你可不知道，自从赵雷和心月离婚后，我们家这日子……可大不如前了。老婆走了，孩子不在身边，赵雷也换了一个单位，不是以前那个大公司了。唉！"

"换单位是很正常的，心月不是让赵雷闹得换了好几个单位嘛。"

"亲家公，你……不会还在怨恨赵雷吧？"

"都过去了，大家各过各的日子吧。"

"不瞒你说，自打他们分开，赵雷也交过几个女朋友，没一个我相中的。"她伸出自己的十根手指晃动着，"有一个，十个指甲都涂着不同颜色，又金粉又银粉的，还帮我剥葡萄皮儿，你说我敢吃吗？那可是超标的化学污染呀！"

杜爸爸忍不住笑了。

"另外一个，还没怎么的呢，见面才聊了几句，就要看房本儿，说在结婚前要把她的名儿加上去。你说气不气？"

杜爸爸虽然客气，但也下了逐客令："时间不早了，以后要是你们想看雄雄，可以直接去幼儿园，或者提前来个电话，接孩子回去住几天也行。"

赵雷妈："亲家公，我一直都还当你是亲家。其实，今天来，还是那事，让心月和赵雷复婚吧。"

杜爸爸不置可否地摇摇头。

这时，赵雷抱着雄雄从卧室走出来，父子俩满脸喜悦。雄雄拿着一个小球扔给杜爸爸。

雄雄："姥爷接住！"

杜爸爸赶紧接住了。

雄雄高兴得拍着手掌。

赵雷妈："下来歇歇，跟爸爸喝点儿水。"

赵雷和雄雄一起坐到沙发上喝水。

赵雷妈："亲家公，要是赵雷和心月能复婚，这是多好的一个家呀！我知道，以心月的条件肯定能找着不错的人，但孩子还是跟自己的爸爸最好。"

赵雷："爸，我知道错了，我是诚心诚意的。"

杜爸爸："心月……已经有男朋友了。"

赵雷坚持着："没关系，我可以把她再追回来！"

杜爸爸不禁一懔。

赵雷站起身，对杜爸爸深深鞠了一躬：“爸，我除了要向心月忏悔外，还要向您道歉！请原谅我以前对您做下的错事！”

杜爸爸叹了口气：“都过去了，不提了。”

赵雷情绪激动了：“爸，我不能不提！没错，我现在终于拿到了梦寐以求的户口，可又怎么样？心月离开了，雄雄也不在身边，我的日子过得一天不如一天！我想明白了，我真正需要的不是户口，是一个像心月那样万众挑一的女人！”他冲动地拉着杜爸爸，“爸！你一定要答应我，答应我和心月复婚！”

杜爸爸拂去他的手：“赵雷呀，复不复婚是你和心月的事，我不能替她表态。但根据你以往的表现，我怎么能判断你是真心还是冲动呢？人在冲动的时候千万不要做出任何决定。否则，大家都会后悔再后悔！”

赵雷依旧坚持着：“我就是要复婚！我想复婚，心月也应该想和我复婚。我不会放弃的！”

周末是樊志刚父母最盼望的日子。志刚妈准备了好几种口味的饺子等着儿子一家的到来。

三岁大的金金已经懂得礼貌了，主动向爷爷奶奶问好。

志刚妈立刻抱他到怀里，刚想亲，看看顾宁，又改成贴脸。

志刚爸：“来，爷爷抱抱，抱抱。”他抱着金金左看右看，欢喜的不得了。

志刚妈：“我去下饺子，你们坐，开电视看吧。”

顾宁：“别开了，电视机有辐射，不利于孩子的脑部发育，再说看电视也伤眼睛。”

志刚妈有些尴尬：“嗯……那随便吧。我煮饺子去。”

樊志刚：“妈，我帮你。”帮忙把饺子端进厨房。

志刚爸：“金金，跟爷爷看花花去！”他们爷孙二人走进了卧室。

顾宁在沙发上坐下来，摆弄着手机。她面前的茶几上放着一本病历。

刚志刚和母亲在厨房里话着家常，突然听到顾宁大吼：“樊志刚！樊志刚！”

这一声惊得志刚妈掉了手里的笊篱，饺子也散落在地。母子二人急忙冲到客厅。

顾宁怒气冲冲，手指着那本病历。

樊志刚：“又怎么了？别老大惊小怪的，爸妈年纪都大了……”

顾宁：“你看这是什么？你爸有好几年的传染病了，你怎么不早说？又瞒着我！”

樊志刚：“那不是传染病，他只是肝功能弱，并没有持续的炎症。我是大夫，我分得清。”

顾宁：“你不能因为是你爸就不顾金金的安危，他要是被传染了，影响的不只是入园、入学，那可是一辈子！”

志刚妈：“顾宁，你听我说，志刚他爸没得传染病。我们是金金的爷爷奶奶，心疼孙子还来不及，怎么会害他？你好好想想，咱们以前也一块儿住过，大家不都没事吗？”

这时，志刚爸抱着金金来到卧室门口，脸色惨白。顾宁过去一把夺走了金金。

志刚妈：“他这都是以前老加夜班给累的。每年我们都体检，一直都控制着……”

顾宁：“控制？说不定哪天就爆发了。要知道，金金可是要承继四份遗产的，绝不能有任何闪失。樊志刚我告诉你，以后别想让金金踏进这个门半步！”

志刚妈呜呜地哭了，志刚爸也痛苦地摇摇头。

一向忍让的樊志刚再次被激怒了。

“我是个医生，我了解我爸的身体。金金回来看爷爷奶奶是谁也阻挡不了的。”

顾宁冷冷的：“是吗？离婚！”

樊志刚：“别提这两个字了！你再说，马上！”

金金哭了。

顾宁：“离婚！金金跟着我，我看你怎么让他回来？哼！”抱着金金离开了。

客厅里，两位老人不断抹泪，志刚妈更是喃喃地唤着金金。樊志刚走过去，一手一个，揽住了父母。

社区里，亮起了微弱的路灯。

樊志刚安抚好父母后，一个人出来漫无目的地散步，不觉来到杜爸爸家楼下。他出神地看着屋子里散发出的暖暖的灯光。也许，那才是他心目中家的感觉。

楼道里响起了脚步声，杜心月拎着两袋垃圾走下来。她看到傻站着的樊志刚，礼貌地问候：“还没回家呀？”

樊志刚：“不回去了。就因为我爸的病历顾宁又闹翻天了！”

两人像朋友一样地聊起来。时至今日，他们早已能够坦然面对彼此，在对方需要的时候，给予最强的精神支持。

纵然不能相爱，也会永远相知。

樊志刚感慨道：“最近，我常想到大姐阻挠我和顾宁的一幕幕。也许她真的是对的，从一开始她就看出我们并不合适。”

杜心月被触动了。

他手机响了，拿过一看：“医院打来的？”马上接听，“喂？”

杜心月看得出他脸色变了。

樊志刚：“什么？梁主任突然在家晕倒？救护车出发了。好，我马上来！”

午夜时分，厨房的门依然紧闭着。艾茉莉靠在门外，紧张地拍门。

“吉士！出来吧，你躲在厨房里三个钟头了。今天同事的婚礼上大家都说你的蛋糕很好吃，只是，人家结婚，希望蛋糕上面有穿礼服婚纱的小人，传统的那种。‘失败乃成功之母’你听过吗？”她使劲儿闻一闻，“你不会开煤气自杀吧？吉士！吉士！”

门开。

吉士："谁开煤气自杀？"他系着围裙，捧着新蛋糕出来。

艾茉莉："刚才婚礼还没结束你就要回来，还哭鼻子呢。"

吉士："忘记它吧！我这个人，女败女试（屡败屡试）的！"把蛋糕放桌上，切一小块给她，"试试！吉士甜品。"

艾茉莉正要吃……

吉士："等等。"拿摄像机拍照，"Camera!"

艾茉莉笑了，拿起蛋糕，轻咬了一口，咬下的那口从原本的蛋糕上拔出了长长的丝。那些丝其实是一层薄薄的 cheese，受热产生的。

艾茉莉："好好吃呀？这是什么？"

吉士："这是——紫薯拔丝系列。"

艾茉莉又吃一口，看着手中的蛋糕抽出长长的丝："哦，如此拔丝！Cheese! Cheese!"

吉士："帮我。"把摄像机递给艾茉莉，他即兴跳起街舞，唱着口水歌。

"Cheese，cheese，我叫吉士，大家都爱，吉士甜品！

"Cheese，cheese，我叫吉士，大家都来，hold 住爱！

"Cheese，cheese，我叫吉士，大家都赞，拔丝蛋糕……"

艾茉莉拍下了这一刻。紧接着，经过一阵连线，吉士刚才的舞动和欢唱成为一段网络视频。

艾茉莉："有用吗？之前放在城市关心网上也没多大反应。"

吉士："Emily，做一件事情，一定要做到底，不能半途凉费（半途而废）。不怕的。"其实，他眼中有泪。

艾茉莉："Oh，come on，吉士。"

吉士哽咽着："都一年多了，还没有成绩，不知什么时候才能去见你爸妈。我真是太没用了！我也想过开煤气自杀，可煤气费贵，不舍得。"

艾茉莉几乎喷饭似的笑了，把疲倦的吉士抱入怀里。

梁主任终于醒来了，他脸色蜡黄，显得很虚弱。滴答滴答落下药液的吊瓶，像是一个计算时间的沙漏。

樊志刚坐在床边，握着他的手。

"志刚，我跟院长说好了，这个手术由你给我做。"

"主任，你让我做什么我都愿意。只是，你跟我就像亲人一样，我怎么下得了这个手？"

"不就长了个东西吗？我自己害怕了很长时间，一直不敢去检查。我已经怕过了，你就别害怕了，帮我拿掉它吧。"

“主任！”樊志刚哽咽着。

“你的技术我很放心。我现在是个病人，我有所有病人的心理，要找一个最好的大夫为我主刀。志刚，拜托了！”

樊志刚紧握着主任的手，点点头，说不出话来。

就在这时，顾宁敲敲门走进来，手上还拿着一个盆栽，是绿萝。

顾宁：“梁主任，我爸特别让我来看你。”

梁主任：“替我谢谢他，我的老哥哥。”

顾宁把绿萝放到床头柜上：“让这盆绿萝陪着你吧，它的生命力非常强。”瞥见了一个白色的信封。

梁主任：“谢谢你小顾。帮我把那个信封拿来吧。”

她把白色信封递给梁主任。

梁主任：“志刚，替我把它交给院长，那是他想要的。”

樊志刚：“哎。”接过信封。

梁主任：“去吧，为我做一套最好的手术方案。”

樊志刚：“哎。”

梁主任：“去吧。”

樊志刚和顾宁走出病房，轻轻带上门。

走廊上，一直强忍着情感的樊志刚，再也控制不住了。他握拳向墙体砸去，却突然停了手。他盯着自己的手，那是即将要为梁主任做手术的手！他怔了怔，拿着信封向院长办公室走去。

顾宁跟上他，忧虑地说：“志刚，看到梁主任这样，真让人难过。”

樊志刚沉默着。

顾宁：“手术的把握有多大呀？”

樊志刚：“已经到肝癌晚期了，手术只是为了延续生命。”

顾宁纠结地瞥了眼信封：“那……那是他的推荐信吗？”

樊志刚：“顾宁！现在是什么时候？你还有这心思！”丢下她一个人，快步走了。

顾宁嘟囔着：“我不就是问问嘛。再说，大家都在议论。真是个榆木疙瘩。”

为了安慰见不到金金的志刚爸妈，杜心月带着父亲和雄雄一起到他们住处包饺子。

志刚妈边吃边说：“心月，你包的饺子真好吃。那天他们回来，本想好好吃顿饺子……给顾宁一闹，都浆在锅里了。”

志刚爸：“老太婆，说好不再提了。一会儿志刚回来，可别再提了啊！”

杜心月：“是呀，他肯定为梁主任的事着急呢。也不知怎么样了？”

志刚妈：“哎，不提了，别让他烦心。”

樊志刚回到家，脸色沉郁。他默默地放下背包，洗手，坐在餐桌前。杜心月把一盘饺子放到他面前，他闷闷地吃起来。

几个老人家见状带着雄雄去散步了。

客厅里只剩下他们两人时，他放下筷子，眼中泛泪。

“早在几个月前，我和同事就发现梁主任不大对劲，他脸色蜡黄蜡黄的，很像是肝病恶化的征兆。我们都劝他去检查，可他偏说自己是个医生他了解身体……”

杜心月静静地听着。

“昨天他痛得晕倒了，确诊是肝癌晚期。”

“他一早就知道自己有重病？”

樊志刚点点头。

“他为什么不早检查早治疗？他不是大夫吗？他不相信医学吗？”

“这也是他出事后，我一直在想的问题。没错，他是个大夫，而且是个很权威的大夫，但同时他也是个人。是人就有弱点、有恐惧、有迷惘和逃避。每次我陪他巡视病房，他总是劝别人要相信医学，抓紧治疗，可轮到他自己……却一忍再忍，不断逃避。当我知道梁主任的确诊结果时，我不能接受！那对我来说就是对他的死亡宣判。”

樊志刚的情绪彻底失控了，泪水不断滚落。他第一次跟人分享自己和梁主任十七年来的点点滴滴。

杜心月默默地听着。

“我可以做一个完美的手术方案，但不能保证有一个完美的手术结果。”

“樊志刚，你想得太多了，也许，你该把对主任所有的情感都放下，就把他当成一个普通的病人。你心里轻松，才能手下轻松呀！”

“心里轻松，手下轻松……”

樊志刚一下豁然开朗，充满感激地看着她。

27

吉士心情紧张地坐在某酒店经理的面前。

经理开门见山："吉士先生，我们酒店对你的'Hold住爱'蛋糕印象十分深刻！"

吉士有点激动："你们尝过我的作品？"

经理："前些天我们酒店承办了一场婚礼，那个结婚蛋糕很特别，很有艺术感。而且我去祝贺新人的时候，她们请我吃了一块。"

吉士明白了。

经理："我的同事还在网上看到你的其他作品。"

吉士："谢谢。"

经理："我很想问你一个问题。"

吉士："请说。"

经理："你是法国人，为什么不做正宗的法式甜品？"

吉士像孩子般笑了："正宗的法式甜品已经成为经典。我不做经典，我要做自己的创意，有中国感觉的创意。"

经理也笑了："我们需要的就是你这样的创意！过几天会有我们酒店的美食专家来，带着你的创意来面试吧。"

吉士跳起来大叫："Yeah！ Yeah！"他和经理热情握手，"谢谢你！到时会有一个人和我一起来，你不介意吧？"

经理："哦？是你的搭档吗？"

吉士："噢，她是我一切创意的来源。"

经理："欢迎，非常欢迎。"

偌大的别墅客厅空荡荡的，地上放了很多纸箱，罗丹和母亲在整理物品。显然，她打算搬走了。

“丹丹，我跟中介说好了，明天就可以带人来看房子。”

“太仓促了吧，还有很多东西要搬呢。”

“早搬早好，这地方太晦气！”

罗丹不说话了。突然，她的手机响了。

“喂，是的，我是罗丹。什么？一年零八个月！哦，不，不，我不想见他。不想！哦，我考虑考虑。”她挂了电话。

“丹丹，谁打来的？”

“是监狱。大黄被判重婚罪成立，开始入狱服刑了。他想见见我……”

罗丹母女办完了探监手续，在等候时，她们看到黄总的老婆从里面走出来。她看到罗丹怔了怔，随即对她展开一个勉强的微笑。

罗丹低下头，避开她的目光。

狱警通知罗丹：“到你了。”

她有点害怕又迟疑地独自走进探监室。

高高的铁栅栏把探监室隔成了两部分。黄总坐在栅栏的内侧，罗丹缓缓在栅栏外侧坐下。黄总剃了平头，穿着狱服，样貌苍老了许多。和从前那个西装加身，财大气粗的黄总相比，眼前的他简直判若两人。最明显的是他的眼神，那悲哀又绝望的眼神！

罗丹沉默地坐着。

黄总紧紧盯着她。

黄总：“为什么要这样？”

罗丹：“你毁了我的人生！”

黄总：“你的人生不是我毁的。相反，是我给了你重生！为什么要这样对我？为什么？”

罗丹：“从一开始，你就在接近我。在我结婚失败后，你抓住一切机会，一步一步靠近我，套牢我。”流泪了，“我承认我贪慕你对我的关怀，我贪慕你买给我的房子、汽车和一切豪华的物质，我贪慕你对我妈的照顾，我贪慕你为我设计的一切。但这一切都因为你对我编造了一个谎言，一个让我心安理得去贪慕的谎言！”

黄总：“你这个忘恩负义的女人！结不成婚的时候，是谁一直守着你？那个姓方的神经病去你家闹，还不是我给你摆平的！你现在的一切，一切的一切，哪样不是我给你的！你竟敢这样对我！哼！我真是搬着石头砸了自己的脚！”他咆哮着，激动地站起来。

身后不远处的狱警示意他安静。

黄总缓缓坐下：“是我！这一切都是我为你做的！丹丹，我为你做了那么多，就算我想让你给我生个儿子，生一群儿子，如果不是因为爱你，我会这样吗？我会投入这么多吗？”

罗丹冷笑着："你爱我？你爱我为什么要我签那二十一份分期付款的合同？是你自己说的，你要用这些合同限制我！套住我！让我一辈子都离不开你！我恨你！没想到吧？这些合同却成为你重婚的证据！哈哈……"

黄总气得说不出话来。

罗丹："当我知道，是你让人打伤了大宇的腿，我恨不得当时就打断你的腿！当我听你老婆说她根本不是石女，你们有两个女儿时，我恨不得当时就让你成为石男！"倏地站起来，"你见我干什么？告诉你，以后不要来烦我。好好坐你的牢，想想清楚怎么会落到今天的下场！"转身要离去。

黄总："等等！"

罗丹停了步，看着他。

黄总："你……有没有爱过我？"

罗丹并不看他，很坚决地说："没有！从来没有！"

黄总："为什么？我为你做了那么多，你就从来没爱过我？哪怕是你在玫瑰花里发现戒指的那一刻。"

罗丹："没有！因为你根本就不能给我最想要的东西。你这个白痴！"头也不回地走了。

黄总痛苦地重复着："我是白痴，我是白痴，哈哈……我做了全天下男人都想做的事……我是个白痴！白痴……"

罗丹和母亲离开监狱。她们身后那厚重的关门声让人感到冰冷彻骨的威严。铁门内将是黄总未来生活的地方。她们默默走在来时的路上，在一个拐角处，黄妻叫住了她们。

"罗小姐！"

罗丹停下来，看着她。

"罗小姐，你别误会，我想……谢谢你。"

"谢我什么？你该杀了我，是我把大黄送进了监狱。"

黄妻竟然开怀地笑了，只是这个笑容在那张脸上，却怎么也让人无法开怀。

"谢谢你把他送进这里。也许你不能明白，自从他在外面有了女人后，我就没睡过一天安稳觉，我停不住地猜测他和他的那些女人们。现在好了，起码我知道，这一年零八个月，他会乖乖地待在这里。我完全知道他每天是怎么过的，和谁一起过的。"脸上露出幸福的笑容，"不仅如此，刚才去探他，他还向我道了歉，他后悔对我做下的一切。"

罗丹沉默着。

黄妻："罗小姐，谢谢你把大黄还给了我！"

罗丹呆呆地站着，不知该说些什么。

吉士带着作品和艾茉莉一起面对酒店的美食专家团。他首先呈现的是“Hold住爱”蛋糕。

美食专家们紧盯着眼前黑色厚底、白色桃心、造型简约的蛋糕。

一位三十出头的女士，先开了口：“说说你的想法。”

吉士：“我的作品都来源于这位美丽的女士。”用手指了指身侧的艾茉莉。

艾茉莉的脸上带着幸福的微笑。

吉士：“芝麻糊、芝麻酥、芝麻酱、麻油都是中国人爱吃的食物，我美丽的女友也爱这些，但更爱美丽。黑白永远都是时尚界的经典搭配，所以我用人气组合黑白芝麻做出这款爱情蛋糕，希望我的女友和所有品尝过蛋糕的人，都能‘Hold住爱’。”

美食专家们不断点头。

吉士切开蛋糕，请美食专家品尝。

女甲：“甜度不高，也没有人造奶油的肥腻感，芝麻的甘香越嚼越出味儿。很适合想保持身材的女士。”

男甲：“这款蛋糕让我想起一些中式点心的味道。同样是黑白组合，一款是黑白对比的粗麻棉布，一款是黑白炫目的薄纱丝绸，哪一个更令人赏心悦目呢？”

法国人：“一男一女，一阴一阳，西方的甜蜜和东方的香味，法国和中国‘舌尖上的浪漫’。Bravo!”带头鼓掌。

大家都鼓掌。

艾茉莉乐开花了，吉士微微一笑。

这时，一个服务生端上刚刚焗好的金色蛋糕。

另一位偏胖的女士忍不住叫出来：“这是什么？好香啊！”

吉士：“紫薯拔丝蛋糕！”

女乙：“拔丝蛋糕？哈哈……我第一次听说。不客气了！”拿起一块就吃。

其他人也分别品尝。

女乙咬下一大口，蛋糕的顶部果然抽出长长的cheese。其他人也如此，大家不觉笑了。

女乙：“我最爱cheese了，但又怕自己更胖。这个分量好，香浓美味，点到即止。我喜欢！ Thumb up！”竖起大拇指。

吉士：“谢谢！”

一位一直专注吃的男士，终于吃完了手上的蛋糕，擦擦嘴，开口了。

男甲：“拔丝蛋糕，这个名字很别致。拔丝香蕉、拔丝苹果，是我小时候的最爱，一下就唤起童年的回忆。

吉士：“太对了，所以我叫它，紫薯拔丝系列之——致青春。”

男甲：“哈哈……吉士先生，我注意到你选用的食材主体都源自中国，例如黑白芝麻、紫薯……你是特别这样考虑的吗？”

吉士看看艾莱莉，她向他点头，以示鼓励。

吉士：“是的，我很喜欢用中国的食材。因为这些都是我的女友爱吃的，它们……它们很接地气！”说着还用脚跺跺地。

美食家都笑了，众人鼓掌。

经理：“请法国米芝莲机构代表给意见。”

吉士紧张了。

法国人顾着吃：“我没空给意见。”

经理哈哈大笑。

吉士和艾莱莉对望，他们终于看到了未来。

其实每个人都在寻找自己的未来，杜心月也不例外。虽然总觉得老何并不是最佳人选，但出于种种原因他们又见面了。

老何：“杜小姐，能接到你主动打来的电话，简直是殊荣呀。”

杜心月：“何先生，你太客气了。之前听你说到加拿大那边教育和工作的情况，我想多了解一下。”

老何从包里拿出一些资料，递给她：“没问题。这是办理移民的有关资料，我都联系好了。只要你一填好，我们就开始办相关的手续。”

杜心月没说话，翻看着眼前的资料。她翻着翻着，发现了什么。资料上的一行字深深吸引了她。

“Jonathan Jones ……何先生，你移民加拿大时把名字都改成英文了？”

“没有呀，我保留了中文全名。”

“那这个 Jonathan Jones 不是你吗？”

老何一听，先是愣了一下，跟着就大笑起来。

“你呀太不了解出国捷径了。”

“什么捷径？难道不是我和你结了婚才去申请绿卡吗？”

老何摆摆手：“我给你安排了一个加拿大本国人，就是这个 Jonathan Jones。你放心，他记录良好，没有假结婚的先例，所以被查出的危险是极低的。”

“假结婚？为什么要我跟他假结婚？”

“这……你不知道杜小姐，这里面有些技术问题。”

杜心月若有所思地看着他。

“是这样的，杜小姐，实不相瞒，我自己也是假结婚出去的，现在还差一年才能拿到绿卡。对你，我是爱莫能助呀，只能用同样的方法让我们在一起。”

“什么？你是有妇之夫！”

“假的，假的。”

“法律上是不是真的？”

“那当然。”

“你不是很有实力吗？你不是让我和你一起搞房地产吗？你为什么不给自己办投资移民？”

“我出去那会儿，手上还没钱，要想留下来，找个当地的女人是最快的方法。你看，我忍辱负重一时，现在终于赚了大钱。杜小姐，按我这步棋走，是个稳招儿。”

杜心月注视着他，目光凌厉：“何先生，这招你留给自己吧，不适合我。再见！”把合约一撕两半，起身就走。

老何：“杜小姐，请再考虑一下！”

杜心月头也不回地走了。

老何看着她的背影，意味深长地笑了。他端起酒杯喝了口红酒，把那堆资料塞进了包里。

入夜，酒吧里人头攒动。艾茉莉眉飞色舞地讲述着吉士参加面试的精彩片段，可她却发现杜心月的情绪很低落。一问才知事情的原委。

艾茉莉：“心月，你痛苦是因为你的 Mr. Right 还没出现！你勉强自己和错误的人交往，但你终究勉强不了自己的心。心月，别再理那个老何了，把爱情留给最对的人。”

杜心月的情绪好了很多。

艾茉莉下意识地看看表：“吉士怎么还不来呀？说好了一起庆祝的。”她打电话却怎么也打不通，有些沉不住气了：“这个时候，吉士竟然失联了！心月，我想回家看看。”

杜心月理解地点点头。

她回到家，发现里面黑黑的，她想起吉士以前也在这样的黑暗中独自坐过。

“吉士！吉士！你在和我捉迷藏吗？”

无人回应。

艾茉莉亮了灯，屋里各处都没有吉士的影子。她沮丧地坐到沙发上，掐那些靠垫发泄着：“吉士，你难道是又一个师伟男！骗我吃，骗我住，还骗我的心！我怎么就这么傻？一次又一次的，心甘情愿地当你们的垫脚石、当你们的跳板。可你们呢，目的达到了就过河拆桥！一个个都撤了！艾茉莉，你就是个十足的大傻瓜！”

空荡的家里，只有默默流泪的她。

清晨，杜爸爸挽着环保袋准备出门。他看看换了衣服，正在梳头的杜心月，问：“心月，今天你休假，跟爸爸去菜市场吗？”

杜心月：“不了，一会儿我去看看艾茉莉，她情绪不太好，那个老外男朋友玩失踪了。”

杜爸爸：“心月呀，你和那个加拿大处得怎么样？”

杜心月：“爸，他是一个精心包装过的男人，我还要多了解一下。”

杜爸爸忧虑地说：“遇着合适的就早点结婚吧，省得有人还惦记着！”

正说着门铃响了，杜爸爸走去开门。门外是一手捧着百合花，一手拎着礼品酒的赵雷。他向杜爸爸鞠了一躬，亲切地叫着：“爸！”

杜爸爸不耐烦地说：“你怎么又来了？”

赵雷走进来，一看到杜心月，面露喜色：“心月，你在家呀？哎呀，看来，老天也想成全我！嘻嘻……心月，我想把雄雄接回去住段时间。”

杜心月：“可以。住多久？”

赵雷：“以后所有的时间。”

杜心月和爸爸不禁一怔。

赵雷：“心月，我是真心地想把你们都接回去。我终于明白了，在这个城市里，你们是我最亲的人，也是我人生中最重要的那部分。心月，跟我回去吧！”

杜心月看看表，拿起手袋：“对不起赵雷，我们的一切都已经结束了。如果你要看雄雄，就按协议正常探视，其他我不想再谈了。我还有事，要赶着出门。爸，你不是也要出去吗？一起吧。”

杜爸爸：“赵雷，请吧。”

赵雷：“等等，心月，给我几分钟，就几分钟！”

杜心月站住了。

赵雷：“你知道，我从不向人服软的，但今天，我向你服软了，我要把你和雄雄接回去。答应我吧，我是诚心的！”

杜心月：“赵雷，我们已经分开了，也不会再回头了。我有我的生活，你也有你的生活。”

赵雷：“不！我的生活就是把你重新追回来！你也应该回到我身边！”

杜心月：“应该？应该的事太多了。赵雷，和你共同生活的那些年，我早就明白了，感情不是一厢情愿的，更没有应该。过去的终究都过去了。”拉开门走出去。

赵雷在后面嚷着：“心月，我一定会把你再追回来的！”他执拗地看着杜爸爸：“爸，心月和雄雄都是我的，我把他们接回去有错吗？”

杜爸爸：“没错。不过，照你的逻辑，心月和雄雄也是我的，留他们在这儿，我有一百个理由。请吧！”

他悻悻地离开了。

杜爸爸却隐隐感到不安。

商会办公室里，盆栽枯萎没人理，打印机不断吐出打好的文件。艾莱莉呆呆地坐着，无心工作，眼前不断回放和吉士在一起的一幕幕：那个红太狼图案的风筝，那个穿帮的变硬币的魔术，还有那一罐罐热气腾腾的汤药和被咬了一口的真苹果。如今，吉士消失了，可这一切却无法从她的记忆里消失，而且益发让她刻骨铭心。

打印机发出古怪的声响，像是卡纸了。艾茉莉心不在焉地看了看，烦了，狠拍几下：“给力啊！给力啊！连你也欺负我！”

这时，一双神秘的脚缓缓移动，推着一个推车来到她面前。好像变魔术一般，日思夜想的吉士终于站在眼前了。他满脸憔悴，眼神却热切而执着。

艾茉莉气极了，扑过去打他：“你这混蛋玩失踪！我恨死你了，电话为什么关了？你成功了你不要我了你……”

吉士紧握住她的手：“Emily，hold 住！ hold 住！”他一闪身，原来车上放着一个三层的白色慕斯蛋糕，中间的夹层是山楂红。

艾茉莉惊讶地看着。

他切下一块蛋糕，双手托着，单膝跪下：“Emily，这几天我去了北京，到酒店的总公司签约。我原来真的穷到连电话费也叫（交）不起了。哈哈，不过，算是惊喜吧。我给北京的总裁做了这个——我的第三个作品系列慕斯葫芦之——中国，中国。”

艾茉莉：“行行行，你成功了，你不需要我了，你拿你的闷葫芦去换你的荣华富贵吧。”

吉士：“不！ Emily！这是慕斯葫芦，我用它向你求婚！”

不知何时办公室里面挤满了同事，杜心月也在他们中间。大家一起拍掌，兴奋地喊着：“在一起！在一起！”

艾茉莉有些不知所措。

吉士：“Emily，你不用急着答应我。我已经想好了，以后，我一有新作品就会向你求一次婚，我要用我的作品 hold 住我们一万年的爱。”

艾茉莉眼中孕泪。

吉士站起来，把蛋糕送到她嘴边。她咬了一口，脸上露出惊喜。

吉士：“是的，这是你最爱的法式慕斯蛋糕和中国冰糖葫芦的结合，就像我和你的相遇。我在这个伟大的国家实现梦想，在这里遇到你，我一生的最爱。You are my China Dream！”

周围的同事喊得更起劲了：“在一起！在一起！”

艾茉莉流着泪，拼命点头。

吉士轻轻抱起她，旋转再旋转……

杜心月和大家一起鼓掌，见证着蜜友幸福的这一刻！

医院里，樊志刚刚刚完成了一台他有生以来最艰难的手术。当他走出手术室时，一直在外等候的顾宁立刻走上前。她深知，此时的善解人意更能唤回丈夫渐行渐远的心。

罗丹和母亲早已搬回到她们最初的旧房子，曾经发生的一切就像是一场空梦。

罗母："出了这么大的事，方大宇才回来看过你一次，还说要带你去深圳。他靠不靠谱呀？"

罗丹："他的新游戏找到买家了，现在在落实中。最后的第三十三重梦境还差一点，要赶工呢。妈，他不努力，我们怎么有将来啊。到时候，我们安定了，就接你过去。"

罗母点点头，不再说话。

罗丹的电话响了，她接听："喂？啊，是的，我是罗丹。什么？但我不是……噢，好吧。"挂了电话。

罗母："是俱乐部打来的吗？有什么事吗？"

罗丹："妈，是监狱打来的。"

罗母："监狱？黄总在的……那个监狱？"

罗丹点点头。

罗母："找你干什么？你跟他早就没关系了！"

罗丹："监狱让我去给他办些手续，他可以保外就医了。"

28

黄总神情呆滞地坐在狱警办公室的椅子上，发间冒出了许多白发。他穿着那件少了一粒纽扣的衬衫，身旁的椅子上放着简易的行李包。

狱警把一些文件递给罗丹。

“根据医生鉴定，黄能出现严重脑退化。这是有关保外就医的文件，签完字就可以带他走了。”

“警官，我并不是他的直系亲属，你应该通知他的律师和家人。”

“是这样，我们已经通知了他的妻子，但她旧病复发，在医院接受治疗，不能马上过来。黄能现在已经不具备独立的行为能力了。在服刑期间，他很少和人说话，嘴里重复的只有几个字：白痴、罗丹……我们查过资料，你是他在这里唯一的亲人。而且，在他病发的过程中，能清晰喊出的名字只有‘罗丹’！”

罗丹回过身，看看椅子上的黄总。她无法相信这就是那个曾和她演绎了几多爱恨情仇、呼风唤雨的黄总。她动了恻隐之心，在文件上签了字。她走到他身边，拉着他的手：“大黄，跟我回家吧！”

黄总看着她，傻傻地笑了：“白痴，罗丹，白痴……嘿嘿……”

罗丹忍不住落泪：“我就是白痴，你也是，我们回家吧。”

罗母看着这一切，想阻止：“丹丹，你们还有家吗？你打算带他去哪儿？”

是呀，曾经豪华的别墅已委托中介代售了。大门上落着厚厚的灰尘，院子里杂草丛生，荒芜凄凉，连罗丹自己都不知道多久没来过了。黄总呆呆地看着，罗丹像对客人一样，耐心地给他介绍着。

“大黄，我现在为了省钱已经不住这儿了。阿姨都被辞退了，院子也很久没人打扫。你看，草都长这么高了。”

黄总还是那副呆呆的表情。罗丹走进客厅，拉他进去。

罗丹：“大黄，你看，这房子看着都没以前新了。我在城里的一间会所找了份工作，车卖了，上班也不方便，平常住我妈那儿，偶尔才回来。”拉他到玫瑰花架前，花架已经空了。“还记得这里以前种着玫瑰花吗？你送我的戒指，就是在一朵花里找到的。我把它卖掉了！”

黄总依旧没有任何反应。

罗母把黄总的行李袋扔到沙发上：“丹丹，他现在什么都不记得了，你跟他说这些废话有什么用？还是想想怎么打发他？”

罗丹：“妈，你怎么能说打发呢？这里曾经是他的家呀？跟他说说话，哪怕能唤起他一点记忆也好啊。他现在都这样了，我觉得……我很残忍！”用手背抹去眼泪，“我不能原谅自己！”

罗母：“都是他自己作的孽！能怪谁？”

罗丹：“妈，你别说了！不如，你去买些吃的，我帮他换身衣服。”

罗母生气地坐到沙发上。

罗丹看看母亲，不再理会。她从大黄的行李袋里找出一些干净的衣服。突然，她被眼前黄总身上的衬衫吸引了。那是黄总在一个中秋节穿的衬衫，上面的一颗纽扣被她拽掉了。当时她说：“衣服穿在你身上，扣子攥在我手里，有针有线也钉不回同样的扣子。你去吧，记着这里还有个家！”罗丹想了想，拉开了一个抽屉，从里面取出那颗被拽掉的纽扣和针线。她利落地把扣子缝上，欢喜地看着。

“大黄，我说得没错，扣子在我手里，你还记得我，你只记得我！你终于回家了。”

黄总表情不变，嘴里嘟囔着：“白痴，白痴，罗丹。”

罗母：“丹丹，你可想清楚，现在你的工资养着咱俩不说，还要还房贷。要不是大宇经常寄钱回来，咱可吃不消！赶快联系他老婆，把他领回去。唉，就凭他以前对人家做的那些事，还不定来不来呢。”紧张了，“丹丹，你打电话时千万不能说他痴呆了，一定想法让她来接人啊！”

罗丹：“妈，我会打电话的。但我会告诉她大黄的真实情况，看她有没有办法能唤起他一些记忆。大黄，我带你去刮刮胡子吧，顺便买些吃的回来。”

罗母生气地站起身：“丹丹，我可不陪你一起犯傻，我回家了。不听老人言，吃亏在眼前！”

罗丹领着他来到理发店。剪了头发，剃了胡子以后，黄总看起来精神了许多。罗丹领他去买熟食，不料，他却抗拒着不肯走。罗丹想拉他，却被猛地推到面前的一片草丛中。黄总开心地拍起了手掌，手舞足蹈地叫她白痴。

她又气又心酸，突然踢到了什么东西，低头骤眼看到，草丛里竟然是几个脸色苍白的死人头！

罗丹惊恐地叫着：“吖——吖——”高跟鞋不稳，整个人重重地摔在地上，扭伤了一只脚腕。她痛得不断哀叫。

黄总笑得更起劲了。

理发师跑出来：“姐？怎么了？”

罗丹：“人头！人头啊！”指着地上。

理发师一看，忙道歉：“姐，那是模特儿的假人头，等货车来了就运走。不好意思，吓着你了。”扶她站起来。

罗丹再看一眼，的确是假人头。

黄总在一旁，开心地嘟囔：“罗丹白痴，白痴罗丹……”

罗丹捂着扭伤的脚腕，看着痴呆的黄总，欲哭无泪。

杜心月被顾宁约在西餐厅见面。当她赶去时，却发现老何也来了。她面露不悦之色，转身要走。

老何拦住了她，先是道歉，继而解释了两人间的误会。

“实不相瞒，在我打算回国娶亲见你之前，已经见了六位女士，天南地北哪都有，无一例外的都是看重能被我带出国。我其实就是想找一个情投意合的伴侣，一个能和我真正建立感情的人。如果这份感情中掺杂了太多非感情的因素，那还有什么意思？”

杜心月面无表情。

老何拿出那份被杜心月一撕两半的合约：“这份我让你签的合约，也给其他六个女士看过。虽然她们也意外、困惑、怀疑，但最终都选择了签约。只有你把它撕烂了。其实，从一开始我就看出你和她们不同，但我还是要试试你，毕竟这是人生大事。我有过一次婚姻，和你只想是最后一次。”

顾宁从旁打圆场：“看看，我就知道你们有误会。你们两个一看就有夫妻相，我不会看走眼的。”

杜心月：“何先生，坦白说，我对你并没有什么感觉……”

老何：“没关系，感情是在了解中增进的。就当是为了雄雄，你给我个机会，也给自己一个机会，去我出去看看，去我为雄雄选的学校看看。”

杜心月沉默着。

老何：“杜小姐，我为我曾经的谎言道歉，我已经拥有加拿大的绿卡，而且是以投资移民的方式成功申请的。对不起，我在这件事上和你开了个十分过分的玩笑。我将以配偶的身份为你和雄雄申请移民。心月，嫁给我吧！”说着，他单膝跪下，从衣兜里掏出一枚精心准备好的钻石戒指，托在手上。

杜心月有些不知所措：“这……太突然了，我还没有准备好。”

老何：“我要带你看看我的一切，事实胜于雄辩。”

杜心月很犹豫：“这……确实太仓促了。”

一旁的顾宁开口了：“哈！见证奇迹的时刻。”她拿起老何手上的戒指，给杜心月戴上，“嗯，不错，正合适。”

杜心月嗔怪道：“顾宁！”想摘掉戒指却被她按住了。

顾宁："心月，你和老何认识的时间也不短了，从一开始就是奔着结婚去的。我向你保证，嫁给老何你绝不会后悔的。既然现在把误会都弄清楚了，就不要再兜圈子了，该想着下一步了。我叫你带的护照带来了吗？"

杜心月犹豫着："带……来了。"

顾宁："给我。"

杜心月叹口气，拿出护照，交给她。

顾宁把护照往老何手里一放："还傻跪着干吗？赶紧安排签证。"

老何开心地站起来："哎！哎！"深情地看着杜心月，"心月，只要能让你戴上这枚戒指，我愿意跪一辈子！"

杜心月默着。

顾宁："老何，以后别净耍嘴皮子，办点实事。"

老何："好，下次见面我就奉上签证和机票。"

杜心月还想推脱，却被顾宁逼问："该决定时就要决定，除非……你心里有别的人？"

老何紧张地看着她。

杜心月烦乱地摇摇头："没……没有。"

夜色渐浓，床头暖暖的灯光。

雄雄甜甜地睡着了，杜心月摸着他的脸，专注地看着。良久，她亲了亲孩子，自言自语："雄雄，妈妈一定要给你一个完整的家和最好的教育！"她随手把那张"海阔天空"的照片放进了抽屉。

黄总吃完了最后一口馒头，罗丹拿纸巾给他擦擦嘴巴："走吧，我们上楼去。折腾了一天，真够累的。"站起来，痛得脸扭曲了，"大黄，你扶扶我吧，我一只脚崴了。"

黄总呆坐着："饿！饿！"

罗丹拉他站起来，借着他的肩膀费力地向前走。要上楼梯了，黄总不肯上，甩开她，抗拒着。罗丹一手拉着他，一手扶着扶手向楼上走去。黄总不断挣扎，这让罗丹觉得很费劲。

她慨叹着："以前，我和妈妈住在旧区的旧房子。我特羡慕人家住着几层高带楼梯的别墅，总梦想着有那么一天，自己也能住上花园洋房，从室内的楼梯走上走下。别墅的楼梯代表着我心目中的富贵生活！"苦笑，"可如今，每上一步，都是遭罪啊！"她仰视楼梯的梯级，痛苦、无奈，还有对人生的一点感悟。

好不容易，他们上完最后一级台阶走进卧室。她拉着黄总想在床边坐下，他却蹲到地板上。

"大黄，这是你曾经睡过的床呀，你不认识了吗？"

黄总靠着墙呆呆地坐着。罗丹见状，也陪他一起坐到地板上。

“大黄，你什么时候变了，爱蹲地板了？在监狱，对不对？真想不到，你连生活习惯都被改造了。”凄凉地说：“我是一个很坏的女人，我把自己的男人送进了大牢。”

“白痴，白痴……”

“我就是个大白痴！你说当初我怎么就被你骗了呢？不过你的瞎话编得也真够绝。真真假假，哈哈……”视线落到大床上，“曾经有很多个夜晚，我就是在这张床上等你，怎么等也不见你回来……”

身边传来呼噜声，原来黄总靠着墙竟然睡着了。

罗丹伸出手，爱怜地摸摸他，像抚摸一个孩子那样充满了爱。她的手顺势而下，摸到了那颗缝上去的纽扣。

“大黄，扣子回到了原来的位置，你也该回自己真正的家了。”

清晨的阳光照进了别墅的客厅，透着丝丝暖意。

罗丹往洗手盆里放水，准备给身旁的黄总擦身。她试试水温，说：“大黄，人家都说，从牢里出来第一件事就是洗个澡，换身衣服。我昨天都忙忘了，一会儿给你擦个身吧。”

黄总呆呆地看着镜子里的自己。

门铃响了，她去开门，无奈脚痛，走不快。好不容易来到门口，她开门看到的是出乎意料却又在意料之中的那个人。脸色苍白的黄妻风尘仆仆地赶来了，手上还拖着个箱子。

罗丹：“你……来得真快。”

黄妻：“人呢？人在哪儿？”

罗丹：“在里边，我本想给他……”

黄妻不等罗丹说完话，走进大门，直奔客厅，还不断大声叫着：“大黄——大黄——”

罗丹赶紧一跳一跳，试图跟上她。

不知是否听到有人叫他的缘故，黄总竟然自己从洗手间走出来，还带上了门。他定定地看着妻子，此时的眼神竟有些活分起来。

黄妻：“大黄！”急步来到他身边。

罗丹也走进客厅了。

黄妻：“大黄，你怎么这样了？大黄……”

罗丹：“我在电话中已经说了，他患了脑退化，什么人都认不得了。”

黄妻：“大黄，你作孽呀。唉，老天这惩罚也太大了吧。”恨得捶打自己大腿，“天呀天呀……”

罗丹深感内疚。

就在这一刻，黄总竟然认出了自己的发妻！他兴奋地拉着她的双臂，高兴得像个孩子似的叫："小凤！嘻嘻……小凤！小凤！"

黄妻："大黄，你认得我是谁？"

黄总："小凤！小凤呀！嘻嘻……"

黄妻不由地抱住了他。

黄妻赶忙拉开箱子，从里面取出一件西装外套和一双男士皮鞋。

"大黄，你还认得这些吗？"

黄总一看，抓起那件外套，脱口而出："十二块！"

黄妻递上皮鞋："这个呢？"

"七块五！"黄总抱紧皮鞋。

黄妻含泪继续问他："什么时候买的？"

黄总："结婚！穿！穿！"

黄妻的泪夺眶而出："大黄，难为你还记得这些，记得我。你那时候穷，但有志气，结婚还坚持穿你这套西装……"

黄总："穿！穿！"

黄妻帮他套上西装，换上皮鞋。他开心地笑了，拉着妻子的手嚷着："小凤，回家！回家！"

黄妻流泪点头。

黄总："小凤，回家！"为妻子抹去眼泪。

罗丹怔怔地看着这一切。在这一刻，她明白了什么是真正的爱！方大宇于她的爱，黄妻于黄总的爱，看似被抛离了、远弃了，其实却早已嵌入彼此的内心深处。在最脆弱、最无助、最混沌的时候，焕发出爱的本真和纯美。

黄妻领着丈夫，向罗丹道别："你真的把大黄还给我了。这一次，我完完全全，从头到脚，从里到外，彻底要回了我的丈夫。从此，我们可以安安稳稳地过上一辈子。再见！"

罗丹感到些许苍凉，但真心地说："祝你们幸福！"

看着他们远去的背影，她长长吁了一口气，这里的一切终于都结束了。此刻，她全心全意期待着方大宇的到来。而他，就在从机场来这儿的路上。她给方大宇发去了一条短信：

大宇，这个别墅本就不属于我，这里不是我的家……我们的家在另一个地方。我要和你开始全新的生活！那就是属于我们的第三十三重梦境，是梦想成真的家！

忽然，她感觉脚下湿湿的，四下一看，洗手间里不断冒出水来。

罗丹："糟了！洗澡水！"

她急着去关水，不料，却滑倒了！身体顺着湿滑的地板，斜着冲向客厅那张厚重巨大的实木餐桌，头部猛然撞在桌角上。痛苦的哀号声……

一切进入了黑屏状态。

手术室的红灯一直亮着。

杜心月、顾宁、艾茉莉和罗母分别来到手术室外。就连从机场赶去别墅扑了空的方大宇也赶来了。

方大宇痛苦地扑到手术室的门上：“丹丹，丹丹！怎么会这样！我收到你的短信了，我就是来带你去我们梦想成真的家。我们说好的，说好了呀！”

杜心月走过去，拍拍他的肩膀，示意他控制情绪。

手术灯灭了，随即一位医生走出来。方大宇一把抓住他的手：“大夫！怎么样？丹丹醒了吗？”

大家都看着大夫，期待着。

大夫：“病人所受的冲击力损伤了脑动脉，失血过多。我们尽力了。对不起！”摇摇头走了。

罗母放声痛哭：“丹丹，我的丹丹！到底怎么了？昨天你还好好的……呜呜……”

几名护士从手术室推出了罗丹。

众人围上去，方大宇更是冲到最前面，紧握着罗丹的手，又哭又笑：“丹丹，我来迟了一步……丹丹！丹丹！你为什么不等我呀？！”他弯下身，深深地吻了一下没有声息的罗丹。

杜心月等人不断拂去脸上的泪。命运无常，曾经的“金花四帼”就这样缺失了一人。

海边咖啡厅里，杜心月、顾宁和艾茉莉坐在以前她们常坐的那个座位。四杯不同的饮品摆在桌上。物依旧，人已逝。空空的座椅让人无法回避眼前的事实。

海风吹拂，海浪澎湃，三姐妹默默地回想起曾经的岁月。笑过、哭过、怨过、恨过，跟一个消逝的年轻的生命相比，一切都是那样的微不足道。

不觉到了罗丹头七的祭日，杜心月等陪着伤心欲绝的罗母来到郊外墓园。墓碑上的罗丹灿烂地笑着，那是她曾经获奖戴着奖牌的照片。墓碑的四周被精心栽种了小小的黄菊花，仔细看去，花瓣上还有灿烂的金粉。

大家不觉惊讶。

忽然，在墓碑的空隙间似乎有一个人。杜心月追过去：“请留步！”

那人手里拿着录像机，迟疑着停下了。

杜心月：“请问，那些菊花是你送给罗丹的吗？你是谁？”看到他穿了墓园的管理服，“你是这儿的管理员？”

顾宁和艾茉莉也过来了。

那人回身，竟是胡子拉碴的方大宇！他神情中多了几分成熟和豁达。

众人惊讶地叫出来："方大宇！"

他没有说话，回身走到罗丹墓前，拉着罗母的手："妈，请允许我这样叫您。您放心，我会好好照顾丹丹的，你就彻底把丹丹交给我吧！"

罗母轻轻抽出手，抚摸着他的脸颊："大宇，我知道是我拆散了你们，可丹丹已经不在了，你说这些话让人瘆得慌……"

方大宇："妈，你不用害怕，我不会做傻事的。"他环顾众人，"你们都是丹丹的闺蜜和亲人，都很爱护她，我也是。我答应过丹丹，生不离，死不别！"真诚地笑了，"我应聘来这个墓园做了管理员，这样，我就可以白天黑夜地照顾丹丹，永远和她在一起。我终于实现了对她的诺言！"

众人都惊呆了。

顾宁："方大宇，我听说你在深圳收入不菲，你就这样放弃了？"

艾茉莉："可是……你还年轻，还可以重新得到感情。"

罗母："傻孩子，你不傻吗？你的事业全没有了！"

方大宇的眼中没有泪，全是对罗丹的一片深情。

罗母哭着抱住了他。

方大宇："妈，我为这个墓园集团开发了网上拜祭的业务。最重要的是，我们只用鲜花和祭品，不再焚香燃烛。我想这也是每个逝者最希望得到的宁静。"

杜心月完全被眼前的一切感动了："方大宇，我为罗丹感到高兴，她终于得到了最圆满的爱情！"

方大宇点点头："有我在，丹丹永远都不再会寂寞。当然，我也是。这里山青水秀，鸟语花香，她完全可以听到、看到、感受得到。不止，还有我们永恒的游戏《三十三重梦境》！以后的每一天，丹丹都会生活在最后一重梦境：乐极天！那里充满了金色魔尘，我们互相守护。"

说着，他从宽大的制服内兜里，掏出一个万花筒模样的东西，仰起头，对着筒的一端轻轻地吹着。只见金色的尘屑纷纷扬扬从高空洒落，笼罩在罗丹墓碑的四周。飘扬的金粉也洒落到杜心月、顾宁、艾茉莉和罗母的身上，她们惊喜而感动地看着眼前奇妙的景象，每个人的眼中都闪动着金色的光芒。浪漫的金色魔尘把一众人带去一个梦幻的世界——永远的三十三重梦境。

梁主任躺在病床上，脸色蜡黄，已经不知道是第几次晕倒了。病痛把他折磨得骨瘦如柴。但今天，他的眼睛却分外有神。他努力睁得大大的，似乎在用全部的毅力支撑着。

病房的门一下被人推开了，樊志刚大步流星走进来。

病床上的梁主任急切地问道："志刚吗？志刚……"

樊志刚紧紧握住他的双手："梁主任，我来了，让您等久了。"看到师母手中的毛巾，

“师母，我来吧。”他给梁主任擦脸、擦脖子，也擦了擦双手。

梁主任虚弱地说：“志刚，谢……谢……你，我觉……得轻……多了。”

樊志刚：“主任，你今天状态不错，用不了多久，就会完全恢复。”

梁主任：“不……我知道的……志刚，以后的事……就……交给你了。”

樊志刚：“主任，你别想这么多，不管怎样，你都是我们的主任。”

梁主任：“不，记得我……给你的那个……信封吗？”

樊志刚想了想：“我交给院长了。”

梁主任：“那里……就写了三个字，是你的……名字。院长要我……推荐，我选了你。好好……努力吧！”

樊志刚的泪水在眼眶中打转，他强忍着：“主任，我会一直等着你康复。你不相信我的医术吗？”

梁主任点点头，又摇摇头，脸上泛起了笑意：“你是我……最得意的……弟子。谦虚、好学、不浮躁，淡泊名利，但……命是我自己的，天给的。志刚，你是……最佳人选！”说完，他安详地闭上眼睛，好像静静地睡去。

樊志刚：“主任！主任！”

梁主任不再说话。

樊志刚继续喊：“主任！主任——”

旁边的显示屏上，跳动的曲线几乎成了直线！樊志刚立刻打开床头的通话器：“准备手术室，马上抢救！”

顾宁一个人郁闷地坐在西餐厅里。

杜心月进来看到她，正要过去。突然，她想起什么，停了脚，在手袋摸索了一会儿，取出那枚老何送她的钻戒，戴在手上。她深深吸了口气，在顾宁对面坐下。

顾宁给杜心月带来了老何办好的签证，也带来自己对樊志刚的一肚子抱怨。

“志刚这些日子不知怎么了，尽去那些医疗队，也不好好在院里看着。这些下乡的活儿，去干一次，加加分、镀镀金就够了。现在啊，他们科的工作交给别的大夫负责了，他也不在心！你说，他想什么呢？大家都在为升职暗暗发力，他怎么就跟没事人一样呢。真气死我了！”

杜心月沉默了。

“这不，一接到医院电话，说梁主任昏迷醒来后想见他，就立刻赶回去了。唉，梁主任昏迷也不是一次两次了。他要有这积极性好好为自己谋一谋，那肯定是前途无量！”

杜心月实在忍不住了：“樊志刚在乎的不是当不当主任，他在乎梁主任能否康复，哪怕是一天两天。”

顾宁：“他不在乎，我在乎！心月，你不知道，志刚如果当了主任对我的事业有多重要。当了主任，就有机会当院长，对吧？他就是我的一面旗帜，不管跟什么人打交道，只要把他这面旗扯开，那我就顺风顺水，财源人缘都有缘。”

杜心月彻底无语了。

就在这时，顾宁的手机响了，她接听：“喂？啊，不见了？噢，我来医院。”

杜心月：“出了什么事顾宁？”

顾宁面色变了：“梁主任……去了，志刚失踪了。”

杜心月：“呀！我跟你一起去！”

护士站里，两个护士都在打电话。五十多岁，头发半白的院长焦虑地来回踱步。

院长：“李大夫呢？能回来吗？”

护士甲握着听筒：“李大夫家里来了亲戚，他休假带他们出海了，赶不回来。”

院长问另一个护士：“刘大夫呢？”

护士乙：“他轮休，电话一直不在服务区。院长，我再试试！”

院长焦躁地说：“接着打樊大夫的电话！这个樊大夫，怎么能这么感情用事呢？梁主任不在了，我们都难受，可再难受也不能影响工作呀。打！给我接着打！”

顾宁和杜心月匆匆来到。

顾宁：“院长，怎么样了？志刚的电话一直没人接，我们一路上都在不停地打。”

院长：“梁主任一去，樊大夫就不见了。我们怎么打电话都不通。最要紧的是，下午有台胰腺手术。这个手术，科里只有三个大夫能做，那两个大夫都轮休了。樊大夫偏偏这个时候不出现……真是急死我了！”

顾宁：“哎呀，志刚真是的。逝者已逝，活着的人应该做好眼前的事才对。”

院长：“这个时候，他能去哪儿呢？”

顾宁：“家里没有，他爸妈家也没有。能去哪儿呢真是的？”

杜心月似乎想到什么：“院长，手术是几点钟的？”

院长：“下午五点。”

杜心月看看表：“应该来得及。您等着，也许我知道他在哪儿。”

29

钟，或偏或斜，总是不在正位，有点怪。

古钟亭下，樊志刚跪在地上，脸上没有任何表情，似乎进入了另外一个世界。他猛地站起身，拿着钟槌散乱地撞击大钟，大钟只发出沉闷的嗡嗡声。他沮丧地松开钟槌，在这幽静的寺庙一隅，面对古钟和老树，放声痛哭。

突然，一双修长、细致的手轻轻搭在他的肩膀上。他回头一看，是杜心月！她清亮的双眸直视着他。

樊志刚："梁主任走了……"

杜心月："我知道。"

樊志刚："我失去了最敬佩的人……"

杜心月："我也知道。"

樊志刚："我……我无法接受……"

杜心月："樊志刚，我不知道你来了多久，但我知道，很多人都在为你担心。从院长到医生到护士，大家都在担心你！梁主任是大家的主任，他在医院工作了一辈子，你对他有很深感情，别人也一样。"

樊志刚："不，我对梁主任的感情和他们不一样，我……"

杜心月不由分说打断他："现在没时间争辩这些。刚才在医院，大家都在找你，院长也急坏了。樊志刚，你不想让别人在为梁主任哀伤的同时还为你担心吧？"

樊志刚："我……"

杜心月："像你这么优秀、这么尽职的医生，难道竟会忘了下午还有一台胰腺手术吗？马上跟我回去，刻不容缓！"

樊志刚倔强地说："不！我不回去！我再也不想做手术了！"

杜心月意外极了："什么？你说什么？"

此时的樊志刚眼神中满是哀伤，没有了往昔的睿智。他痛苦地摇摇头："伯牙可以摔琴以谢子期。如今，梁师已逝，我还要这没用的手术刀干什么？！”

杜心月愤怒了，不由得训斥他：“迂腐！樊志刚你太迂腐了！弹琴与听琴不过是为了陶冶情操，增加生活情趣。可连接医生和病人的是生命！有什么是比生命更宝贵更重要的？梁主任培养了你，医院培养了你，这手术刀是你说不要就能不要的吗？”

樊志刚为之一震：“可……我觉得自己是个最没用的医生。梁主任栽培了我那么久，他把全部的医术都传授给我，但我却不能救他的命！我特没用，我甚至不能让他多活一天、一个小时、一分钟……就在我面前，眼睁睁地看着他离开。”他极力克制着，但泪水却越来越多。

杜心月默默地看着。

樊志刚边哭边说：“杜心月，你看我现在这个样子是不特没劲？是不特女人？其实我就是一个懦弱的人。你不会想到，有多少次我都很想大哭一场。家庭我处理不好，事业上救治了那么多人的我竟救不了自己的恩师！我……我就是一窝囊废！”

杜心月：“眼泪不只属于女人。有时，男人可能更需要借着眼泪来宣泄。但是你想过吗？就算泪流干了，出现的问题能真正解决吗？”她拿出纸巾帮他擦去泪水，“梁主任走了，你再怎么难过也改变不了这个事实。其实，他并没有真的离开。他留给了你手术刀，留给了你行医的原则。手术刀就是他生命的延续，是为了让你替他救治更多的人。这是梁主任交给你的使命！五点钟！五点钟有一台手术，其他两个大夫都轮休了不能回来，你一定要去！你必须去！”

樊志刚沉默着。

杜心月：“记得第一次你带我来这儿，是我人生最痛苦、最沮丧的时候。是你告诉我，钟声能滋养万物，是你教会我怎么去敲钟，怎么从浑厚、空灵的钟声里获得重生。樊志刚，这一切你都忘了吗？”

他看着她，为之动容。

杜心月拿起他的手放到钟槌上，自己也握紧了钟槌。

两人对望，眼神中有默契，合力撞钟。

一撞，钟声低沉悠远；二撞，钟声浑厚、清扬；三撞，清风习习，万物动容，人与自然融为一体。

樊志刚的眼神恢复了一点儿安稳。他不由自主地拿起杜心月的左手，放在自己心口：“杜心月，谢谢你。我……回来了！”

杜心月点点头。

突然，他的手碰触到什么，低头一看，是杜心月左手无名指上老何送她的那枚钻戒！他眼神复杂地看着她：“你……决定了？”

杜心月尴尬地缩回了手：“去吧，你的病人在等你，医院里所有的人都在等你，时间还来得及。你永远是我心目中那个樊志刚。去吧！”

樊志刚“那你？”

杜心月：“我不知道这是不是我最后一次来这寺庙……我心里很乱，想一个人在这里安静一下。”

樊志刚：“杜心月，一起回去吧？”

杜心月“你走吧，他们等着你呢，不要迟到。快去吧！”

樊志刚向庙外走去。走了几步，回头看看她，她也含笑看着他。终于，他大步流星地离开了。

杜心月站在大钟前，摘下了手上的钻戒，又戴上，又摘下，又戴上……她无力地抱住了大钟。

此时在不远处的地上有一个长长的人影，一直不曾移动过……

寺庙庭院，群鸟飞过。

医院的手术室里，一切准备就绪。樊志刚疾步在走廊上，护士小杨跟着，给他看资料，他们进了手术室。

手术室外的红灯亮了。

不平凡的一天终于过去了。樊志刚敲开院长办公室的门，走进去。

“院长，你找我？”

院长：“嗯，樊大夫，坐吧。”

樊志刚在椅子上坐下来。

院长：“你一向是个稳重的人，但在梁主任的事情上，情绪控制得不好。”

樊志刚沉默着。

院长：“不过，我能理解。刚才那台胰腺手术很成功，连我最担心的手术并发症也没出现。樊大夫，做医生就需要你这样的。面对病人，只能一心一念。这段时间你经常下乡，你们科的工作暂时交给了李大夫。不过，最近院里开过会了，我们都尊重梁主任的意见，决定任命你为外科主任，星期五的例会上正式宣布。这几天，你就全面负责科里的工作。好好干，后生可畏呀！”

樊志刚却不假思索地摇摇头：“院长，请原谅，我不能接受院里的任命。我……还是干我现在的职位吧。”

院长觉得不可思议，他略想了一下：“我知道，你跟梁主任情同师生、父子、亲人。这也是他的意思，他很看重你。现在他不在了，他的工作总是要有人来接手的，你最适合！”

樊志刚：“不，院长，我不适合。其实主任这个位置不是谁都能干的。我就是一个想好好钻研业务、爱做手术的医生，对行政管理没有兴趣。谢谢你和梁主任对我的器重。你请放心，谁当主任，我都会积极配合支持。”

院长："樊大夫，你知道有多少人在盯着这个位置吗？不瞒你说，自从梁主任病了，我家的沙发就没冷过。连你爱人小顾也常打电话向我打听……如果你真的放弃了，就一点儿都不后悔吗？"

樊志刚："我不后悔，我真的不适合。"

院长："你呀，叫我怎么说你好呢？"

樊志刚："院长，我的确不是一个善于搞管理的人，请你考虑和尊重我的请求，我不会改变了。"

院长："那好吧，我和其他领导再碰碰意见。"

樊志刚："我先出去了。"

院长思虑着："嗯。"

樊志刚如释重负地离开院长办公室。

顾宁在客厅陪着五岁大的金金玩拍球。皮球到处跳，金金满处追赶。

金金："妈妈，捡球球！"

顾宁却有些失神，好像没听到孩子的喊声。

金金过来拉她的手，她才回过神来。她捡起地上的皮球，莫名其妙地问他："金金，你爱妈妈吗？"

金金："玩球球！妈妈，球球！"

顾宁把球给他。他拍着，到处追赶。

顾宁呆呆地看着金金的身影。

樊志刚回到家，看到顾宁和满屋拍球的金金，他笑了。他走到金金身旁，一下抱起他，疼爱地亲了亲："金金，以后爸爸会多花些时间陪你玩。"他放下金金，"顾宁，晚饭早点儿吃，我想跟你去看看梁师母。"

顾宁："嗯。"

樊志刚在她身旁坐下："你知道，梁主任的离去让我想得最多的是什么？"

顾宁："是什么？"

樊志刚："名利淡如水。"

顾宁："是呀，人都不在了，要名要利有什么用？"

樊志刚惊喜地看着她："你也想明白了？"

顾宁："其实，我早就想明白了，人来这个世界一趟不容易，应该好好地活，好好地爱，好好地做一些自己想做的事。至于其他，都是次要的。"

樊志刚："你真是这样想的吗？"

顾宁很肯定地点点头。

樊志刚："我决定了，以后要多花些时间安排运动，多陪陪你和金金。健康、快乐才是人生最大的幸福。"

顾宁："嗯。"

樊志刚："主任一走，师母很惨，他们本来在一起的时间就不多，现在更是剩下她孤零零的一个人。以前，主任把全部的精神和时间都花费在工作上。我不是像他那样伟大的人，我想健康、家庭和事业都能兼得。"

顾宁："说来容易做来难。我听院长说了，很快你会被任命为新的外科主任。你哪来那么多时间又做运动又陪我们？"

樊志刚："噢，忘了告诉你，我已经推辞了院长，我还做我现在的副主任，专搞业务。"

在那一刻，顾宁先是意外，继而是短暂的理解，最终转为极度的愤怒，夸张得过了头。她大声质问："你说什么？你推了院长？"

樊志刚："是呀，这样我就又能专心做手术，又有时间做运动，还能陪你们。"

顾宁："为什么？这可是梁主任的推荐呀？你为什么要拒绝？"

樊志刚："顾宁，主任这个位子不好干。你看梁主任才五十多岁就英年早逝，你以为他只是被工作累的吗？不，其实，他是心累。他这个位置多少人在盯着？他既要搞业务，又要搞关系，就连他的下属，也不是个个都肯给他抬轿的。科室里有一两个老跟你过不去，就会弄得你很难开展工作，劳心又劳力！"

顾宁脸色变得很难看，冷冷地说："是吗？"

樊志刚："我不是擅长搞关系的人，我只想搞业务。"

顾宁："你这样做对得起梁主任吗？你是个优秀的医生，梁主任推荐你就是想让你走向更高的职位，以更广更全的形式去帮助更多的人！梁主任对你的厚望是你随便就能推掉的吗？"

樊志刚："可是顾宁，我真的不适合。我……"

顾宁沉默了。

樊志刚看到她脸色难看，温和地拉她来到厨房。

阿姨在洗洗涮涮准备晚饭。炉具上放着一口炒菜用的锅，砧板上放着一条两斤来重的鱼。

樊志刚打开柜子，找了找，拿出一个奶锅，放到炉具上："阿姨，一会儿蒸鱼用这个锅吧。"

阿姨苦着脸："先生，你少下厨房，这锅太小，哪蒸得了这大鱼呀？"

顾宁："志刚，你疯了吧？这是奶锅，连个菜盘都放不下，还蒸鱼呢？你不会为梁主任的事弄得脑子出问题了吧？锅小鱼大，你不是难为人吗？"

樊志刚："没错！顾宁，刚才你说锅小鱼大是给阿姨出难题。其实，我就是那口锅，主任的职位就是一条又大又肥的鱼！就我的能力、精力、时间而言，这条大鱼根本放不进我这口小锅里。你能明白吗？人应该量力而为。"

顾宁的脸由白转青，又由青转白，她愤然走出厨房。

樊志刚追出去。

卧室里，顾宁站在夜幕降临的窗前擦眼泪。

樊志刚在窗户玻璃上的倒影走近，正想安慰她。

顾宁愤恨地说：“我以为你只是个爱做手术的呆子，没想到你分析的还挺透彻。不过，也的确没见过像你这么傻的人，竟然把到手的主任拱手相让。樊志刚，你想好了不当这个主任吗？”

樊志刚：“顾宁，我想好了，我推了院长，说到做到。”

顾宁：“那好吧，既然你没有上进心，也别怪我了。为了金金不被你传染，我早就想跟你离婚了。后来，我一直在观望你会不会升职，想给你个机会。现在看来，我真是高估了你。”

樊志刚：“顾宁？”

顾宁走到化妆桌前，一下拉开抽屉，从里面取出几张纸，扔到他面前：“《离婚协议书》我早就准备好了，签字吧。”

樊志刚愣了半晌：“顾宁，你不至于吧？”

顾宁：“签吧，明天就去民政局，我一天也不想等了。和你这种人简直没法过！你一辈子就做那口小奶锅吧！”

樊志刚：“顾宁，就是因为我不当主任吗？我锻炼身体，多陪陪你们有什么不对吗？”

顾宁冷冷一笑：“樊志刚，你太天真了，我们根本不是一路人！经济上你没让我赚着钱，仕途上我也没沾着你任何光，我过够了。像你这样的人简直比文物还文物，太稀罕了！爱谁谁，我们早点散！签字！不签不是爷们儿！”

樊志刚沉默了好一会儿：“你真的就为了我不当这个主任吗？”

顾宁：“还不够吗？本以为梁主任一去，你就会升上来。瞧你那点儿出息！夫贵妻荣，跟着你，我这辈子都别想荣了！什么是夫妻？夫妻就是合作伙伴，就是互惠互利，就是……”

樊志刚听不下去了，生气了：“你不要动不动就提离婚，一有点儿不如意就闹离婚。如果再闹，那就真离了吧！”

顾宁：“那就真离了！”把笔塞给他，“你没看见我已经签了吗？”

樊志刚默默地拿着笔……

顾宁催促他：“离婚！签吧！”

樊志刚闭目一会儿，看也不看，在协议书上签了字。

顾宁忍着泪：“明早九点，民政局见。”

樊志刚：“顾宁，没必要这么急吧？一切都好端端的，你突然要离婚，还急着明天一早，‘相煎何太急’呀！”

顾宁：“我查过了，你明天休假。上海那边等着我过去呢。对了，今晚请把行李收拾好，明天办完手续，这儿可就不是你的家了。”哭出声了，“这套房子，是我一个人的名字，你别想打主意。”

樊志刚双肩垂下，茫然了。

清晨，温暖的阳光照耀着大地。

客厅里放着一个旅行箱。

杜爸爸领着雄雄准备去上学。雄雄突然抱住了杜心月：“妈妈，你真的要跟那个老何去美国吗？”

杜爸爸笑了：“你也叫他老何了？”

雄雄：“嗯，我跟你们学的。”

杜心月：“妈妈只是去看看，看看那里的学校适不适合你。”

雄雄：“妈妈拍些照片吧，好不好？”

杜心月：“遵命！”

雄雄：“妈妈，我昨天看见爸爸了。”

杜心月：“在哪儿呀？”

雄雄：“在幼儿园玩滑梯的时候，爸爸就站在墙外边。”

杜心月：“哦，他叫你了吗？”

雄雄：“没有。他来了好几天了，每天都站在那儿。”

杜心月：“要不这几天让爸爸接你回去看看奶奶吧。”

雄雄：“嗯。妈妈再见！”

杜心月：“雄雄真乖。”抱着儿子亲了亲。

杜爸爸：“路上当心。”瞥了瞥她的左手不见戒指。“既然答应跟人家去，就把戒指戴上吧！”

杜心月从手袋里拿出戒指戴上，有些无奈。

杜爸爸：“这样才对嘛。”

杜心月看着手上的戒指，怔住了。

赵雷把一些衣物放进双肩背内，准备出门。

赵雷妈：“雷呀，这个礼拜该接雄雄了吧？”

赵雷：“嗯。”

赵雷妈：“你给心月打电话约了吗？”

赵雷：“约什么约！妈，你别催了，我保证以后你随时都能见到雄雄。”

赵雷妈：“唉，理是这么个理，心月不会不让看雄雄，但还是要提前约好。对了，你跟心月复婚那事，她怎么想的？”

赵雷有些气不顺："她能怎么想？只要雄雄跟我在一起，她就得乖乖回来。好了，我该出门了，晚上不回来吃饭。别等我，早点儿睡。"

朝阳渐变成艳阳，街道也由清晨的繁忙变得寂寥。

顾宁和樊志刚从民政局走出来，身后跟着怀抱金金的阿姨。樊志刚手里拖着行李箱。几人一起来到顾宁的私家车旁。樊志刚放下行李箱，走到阿姨面前，向金金张开手臂。

"金金，再给爸爸抱一抱。"

阿姨把金金放到他怀里。他紧紧抱着儿子，显得很痛苦："金金，爸爸对不起你，不能给你一个完整的家。以后就是你和妈妈一起生活了。不管怎样，爸爸都会常去看你，陪你玩玩……"

顾宁故意板着脸："樊志刚，你可不能赖账！刚才在民政局说得好好的，一切按离婚协议执行。你可不要反口呀！"

樊志刚莫名其妙："我……我反什么口？"

顾宁："离婚协议上写得清清楚楚：金金的抚养权归你，你将负担他全部的费用。你不会是……想逃避责任吧？"

樊志刚愕然了："顾宁，这是真的吗？你不要金金？"

顾宁："我还年轻，单身一人容易交朋友。都写在上面了，你自己好好看协议吧。阿姨，我们走！"她带着阿姨上了车。

汽车绝尘而去。

樊志刚抱着金金愣在原地，掏出协议书看着，不敢相信："金金，你是跟爸爸的，你跟爸爸了！走，快回去看奶奶爷爷。"

顾宁的私家车在一个路口停下了，阿姨打开车门下了车。

阿姨："太太，你真就舍得孩子？"

顾宁有些失神："舍不得……也得舍得。金金只有跟着爸爸，才可能承继四份家业，特别是大姑那一份，我要为他的'钱途'考虑！"

阿姨："太太，这里拐个弯就是我的新雇主家。你好好保重吧，祝你去上海发展顺顺利利喔。"

顾宁落寞地说："哦，谢谢。"

樊志刚父母准备出门买菜。

志刚妈："老樊，不如给志刚打个电话，看看顾宁在家不？我想偷偷看看金金。"

志刚爸："唉，真是作孽呀，自己的亲孙子都要偷偷摸摸地看。你说他们这日子过的……"

门外传来钥匙声和孩子咿咿啊啊的声音。樊志刚抱着金金，拉着行李箱出现在两位老人面前。他们简直不敢相信自己的眼睛。

志刚妈：“志刚，你这是……”

志刚爸一把抱过了金金，搂在怀里老泪纵横：“哎呀，金金，爷爷想你呀，想你呀。”

志刚妈看着行李箱，明白一定发生了不寻常的事。

志刚妈：“出了什么事？”

樊志刚：“我们离了，刚办完手续。”

志刚妈：“啊？这么大的事怎么不提前说一声？”

樊志刚：“她坚持要离婚，我也……没办法。”

志刚爸：“离了好！我早就说过，住女人的房子直不起腰杆。志刚，回来得好，你终于归队了。”

志刚妈：“好什么好？你们离了，金金怎么办？”紧张了，“啊？志刚，你不会是带金金跟我们告别的吧？呜呜……以后就很难见到金金了！”她立刻抢过志刚爸怀里的孙子，紧紧搂着。

樊志刚：“爸、妈，顾宁把金金的抚养权给了我。以后，你们两老天天都可以和金金在一起了。”

樊志刚父母不相信地看着儿子。

志刚妈：“那个女人……可能吗？”

樊志刚点点头。

志刚妈：“为什么？”

志刚爸：“管他为什么？逗孙子玩喽！”抱走了金金。

沙发上只剩下母子俩。

樊志刚：“这婚离得太突然，我也没想明白。家里的一切她都不让我带走，除了我的书和金金。”

志刚妈点点头。突然，她想到什么。

“志刚，那你现在不是自由了吗？我的意思是……我听心月的爸爸说，她今天要去加拿大……还没出门吧？”

樊志刚：“哦，她……那个人向她求婚了，我看到她手上的戒指。”

志刚妈：“那你不去送送她？去送送吧！”

樊志刚：“妈，那我去看看。”

志刚妈：“去吧，快去吧。”

樊志刚走出家门。

志刚爸和志刚妈相视一笑，眼神中有某种期待。

杜心月坐在床边，手里拿着那张“海阔天空”的照片，恋恋地看着。电话响了，她接听。

老何：“心月，是我，老何。车到楼下了。”

杜心月闷闷地说：“哦，我现在下去。”她看着手里的照片，慢慢地放回抽屉。

当她坐上老何的汽车离开社区后，樊志刚才来到她家门外。任凭他怎么敲门也无人回应。他打杜心月的电话。

杜心月看到手机屏幕上显示“樊志刚”三个字，内心很痛，不愿接听。手机一直在响。

樊志刚失望地向楼下走去。

公路两边的景象急速后退。

杜心月坐在车上，心绪复杂地摸了摸那枚戒指。

老何注意到她的举动，把手按在戒指上。杜心月不情愿，佯装整理头发，抽出了自己的手。

社区里，樊志刚心事重重地漫步，眼前闪现出那天在寺庙杜心月安慰他的情景。这世上最懂他的人，非她莫属。可如今，她戴着别人送的戒指已经远去。他下意识地摸摸手上的结婚戒指，看了看，摘下来放进了衣兜。

一路上，杜心月满怀心事，看着窗外。

老何在旁滔滔不绝。

她什么也没听进去，不自觉地回忆起和樊志刚有关的种种。那张“海阔天空”的照片，那次在水云间的邂逅，那些关于家庭人生的一次次讨论，还有一起敲钟了脱凡尘杂事，在钟声中彻底放下的自在和欢喜……一件件、一桩桩，随着汽车渐行渐远，她的心更痛了。

杜爸爸如往常一样去幼儿园接雄雄。当他走进教室时，并没有看到自己的外孙。

年轻的代课教师迎上来，问：“你是谁的家长？”

杜爸爸：“你都代了好几天课了，怎么还记不住呀！我外孙赵雄雄呢？”

代课教师：“噢，已经被他叔叔接走了。”

杜爸爸：“被接走了？你同意的？”

代课教师哑了。

杜爸爸质问她：“你认识接走雄雄的人吗？”

代课教师：“我不认识，但雄雄认识，而且也愿意跟他走。”

杜爸爸：“你这是不负责任的行为。雄雄根本没有叔叔。你还我外孙！”

代课教师傻了：“你……你也不认识接他的人？”

杜爸爸气愤地说："我怎么知道！你现在就给我把雄雄找回来！"

年轻教师吓得脸色惨白："那……那怎么办呀？孩子说是叔叔……"

杜爸爸立刻打电话，不一会儿接通了："心月，不好了，雄雄在幼儿园被人接走了！"

30

杜爸爸和代课老师上气不接下气地来到门口的值班室询问，也没有任何线索。

老人家急了，斯文的他竟狠狠地踢门："要你们有什么用？怎么管理的？"

有几个家长过来围观。

杜爸爸急哭了："我外孙子丢了，在幼儿园里丢了！你赔！你赔我的乖孙子呀！"

围观的家长交头接耳。

他还继续踢门，但脸色变了，好像有些不舒服。他用手按着心脏的位置。

樊志刚从幼儿园外面跑过来，拉住他："杜伯伯！你别激动，别激动。"

杜爸爸："樊志刚，我怎么办呀？我怎么向心月交代呀？她前脚走，后脚雄雄就丢了！哎呀呀……"

樊志刚："杜伯伯，你别急，我接到杜心月的电话就赶来了，她也在来这儿的路上。我们一起想办法，好不好？来，休息一下。"

杜爸爸点点头，在樊志刚的搀扶下坐到椅子上。

樊志刚："报警了吗？"

杜爸爸仍按着心口："报了。"

樊志刚："那好，我们再去问问老师，看有没有更多的线索。"

杜爸爸指着一旁的代课老师，神色严肃："就是她弄丢了雄雄！"

代课老师吓得说不出话来。

樊志刚："我们去找园长。"

就在大家为雄雄的失踪而慌乱、忧虑时，赵雷开着私家车急速行驶在高速公路上。他身旁的副驾位上就坐着雄雄。他一言不发，表现出一个孩子少有的沉静。

"雄雄，你怎么一直不说话？"

"爸爸，你为什么撒谎，说你是叔叔？"

“啊，我……跟老师开个玩笑，想看看她是不是聪明。”

雄雄不作声。

“现在看来，你的老师没有雄雄聪明。当然了，我儿子肯定是最棒的！”

“爸爸不想让妈妈知道是爸爸接了我。”

“呀，真是太聪明了！对，爸爸就是这么想的。本来我不该说你妈妈的坏话，但大人也会做错事的。你懂不懂？”

雄雄不懂。

“我是你爸爸对吧？”自言自语，“我想每天都见到你，奶奶也想每天见到你，所以我们就应该生活在一起。可你妈偏不肯，偏要把一家人分开！超人！对，超人家族，超爸和超妈在一起才最有威力！哼！你妈妈是风筝，你就是那条线。懂不懂？”

雄雄还是不懂。

“杜心月，攥紧了雄雄，你也飞不到哪里去！你不听我的，走着瞧吧！”他嫌前面的车慢，不停响按，要超车。

雄雄有点害怕。

园长办公室里，年轻的代课教师正在挨训。

园长：“让我说你什么好呢？你还在实习期就出了这么大的事！我强调过多少遍，来接孩子的一定要带接送卡。你问过查过了吗？”

代课老师浑身发抖。

樊志刚向代课老师：“请你回忆一下，接走雄雄的人长什么样？”

代课老师：“高高的，戴个眼镜。”

樊志刚：“孩子认识他？”

代课老师：“认识。”

樊志刚：“孩子叫他什么？”

代课老师：“开始叫他爸爸，可那男人说爸爸开会，他是叔叔，带孩子去见奶奶……好像是吧，我记不清了。”

杜爸爸气愤地质问：“记不清了？你还能干什么？”

樊志刚思索着：“杜伯伯，我直觉那个人像是赵雷，只是不知道为什么一会儿是爸爸一会儿是叔叔。”

杜爸爸：“赵雷？不会吧？明天就该他接雄雄了，他用不着这么偷偷摸摸的。”

这时，一名男警察走进来。

警察：“是你们报案的吗？有关六岁的孩子赵雄雄……”

园长：“是是是。”她忙着向警察介绍杜爸爸和樊志刚。

电脑监控画面锁定在幼儿园门外的路段。

男警察:“这段视频发生在上午十点五十五分,当时幼儿园附近只有一辆私家车。”

正说着，杜心月被另一名警察领进来。

樊志刚示意她在身旁的空位坐下：“刚好看到一段幼儿园门口的视频。”

杜爸爸紧盯着屏幕，叫出声来：“赵雷！赵雷的车！没错儿！”

杜心月也凑近一看：“对，是赵雷的车！”

男警察吩咐监视器前的女警：“看看下一段。”

女警切换画面。

男警察：“就是这个男人领着一个小男孩上了车……”

杜心月激动地叫着：“是雄雄！我的雄雄！”

杜爸爸恨恨地说：“就是他！这个混蛋赵雷偷走了雄雄！警察同志，你们快去把他抓起来，还给我外孙。”

男警察看着杜心月：“你确定这个男人是你们认识的？”

杜心月：“是的，他是孩子的爸爸，我们已经离婚了。前段时间，他还说想复婚，我……没同意。”

男警察：“看来，恐怕是家庭纠纷吧。暂时可以确定孩子是安全的。你们先和他联系一下。”

杜心月：“谢谢警官。”立刻打电话给赵雷。

赵雷开着车在山路上驰骋。他放在前方的手机不停地震动。

雄雄：“爸爸，你为什么不接电话？”

赵雷：“开车的时候不能听电话，这是交通规则你知道吗？”

雄雄看了看电话上的显示：“是妈妈！”

赵雷得意一笑。

雄雄：“我来听。”他的手刚摸到电话就被赵雷喝止了。

“别动！”

雄雄被震慑了，吓得不敢出声。

杜心月不停地打电话，樊志刚和杜爸爸焦急地等待着。

过了一会儿，她沮丧地放下电话。

“家里和手机都没人接。他会把雄雄带哪儿去呢？”

樊志刚：“就像警官说的那样，雄雄应该是安全的，这点不用担心。我在想，赵雷妈会不会也参与了这件事？如果参与了，他带着一老一小也走不远。再说，他还有工作……”

杜爸爸：“上次他们来家里，赵雷妈说他早就换了工作，什么公司我也不知道。这赵雷妈跟着掺和……不大可能吧？没不让他们看孩子呀？”

杜心月：“我知道了，可能跟复婚有关。依赵雷那性格，他觉得我就应该跟他复婚，所以想到带走雄雄来要挟我……”

樊志刚:“这样吧,我们去赵雷家看一看,也许他们就在家里,只是不听电话而已。”

杜心月：“爸，你回家等着，我和樊志刚现在过去。”

赵雷把车停在一个山间酒店外。

雄雄：“爸爸，这是什么地方？不是看奶奶吗？奶奶搬家了？”

赵雷：“爸爸的单位每年都在这儿搞年会，什么玩的都有，还可以钓活鱼。”

雄雄：“爸爸，刚才那些电话都是妈妈打来的吗？”

赵雷：“不理了，下车吧。”

雄雄：“我想告诉妈妈我们在哪儿。”

赵雷：“妈妈做了错事，我们给她个惩罚，以后她就再也不敢把我们一家人分开了。”

雄雄：“可是，妈妈会想我的，我也想妈妈。”

赵雷：“好了，妈妈坏，一定要教训她。下车！”

雄雄：“我不去！我要回家！姥爷在等着我呢！”

赵雷先下了车，使劲儿关车门：“不听话！没一个听话的！”他绕过来，开车门，把雄雄拖下来一起进了酒店。

苍茫的夜色笼罩着大地，神秘中透出些许凄冷。

赵雷妈回到家刚在沙发上坐稳，门铃就响了。她开门一看，是神色慌张的杜心月和樊志刚。

“妈，你在家呀，怎么不接电话呢？”

“我刚进门。今儿个赵雷不回来吃晚饭，我就去了楼上的王大妈家。嘻嘻，超市的带鱼大减价，她吃了几天吃不完……”

“妈，赵雷把雄雄带走了，没打招呼就从幼儿园带走了。你知道他们去哪儿了吗？”

“我说呢，他早上出门，没拿公文包，带了个双肩背，还说些古怪的话……合着，是绑架了雄雄！心月，他想跟你复婚，你没答应，他就打上雄雄的主意了。这个浑小子！”赵雷妈拿起电话拨打赵雷的手机。

山间酒店的餐厅里，客人寥寥。

手机一直在震动，赵雷不接。他和雄雄在吃晚饭。桌上摆着好几个菜，雄雄却低头只吃米饭。

赵雷：“雄雄，你怎么不吃菜？”

雄雄：“这些菜没妈妈做得好，也没姥爷做得好。”

赵雷：“这叫野菜，我小时候就吃这个，营养好。”

雄雄：“不好吃。”

赵雷：“都是你妈和姥爷惯坏你的，这不吃那不吃怎么行？”说着，他夹了一些菜给雄雄。

雄雄看了看，依旧只吃米饭。

“好小子，成心跟我斗是吧？吃！”

“不吃！”

赵雷拍桌大喝：“吃！”

雄雄害怕了，滴着大颗眼泪委屈地吃菜……

赵雷妈握着听筒，有些焦躁：“这个混账，竟连我的电话也不接！”

杜心月：“现在怎么办呀？赵雷平时很少照顾雄雄，突然把他带走，又不知去了什么地方。不会对雄雄……”

樊志刚：“赵雷毕竟是他爸爸，应该不会的。”

赵雷妈：“唉，我也不帮这儿子了。他做事一根筋！那次，外面下大雨，还赶你出去……他就是控制不住自己！”

杜心月越听越害怕，忍不住流眼泪了。

赵雷妈气得又拿起电话，不断打。

夜色更浓更深了。

赵雷和雄雄躺在酒店房间的大床上。雄雄的双腿从被子里伸出来，赵雷看到了，帮他盖好被子，可是雄雄又把腿伸出来了。

赵雷：“这么晚你还不好好睡，成心是吧？”

雄雄有些委屈：“爸爸，我睡觉从来都把腿露出来的，不然我睡不着。”

赵雷气了，严厉地：“睡不着是吧？”

雄雄大气不敢出。

赵雷：“我教教你怎么睡着！”一把扯开孩子身上的被子，他整个身体都露在外面，害怕地蜷缩着。

赵雷：“别说你一毛孩子，就是你妈，不按我意思，她也吃不了兜着走。”

可怜的雄雄没被子盖了，又恐惧又有些冷，缩着身子瑟瑟发抖。

赵雷：“现在知道对抗的后果了吧？”

雄雄不敢回应。

赵雷把被子重新扔到他身上，雄雄立刻把自己盖得严严实实的，闭上眼睛，假装睡了。

他摸着雄雄的头：“这就对了。听话，一定要听话，这才是你们的出路！”

他翻看手机：“二十六个未接电话。哈哈，看来，你妈是真急了。”看着看着，他脸色变了：“有八个电话是奶奶打来的……”思考着，“奶奶不会有什么事吧？我跟她说了晚上不回来，她打这么多电话干吗？”

客厅里，赵雷妈无奈地放下电话。

杜心月急哭了："妈，怎么办呀？他连你的电话也不听，他想干什么？"

突然电话响！

赵雷妈赶忙接听："喂？雷子，你神经病了？你带孩子去哪儿了？"

赵雷："妈，你知道了？你别理了，不要见杜心月……"

赵雷妈："怎么不见？心月就在我跟前！"

杜心月抢过电话："赵雷，你到底想干什么？"

赵雷："你知道我想干什么？我想复婚！"

杜心月："我已经说过了，一切都结束了，大家各走各的路。"

赵雷："可我转了一圈，还是觉得跟你最合适。你也应该觉得跟我最合适！我们应该在一起！"

杜心月："赵雷，要我怎么说你才能明白呢？这世上没有想当然，没有应该……"

赵雷打断她："甭废话，复还是不复？"

杜心月："我根本不可能再和你一起生活了，你也不该拿孩子来要挟我！"

赵雷："不可能，不应该……哼！杜心月，我就让你知道什么是可能！什么是应该！" 断然挂线。

赵雷妈本想再劝劝儿子，却只听到嘟嘟声，更气了："嘿！敢挂我电话。你这……"话还没说完，她突然按着肚子，脸色微变，"哎哟——哎哟，我这肚子！"

樊志刚："伯母，你怎么了？"

杜心月："妈！"

赵雷妈："我肚子咋这么痛呢？哎哟，不会是那些带鱼……"

赵雷挂了电话后，怒意未消，神经质地玩起了床头灯的开关。忽明忽暗的灯光令装睡的雄雄害怕地哭了。

赵雷呵斥着："再哭！"

这时，他的手机收到短信，是杜心月发来的：妈因食用变质带鱼，肚痛难忍，现在正赶往中芯医院。

赵雷脸色大变，一时间竟手足无措。

手术室外坐着一些人，杜心月和樊志刚也在其中。她盯着手机。

樊志刚安慰她："杜心月，放轻松点，赵雷一定会来的。他对母亲挺孝顺的。"

杜心月："希望如此吧。"

杜爸爸也赶来了，一见女儿就问："雄雄怎么样了？你在电话里说和赵雷妈来了医院，我这心就突突地跳。你说怎么会弄成这样？赵雷，他会带着孩子来吗？"

樊志刚："伯父，刚给赵雷发了短信，希望他能看到。伯父，你坐吧。"

杜爸爸坐下来，不住地念叨着："雄雄，我的雄雄……"

樊志刚对杜心月说："再发个短信催一催吧！"

杜心月又发短信。

酒店房间，雄雄睡沉了。电话传来短信提示音，手机显示：确诊为急性胆囊炎，需手术。速来！

赵雷这一下真的急了，他摇醒雄雄："快起来，奶奶进医院了，我们得赶紧回去。"

街道上车辆不多。

赵雷的车一路狂奔。他又收到杜心月发来的第三条短信：我们现在手术室外，医院下达第一次病危通知。速速来！

他踩油门飞驰。但突然，他想到什么，把车停在路边，自言自语："淡定，淡定，不会是骗我的吧？"

手术室的红灯一直亮着。

杜爸爸有些沉不住气了，站起来慢慢踱步："也不知现在怎么样了？一点儿消息都没有。心月，樊志刚，你们看行吗？"

杜心月："我了解赵雷，他很紧张他妈妈。这么大的事，他不会不来的。也许，就在路上。"

杜爸爸摇摇头。

樊志刚："杜伯伯，我知道杜心月是想搏一次，就让她搏吧。除了这样，我们别无选择！"

手术室的门开了，护士托着一个托盘走出来。托盘里是一团黑色的东西。

樊志刚拦住了护士："杜心月，把电话给我。"

他用杜心月的电话拍下了胆囊的照片。

赵雷随即收到一封彩信：胆囊已切除，肝脏功能尚未恢复，医院下达第二次病危通知。速速来！

赵雷大叫："妈！"他不敢再怀疑了，立刻大力踩油门疾驰。他一边开车，一边暗自埋怨自己，连连响按。

市区的街道灯火通明，医院大楼在灯光中若隐若现，渐渐清晰。

走廊上响起沉重的脚步声。赵雷抱着沉睡的雄雄从走廊尽头奔过来。他急切地大叫："妈——妈——"

杜爸爸一见雄雄激动地站起来，扑向赵雷："雄雄！雄雄！姥爷可见到你了！"

雄雄被吵醒了，睁开眼看到杜爸爸。他挣扎着从赵雷怀里滑到地上，扑过去。杜爸爸抱住他，紧紧护着。杜心月心疼地贴着儿子的脸颊。

赵雷要冲进手术室，被里面的护士推出来。就在扰攘之际，赵雷妈竟从不远处的一个房间走出来，上来就抽了赵雷一个大巴掌。赵雷看到母亲健健康康地站在自己面前，不禁又喜又困惑。

赵雷妈：“你这个混账，为了要挟心月，竟拿雄雄做肉票！你不知道雄雄是我的大乖孙吗？谁打他主意，我就抽谁！”又打了几下。

赵雷：“哎！妈，你停手呀！这到底怎么回事？你不是得了急病吗？”

杜心月拦住赵雷妈：“妈，消消气吧。”转而看着他，“赵雷，为了让你把雄雄尽快送回来，我只好出此下策。”

原来，当时赵雷妈觉得肚子痛，樊志刚要送她去医院，她不肯。用她惯用的土办法，敷了热水袋后，竟慢慢舒服了。这却启发了杜心月，不如将计就计，把赵雷骗到医院。果然，他上钩了。

赵雷气坏了：“妈，你竟然和他们一起骗我！”突然，他一把拽住杜心月的手，拖着她就向外走。

其他人一时错愕。

杜心月：“你放手！你干什么！”

杜爸爸也冲上前喝止：“赵雷，你又想干什么？”

赵雷强硬地：“心月是我的人，我不会放弃的！我要带她去复婚，现在就去！”

杜心月坚决地：“不！”

赵雷紧紧拽着她。杜心月奋力反抗，想挣脱他。

突然，一只有力的大手把他们分开了。是樊志刚！赵雷被推到墙角。他怒视着樊志刚：“边儿去，这儿轮不到你出头！”想绕过他再去抓杜心月，却被他挡住了。

樊志刚：“赵雷，今天我就要为杜心月出一次头！”他语气坚定，正义凛然，不似往日那个儒雅、斯文的医生。此时的他就是一个强大的男人，一个可以保护女人的男人！

杜心月本能地站在他身后。

樊志刚怒视着赵雷：“我要告诉你，杜心月就是杜心月，她绝不是你的个人财物。她是一个独立的、能决定自己一切的女人。你没有权力强迫她做她不愿做的事！”

杜爸爸也愤愤地说：“赵雷，你和心月已经离了，你们没有任何关系了。勉强是没有幸福的！”

一旁搂着雄雄的赵雷妈也开了口：“雷呀，事到如今，你不要再做蠢事了。不要一错再错，不然回不了头了，雷子！”

赵雷在那一瞬间有些不知所措：“我……我错了？我有什么错？妈，你不是说了，两口子过日子，女人不就是围着老人、孩子和自己的男人转嘛。媳妇儿要顺从丈夫，我说月亮是方的就是方的。她一切都应该听我的！我有什么错！”

樊志刚拍了拍他的肩膀：“赵雷，你就是错了。时代往前走了，你却不肯跟着走。

你最大的错是遇上了一个比你强、比你更有能力、比你的事业更成功的杜心月！你犯的错，是所有传统封建大男人都会犯下的错。”

赵雷彻底困惑了。

一旁的赵雷妈抹去泪水：“樊医生，错的是我。我自己从来……一门心思都在我丈夫、我儿子、我孙子身上，他们才是最重要的。是我惯坏了他们！唉，雷子，是妈害了你。”

连妈妈也不支持他了，赵雷痛苦不已。

樊志刚：“伯母，‘学会幸福就重复幸福，学会不幸就重复不幸’，其实这就是心理学上的‘强迫性重复’！因为你一直给赵雷灌输的都是男性主义，这么多年来，他就在不断地重复着，不愿面对现实。”

此时的杜心月对樊志刚的一番话感触良多。

她来到赵雷跟前，缓缓开了口：“赵雷，我们做了几年的夫妻，如今恩恩怨怨、是是非非都已过去。我是明白了，在两个人的感情中，习惯了幸福的人会在这个关系中制造爱，而习惯了不幸的人会在这个关系中制造恨。以后还有很长的路要走，再这样下去，不只会伤害孩子，伤害你妈，其实伤害最大的是你自己！赵雷，换个活法儿吧。”

赵雷虚弱地慢慢蹲下：“难道我真的错了？心月，我对你一直都是纠结、嫉妒、爱。我嫉妒你，我老婆比我强、比我成功……我受不了！我在纠结中爱着你。每当我想把爱说出口，可我就说了一些伤人的话；我明明是想温柔地说，可我偏偏就在吼；我以为自己能控制一切，原来我连自己也控制不了。对，我这就是‘强迫症’吧。心月，对不起，其实我也恨自己，我把你赶出去，我后悔，可是我不肯承认自己的错……我……原谅我，心月！”

杜心月含泪努力地点点头：“赵雷，记住我的话：学会爱，重复爱。”

赵雷暖暖地点点头：“我记住了，要活在爱里。”

赵雷妈流着泪抱着他：“好样的，雷子！”

赵雷也紧紧抱着母亲。

杜心月如释重负，一切怨恨和纷扰在走廊平息了。

一个海浪打来，又缓缓退去。

海边咖啡厅里，杜心月和艾茉莉对面而坐。

艾茉莉嗔怪道：“心月，雄雄的事怎么又不告诉我呢？不把我当朋友了？”

杜心月：“当时一切都太突然。本来我要跟老何去加拿大的，接到电话就从半路返回了，一直折腾到第二天的凌晨，哪儿有时间告诉你。”

艾茉莉：“雄雄还好吧？”

杜心月：“小孩子，一眨眼就忘了。再说，他也知道，所有的亲人都是爱他的。”

艾茉莉："那就好！"幸福地笑了，"心月，我怀孕了，有一个多月了！"

杜心月为她高兴："茉莉，你做到了！"

艾茉莉使劲儿点点头。

杜心月的手机响了，是爸爸打来的。原来，老何送来了改签的机票坚持要亲手交给她。

杜心月："茉莉，我得马上回去，老何在家等我呢。"

艾茉莉："心月，你不会还跟他去加拿大吧？"

杜心月："我……"

艾茉莉："顾宁和樊志刚已经离婚了，她现在忙着创办分公司呢。而且，她把自己那么宝贝的金金留给了樊志刚。看来，她是想彻底干一番事业！心月，你难道不重新考虑一下？樊志刚现在可是自由身。"

杜心月："我答应顾宁，我们仨是永远的闺蜜。不过，她去上海好几天了，连个电话也没有，打给她也不通。"

艾茉莉："发短信吧。一封不回，就再发一封，总有回的时候。"

杜心月点点头："我先处理这个老何。"

院长坐在办公桌前签阅文件。

樊志刚在他对面坐下。

院长："樊大夫，你来得正好。最近有一个去西南的医疗队，要求各医院派出主任级的专家。你们科的新主任上任没多久，工作还没有完全展开，这时候去了，对科里对医院都很被动。我想，还是让你去吧，你技术过硬。其实，本来也是该你去的。"

樊志刚："院长，你放心吧。我去，我愿意去。其实，医疗下乡能让我学到更多东西。很多乡民平时根本不去看病，有不舒服就吃止痛片，即使是同一类病，他们的症状比城市人复杂得多。这对我是锻炼，也是挑战。交给我吧！"

院长有些感动："梁主任果然没有看错人呀！"

樊志刚："你过奖了。什么时候出发？去多久？"

院长："后天早上的飞机，为期一个月。"

樊志刚思索着："一个月？"

院长："怎么？有困难？"

樊志刚："没有，我能去。但我现在必须告诉一个人我的想法。"

客厅里放着杜心月的行李箱。老何坐在沙发上耐心地等着，他面前的小几上放着一张机票。

杜爸爸："何先生，你走吧，等心月回来让她给你回个话。"

老何："伯父，我就在这儿等她。上次就没走成，这次对我很重要。"

杜爸爸不再理他，陪雄雄看起书来。

时间一分一秒地过去，杜心月和艾茉莉回来了。

老何一见她，立刻站起来：“心月，我把机票改签了，就在后天，到时我来接你。”

杜心月：“老何，雄雄刚经历那件事不久，我要好好和他待一待。”拉开抽屉，拿出装戒指的盒子，“这还给你！”

老何接过首饰盒，放到机票上：“还什么还，都是你的。”看着雄雄，“你看孩子不是好端端的吗？聪明伶俐、活泼可爱，完全没受任何影响。”

杜心月：“可我就是舍不得他。”

老何：“不就十几天吗？你想想，要是你早答应了我，早去了加拿大，早给雄雄看了学校，早出国读书，还会有后面发生的这一切吗？就你前夫那样的人，做了一次，难保不会有第二次！别犹豫了心月，就这么说定了。后天，我来接你！”

艾茉莉忍不住叫出声：“心月！”

杜心月发现爸爸也正看着自己。

门铃响了，她去开门。门外站着的竟然是樊志刚父母和金金。她忙招呼他们进来。

艾茉莉也和他们打招呼。

志刚妈：“哟，都在呢！”

杜爸爸一见他们，热情迎接：“呀！金金回来了！来，和哥哥一起看书吧！”

志刚妈：“看书？他不懂呢！”

杜爸爸：“是绘本！开发智力的！”

志刚妈：“好，教书育人，杜校长你最在行。”

杜爸爸：“坐，快坐吧。”

志刚爸：“不忙。心月、杜校长，看看我们这亲友团怎么样呀？”

志刚爸妈和金金像模特一样一起摆出个姿势。

杜心月和爸爸纳闷了：“亲友团？”

志刚妈：“志刚这孩子……还是他进来自己说吧。”

杜心月拉开虚掩的门，果然看到有些害羞的樊志刚。他不好意思地走进来。

老何见状，马上提高了嗓音：“心月，那我们就说定了。加拿大环境很好，很适合你。”

杜心月没说好不好，心里不愿意。

樊志刚鼓起勇气：“杜心月，你哪儿都别去了，留下来吧。”

她看着面前这个自己暗恋着的男人，不自觉地红了脸。她渴望又矛盾……

艾茉莉也帮腔：“是呀，心月，留下来吧！”

杜心月：“可是我，我答应过顾宁，我们仨……”逃避似的进了卧室。

艾茉莉跟了进去。

卧室里，杜心月抱着双臂站在窗前。

艾茉莉走近她："不错，我们和顾宁是永远的好朋友。可她和樊志刚离了，你以后和谁发展，樊志刚以后和谁发展，跟她都没有关系了。"

杜心月："我不知道，我担心顾宁。"

樊志刚也进来了，他完全明白杜心月这时的心情。此时无声胜有声。

杜心月的手机发来提示音，她一看："是顾宁！"

艾茉莉："这个顾宁，终于回电话了。"

杜心月："不是电话……是一封长信！"

艾茉莉凑近一看："很长的一封信。"

杜心月触动手机，和艾茉莉、樊志刚一起看着。

心月，此时此刻，我正在上海的公寓里，享受着单身生活。这段日子，发生了很多不可思议的事。我们四姐妹中，最小的罗丹永远地离开了，长眠于山青水秀的墓园，和她爱的人在一起，被爱她的人永恒地爱下去。

追求浪漫、追求完美的茉莉也终于摆脱了旧情的伤害，在平凡生活中，找到了能带给她真诚和欢乐的爱人。

还有你心月，我一直视为亲姐妹的蜜友！

还有你志刚，我费尽心机，跟大姐斗智斗勇得之不易的丈夫！

你们……我要说，你们……应该和适合的人生活在一起！

其实梁主任去了的那天，医院的人都找不到志刚。当时我就猜到，志刚可能去了他常去的寺庙，那里是他调整自己的清净之地。我去那里找他，却看到你比我先到了一步！你安慰他，鼓励他，和他一起敲钟，帮他从对梁主任的哀痛中走出来……这一切一切对我来说无异于当头棒喝！就在那一刻，我突然明白了，为什么我生完金金回国后，心月你一直不来看我。后来看我时，还拿我的手去打你自己。

我开始认真思考我、你和志刚三个人的关系。当初我和你同时认识了志刚，本来你和志刚就是同一类人，你们是天生的理想主义者，活得太不现实。心月，我知道，你和志刚很谈得来，但当时的我霸道又自私。我的直觉告诉我，我很需要志刚！就像大学时，成绩不如你的我最终抢走了那个全科奖状一样，我又一次抢走了和你更般配的志刚！我固执地认定，他的职业、他的医术会给我的事业带来无可估量的价值。

心月，我相信你的为人，虽然你暗恋着志刚，但从始至终都把他当作朋友，他也把你当作朋友，可我却误会过你们。你明明不喜欢老何，却在我的撺掇下接受了他。你是真的想把自己嫁掉算了，还是为了让我安心呢？我的好闺蜜，我的傻心月！而我呢，一直需要的是一个可以被我控制、为我服务、能帮我成就事业的男人。

虽然第一次跟志刚的大姐见面时，她并不喜欢我，但我当时就被她的气场征服了。我也想成为她那样的女人！而且，我更加坚定一定要和志刚结婚！后来，虽然大姐不断阻挠我们，甚至在双方家长见面时，她竟然还说我们不合适！可在我看来，这就是一场要分输赢的较量，越有阻碍越有成就感。原来啊，我是为了和她斗，为了自己的事业才结婚的。现在想起来，这是多么的可笑！

当我在钟亭附近听到你对志刚说的那番话，看到志刚很自然地把你的手放在心口时，我突然意识到：志刚的饱读诗书、引经据典，在我眼中是迂腐，在你眼中就是智慧。你们才有彼此的理解和默契。

心月，你们都是我最亲最爱的人，我希望你们能获得幸福！当我清醒地意识到这一点时，我做出了人生中最正确最重要的一个决定。我知道你答应了那天跟老何去加拿大，所以我逼着志刚当天一早九点钟就要办妥离婚手续。他那天刚好休息，他有时间去阻止你走。我知道这样做在当时看来很不近人情，我要志刚马上拿行李回他爸妈家，因为老何会去你家接你。这样，志刚就有机会把你留下来。心月，你需要一个志同道合、彼此默契的好男人来疼你。这是我对你的祝福！爱情去哪儿了？其实就在你身边。答应我，一定要和对的人在一起！

我走了，去创办我的分公司，开创更辉煌的事业。其实，大姐一直是我心中的偶像，我要做一个像她那样的超级御姐！好了，心月、茉莉，还有我，我们仨是永远的铁蜜。这份承诺亘古不变！祝你们幸福！"

杜心月此时泪流满面，艾茉莉也不断抹泪，樊志刚满怀感触。三个人的内心久久不能平静。

客厅里的老何全明白了，他静静地离开了。桌上的机票和戒指不见了，只剩下杜心月那个行李箱。

而杜爸爸和志刚父母都全神留意着卧室里的情况，压根儿没注意到老何。

这时，突然从另一间卧室传来孩子们的哭声。

三位老人率先赶过去，见到雄雄和金金伤心地呜咽。

志刚妈："怎么回事？玩得好好的就哭了。谁先哭的？金金，哭什么呀？"

志刚爸："孩子都这样，一个哭另一个准哭，这叫连锁反应。"

志刚妈："反应什么？快哄孩子。"

杜爸爸把两个孩子揽在怀里，疼爱地抚摸着。

艾茉莉、樊志刚和杜心月也过来了。

樊志刚走到两个孩子跟前："雄雄，告诉叔叔，你为什么哭呀？"

雄雄哽咽着用手指着窗外："叔叔，你看那儿！"

所有人向窗外看去。大树下，一个挖好的小坑里，放着一条刚死去的小狗。一位老人不断往小狗身上埋土。

金金哭着说："哥哥哭，我也哭。呜呜呜呜……"

在场的大人眼角都湿润了。

樊志刚想起什么，拉着两个孩子："你们跟我来。"带着他们来到另一间卧室。

其他人也跟过来。他推开窗，窗外是盛开的花丛，还有小鸟飞过。

他问孩子们："外面漂亮吗？"

雄雄和金金擦去眼泪，大声回答："漂亮！泡（漂）亮！"孩子们都笑了。

杜心月也凝视着眼前的美景。

樊志刚蹲下来，托起雄雄和金金的下巴，目光温和而深邃："孩子们，刚才你们开错了窗户。"

他和杜心月目光交汇。她显然被深深地震撼了。

"志刚，我开对了窗户吗？"

樊志刚站起来，握住她的手："留下来，你就开对了窗户。"

一切都定格在他们和两个孩子的幸福笑容上。